JEAN DE PONTEVÈS DE SABRAN

Capitaine commandant au 1er hussards

NOTES DE VOYAGE
D'UN HUSSARD

— UN RAID EN ASIE —

AVEC UNE LETTRE DE

FRÉDÉRIC MISTRAL

ET UNE CARTE DE L'ITINÉRAIRE

—

PARIS
CALMANN LÉVY, ÉDITEUR

RUE AUBER, 3, ET BOULEVARD DES ITALIENS, 15

A LA LIBRAIRIE NOUVELLE

—

1890

NOTES DE VOYAGE

D'UN HUSSARD

MM. J. DE PONTEVÈS DE SABRAN ET F. VERDET.

NOTES DE VOYAGE

D'UN HUSSARD

— UN RAID EN ASIE —

PAR

JEAN DE PONTEVÈS DE SABRAN

Capitaine commandant au 1er hussards

AVEC UNE LETTRE DE

FRÉDÉRIC MISTRAL

ET UNE CARTE DE L'ITINÉRAIRE

PARIS

CALMANN LÉVY, ÉDITEUR

ANCIENNE MAISON MICHEL LÉVY FRÈRES

3, RUE AUBER, 3

—

1890

GARDE A VOUS!

En reconnaissance du bienveillant accueil fait à l'Inde à fond de train, par un public ami, je lui présente : Un Raid en Asie.

AU GRAND POÈTE PROVENÇAL

FRÉDÉRIC MISTRAL

le plus indigne de ses ADJUDAIRE dédie ce livre :

EN HOMMAGE, — EN SOUVENIR,

EN TÉMOIGNAGE DE RESPECTUEUX ATTACHEMENT.

J. DE P.-S.

Au Comte de Pontevès-Sabran.

Mon cher ami,

En dédiant à un poète le livre d'un soldat, livre
cueilli, livre enlevé aux parages où moutonne la
merveilleuse Toison d'or, au jardin de Saadi, au
pays du soleil, des péris et des roses, vous avez
songé sans doute qu'un récit comme le vôtre, tout
pétillant de *gai savoir*, devait naturellement avoir
pour premier auditeur un mainteneur de la gaie
science. A ce titre, j'accepte et je vous remercie.
Rien qu'en deux galopades, *l'Inde à fond de train*
et *Un Raid en Asie*, vous avez embrassé, vous
avez transpercé audacieusement les horizons et
les mystères de l'Indoustan et de l'Iran; et il m'a
semblé, parfois, lire une des chansons de Raimbaut de Vaqueiras, ce gentil troubadour qui alla

se tailler, du côté de Salonique, une principauté dans l'empire des Turcs.

> *Emperadors e ducs e rèis*
> *N'avem faitz e castels garnitz*
> *Prop dels Turcs e dels Arabitz.*

« Des empereurs, des ducs, des rois nous avons faits, et fortifié des châteaux, proche des Turcs et des Arabes. »

Mais de même que Raimbaut s'écriait cependant :

> *Dones que-m val conquistz ni ricors?*
> *Qu'ieu ja-m tenia per plus rics*
> *Quant er amatz e fis amics.*

« Que me vaut à présent conquête et richesse? certes, je m'estimais plus riche, lorsque j'aimais étant aimé », vous chevalier, tout en courant la bague sous les yeux noirs de Géorgie, de Téhéran, de Samarkande et de Stamboul, vous n'oubliâtes pas les « adieux de Marseille », et vous restiez fidèle, je vous en félicite, à la souveraineté de la femme de France.

Votre tout dévoué,

F. MISTRAL.

Maillane, 3 novembre 1889.

NOTES DE VOYAGE
D'UN HUSSARD
—UN « RAID » EN ASIE —

CHAPITRE PREMIER

Le pourquoi de mon voyage. — Sa mise au point. — Mon itinéraire. — Mes adieux du *Mendoza*. — La Méditerranée. — Le
volcan Tant-Pis et le volcan Tant-Mieux. — La Tyrrhénienne.
— Cythère. — Les Cyclades et leur capitale. — Lesbos. —
Les philosophes. — La mer Égée. — La Troade. — Vision
d'héroïques choses. — Les Dardanelles. — La Marmara.

> *25 février 1888.*
> *Marseille, quai de la Joliette.*

— *A cheval, hussard! ta selle mouille!...*

Eh! oui, si je suis aujourd'hui à bord du *Mendoza* [1], la
cause en est à ce joyeux refrain de France.

Depuis un quart de lustre il me hantait comme un cauchemar, comme une obsession, et nuit et jour il sonnait à
mon oreille comme un cri de guerre. Pouvais-je lui résister?

Me blâme qui n'a jamais eu soif d'inconnu, faim d'aven-
tures, désir de plus connaître.

Encore en bateau? Pour un hussard vous canotez bien
souvent!

---

1. Paquebot de la Compagnie des Messageries maritimes.

1

J'en conviens. Mais est-ce ma faute si l'élément liquide
tient un si grand morceau de la croûte terrestre, qu'on ne
puisse faire un pas sans s'y baigner les pieds ?

Est-ce ma faute si les chevaux-vapeur ont détrôné l'antique famille unguiculée à laquelle nous devons Pégase,
Bucéphale et Rossinante ?

Est-ce ma faute si ma garnison est un port de mer ?

Un hussard, d'ailleurs, « ça se démonte ». Je suis pour
l'instant démonté. Les royaumes de Darius et de Tamerlan
ne venant pas à moi, je vais à eux.

Le temps de toucher barre à Constantinople, de déjeuner
à Batoum, de luncher à Tiflis, de dîner à Bakou et je me
remonte : — vous verrez de quelle manière !

Peut-être même aurai-je chevauché la Perse et le Khoraçan et atteint l'Asie centrale, avant que mes meilleurs amis
se soient aperçus de mon départ.

C'est que bien loin sont les temps où Hannon, Pythéas et
Euthymènes s'immortalisaient par leurs périples, et où
Néarque, jaloux de la gloire d'Alexandre, étonnait le monde
par son cabotage héroïque.

Finies, démodées, usées, les grandes épopées de Pha-
Hyan, de Cosmas, de Marco Polo, de Chistophe Colomb !

Les dieux sont morts ; l'ère des héros est close ; la vraie
gloire envolée !

Et vous géants, dont le génie nous illumine encore, vous
qui avez tout tenté avec rien, tout souffert, tout accompli ;
voilez-vous la face de vos lauriers et pardonnez à un voyageur de mon espèce d'oser, ici, par manie d'antithèses,
évoquer vos grands noms.

Quel mérite y a-t-il, en effet, à aller au bout du monde en
l'an de grâce 1888 ?

Où sont les difficultés à vaincre ? Les distances ? Mais la
vapeur et l'électricité les ont, pour ainsi dire, annihilées.

Les obstacles ? Mais la poudre, la dynamite et les ingé-

nieurs n'en connaissent plus. N'a-t-on pas exhaussé les vallées, foré les montagnes, fixé les sables mouvants, tranché les isthmes les plus coriaces, changé le cours des fleuves et transformé en jardins anglais les points les plus hirsutes du globe?

Les bêtes féroces? les serpents? Mythes que tout cela, pour celui qui est bien armé ou qui passe tranquillement son chemin.

Les maladies? la famine? — Affaire de précautions.

Les tempêtes prennent leur mot d'ordre au *Bulletin météorologique;* les cyclones sont utilisés pour gagner du temps, en attendant qu'ils soient captés comme générateurs d'électricité, les rapides des fleuves n'étant plus suffisants. Quant aux bandits (dits de grandes routes), tout le monde sait qu'ils opèrent presque exclusivement au cœur de nos cités les plus civilisées. Restent les infiniment petits, la vermine, puisqu'il faut l'appeler par son nom. Soit, mais l'on n'en meurt pas. Les hommes de l'art assurent même que cette odieuse engeance s'adonne expressément à la succion de notre mauvais sang.

Évidemment, j'ai forcé la note, en bon Méridional que je suis; toutefois, cet aveu fait, je maintiens mordicus qu'aujourd'hui voyager est un jeu, et que, la plupart du temps, le bout du monde, c'est « le bi du bout du banc », — et rien de plus.

Ainsi, dans le cas présent, je compte revivre l'*Énéide*, en un coin de la Grèce; voir l'impérial concierge de la Sublime-Porte et sa célèbre capitale; visiter la Transcaucasie et le pays des Tartares; tâter des boues du Gilhan, des rocs du Karzan et des cailloux de la Perse; saluer, à Téhéran, le successeur de Darius; brûler à franc étrier le désert de Sel et les collines pétrées du Khoraçan; constater à Méched que le fanatisme ne s'est pas sensiblement modifié depuis Haroun-al-Raschid; gagner par le haut Atrek, — où je me tremperai neuf fois — les granits du Gulistan et les sables

mouvants de la Transcaspienne ; atteindre Merv la Turcomane, puis l'Oxus ; franchir ce fleuve, au lieu même du
passage d'Alexandre ; pousser jusqu'à Bokhara ; cueillir, à
Samarkande, une poignée de fleurs au tombeau de Tamerlan ;
revenir sur mes pas par le fameux transcaspien ; repasser
la Caspienne ; gravir le calvaire de Prométhée (prosaïque-
ment le Caucase) ; arpenter les steppes du Kouban et du
Don ; admirer la riante corniche de la Crimée et sa capitale tartare ; m'incliner, à Sébastopol, sur la tombe de
nos héroïques soldats ; enfin revenir au bercail, par l'Autriche, le Tyrol et la Suisse : Tout cela en quatre-vingt-cinq
jours !

Encore devrai-je me considérer comme très heureux si
mes neveux ne traitent pas mon « raid » de chélonien et
moi-même de « vieux jeu », pour n'avoir pas utilisé l'express
Orient (aller et retour).

Il est entendu que je fais, ici, le procès aux seuls voyageurs pour rire et non aux explorateurs, que je salue de
toute la hauteur de mon indignité.

Pendant que je griffonne ces élucubrations, le *Mendoza* a
quitté Marseille et gagné le large. Mais par quel temps,
bon Dieu !

Du froid, de la pluie, du vent, de la neige. Une bourrasque
d'Islande, en un mot.

Voilà ce que ma Provence me réservait comme bouquet
d'adieu. Et moi qui me faisais une fête de revoir encore
cette succession de lumineux paysages si bien nommée, par
un élégant écrivain, la « côte d'Azur [1] » !

Au lieu de ses beaux atours tissus d'arc-en-ciel, nimbés
de soleil et poudrés d'opale, la « Gueuse parfumée » a
sorti ses nippes les plus ternes et les plus déchiquetées.

C'est d'un gris, c'est d'un noir, c'est d'un laid à faire

---

1. M. Stephen Liégeard.

pleurer. Surtout cette méchante neige crevant sur une mer maussade couleur de ramoneur.

Mon pays me bouderait-il? ou bien veut-il se faire moins regretter?

Qu'importe, après tout, quand on a la foi!

Provence aimée, sous ton déguisement je devine tes charmes, et je t'envoie au passage un filial baiser : tes *chatouno* [1] me le rendront.

Et maintenant, avant de m'attabler au festin assorti de roulis et de tangage qu'Amphitrite m'a par trop généreusement servi, je veux dire ici à celles et à ceux qui sont venus si nombreux, lors de mon départ, m'apporter les marques touchantes et *fleuries* d'une précieuse amitié, que leur témoignage m'a été droit au cœur.

Certes, le sentimentalisme n'est pas mon fort :

Je suis venu trop tard dans un monde trop vieux!

Mais il est des preuves de sympathie dont on a le droit d'être fier, et, dussent les partisans de l'indépendance du cœur en hausser les épaules, — Je déclare, *urbi et orbi*, que jamais je n'oublierai mes adieux du *Mendoza*.

26 février.

Pluie, vent, roulis, tangage.

La Méditerranée n'est pas brillante, F. Verdet, mon compagnon de voyage, non plus. Mais à moi le pompon.

Les bouches de Bonifacio sont trop connues pour en parler. Je me contente de saluer, en passant, le monument de la *Sémillante* et la ville de Bonifacio fièrement campée sur son rocher sauvage.

---

1. *Chatouno,* jeunes filles provençales.

27 février.

Le soleil nous fait l'honneur d'une visite; la Méditerranée bleuit. Protée en profite pour sortir ses moutons. *Go ahead!*

A quatre heures, apparition des îles Lipari : de vieilles connaissances.

Cette fois nous passons entre le Stromboli et le Vulcano.

Le premier est toujours assoupi; le second, très guilleret, fume avec ardeur : c'est le volcan Tant-Pis et le volcan Tant-Mieux.

Au soir, nous assistons au bain réglementaire du soleil, en devisant gaiement sur le tillac.

Mon compagnon de voyage me dit, avec sa verve endiablée, des fables provençales qui me font pâmer; le commandant Reynier, un loup de mer aussi spirituel au repos qu'énergique dans le danger, vide à son tour, un coin de son sac à malices, et, si Gibert eût été là avec sa voix d'or, ses pipeaux et sa mandoline, et mon excellent ami Caran d'Ache avec ses pinceaux, pour immortaliser notre voyage : — c'eût été le ciel!

Vers dix heures, nous franchissons le détroit de Messine.

Deux rangées de vers luisants ceinturonnant deux énormes mornes. C'est tout ce que nous pouvons distinguer.

Mais à peine avons-nous doublé Charybde qu'un grand vent, échappé des outres d'Éole, se rue sur nous comme un furieux.

La pluie, le vent, la grêle font rage ; la Tyrrhénienne s'emballe : Au lit! au lit!

28 février.

La mer est debout et le vent arrière : c'est complet.

Je déjeune et je dîne — par cœur.

29 février.

Au lever du soleil, nous rangeons le cap Matapan. Tout au loin apparaît le mont Taygète aimé de Bacchus ; puis, se présente à notre gauche (côté du cœur), un îlot d'un aspect fort modeste : c'est Cythère (Cérigo).

Avec son air de sainte-nitouche, cette petite île a joué un si grand rôle dans l'histoire des continents — sans parler des incontinents, — qu'une mention lui était bien due en passant, au simple titre de la courtoisie.

La mer est toujours très gaillarde. Notre *Mendoza* en abuse pour gigoter comme un canard à sa toilette.

Il ne cesse pas de se débarbouiller le museau en plongeant jusqu'aux écubiers, dans la mer debout, et de hausser, par la même occasion, très indécemment son arrière, pour le laver furieusement avec son hélice.

C'est très propret. j'en conviens ; mais que c'est donc fatigant pour ceux qui sont dessus !

Heureusement, Anti-Milo et Milo, la patrie des Vénus sans bras, viennent faire diversion à mes préoccupations ; puis, à cinq heures, Syra nous reçoit en son port.

Un joli cirque bien rond de collines mordorées, avec déchirures soufre ; en avant, formant bastions, deux croupes jumelles couvertes, jusqu'à la mer, d'une grappe de maisons coquettes et blanches comme du sucre candi. Par-ci par-là, quelques coupoles plombago et, pour coiffure à chaque blanc bastion, une chapelle plus blanche encore. Telle est Syra-Hermopolis [1].

Puisque nous avons quelques heures devant nous, nous allons visiter la capitale des Cyclades, dont l'importance augmente chaque jour, grâce à sa position exceptionnelle

1. Hermopolis, ville schismatique ; Syra, ville catholique.

et à la sûreté de son port. Il a été choisi comme point de relâche, par la Compagnie des Messageries maritimes. C'est tout dire.

Syra est aussi l'île potagère par excellence. Toutes les primeurs, dont l'Orient raffole, proviennent en grande partie de ses jardins.

Lors, je la baptise en tremblant : — le *Jardin moderne des racines grecques* (!).

L'intérieur de la ville de Poséidon et d'Amphitrite est propre et riant.

Naturellement, la plupart des rues sont en espaliers; mais pavées de belles dalles de pierre et même de marbre.

Rien à dire du style des maisons. Tout cela est archi-moderne, même dans les vieux quartiers, où quelques beaux yeux furtivement entrevus et quelques types de vieux Palikares, à moustaches formidables, nous rappellent que nous pourrions bien être en Grèce.

La place d'Armes est plus moderne encore. C'est un rectangle très régulier, avec des fiacres, des cafés et des fœtus d'arbres numérotés, tout à l'entour.

Présentement, de longues théories de jeunes gens et de jeunes filles du cru y flirtent le plus athéniennement du monde.

Nous, nous jouons les Spartiates, — et pour cause : ce qui nous rend maussades.

Aussi trois clairons étant accourus, je ne sais d'où, sonner la retraite; nous faisons comme si c'était pour nous et nous regagnons notre bord.

Le *Mendoza* lève l'ancre à neuf heures.

Dans la nuit, Syra étincelle de lumières. Les deux collines surtout sont éblouissantes : on dirait deux ifs de Noël gigantesques.

Puis, toutes ces brillantes choses s'évanouissent insensiblement; **nous doublons un cap : c'est fini.**

1er mars.

Au moment où je monte sur le pont, nous sommes par le travers de Métellin, l'antique Lesbos.

C'est là, s'il faut en croire les mauvaises langues, que la fantaisiste Sapho, institua son culte à la fois misanthrope et joyeux.

Elle a même, assure-t-on, de par le monde moderne, des zélatrices fort méritantes.

Mais pourquoi nous occuper de choses qui ne nous regardent absolument pas? Passons.

Si la mer est d'un bleu superbe et le soleil radieux, le vent est d'une violence inouïe. Le thermomètre marque 3°.

Toujours nous tanguons et nous retanguons.

Et voilà la vie qu'à bord nous menons.

En faisant ma promenade habituelle, je constate qu'outre d'innombrables paniers de légumes chargés à Syra, notre pont s'est garni, depuis cette escale, d'un véritable parterre de ballots de formes variées autant que bizarres, d'où émergent, selon le caprice du vent, des extrémités supérieures ou inférieures d'êtres humains des deux ou trois sexes. Je saisis le commandant Reynier de mon observation. Voici sa réponse.

— Ce sont des « philosophes », c'est-à-dire des voyageurs de quatrième classe, vulgo « de pont » : coût, cinq francs, de Syra à Constantinople. Tels que vous les voyez, ajoute-t-il, ils ne bougeront pas d'une semelle, jusqu'à leur arrivée à destination, quand bien même on les piétinerait plus encore qu'on ne le fait : — ce qui n'est pas peu dire. S'ils sont en appétit, ils se lesteront, sur place, d'un noyau d'olive, d'une écorce d'orange ou d'un trognon de chou. Mon second les autoriserait même à loger dans les hunes, en payant moitié prix, qu'ils accepteraient avec enthousiasme et s'y trouveraient bien.

Avouez, cher lecteur, que ces êtres n'ont pas volé leur surnom de philosophes.

Et puis, en Hellade; comme c'est bien couleur locale!

La suite de ce récit fera voir, qu'à notre tour, mon ami et moi, nous avons été plus philosophes encore.

Mais n'anticipons pas; occupons-nous plutôt des nouvelles terres en vue.

C'est, à bâbord, un îlot ras et terne, marqué d'un petit port, dont les maisons en pain d'épice sont serties d'un croissant de moulins à vent faisant les grands bras. Sur la plage, deux Hellènes leur font concurrence : à coup sûr ils parlent politique...

En même temps, à tribord, apparaît une côte râpée, jaune, chauve, plate, barrée tout au loin par une chaîne de montagnes aussi désolées que le reste du paysage.

L'îlot, c'est Ténédos; la plaine chauve, ce sont les champs *ubi Troja fuit;* le point culminant de la chaîne de montagnes désolées, c'est le mont Ida!

Et les vieux souvenirs m'arrivent en foule, comme une évocation, comme une griserie.

J'oublie le froid, le tangage, le vent furieux, le poids des trois mille ans pesant sur ma pensée obtuse de « maldemérisant », et, théore moderne, je fléchis un genou et je remercie Phœbus-Apollon de darder puissamment sur cette terre, où il fut tant adoré, les mille traits d'or de son carquois d'argent, pour me permettre de revivre, en pleine lumière, la sublime épopée d'Ilion.

C'est là, dans ce petit port de Ténédos, que la flotte des Grecs s'était dissimulée.

Le détroit que je froisse, c'est la mer tranquille où les deux serpents de Laocoon déroulèrent leurs immenses anneaux!

Là-bas, dans la plaine topaze, c'est Ilion séjour des dieux, rempart de Dardanus, illustré par tant de combats.

Et voilà que les murs de Pergame s'ouvrent tout à coup, et qu'une multitude y traîne, en chantant l'hymne à Pallas, un énorme cheval de chêne.

Puis, la nuit vient; des flancs de la fatale machine qu'un trait impie a naguère blessé, sortent en silence de farouches guerriers : Ménélas, Thessandre, Sthénélus, le cruel Ulysse, Pyrrhus fils d'Achille, *Verdet d'Avignon*...!

A ces guerriers, se joint bientôt toute l'armée des Dolopes, conduite par le bouillant Ajax et les deux Atrides...

C'est alors, au milieu du carnage, un formidable cliquetis d'armes, et, de toutes parts, j'entends les cris de guerre, la voix éclatante des buccins, et les appels désespérés du pieux Énée, fils de Vénus.

Je vois enfin Troie s'abîmer dans les flammes et la mer de Sigée reluire au loin des feux de l'incendie.

En réalité, de toutes ces héroïques choses, je ne distingue qu'un ruisseau fort mal encaissé : le Simoïs (Mendéré-Sou) et un colossal tertre vert : le tombeau d'Achille.

C'est, dit-on, un signal trigonométrique. Où la science va-t-elle se percher?

Le mont Ida seul, — au sommet duquel Pâris inventa les tableaux vivants, tout revêtu qu'il est de topaze et d'améthyste, autorise quelques illusions.

N'importe, grâce à Homère, à Virgile et à l'inséparable « folle du logis », pendant quelques instants, j'avais atteint, sans douleur, aux mansardes de l'empyrée : — ce qui est une belle hauteur, — même pour le Midi.

En revenant sur terre, ou mieux à bord, le mal de mer m'avait abandonné.

Il est vrai que nous pénétrons dans l'Hellespont (détroit des Dardanelles).

On dirait plutôt d'un fleuve que d'un bras de mer, tellement ce couloir est étroit.

Quatre forts en défendent l'entrée. D'abord les deux

« vieux châteaux d'Europe et d'Asie », puis les deux nouveaux Kilidh-Bahr (côté d'Europe) et Sultaniêh-Skalessi (Dardanelles) (côté d'Asie). Ce dernier est le plus important. Nous y faisons escale.

D'énormes canons Krupp, gardés par des artilleurs à fez, tendent vers nous leurs menaçantes gueules noires.

Derrière ces aimables engins, quelques minarets modestes, des maisons ankylosées, une caserne à moitié d'aplomb et un grouillis de gens résignés.

Au total, une assez triste bourgade que cette ville de Dardanelles.

Sans me prononcer catégoriquement, je crois qu'il serait actuellement impossible à une escadre ennemie de forcer ce passage, comme le fit, en 1807, l'amiral anglais Duckworth.

Dès que notre permis de passage nous a été délivré par l'autorité turque, nous continuons notre route.

Je glisserai, si vous le permettez, sur les exploits natatoires de Léandre et de Byron, et sur la fessée historique que Xercès fit subir à ce bras de mer en l'endroit où je passe actuellement.

Ces faits sont trop connus pour que je les réédite. D'ailleurs, les rives de l'Hellespont sont insignifiantes et ne m'inspirent nullement.

Un bon point cependant au mont Olympe casqué de neige, étincelant au loin, sous les puissantes caresses du couchant.

Rien de particulier à dire sur le compte de la Marmara dont la nuit me cache bientôt les charmes monotones. A peine puis-je deviner Gallipoli scintillant dans la brume.

A demain !

CHAPITRE II

A Celle qui m'a envoyé,
la veille de mon départ, un porte-plume d'or.

Constantinople. — De loin c'est sublime. — L'épopée de Byzance.
— L' « homme malade ». — Galata. — Péra. — Hildiz-Kiosque. —
Le Sélamlick. — L'armée turque. — Les zouaves mores. — La
cavalerie. — Osman-Pacha. — Sa Majesté Abdul-Hamid-Khan.
— Le pont de Validé-Sultane. — Stamboul. — Le vieux Séraï.
Le platane des Janissaires. — Les mosquées. — Péra la nuit.
— Aïa-Sophia. — Quelques réflexions. — L'At-Meïdän et Sarah
Bernhardt. — Le grand bazar. — Les chiens. — Le fond des
turques choses.

2 mars.

Ma nuit a été agitée. Je suis inquiet, je l'avoue, à l'approche de Constantinople. Cette cité, universellement célébrée, soutiendra-t-elle sa réputation à mes yeux?

Telle est la cause de mon trouble. Étant l'ennemi juré de tout ce qui est convention, surtout en esthétique, et partisan convaincu de l'axiome provençal : « Ce qui plaît, seul est beau, » je suis sur la défensive, drapé dans ma réserve sceptique, un peu narquois même... A moi, Byzance !

Il a neigé pendant la nuit. La matinée est âpre ; mais le soleil révolutionne déjà, en maints endroits, de ses flèches aiguës, la lourde nuée qui nous entoure.

Très au loin, vers le sud, les îles des Princes apparaissent et disparaissent, à travers des flocons de vapeurs bleuâtres qui semblent rouler sur la mer.

J'entrevois bientôt les casernes ocres de Scoutari; puis les hauteurs du champ des morts, et, tout à coup, me retournant, je suis face à face avec la célèbre métropole, encore assoupie sous son voile argenté de plus en plus diaphane.

Déjà, comme une révélation de beautés inconnues, d'admirables contours m'apparaissent indéfiniment prolongés. Puis, de toutes parts, de larges et souples ondulations se dessinent, flottant sous un jaillissement de minarets, de pinacles, de cimiers et de coupoles.

Et voici la masse superbe de Sainte-Sophie, les sombres murailles crénelées du château des Sept-Tours, et, en un puissant relief, la pointe du Séraï avec ses cyprès noirs.

Voici, enfin, l'apothéose : Voici la Corne d'or! Je suis vaincu.

Siès bello Coustantinople à faïre veni foù!...

Oui, tu es belle, belle à rendre fou l'audacieux qui voudrait te décrire.

En quels termes, en effet, peindre cet amphithéâtre incomparable, ce colossal cirque de cent collines, superbement accidenté jusqu'à l'infini, revêtu d'une éclatante cuirasse de constructions bigarrées, où luisent, comme des casques, les coupoles des mosquées et d'où jaillissent, comme des lances, les stipes blancs des minarets?

Comment rendre ce port, à forme de corne d'abondance, où ces splendeurs se reflètent en mille frissons d'or, au travers d'un admirable fouillis de vaisseaux, de barques et de caïques?

Comment dire le chatoiement superbe de la belle Scoutari, se mirant face à Constantinople, dans le Bosphore, étalée à ses pieds comme une traîne d'azur?

Non, rien ne saurait donner même une idée de la magnificence de ce spectacle unique au monde, maintenant surtout qu'une gaze diamantée en nacre les contours, en irise les ombres, en fait fluides les lointains, laissant seuls les massifs principaux en pleine lumière.

On dirait, non d'une réalité, mais d'une féerie idéale, d'un rêve, d'une hallucination!

Du point où nous sommes amarrés, à l'entrée même de la Corne d'or, entre la pointe du Séraï et le coude de Galata, marqué par Top'Hané, le panorama est réellement magique; malgré le froid, malgré quelques brumes attardées promenant leur écran devant le soleil, malgré le mantelet d'hermine que la neige a jeté sur Constantinople.

Et je regarde toujours, figé par l'admiration sur le pont du *Mendoza* et plus je regarde, plus j'admire.

Il est dix heures, la buée qui ternissait encore quelques-uns des innombrables joyaux de la « Cité Sublime » s'est entièrement dissipée, mettant au vif l'intensité du décor.

Maintenant, aucun voile ne cache plus aux baisers du soleil ses admirables atours. Toutes ses formes apparaissent nettement enlevées, entre le bleu du ciel et le bleu de la mer, et, jusqu'à l'horizon, je suis ses ondulations puissantes soulignées de lilas et de feu.

Ce sont partout, parmi les cyprès et les térébinthes, des murailles crénelées, des kiosques élégants, des terrasses étranges et des groupes superbes de palais et de mosquées, émergeant d'un parterre de constructions dont la tonalité plus sobre et la patine plus sévère leur sert de merveilleux repoussoir : Sortes de grands reliefs encore mis en vigueur par la diversité des plans qui les supportent et l'infinité des petits détails qui les entourent.

Ne croyez pas que je vais donner ici le nom de tous les monuments étalés à mes yeux.

Qu'importe, après tout, que Stamboul soit à l'occident de la Corne d'or et Péra à l'orient!

Qu'importe que la tour du Séraskier se dresse à gauche, et celle de Galata à droite! Qu'importe que telle mosquée s'appelle Saint-Irénée, telle autre Bayézid, telle autre Sélim-Sultan!

La splendeur du spectacle dont je jouis réside, tout entière, dans l'incomparable harmonie de son ensemble, et dans l'agencement de ses couleurs. Détailler ces merveilles serait les déflorer, les diminuer.

Je les veux contempler, seul à seul, en égoïste, en avare. Je rêve peut-être... soit; mais mon rêve m'enchante : je veux rêver encore!

Et, malgré moi, je m'abîme plus avant dans mon admiration, en communion avec mon idole, isolé de la terrre, en extase, oublieux des beautés déjà vues, incurieux de nouvelles, sincèrement amoureux, — presque jaloux.

Lors, derechef, mon « inséparable » m'emporte et la grande épopée de Byzance m'apparait impérieusement évoquée.

C'est d'abord, dans le lointain des temps, la jeune colonie grecque, paisible, radieuse, prospère, digne émule de sa sœur Phocée, semant les rivages de ses comptoirs et étoilant les mers des blanches voiles de ses trirèmes et de ses galères aux rostres d'airain.

Les cent voix de la renommée disent partout sa grandeur et sa puissance.

Les plus grands États recherchent son amitié. Rome même veut s'allier à elle contre l'ennemi commun, Antiochus et Mithridate.

Mais bientôt, jalouse des lauriers de son alliée, elle tourne ses armes contre elle et la réduit en servitude.

Toutefois, la cité « libre par excellence » ne reste pas long-temps esclave.

A son tour, elle devient la maîtresse de celle qui l'a humiliée.

Byzance détrône Rome, honnit le Capitole, brise les faux

dieux du paganisme et force Constantin à la proclamer *Nea Roma!*

Constantin fait plus encore pour elle. Il veut qu'elle soit assise, comme son aînée, sur sept collines; il veut enfin qu'elle porte son nom.

Rome n'est plus la capitale du monde : — C'est *Constantinopolis!*

Et sa puissance va grandissant jusqu'à la fin du règne de Théodora (*Justiniano obediente*), où elle atteint à son apogée.

Puis vient l'heure de la décadence pour la « grandissime métropole ».

Par quatre fois en un siècle les Arabes se ruent contre ses murailles : ils sont repoussés.

Aux Arabes succèdent les farouches Varègues : la ville de Constantin sort encore victorieuse de cette lutte.

Enfin viennent les croisés qui l'anéantissent.

Constantinople met près d'un siècle à renaître de ses cendres.

Toutefois, le nouvel empire grec essayera vainement de lui rendre quelques rayons de son ancienne splendeur.

Il était écrit que de longtemps le *labarum* ne flotterait plus au pinacle de Sainte-Sophie, et, voici que Mahomet II entre vainqueur dans Stamboul, sur un cheval rouge de sang chrétien jusqu'au poitrail.

Depuis lors, au sommet de la colossale coupole qui, pendant onze siècles, porta la croix du Christ, brille le croissant d'or du prophète dont les pointes acérées semblent un défi porté par l'islam à l'Europe chrétienne.

La côte d'Asie n'est pas éloignée cependant. Et il semble que d'un coup d'épaule cette robuste Europe pourrait se débarrasser de l' « homme malade », auquel elle a fait subir déjà de nombreux traitements préparatoires.

Il n'en est rien. Le patient a triomphé de tous les remèdes.

Après chaque opération, il s'est trouvé mieux équilibré. L'amputation successive de chacun de ses membres n'a fait que donner plus de fixité à son tronc, et, l'ablation de la tête ayant été réservée pour plus tard, il est actuellement immuable, — à la façon d'un cul-de-jatte.

De là, vient, sans doute, l'expression : « Fort comme un Turc ! »

Je ne veux pas longuement expliquer ici qu'on laisse en place cet impérial émondé, faute de pouvoir le remplacer plus avantageusement.

Pour l'instant, je ne m'étendrai pas sur le désir immodéré que nourrissent l'Angleterre et l'Allemagne de ne jamais voir les Russes à Constantinople, ni sur les diverses questions suburbaines ou exotiques imaginées pour empêcher cette éventualité.

Pour être juste, j'ajouterai que la Russie paye ses adversaires de réciprocité [1].

Et, sans appuyer davantage sur les motifs de l'embrouillement extrême de l'écheveau politique, en ces parages, je clos cette abusive digression et j'en reviens à mon compagnon de voyage qui me secoue désespérément.

Il paraît que c'est aujourd'hui vendredi, jour de Sélamlick et que nous avons tout juste le temps de nous rendre à la mosquée où le sultan doit aller prier.

A terre donc !

Et un canot m'emporte vers Galata, encore tout étourdi de mon rêve de tantôt ; mais redoutant surtout la réalité qui m'attend.

Mes craintes, mes inquiétudes de vieux sceptique renaissent de plus belle en approchant de mon idole, dont les dessous me sont terriblement suspects.

A l'encontre des amants, je ne voudrais pas la déshabiller.

---

1. Toutes ces questions sont traitées au chapitre IX.

Il le faut cependant. Nous touchons au quai de la Douane.

C'en est fait ! adieu Polymnie !... Quel déchet ! quel gâchis ! quel fumier ! quelle hideur ! Ça de l'Orient ? Ça du caractère ? Ça de la couleur locale ? Allons donc ! C'est de la pacotille au rabais ; du *rastaquouérisme* de bas étage ; de la camelote d'orientalisme ! En un mot : tout ce que je redoutais !

Fuyons au plus vite cette sentine de Galata, et la collection de manants sordides à demi vêtus de détritus de « Belle Jardinière », dont le chef rouge rappelle seul la nationalité ; affrétons le premier véhicule venu et, en éclaboussant le plus possible toute cette canaille, filons dare dare à la mosquée Hamidieh. Et nous voilà partis en bombe par-dessus les trous, les chiens teigneux et les tas d'ordures, qui sont le pavage de ces rues ignobles, aux maisonnettes sans originalité et sans style, mais simplement laides et sales comme leurs habitants.

Ceux-ci, en effet, « levantins [1] » de cent nationalités différentes, semblent une basse mascarade européenne de mardi gras.

La gomme est costumée à la « Jeune Turquie [2] », ce qui ne vaut guère mieux au point de vue artistique.

A peine, par-ci par-là, quelque Vieux-Turc, au lourd turban et au cafetan de couleur, ou un Palikare en jupon blanc, sauve-t-il la situation, en piquant sa note demi-gaie au milieu de ce fouillis de laides choses.

Les femmes aussi reposent un peu la vue. Mais elles sont presque toutes hermétiquement voilées et leurs féredjés

---

1. On entend par « levantins » tous les individus d'origine étrangère fixés définitivement à Constantinople.

2. Le costume de la « Jeune Turquie » consiste en une longue redingote unie à collet droit, souvent plissée à la taille, en un large pantalon et en un petit fez. Ajoutez à cela des galoches et un parapluie.

bouffants, qui les enveloppent de pied en cap, les font ressembler à des ballons en passe de gonflement ou à des lustres emmaillotés en rupture de suspension.

Comme c'est poétique!

Et tout cela patauge dans la boue gluante, lourdement, gauchement, portant d'une façon déjetée des paquets qui pourraient bien être leur progéniture, et traînant, en lieu et place des classiques babouches, d'ignobles bottines à élastiques éventrés, aux tirants presque aussi avachis que leurs propriétaires.

Ah! par exemple, voici dans la Grande-Rue de Galata, quelque chose de bien couleur locale : des tramways!

Il est vrai qu'ils sont sordidement tenus; mais j'y remarque des boxes pour le beau sexe.

Tout est donc pour le mieux : isoler sa femme ou ses femmes, étant le principal desideratum des Turcs.

Continuons notre route, en admirant, chemin faisant, le palais de Tchéragan, première prison de Mourad V, et surtout le palais de Dogma-Batché, immense pièce d'orfèvrerie, sans style, sans relief, mais superbe quand même, avec son interminable façade de marbre blanc et ses merveilleuses grilles dorées d'un dessin exquis.

Pourquoi, hélas! tout cela est-il vide, abandonné, sans entretien?

Maintenant, notre voiture a pris le pas. Nous sommes à l'extrémité est de Péra, au flanc d'une gracieuse colline, et nous montons ferme.

A chaque instant, des colonnes d'infanterie et de cavalerie nous dépassent, se rendant comme nous, au Sélamlick.

Réellement, les Turcs qui sont, sans conteste, de braves soldats, sont aussi de très beaux hommes. Leur armement (snyders et mausers) est propre, leur tenue suffisamment régulière, leur marche soutenue.

Les officiers m'ont paru manquer d'homogénéité. Néan-

moins, l'ensemble est satisfaisant. C'est cent fois mieux que
je ne l'aurais supposé.

Il est vrai que je vois le *dessus du panier*, — tout le
panier même.

Messieurs les Allemands ont passé par là. Cela saute aux
yeux.

Du haut du ciel, sa demeure dernière, le grand Frédéric
doit être content de ses arrière-arrière petits élèves.

Les voilà devenus les maîtres d'armes et les professeurs
de maintien, d'éducation et d'instruction militaires de tout
l'univers.

Ils font le gros, le détail et l'exportation, consciencieusement d'ailleurs.

Donc, ne récriminons pas et voyons plus haut. Car nous
sommes arrivés tout au sommet de la colline où le sultan a
élu domicile, le plus loin possible de Stamboul, dont les
prétendues manifestations lui donnent la chair de poule, et
le plus près possible du ciel dont il ne se soucie pas de
prendre le chemin, à ce qu'il paraît.

Sa Majesté Impériale redoute fort, et qui l'en blâmerait?
les fabricants de mort subite et les indiscrets. Aussi, s'est-
elle installée zénithalement, afin de n'être vue que d'Allah
et des étoiles.

Son palais, pour ce motif sans doute, se nomme Hildiz
(étoile); mais : ce palais on ne le voit guère, ce palais on ne
le voit pas; de hautes murailles nues l'enserrant de toutes
parts. C'est, plutôt, une confortable prison d'où Abdul-
Hamid ne sort que les jours prescrits par le Coran, c'est-
à-dire chaque vendredi.

Encore, ce jour-là, nul ne sait exactement à quelle mosquée le calife des califes se rendra, ni par quelle porte
il sortira, ni comment, ni par où, ni à quel palais il rentrera.

De plus, par surcroît de précautions et de décorum, toute
la garnison est sous les armes.

En réalité, Abdul-Hamid, qui est un prince bon, bienveillant, intelligent, relativement ami du progrès et désireux de rendre son peuple heureux, est tenu en rigide tutelle par les titulaires de l' « assiette au beurre » turque.

Ce souverain veut-il introduire telle réforme ou supprimer tel abus? Vite son entourage lui conte que Stamboul rugit, que Galata hurle, que les *hammals* [1] jouent les janissaires. Et l'abus vole de plus belle en plus belle au-dessus du cadavre mort-né de la réforme en question.

Revenons au palais.

Deux grandes portes très peu sublimes, à deux cents mètres l'une de l'autre, et une sorte de galerie vitrée en décorent seules la façade principale.

En avant, est une place longue et étroite, ornée d'un square, au centre duquel se dresse une haute pièce de pâtisserie très fort vermicellée de blanc, qui ferait le plus grand honneur à un confiseur napolitain. C'est la mosquée Hamidieh. A son flanc, fuse un long cierge mêmement filigrané, agrémenté d'une riche bobèche. Voilà tout le décor du Sélamlick d'aujourd'hui.

Passons aux figurants, qui sont naturellement au repos, le rideau étant baissé.

Deux régiments d'infanterie avec musique et drapeau, massés à l'entour du palais et de la mosquée; deux autres, marquant d'une double haie la route que doit tenir le sultan. Un cinquième, celui-ci de zouaves mores, surveille le côté le plus exposé à l'attentat... putatif.

Enfin la cavalerie (quatre escadrons, avec fanfare et étendard, en tout cinq cent cinquante chevaux), alignée face aux zouaves, au flanc sud de la mosquée.

Tous ces régiments, comme je l'ai déjà dit, sont réellement bien tenus. Celui des zouaves, presque exclusivement

---

1. A la fois portefaix et sapeurs-pompiers : gent turbulente.

composé de nègres et de mulâtres, enturbanés de vert et marchant à la prussienne, est particulièrement remarquable. J'adresserai aux quatre escadrons de cavalerie turque, les mêmes éloges qu'à l'infanterie. Leurs hommes sont bien plantés à cheval et ont l'air tout à fait crâne, avec leur papak cosaque, leurs hautes bottes et leur capote grise ou bleu de roi (pour deux escadrons). Très en forme également leurs chevaux hongrois.

Le prince de Battenberg a utilisé les loisirs que lui créait la volage Bulgarie en se faisant officier de remonte. Et il a réussi.

Mais pourquoi ces affreux gants en laine vert pomme? On dirait que chaque cavalier porte, en main, une laitue.

Allons! mon prince, s'il vous reste encore quelque influence ici, faites vite ratisser toute cette salade, s'il vous plaît!

A ceux que cela pourrait intéresser, je dirai que l'armement de la cavalerie consiste en un sabre de dragon allemand et en un mignon winchester, dont les détenteurs ont l'air d'avoir le plus grand soin, — pour le moment du moins.

Leur harnachement hongrois laisse un peu à désirer sous le rapport de l'entretien.

Pas mal de mors et d'étriers m'ont paru n'avoir que des rapports très peu cordiaux avec le sable fin et la gourmette.

Néanmoins, je le répète, l'ensemble mérite la mention bien. Quant au timbalier : qu'on le décore!

Il est superbe. Battant neuf, ornementé sur toutes les coutures. En un mot : *tip-top*.

C'est, d'ailleurs, un début, pour la plus grande satisfaction du sultan et pour la mienne, par la même occasion. Oncques ne vis Turc plus radieux!

Certainement ses timbales sont moins gonflées et tendues que sa personne. L'homme le plus heureux de la Turquie entière, — le seul peut-être — est devant moi.

Tandis que je tourne autour de mon timbalier, une succession de coupés pansus, conduits par des cochers chaussés de bottes à lourds revers, ne cesse d'affluer, déversant, devant le palais, les gros bonnets de l'empire.

Crachats, épaulettes, tarbouches, ventres, tout est à l'unisson; tout est énorme, et tout roule sous la porte la plus rapprochée de la galerie vitrée, dont j'ai parlé plus haut, où prennent place, sous la conduite de leurs cavas dorés sur tranches, les membres du corps diplomatique.

Naturellement, devant chaque personnage, les sentinelles présentent les armes, mais d'une étrange façon. Je dois dire, auparavant, qu'ici, les soldats de faction sont huchés sur de petits bancs qui ont pour but, du moins je le suppose :

1° De les isoler de la boue ou de la poussière;

2° De les empêcher de s'endormir;

3° D'augmenter leur prestige et le champ de leur vue;

4° Enfin, de leur éviter toute foulure... de bras.

En effet, l'arme étant au repos sur le banc; pour la présenter, il suffit de frapper de la crosse : le banc fait tremplin et l'arme se présente d'elle-même : *Présentez arme! Un temps, — sans mouvement.*

Ce truc turc m'a fort mis en gaieté.

M'ont également beaucoup amusé les eunuques de service à pied à l'entour des voitures, conduisant une députation du harem impérial à la mosquée.

Ces bipèdes noirs de la remonte du Soudan, uniformément vêtus à la « Jeune Turquie », sont hauts sur pattes, courts de taille, hanchus, dégingandés, avec une large figure osseuse, glabre, maffluc, flasque.

Ils avaient l'air furieux : — J'ignore pour quelle nouvelle cause!

Quant à ces dames, elles étaient à demi noyées dans un flot de mousseline. Mais, à la vue de mon compagnon de route, leurs grands yeux de velours m'ont semblé, au

travers de la transparente moussure, luire comme des escarboucles. Quel veinard, ce Verdet !

Ne plaisantons plus. Les noirs improducteurs ont à peine
disparu dans la mosquée qu'un beau général, à la figure
énergique, arrive à cheval.

C'est le héros de Plewna ; c'est Osman-Pacha.

Brusquement, il met l'épée à la main et fait un commandement, qu'un clairon répète.

Aussitôt, quatre mille baïonnettes et cinq cents sabres
jettent leurs éclairs ; puis les rouges girandoles de fez tres-
saillent, s'alignent et, finalement, s'immobilisent.

Au même instant apparaît, dans la bobèche haut perchée
du cierge blanc, un muezzin au khalat vert tendre, qui jette
aux quatre points cardinaux des roucoulements gutturaux
d'un suraigu inexprimable.

A peine ce rossignol de minaret a-t-il entonné ses trilles,
que, de la seconde porte du palais, sortent, en deux monômes
parallèles, vizirs, pachas et beys, marchant à pas comptés.

Entre cette haie dorée autant que mouvante, avance une
élégante victoria à la capote baissée, attelée de deux superbes
chevaux bais conduits par un cocher albanais rouge et or.

En me baissant beaucoup, j'aperçois, tout au fond, plaqué
sur les coussins, un homme vieillot, brun, maigre, triste.

C'est le « calife suprême », le « padischah », le « commandeur des croyants », c'est le sultan Abdul-Hamid-Khan,
frère et successeur du malheureux Mourad, dont mon
drogman m'indique du doigt la prison.

La victoria impériale est suivie de cinq autres voitures
vides, également bien attelées et de sept chevaux de pur
sang syrien, richement caparaçonnés, tenus en main par des
saïs aux manches chatoyantes comme des ailes de libellules.

Par trois fois, les troupes acclament le sultan ; mais sans
enthousiasme.

En tous cas, pas spontanément, puisque la grosse caisse

de la musique des zouaves était chargée de donner le signal des acclamations.

Aussitôt le coup de mailloche donné, le vivat roulait, répercuté jusqu'aux dernières files, comme une grande houle.

D'ailleurs, le public massé derrière la cavalerie ne m'a pas paru davantage convaincu. Un banc de poissons n'aurait pas été plus muet.

Une fois le sultan en mosquée : repos pour les troupes. Aussitôt, grand remue-ménage parmi les fez et les papaks. Et chacun de sortir, en catimini, de sa poche ou de ses fontes, un quignon de pain, un morceau de galette, ou quelques friandises d'humble goût.

Saint-Cyriens, mes frères, que pensez-vous de ce « cornard » ottoman?

Pendant toute la durée de la prière impériale, je remarque que les portes et les baies vitrées de la mosquée restent garnies de pachas regardant à l'extérieur : des libres penseurs, sans doute!...

Mais un ordre vient : branle-bas général.

Sa Majesté a pris place à la principale fenêtre de la mosquée, sise du seul côté où personne ne peut l'apercevoir, et le défilé commence.

Très bon ce défilé. Bien rythmés les airs de musique. Superbes les sapeurs des zouaves. Mâtin! quel pas scandé! Brava, bravissima la cavalerie! C'est parfait. Et puisque le sultan a disparu comme une muscade, filons à notre tour plus vite qu'un lièvre, plus vite que Sa Majesté, si c'est possible, à l'hôtel de Byzance, car j'ai une faim comparable à celle des chiens du cru.

Mais, tout en descendant à Péra [1], pêle-mêle, au milieu

---

1. Péra est le quartier européen. Il couvre un coude de collines qui courent de la Corne d'or au Bosphore. Galata est **comme le fossé et l'escarpe de Péra.**

des troupes disloquées, ne perdons pas notre temps et voyons
autour de nous.

Qu'est cet énorme monument hérissé de têtes de vautours? C'est l'ambassade d'Allemagne.

Dans le *rallye paper* diplomatique ottoman, où les défauts
ne manquent pas, l'Excellence allemande tient présentement
la corde : Je dis présentement.

Aussi son logement a-t-il pris un embonpoint de circonstance. Mais alors : pourquoi des têtes de vautours, au lieu
de têtes d'aigles?

Je ne critique pas : Je constate.

L'hôtel de notre ambassadeur, quoique moins dominant,
est un beau palais, admirablement tenu, très digne d'abriter
la sympathique personnalité du comte de Montebello.

Enfin, voici l'hôtel de Byzance. Allons! vite à table et
qu'on nous apporte un solide drogman comme dessert. Car
nous sommes de nouveau en route, cette fois-ci vers Stamboul, par le canal du « funiculaire » souterrain de Galata.
C'est qu'on ne se refuse rien à Constantinople : le gaz, des
tramways, un funiculaire... Toute la lyre !

Le funiculaire digéré (entre parenthèse, on nous y a pris
pour des bergers herzégoviniens, à cause de nos fourrures
en peaux de bique), nous voilà barbotant comme des
tanches, pour atteindre la Corne d'or et le fameux pont de
Validé-Sultane.

Ce pont est tout simplement formé de grossiers radeaux
encore plus grossièrement agencés; mais il y coule sans
cesse une véritable lave humaine plus bariolée qu'Arlequin,
et, comme chaque molécule de cette lave laisse derrière elle
au moins dix paras (un sou), ce pont reste le plus limpide
des revenus du sultan.

Je ne m'attarderai pas, étant toujours très pressé, à inven-
torier tous les types que je coudoie sur cette Babel horizontale : il me faudrait un volume. Mais je reconnais volontiers

n'avoir jamais subi un va-et-vient de piétons, de cavaliers et de voitures plus nourri, plus bigarré, plus incohérent.

Nous débouchons du pont en face de la mosquée Yéni-Djami (Validé-Sultane).

Ici, les rues sont encore plus tortueuses, plus sales, plus grouillantes de chiens écorchés, plus « impavées » peut-être qu'à Galata, et les maisons n'ont guère plus de caractère. Cependant nous sommes au cœur de la cité sublime! en Byzance! dans Stamboul! au nombril de l'Islam!

Des boutiques ratatinées, des maisonnettes vertes à formes de cages à poulets, des cuisines en plein vent, des rangées d'ablutionneurs aux fontaines de marbre, des Turcs immobiles, des Grecs guère plus mouvants, et des femmes ballonnées.

Donc, rien de bien nouveau, rien d'engageant.

Poussons plus haut et voyons le Vieux-Séraï, ce sombre palais où tant de crimes ont été perpétrés!

Étrange, troublante même, cette cité aux noires murailles crénelées, entourant la plus insolite accumulation de constructions de tous styles qui se puisse voir. Soit, selon un immense triangle, un enchevêtrement inouï de palais, de portiques, de terrasses, de jardins, de kiosques, de fontaines et de cimetières, dévalant pêle-mêle jusqu'au confluent de la Corne d'or et de la Marmara. Là les flots, toujours en colère, en lèchent furieusement la pointe, comme pour laver tout le sang qui a ruisselé sur eux de ce palais maudit.

Le portique supérieur du Séraï est, dit-on, la Sublime-Porte. Je croyais que le propriétaire de ce titre pompeux était l'arc d'entrée du ministère des affaires étrangères.

Peut-être aussi, ai-je entendu sublime au lieu d'auguste.

D'ailleurs, peu importe : cet huis n'ayant rien de remarquable.

Non loin de ce portique, se dresse le fameux platane des Janissaires.

Superbe! ce patriarche; mais encore un bourreau. Vainement, en désespéré, il tord ses rudes bras vers le ciel. Son tronc a trop germé de têtes : — éternellement sa sève coulera rouge...

Il y a cent grandes mosquées à Constantinople.

J'en ai visité quatre :

Celle de Validé-Sultane, celle de Sultan-Achmet, la plus remarquable, avec ses six minarets, celle aux Pigeons, enfin Sainte-Sophie. Je ne dirai pas grand'chose des trois premières, n'ayant pas vibré à leur aspect.

Certainement, leurs coupoles sont majestueuses, leurs minarets élégants et habilement tournés. Je reconnais que leurs voûtes, leurs piliers, leurs colonnes sont de belle venue. Je confesse que les versets du Coran courent sur leurs corniches en admirables arabesques; mais je n'ai pas été suffisamment saisi pour risquer une description qui ferait long feu.

Même les divers tombeaux des princes ottomans, visités entre-temps, m'ont laissé froid au point que j'ai oublié leurs noms.

J'ai eu tort, sans doute, d'aller contempler les mosquées et les mausolées des Mogols avant ceux des califes, et les merveilles de l'art hindou-arabe avant les œuvres architecturales des Osmanlis : *Quid feci, feci. Amen.*

Pour en revenir aux mosquées, celle aux Pigeons, comme son nom l'indique, est consacrée à l'élève de ces volatiles qui finissent généralement, en Europe, sur un lit de petits pois. C'est par nuées que ces roucouleurs voltigent et tourbillonnent à l'entour de nos têtes, dès que nous pénétrons dans l'intérieur de la cour sacro-sainte, pour leur offrir selon l'usage, un régal de grains choisis.

L'un de ces sacrés oiseaux, en s'envolant, laisse choir... un petit souvenir sur l'épaule de Verdet.

De plus en plus en veine, mon ami, car c'est d'un très

heureux augure, disent les Turcs gâteux qui nous entourent.

Ainsi « emmascottés, » nous allons visiter le ministère des affaires étrangères.

Un grand portique (Sublime-Porte), une cour immense et un palais d'autant plus immense qu'il m'a l'air absolument inhabité, portant à son faîte un vaste fronton triangulaire aplati.

Voilà l'établissement peu remarquable, d'ailleurs, et très mal entretenu, au fond duquel mijote toujours la « question d'Orient ».

En face est un hôtel (!) où les officiers turcs des armées de provinces, en congé ou en permission, sont hébergés semi-gratuitement.

Si l'on n'a besoin de rien, mais là, d'absolument rien, on y est tout de suite servi, et supérieurement, à ce qu'il paraît.

Il se fait tard. Remettons à demain la suite de notre exploration, et regagnons Péra, afin de ne pas être insultés par les hommes de progrès de Stamboul.

Nous dînons le plus gaiement du monde à l'hôtel de Byzance, puis nous allons courir pédestrement Péra, pour étudier de nuit, la « turque vie ».

Peu brillant l'éclairage des rues au gaz anémique.

Heureusement, de temps en temps passent des habitués armés de falots qui désembrunissent un peu la situation.

N'importe, c'est lugubre !

Quel nauséabond établissement que le café concert « Concordia » !

Reprenons plutôt notre promenade. Mais les rues sont de véritables casse-cou, pavées de défenses accessoires, et les chiens affamés y grouillent, en quête de n'importe quoi, — voire de mollets, — à mettre sous leurs crocs rouilleux. Cela devient de plus en plus inquiétant. Aussi battons-nous prudemment en retraite.

Couchons-nous donc : ça y est. Et dormons : ça n'y est pas.

Maudits chiens! Satanés *bekchis* [1]!

Ces deux variétés de brutes luttent à qui mettra la note la plus horripilante dans le concert nocturne offert gratuitement par eux à nos oreilles.

Bourrons-les de coton, enfouissons-les sous deux oreillers, — et bonsoir!

3 mars.

Il neige, cette fois pour tout de bon.

Faisons contre mauvaise neige bon cœur, et allons à la « Banque impériale ottomane » réchauffer nos portefeuilles.

Pour ne plus revenir sur nos pas, c'est-à-dire sur Péra, je reconnais que ce quartier est à peu près propre, surtout la Grande-Rue, — la seule, grâce à la vigilance des Européens qui l'habitent presque exclusivement.

Néanmoins, comme nous sommes en Turquie, pays où les cimetières jouent un rôle prépondérant et symbolique, ces champs de repos tiennent, à Péra, l'emploi de squares.

Quelques tombes même ont l'air de vouloir descendre dans la rue, pour se mêler aux passants.

Les tombes turques consistent en une dalle très coranisée portant en tête un cippe de pierre taillé en pointe, orné à sa partie supérieure d'un turban sculpté.

On dirait d'un plant de grosses épingles.

D'ailleurs, on a l'air passablement gai, à l'entour des pauvres défunts. Aussi, malgré leurs quinconces de cyprès, ces étranges jardins publics ne parviennent-ils pas à m'inspirer de salutaires réflexions.

---

1. Veilleurs de nuit qui ne cessent de cogner les trottoirs de leurs bâtons ferrés pour éloigner (!) les voleurs.

Maintenant, laissons les morts en paix, et arrivons à
Sainte-Sophie ou mieux à l'*Aïa-Sophia* (Sagesse-Divine).

Si les mosquées précédemment visitées ne m'ont pas
enthousiasmé, je déclare que Sainte-Sophie a fait sur moi
une impression profonde.

Je ne parle pas de son extérieur, bien entendu : agglomération de laides bâtisses badigeonnées de raies jaunes, qui
empâtent sottement l'œuvre principale, étouffant la coupole,
les demi-dômes et même les minarets.

Mais, à peine ai-je eu chaussé mes babouches, soulevé la
lourde portière de cuir et franchi le parvis sacré, que tout
mon être a tressailli d'aise à la vue de la sublime voûte qui
planait, comme un ciel, au-dessus de ma tête.

La noble simplicité de son dessin et son audacieuse conception architecturale m'ont surtout impressionné.

Une coupole supportée par quatre piliers : quoi de plus
simple?

Mais cette coupole est colossale, ces piliers sont gigantesques, et les proportions de l'une et des autres sont admirables au point de faire oublier la richesse inouïe de leurs
matériaux.

Et cependant, l'un des piliers vient du temple de la Diane
d'Éphèse; cet autre est une colonne du temple du Soleil,
rapportée de Palmyre, par Anthémius de Tralles. Les deux
immenses urnes de porphyre ont été découvertes à Pergame.
Les murailles, les chapiteaux, le sol sont revêtus d'onyx,
d'agates et des marbres les plus rares.

Enfin, sous leur odieux badigeon, les voûtes, les pendentifs, les arceaux, les voussures sont un semis d'argent,
d'or et de pierres fines, représentant de saintes images, en
d'inimitables mosaïques qui, en maints endroits, apparaissent
comme des fresques voilées.

Et, tout au fond du sanctuaire, au-dessus du tapis du
prophète, je vois encore le galbe de la **Sagesse Divine** sem-

blant attendre, impassible, que la sagesse des hommes lui rende enfin ce temple à elle dédié par Justinien.

« C'est que Sainte-Sophie demeure complètement étrangère à ce qui se passe, à cette heure, sous sa coupole sublime [1]. »

Cette pensée de M. de Blowitz est supérieurement exacte.

En vain les mollahs ont fondu l'autel d'airain et brisé les statues saintes.

En vain, ils ont dégradé les voûtes et recouvert de tentures profanes les piliers, les murailles et les dalles.

En vain, ils ont accroché aux pendentifs d'ignobles disques verts et remplacé la chaire de bronze par un *nimbar*, au chef duquel sont toujours déployés, contre le christianisme et contre le judaïsme, les deux étendards de la guerre sainte.

En vain, les sophtas lisent et relisent, sans trêve, à leurs prosélytes, ainsi qu'ils l'ont fait devant nous, les versets du Coran les plus haineux.

L'écho de la voûte d'Aïa-Sophia restera éternellement sourd à leurs invocations.

« L'islam est campé à Sainte-Sophie, il ne l'habite pas, c'est un accident qui n'a touché en rien le caractère sacré du temple que l'on admire [2]. »

Oui, Sainte-Sophie, reste tout entière chrétienne, malgré ses quatre cent trente-cinq années d'esclavage ottoman, et le Galiléen est encore vainqueur à Stamboul ; parce que la religion musulmane est basée sur la haine, et que la haine ne peut rien enfanter de grand, de beau, de sublime, de durable.

Voilà pourquoi les fiers Osmanlis, devenus impuissants au contact des ennuques, s'ils peuvent encore détruire, sont incapables de se régénérer.

Voilà pourquoi, malgré la bravoure de ses soldats, la

1. Opper de Blowitz, *Une Course à Constantinople.*
2. Id., *Ibid.*

valeur de ses généraux et l'habileté de ses diplomates, l'empire ottoman croule de toutes parts, ingalvanisable.

Et voilà pourquoi le commandeur des croyants ne peut montrer, dans sa célèbre capitale. qu'une merveille : Aïa-Sophia, — qui est un chef-d'œuvre chrétien.

Après cette tirade, allons prendre l'air à l'At-Meïdân. L'At-Meïdân, comme son nom l'indique à ceux qui comprennent le turc, est l'ancien hippodrome de Byzance.

C'est une vaste place rectangulaire dominée, d'un côté, par la mosquée de Sultan-Achmet et bordée, des trois autres côtés, par une série de constructions toutes plus ravagées les unes que les autres.

Trois monuments ornent cette place : l'obélisque de Théodose, la colonne Serpentine et la pyramide de Constantin Porphyrogénète. L'obélisque. très sobre d'hiéroglyphes, est bien conservé. Il repose sur un socle revêtu de bas-reliefs antiques à coup sûr, mais parfaitement laids et grossiers.

La colonne Serpentine, en bronze vert, se compose d'un fût, haut de trois mètres. formé de trois corps de serpents hiératiquement enroulés.

Les serpents ont été décapités.

Par qui? les Pères de l'Église et l'histoire ne sont pas d'accord sur ce point. Donc je me dérobe. Cette étrange colonne provient, dit-on, du temple de Delphes. C'est une vilaine curiosité et rien de plus. La pyramide de Constantin est plus piteuse encore. Il n'en reste qu'un énorme morceau de nougat, en pierres effritées, qui se tient tout juste debout.

On m'affirme que jadis cette ruine était vêtue d'une somptueuse chemise d'or. Je le veux bien!

En somme, trois monuments insignifiants; voilà tout ce qui subsiste de cet hippodrome fameux, où l'auguste traînée Théodora, dressée dans sa pourpre, taillait à Sarah Bernhardt un rôle tellement inoubliable (*Sardou adjuvante*), que la gracieuse image de notre grande tragédienne efface en ma pensée celle de son modèle, et qu'en ce milieu historique, la vraie Sublime-Porte reste pour moi la Porte... Saint-Martin.

Il y a bien aussi, face à la mosquée de Sultan-Achmet, une sorte de palais-caserne à demi-effondré et, plus loin, des citernes qui ne valent guère mieux.

C'est en ces lieux que les janissaires furent massacrés par Mahmoud. Mais, outre que ces choses sont laides, il me faudrait vous en conter l'histoire par trop connue.

J'aime mieux vous conseiller de relire, à ce sujet, *Constantinople*, de Théophile Gautier.

Ou plutôt, non, ne le lisez pas.

Vous jetteriez tout de suite au panier mon pauvre bouquin.

De l'At-Meïdân, notre drogman veut nous conduire de force à la colonne Brûlée. C'est moins que rien.

Drogman, mon ami, nous allons nous fâcher. J'en ai assez de vos antiquailles vermoulues, de vos souvenirs en putréfaction et de vos poussières historiques.

Les beaux vieillards seuls me plaisent. Est-ce compris?

Je consens, cependant, à subir encore, pour vous faire plaisir, votre musée (ancienne église Saint-Irénée).

Ainsi que je le supposais, ce musée ne présente rien d'extraordinaire, sauf une ravissante statuette d'Hercule, trouvée je ne sais plus où, et la tête de l'un des serpents de la colonne de l'At-Meïdân.

Par exemple, je me méfie un peu beaucoup de l'authenticité de cette dernière pièce, — pas à conviction du tout.

Mais, nous voici enfin au grand bazar.

Théophile Gautier en a fait un tableau tel que j'ai été passablement désillusionné.

Évidemment, ces interminables voûtes percées de petites coupoles vitrées, permettant tout juste au jour d'y pénétrer; ce damier de ruelles sombres, semé de places et de carrefours; cet immense labyrinthe quasi souterrain, où chaque

industrie a son quartier, étonnent et saisissent le voyageur
qui, pour la première fois, pénètre en Orient.

Mais je répète ce que j'ai déjà dit : — Le caractère turc
est un mythe.

Il ne faut pas oublier que Constantinople est en Europe, et
que la camelote et l'article de Paris ou de Londres y règnent
en souverains.

Sur cent boutiques, j'en vois à peine une où j'aie du
plaisir à m'arrêter, — la majeure partie des marchandises
étant de vieilles connaissances d'Occident.

Les brocarts viennent de Russie, les perses d'Angleterre,
les soieries de Lyon, les carpettes de Paris, etc.

Mais voici le bouquet : comme je marchande un fez, on
me répond pompeusement qu'il vient de Marseille. *Historique!*

Si au point de vue commercial c'est parfait; au point de
vue artistique c'est navrant !

Dans l'arrière-boutique de certains marchands on trouve,
néanmoins, des curiosités de valeur et des marchandises dont
l'authenticité orientale ne saurait être mise en doute.

Lisez, lisez Gautier ; mais... avec des lunettes bleues.

Personnellement, ce que j'admire par-dessus tout dans les
bazars de l'Orient, c'est l'indifférence des vendeurs, le calme
des acheteurs, le grouillement posé des passants, l'incorrec-
tion absolue de toutes choses, et surtout, les mille nuances
insaisissables des groupes qui s'agitent, se mêlent, se désa-
grègent et se reforment sans cesse, dans un cadre dont la
sobriété extrême bitumine les ombres, atténue les tons
heurtés et donne à tous ces chocs d'enluminures la distinction qui leur manque au grand soleil.

Assez de Stamboul, n'est-ce pas ?

Et, si vous le permettez, revenons à l'hôtel en causant
chiens.

J'avoue que ces jeûneurs perpétuels, avec leur fourrure

jaune, sans poils et presque sans peau, avec leurs pattes
ankylosées ou tordues, leur queue absente, leurs yeux crevés
et leurs flancs à jour duvetés de vermine, m'intéressent à un
point extrême.

Les uns errent misérablement, s'obstinant à chercher
encore quelques restants de restes.

Trouvent-ils n'importe quoi d'avalable ! l'objet disparaît,
happé, aspiré comme une carte-télégramme, par ces chiens
pneumatiques.

D'autres, vaincus par la désespérance, rongés par l'anémie,
l'œil vitreux, la tête au sol, ne cherchent plus : — ne se
grattent même plus...

Mais la plupart se pelotonnent en cercle, le nez le plus
près possible de leur dessous de queue, ainsi que les mer-
lans frits ont l'habitude de le faire, — et attendent en cette
posture la mort, par occlusion sans doute...

J'en ai vu un pourlécher avec attendrissement l'essieu
d'un tramway où dormait une larme de graisse, et pendant
ce festival, un confrère moins fortuné, mais également
attendri, opérait similairement aux environs du croupion
pelé du lécheur.

Évidemment, cet infortuné agissait ainsi dans l'espoir fol
de participer, par exosmose, au régal de son camarade.

Laissons maintenant ces sympathiques émules de Succi
à leur malheureux sort, touchons à l'hôtel, allégeons-nous
de quelques medjidiés, et regagnons notre bateau qui va,
tantôt, lever l'ancre.

Je vous entends me dire :

— Comment, vous partez sans nous rien conter des mœurs
turques ?... sans nous parler bakchich, harem, moralité,
administration, finances, politique ?

Parfaitement, car ces questions, très intéressantes sans nul
doute, peuvent être difficilement traitées à la légère.

Vous faut-il quand même mon opinion ? la voici :

Je crois, avec Kœsnin-Bey [1] et M. de Blowitz, — que je
pille quelque peu, — à la vénalité de la majeure partie des con-
sciences turques et à la culture, sur une échelle incommen-
surable, du pot-de-vin : la seule culture gouvernementalement encouragée. Je crois que la moralité et la continence
n'ont rien à voir dans l'éclaircissement des harems ; mais
que la monogamie est actuellement imposée par l'état de
faillite flottante, qui est la diathèse de l'empire ottoman. Je
crois, — sans y aller voir, — que si tous les Turcs sont forts
à priori, quelques-uns sont encore plus forts, peut-être
à posteriori. Je crois fermement que la Turquie est le pays
des sciences, des monnaies et de l'heure inexactes [2], et que
son ministre des finances est le grand maître du krach
perpétuel.

Oui, je crois à toutes ces choses et à bien d'autres encore,
parce que mes modestes renseignements particuliers ont
exactement confirmé le dire des auteurs éminents cités plus
haut : lesquels, du reste, n'ont pas été démentis.

D'ailleurs, je vous les ai nommés. Voyez-les et vous serez
aussi savants que votre serviteur.

Sur ce, embarquons !

Ah ! la bonne *boui-abaisso* que nous absorbons, en excellente compagnie, à la santé du futur emprunt turc !

Il est vrai que M. Thiers l'avait confectionnée, et que
M. Thiers est le premier cuisinier de la flotte des Messa-
geries maritimes. Du moins c'est l'avis du commandant
Reynier : c'est aussi le mien.

Vue de la Corne d'or, pendant la nuit, Constantinople est
encore admirable au point de faire oublier ce qu'elle est en
réalité. Ses collines, criblées de flaques de feux, semblent

---

1. *Le Mal d'Orient.*
2. La première heure turque se compte à partir du lever (?) du
soleil, la douzième à son coucher (?).

embrasées; aux flancs de ses ondulations courent de grandes phosphorescences; et tout son cirque n'est qu'un ruissellement d'étincelles mille fois reflétées par les flots scintillants, où, semblables à des lucioles, glissent les caïques promenant leurs falots.

Ce spectacle est si attachant que même les hurlements effroyables de l'armée des chiens, — dont toutes ces lueurs sont peut-être les yeux, — ne parviennent pas à me faire abandonner le pont du *Mendoza*.

Néanmoins à dix heures, le froid aidant, je rallie mon tiroir.

CHAPITRE III

4 mars.

En m'éveillant, à huit heures, je sens le *Mendoza* immobile.

Il devait cependant lever l'ancre à minuit. Qu'est-ce?

Je monte sur le pont. Tout m'est vite expliqué.

Une brume, blanche, glacée, épaisse comme un édredon, roule autour de nous et pose sur la mer, rendant tout départ impossible.

Au travers de cette brume, en un brouhaha d'armée, m'arrivent les mille bruits de la ville et du port de Constantinople :

Des murmures confus, des appels, des cris, des chocs, des froissements de chaînes, des clapotements d'avirons, et parfois, des paroles distinctes et des commandements, scandés de coups de sifflets et de hurlements de sirènes.

Et toujours le brouillard va, vient, ondule, court, sem-

blant par instants tomber des hunes sur le pont où il s'écrase,
imprégnant toutes choses de son odeur d'haleine forte, et
mettant des clinquants de givre à mes moustaches.

Bientôt cependant les bruissements humains s'affaiblissent; de grandes bouffées plus claires, plus froides me fouettent au visage: quelques déchirures bleues se montrent çà et
là; et, tout à coup, en un point auréolé de blanc, comme un
énorme disque de cuivre rouge apparaît le soleil, qui, avidement, d'un clin de son puissant œil, volatilise les hautes
vapeurs.

Tout aussitôt l'édredon s'affaisse, laissant percer les pinacles vert-de-grisés des minarets, puis les cimiers des
coupoles, puis les coupoles elles-mêmes.

Enfin, surgit tout entier l'admirable panorama déjà vu
drapé dans un épais manteau de neige, qu'herminent des
milliers de foyers lumineux, produits par le soleil giclant
ses rayons sur les vitres givrées de Péra et de Stamboul.

Maintenant le ciel est d'un bleu éclatant, le soleil flamboie et quelques légères nuées restent seules accrochées,
comme des mousselines, aux basses vergues des bateaux.

Ce que voyant, le *Mendoza* a levé l'ancre et mis le cap
sur le Bosphore, hurlant de son mieux en l'honneur, sans
doute, de l'aviso français le *Pétrel*, tranquillement au repos
à quelques encablures du stationnaire de Sa Majesté le sultan.

Splendidissime le Bosphore!

Mais je ne sais ce que j'admire le plus, ou bien ses bords
divinement ondulés, ourlés de palais, de villas, de kiosques
et de jardins, que le froid a constellés de cristaux, ou tout
au loin, droit au sillage de notre paquebot, le flamboyant
raccourci de Constantinople, l'éventaire diamanté de Scoutari et, entre ces deux joyaux, la sombre masse du Séraï
pointant sa noire proue, comme un vaisseau de haut bord.

Voici, reflétés dans l'azur, en une admirable frange d'argent, le palais Tchéragan, le palais d'Abdul-Medjid, celui de

Dolma-Batché, et, au sommet de la colline de Péra, Hildiz-Kiosque, que je vois enfin tout entier, non loin de la prison entourée de jardins où languit Mourad V.

Pendant ce temps, sur la rive d'Asie, les pavillons, les bosquets et les villages se succèdent sans cesse, et, à chaque coude de cet incomparable Bosphore, je découvre de nouvelles beautés, de nouveaux sites, plus accidentés, plus pittoresques, plus attachants.

Bientôt les deux rives se rapprochent sensiblement.

C'est ici que Darius, marchant contre les Scythes, fit passer son innombrable armée.

C'est en ce point, d'ailleurs, que toutes les invasions ont coulé : — que la dernière coulera peut-être encore...

Le courant est maintenant d'une violence extrême; mais le *Mendoza*, un fin marcheur s'il en fût, lutte vaillamment, en soulevant des nuages de canards, de sarcelles et de plongeons.

Nous passons devant un vieux château fort, côtelé de tours crénelées, qui nous montre la calme architecture militaire du sanguinaire Mahmoud II. Cela est médiocre.

Plus nous avançons, plus les courbes du Bosphore deviennent gracieuses.

Nous saluons, au passage, la délicieuse station d'été de Thérapia où, dans son cadre ensoleillé, le chalet de notre ambassadeur fait un riant pendant à la villa de l'ambassade d'Angleterre, non moins bien enchâssée. Quel nid pour l'éclosion des mamours politiques!

Bouyouk-Déré, plus coquette encore que Thérapia, vient ensuite faire à nos yeux l'étalage de ses charmes, comme pour nous retenir.

Mais, ainsi que je l'ai dit, notre *Mendoza* est incorruptible. Envers les Capoues et contre le courant, il tient sa route droit à la mer Noire, droit à Batoum où il a l'ordre de se rendre directement.

Un dernier coude plus violent, plus accidenté, plus suggestif se présente. Nous le doublons.

Le Bosphore enchanteur a disparu.

5 mars.

Rien à dire ni pour ni contre le Pont-Euxin, qui ne me traite ni mieux ni plus mal que les autres mers.

Le ciel est bas et gris, l'eau couleur de suie : accidentellement, bien entendu. N'importe, c'est la première fois que je surprends une mer justifier un peu son qualificatif.

Les côtes d'Anatolie apparaissent par deux fois, poudrées de neige, et c'est tout.

6 mars.

Au réveil, j'entends dire que Batoum est en vue.

Faisons nos paquets.

La matinée est splendide, la mer Noire bleu de ciel, le soleil à son poste.

Autour de nous, dans un éparpillement de grèbes, quelques pélicans goitreux pêchent aussi philosophiquement que des Parisiens.

Vers l'est, de hautes montagnes, aux cimes neigeuses, barrent l'horizon.

Très en avant d'elles, dans le rentrant d'une plage insignifiante, se dresse un boqueteau de mâts gardé par un fort tout de neuf habillé de gazon. En arrière, apparaissent quelques baraquements militaires, deux minarets et un tas de maisons basses. C'est Batoum, port franc, d'après le traité très maltraité de Berlin, et port russe depuis 1886, de par la volonté du tsar, à laquelle je ne contredis pas.

Assez mauvais port, d'ailleurs : trop de fond au sud, et à l'est pas de fond du tout.

Mais les Russes sont tenaces : ils finiront par faire une moyenne, Batoum étant tête de ligne du chemin de fer transcaucasien et le grand débouché des pétroles de Bakou. Notre nerf olfactif en sait déjà quelque chose; car nous sommes depuis une heure à quai. Pas à terre néanmoins, les douanes russes étant de véritables fourches caudines.

Il est juste de dire qu'outre nos bagages, nous avons revolvers, carabines et fusils, avec munitions pour ces divers outils. Tout comme Tartarin.

Donc, gendarmes et douaniers se mettant en posture de faire subir à nos colis un véritable conseil de revision, j'exhibe à leurs yeux ronds un document orné d'un superbe cachet rouge.

C'est un laissez-passer que Son Excellence le général baron de Fredericks, le très sympathique attaché militaire russe à Paris, a bien voulu me faire délivrer, sachant très bien, par M. d'Iswékow, que mon intention n'est pas de jouer les Schamyl au Caucase.

A la vue du précieux papyrus (sans calembour), les cerbères s'inclinent avec considération et... gais et contents, nous prenons possession du sol caucasien.

Un phaéton, sorte de victoria minuscule attelée à la russe avec cocher très *enttouloupé*, pot nocturne en tête [1], nous a bientôt jetés à l'hôtel de France.

Très confortable cet hôtel où je trouve son ancien proprié-

---

1. Le *touloupe* est la livrée d'ordonnance des cochers russes. C'est un long vêtement généralement en peau de bête avec le poil à l'intérieur. Le touloupe est côtelé de piqûres, depuis la taille qui est ridiculement haute, jusqu'en bas. Cette taille est ornée d'un ruban de satin, bleu généralement, ou d'une ceinture en argent. — Le touloupe sert aussi bien en été qu'en hiver. — La coiffure des cochers consiste en un chapeau très bas de forme, en feutre ou en cuir bouilli, de la forme des vases de **voyage pour enfants — sans anse cependant.**

taire, M. Lecomte, un serviable Français qui me donne
d'excellents renseignements.

Nos cartes déposées chez le prince Eristow, gouverneur de
la ville, nous allons, sans plus tarder, reconnaître les bords
du Tchorock, jusque vers la frontière arménienne.

Nous traversons d'abord des plaines marécageuses marquées de broussailles épineuses et de quelques champs de
maïs. N'était le haut rempart de montagnes qui ferme l'horizon, nous pourrions nous croire en Camargue. Peu cossues
les habitations de cette contrée. De misérables huttes à
poules en chaume et en copeaux juchées sur quatre pilotis.

Telles habitations, tels habitants : De gros bonnets fourrés
teigneux sur des têtes cuivrées au profil d'aigle, et des gue-
nilles sur de beaux corps amaigris par la misère et les fièvres.

Cependant nous sommes aux faubourgs de la Colchide, au
seuil du pays de la Toison d'or. Et jadis, il n'y a pas un
siècle, dit-on, les ancêtres de ces loqueteux avaient pour
occupation favorite de fixer au fond des cours d'eau gouriens
et mingréliens, des peaux de moutons qu'ils retiraient, parfois, chargées de paillettes d'or.

Sous les « shampooings » réitérés du temps, les précieuses
pellicules ont disparu, et la Colchide a eu son krach; mais
la moralité de cette histoire c'est que celle de la Toison d'or
n'est pas absolument un mythe.

Si le lit du Tchorock ne charrie plus rien de précieux, les
flancs des montagnes qui bordent son bassin sont couverts
de hêtres et de chênes superbes dont les bourgeons sont déjà
roses et prêts à éclater.

Nous avons laissé l'hiver à Stamboul; ici c'est le printemps.

Et partout, dans la mousse perlée de gouttes de rosée se
montrent des violettes, des primevères, des muguets, des
géraniums, des pervenches, et de mignonnes fleurettes d'un
bleu turquoise. Si quelqu'un de mes lecteurs va à Batoum,

3.

je lui recommande, surtout s'il est poëte, les bords du Tchorock.

La nuit nous force à regagner Batoum dont je dirai peu de chose.

C'est une ville entièrement russifiée, où l'Asie apparaît seulement sous la forme de quelques dépenaillés des deux sexes, formant par-ci par-là des groupes « à la Callot », dont il n'est prudent de s'approcher que saupoudré d'insecticide.

7 mars.

En disant, hier, que le printemps était venu, je m'étais moi-même trop avancé.

A minuit, une effroyable tempête nous réveille en sursaut, dans nos grands diables de lits, — aux draps non bordés.

Tout craque, tout mugit autour de nous, sous les poussées d'un vent furieux, qui opère de connivence avec une rafale de neige au grand complet. Mais nous nous en moquons : ne sommes-nous pas sur le plancher des aurochs? Dormons!

Au matin, un pied de neige ensevelit Batoum, et la bourrasque continue de plus belle, tordant les maigres arbres des jardins et faisant danser la farandole aux bateaux, malgré leurs triples amarres.

La mer démontée vient même déchausser de ses vagues énormes la voie ferrée du transcaucasien, sur laquelle nous avançons avec infiniment de précautions. Car nous sommes en route pour Tiflis, bien calfeutrés dans d'excellents wagons de première classe de la famille des *sleeping-cars*.

Mais quelqu'un parle français à côté de nous!

C'est une ancienne connaissance de Nancy, c'est le baron Castex qui se rend à Soukoum-Kalé, en Abkasie, où il possède, depuis sept ans, une immense exploitation de forêts.

Après un échange de légitimes congratulations, je l'interviewe sur toutes choses caucasiennes, entre autres sur la flore caucasique, principalement sur les diverses essences d'arbres.

C'est en Abkasie que les arbres atteignent leur plus grand développement. On y voit communément des frênes hauts de cinquante mètres et des chênes de quarante-cinq mètres, ayant six mètres de circonférence à hauteur d'homme. Les charmes, les ormes, les hêtres, les ifs (ardoutsch), les tilleuls, les noyers y sont également colossaux. Quelques buis mesurent soixante-cinq centimètres de diamètre et atteignent à la hauteur d'un sapin ordinaire. Malheureusement, le manque de routes rend presque impraticable l'exploitation de toutes ces richesses.

Vous voyez que j'abuse déjà de mon nouveau compagnon de route, et ce n'est pas fini.

Pour se rendre dans ses propriétés, le baron doit s'arrêter à Sugdidi, chez Son Altesse le prince Achille Murat, qui, on le sait, a épousé la princesse Salomé Dadiani de Mingrélie.

Comme la Providence fait bien les choses! car mon temps limité ne me permet pas de m'arrêter à Sugdidi. Je charge donc M. Castex de présenter mes hommages à son aimable hôte et voisin, de lui exprimer mes regrets de passer si près de lui sans l'aller voir, enfin de lui remettre les lettres que j'apporte de France à son adresse. Et ici, je prie le prince Achille Murat d'agréer mes sentiments de vive reconnaissance pour toutes ses attentions délicates à mon endroit, pendant mon séjour au Caucase.

Reprenons notre interview.

Le Caucase est un isthme qui étend de la mer Noire à la Caspienne une longue, large et haute chaîne de montagnes mesurant, à vol d'oiseau, 550 kilomètres. Cette chaîne est, en réalité, un enchevêtrement inouï de massifs qu'on peut diviser en deux segments, séparés par une profonde

dépression centrale (2300 m.), où passe la route militaire
du Kasbek.

Le segment occidental, dont le point culminant est
l'Elbrouz (5645 m.), est le plus élevé.

Le sommet principal du segment oriental (Daghestan),
est le Téboulos (4502 m.).

Les principaux fleuves qui desservent le versant septentrional sont le Kouban, tributaire de la mer Noire, et la
Kouma et le Soulako, tributaires de la Caspienne.

La dépression méridionale est sillagée par le Rion, qui se
jette dans la mer Noire, et par la Koura, tributaire de la
Caspienne.

Entre la Koura et son plus grand affluent de droite,
l'Aracks, se dresse le massif de l'Anti-Caucase, relié au
Caucase par la chaîne d'Adjaro-Khaliskh, au nœud de Sourame.

Au point de vue ethnographique, la région caucasique
présente un noyau autochtone aryen (Ossètes, Tcherkesses,
Tchetchenz, Géorgiens, etc.) auquel sont venus s'amalgamer
les débris des invasions successives des Égyptiens (?), des
Romains, des Parthes, des Perses, des Byzantins, des
Mogols, des Tartares et des Turcs ottomans; invasions qui,
d'ailleurs, sont venues s'émietter impuissantes contre ce
colossal rempart de granit, que les Russes seuls ont réellement conquis.

La population totale du Caucase, comprenant les Circas-
siens (septentrionaux) et les Géorgiens (méridionaux), est
évaluée à cinq millions d'individus.

J'arrête net cette crise d'érudition, renvoyant pour la
suite le lecteur à MM. Vivien Saint-Martin et Elisée Reclus,
et je passe à l'examen des paysages que nous traversons.

Ce sont, d'abord, des marécages impénétrables, semés
d'épais halliers de houx, de cornouillers, de buis, de lauriers et de rosiers sauvages, au travers desquels se dressent

de beaux corps de hêtres et de chênes, enguirlandés de plantes grimpantes, de lianes et de parasites aux frondaisons puissantes.

Inutile d'ajouter que cette région est aussi fertile en fièvres pernicieuses qu'elle est luxuriante de végétation.

Peu à peu les marécages disparaissent, laissant les grands arbres seuls maîtres de la situation, avec leurs épais haubans de vignes vierges. Les forêts elles-mêmes cèdent ensuite le pas à de belles plaines largement ondulées, bien cultivées, montrant çà et là des hameaux et des fermes dont les murailles sont formées de troncs d'arbres, placés jointivement.

Bientôt l'horizon se frange d'imposantes hauteurs neigeuses. Puis, de nouveau, des forêts apparaissent, mais moins denses, moins embroussaillées. Des coteaux montrent de toute part leurs têtes chauves. Et brusquement, nous pénétrons dans un véritable dédale de montagnes arides et cailloutteuses, aux cassures desquelles apparaissent, accrochés comme des nids d'aigles, des châteaux en ruine et des forteresses éventrées, tandis qu'au fond des vallées tortueuses, des torrents roulent furieusement leurs eaux jaunes.

Deux mots sur la rampe de Sourame que nous gravissons au pas, malgré une locomotive à double moteur, chauffée au résidu de naphte (*mazout*), comme d'ailleurs toutes les locomotives caucasiennes et transcaspiennes. Cette rampe, dont le point culminant est Poni (1000 m.), atteint, en certains endroits, jusqu'à 0m,06 par mètre. Aussi s'occupe-t-on de percer un tunnel sous ce gênant contrefort qui relie le Caucase à l'Anti-Caucase, ainsi que je l'ai dit plus haut.

Profitons de ce ralentissement extrême, augmenté encore par l'intensité de la rafale de neige de plus en plus enragée, pour dévisager les personnages qui se meuvent dans le paysage dont je viens de parler.

Car, malgré notre allure modeste, nous avons déjà traversé

la Mingrélie, laissant à Samtrédi le baron Castex, et nous sommes actuellement en pleine Imérétie (Colchide).

Nous avons même déjeuné de fort bon appétit à la station de sa capitale, Koutaïs, et vidé une bouteille de vin de Kakhétie à la santé de Jason et des Argonautes, nos illustres prédécesseurs.

J'ai donc pu faire ample connaissances avec les différents types du Caucase qui emplissent les wagons, les gares et mêmes les buffets.

Entre parenthèses, ceux-ci sont confortables et pourvus de beaucoup de « harnois de gueule », naturellement très hétéroclites. L'étrangeté des mets est peu de chose quand on a un estomac complaisant : mais le difficile est qu'il faut, à la fois, choisir son plat sur le dressoir et garder sa place à table. Si vous restez assis, malgré la mimique la plus savante on ne vous apporte absolument rien. Vous levez-vous? un voyageur se précipite à votre place.

Heureusement, nous sommes deux.

Verdet, plus amplement pourvu que moi sous le rapport de l'assiette, garde ma place en faisant le gros... dos sur la sienne. Pendant cette posture, je vais aux provisions.

Parfaits les petits gâteaux fourrés (*pirojki*). Quant au vin de Kakhétie, dont Russes et Géorgiens raffolent, il m'est antipathique. Par contre, le thé au samovar est excellent. — Malheureusement, on le sert tellement brûlant qu'on ne peut pas arriver à l'ingurgiter.

Verdet voudrait bien profiter de cette encontre pour cautériser ses amygdales ; mais il y renonce devant l'impossibilité où il se trouve de toucher à son verre même avec des gants.

Revenons aux Gouriens, Mingréliens, Imérétiens, Géorgiens et autres variétés d'indigènes caucasiens.

Ce sont en général des hommes superbes ; mais leur costume, exceptionnellement flatteur, est pour beaucoup dans la réputation qu'on leur a faite, d'être les plus beaux mâles de l'univers.

Ce costume consiste expressément en un *papak* et en une *tcherkesse*.

Le papak est un bonnet tronconique en astrakan surmonté d'une petite coiffe pointue, et la tcherkesse est une longue soutane en laine unie, noire, ou brune, ou blanche, très serrée à la taille, tombant jusqu'à la cheville et portant, de chaque côté de la poitrine, des cartouchiers en ivoire ou en argent niellé.

Une ceinture en argent extrêmement ouvragé maintient à la taille, à droite un pistolet, à gauche une boîte à amorces et, en avant, le fameux *kindj-al*, large poignard de prédilection de ces peuplades. Les Caucasiens se servent à tout propos de cette arme, aussi bien pour nettoyer leurs dents ou pour découper un poulet, que pour ouvrir le crâne, voire le ventre de leur meilleur ami, en cas de colère ou d'abus de kakhétie.

« Les Russes ont pu soumettre les Caucasiens ; ils n'ont pas encore su les désarmer. »

Sous la tcherkesse est un *bechmet*, longue chemise à taille et à col droit, tombant par-dessus la culotte, elle-même enfermée dans des bottes extrêmement souples, sans talons.

J'oubliais un ruban en tissu d'argent porté en sautoir; le *bachlick*, petit capuchon en laine douce, à longues brides ; enfin la *bourka*, manteau en poil de chèvre, à forme de rotonde, tombant jusqu'à terre.

Ainsi vêtus, tous ces gars bronzés et barbus marchent virilement, posent même, bien cambrés, l'air fier (ils se croient tous princes), et d'autant plus décidés à se défendre qu'ils portent toute leur fortune à leur ceinture.

En fait de diversité de costumes, je citerai quelques Géorgiens et Arméniens portant les manches de leur tcherkesse flottantes comme Eléazar dans *la Juive*; quelques autres mettent leur ceinture sur le bechmet et laissent libre la tcherkesse.

Les Tartares raccourcissent le plus possible ce vêtement et se coiffent d'un énorme bonnet en peau de mouton, à forme de toupie renversée (*kalpak*).

Les Persans ont un bonnet (*kolah*) plus haut, plus long en astrakan ou en feutre et sans coiffe ; les Arméniens une casquette en drap ; les Ossètes une calotte en feutre fauve, etc.

Assez de Caucasiens, n'est-ce pas ?

Aux Caucasiennes maintenant. M'y voilà !

Ici, je vais paraître paradoxal, mais, afin de traiter ce sujet d'un seul coup, oyez bien mon opinion.

J'ai passé quinze jours au Caucase (Circaucasie et Transcaucasie) : c'est peu, il est vrai, mais c'est encore suffisant pour voir et pour bien voir, quand on n'a pas les yeux dans sa poche, ce qui est, je crois, notre cas.

Pendant ces quinze jours, dis-je, j'ai assisté, tout au long, à Tiflis, aux réjouissances données en l'honneur de l'anniversaire de la naissance du tsar et aux fêtes de Pâques. J'ai vu le grand et le menu peuple en liesse. J'ai assisté, à Moustaïd (le bois de Boulogne caucasien), à toutes les danses, luttes, courses et beuveries possibles. Eh bien, je déclare n'avoir vu aucune Caucasienne réellement belle. Toutes ont un visage mat d'un ovale irréprochable, de superbes yeux noirs encore artificiellement agrandis ; avec cela de belles dents, puis c'est tout. La bouche est généralement grande, le nez aquilin, les lèvres sont trop minces. Au total l'ensemble, quoique distingué, manque absolument d'expression. Outre cela, elles sont petites, médiocrement tenues, d'un galbe ordinaire, et, au point de vue de la plastique, jouissant d'une sincère pénurie d'honnêtes choses.

D'ailleurs, leur costume, parfaitement laid, contribue beaucoup à les faire mal juger, à l'opposé de leurs maîtres.

Une robe, style dernier empire, aux manches bouffantes, serrées au poignet. Au delà, des mitaines pour les élégantes. Par-dessus, suivant le cas, un caraco, un mantelet ou rien.

Un peu partout une profusion de rubans et de bijoux.

Mais voici le bouquet : la coiffure !

Une sorte de petit tambour de basque en velours, dont le cercle est brodé d'or, d'argent, de perles ou de soie, pose à plat sur la tête, mordant le front en ferronnière. Sur cette galette est fixé, à l'aide d'épingles, un voile très court ou un fichu qui laisse admirer, de chaque côté de la figure, deux grosses boucles de cheveux en tire-bouchons (anglaises) couvrant les oreilles et, par derrière, deux tresses pleurnicheuses.

Tel est l'accoutrement et telles sont les belles Circassiennes chantées sur tous les tons et dans toutes les langues par les poètes, les historiens, et même par quelques voyageurs émerillonnés outre mesure, sans doute par une continence des plus louables.

Ah ! femmes de France ! point ne soyez jalouses des beautés du Caucase. Plaignez-les plutôt. Plaignez-nous encore davantage ! Mais plaignez-moi surtout d'être obligé, par respect pour la vérité, de faillir aux lois de la galanterie française.

J'ai tenu à m'enquérir, néanmoins, du pourquoi de la réputation de beauté universellement attribuée aux Circassiennes. Car il est indéniable que le « gratin » des harems d'Orient et d'Occident se recrutait au Caucase ; s'y recrute même encore parfois, dit-on.

Voici ce que je crois avoir trouvé.

Sans entrer dans aucun détail physiologique, c'est au Caucase que la traite des blanches se pratiquait le plus « honnêtement », c'est-à-dire que la chair se vendait la plus fraîche, la plus tendre. Lors, on conçoit que ces enfants sauvages transportées, presque dès le berceau, dans un milieu plus civilisé (!)

plus confortable, plus sain, mieux soignées, mieux nourries, pouvaient subir une véritable transformation et acquérir, par un traitement *sui generis*, toutes les qualités esthétiques dont elles m'ont paru être très sobres dans leur propre pays.

Qu'est le cheval de pur sang anglais, sinon un cheval arabe transporté en Angleterre? Ma comparaison vous parait-elle risquée? je la retire; d'autant plus volontiers qu'elle n'est pas absolument exacte. Les Mingréliennes sont, assure-t-on, plus belles que les autres femmes du Caucase. Je le veux bien. Malheureusement celles que j'ai vues laissaient encore beaucoup à désirer. Verdet, qui s'y connaît, est de mon avis. Donc la cause est entendue.

Il nous est facile, d'ailleurs, d'étudier déjà ces questions sur le vif, sans même quitter la plate-forme de notre wagon, l'archimandrite de Géorgie occupant l'une des cabines de notre voiture.

C'est un colosse superbe, un homme splendide dans toute l'acception du mot. Un haut colback en drap coiffe sa tête sculpturale, un ample manteau noir doublé de zibeline l'enveloppe, sa main droite s'appuie sur une canne à pomme d'argent, et le portrait du tsar, entouré de brillants, pend sur sa poitrine.

A chaque station, j'assiste à une sorte de procession à un défilé en miniature, à un diminutif de pèlerinage. Les femmes baisent ses mains, les hommes s'inclinent, et moi je prends des notes.

Voyons ce que j'ai écrit au sujet des officiers russes : de beaux hommes, à figure énergique, à l'air militaire, corrects sans raideur, sans pose : par-dessus tout — bons garçons. Presque tous portent la longue tunique verte à passepoils rouges, un pantalon bleu foncé ou une culotte de même nuance enfermée dans des bottes en cuir très souple, la fameuse casquette plate et un sabre demi-courbe à fourreau noir, suspendu (la concavité en avant), par deux petites bélières, à un mince baudrier en tissu d'argent, passé en sautoir.

Les officiers de cosaques ont la tcherkesse (*chiniel*) avec des pattes d'épaule indiquant le grade, et un sabre à poignée sans garde, comme les flissahs arabes, porté également en bandoulière. La coiffe de leur papak est rouge, blanche, noire, etc., suivant qu'ils sont du Don, du Volga, de l'Oural, du Caucase, de l'Atrek. Le bechmet suit les mêmes variations.

Le papak des artilleurs est plus écrasé et droit.

Mais je ne veux pas faire, ici, un traité sur l'uniforme russe, quelle que soit ma profonde sympathie pour l'armée de Sa Majesté le tsar.

Je reconnais, toutefois, que le livre du colonel Rau, sur l'*État militaire des principales puissances étrangères*, est aussi exact qu'intéressant.

Fermons maintenant cet excellent volume, car la nuit est venue, tandis que nous dévalons sous un ciel noir, criblé d'étoiles, dans les plaines de la Géorgie sur lesquelles la neige a jeté un épais linceul. La tourmente a cessé, notre train s'emballe, ronfle même. Faisons comme lui.

A onze heures nous nous arrachons aux bras de Morphée pour nous jeter dans ceux d'un *isvostchik* (cocher), pot de chambre en tête, plus que jamais.

Brrr! brrr! brrr! quel froid de canard!

Et deux kilomètres à faire en phaéton, en sortant de notre wagon chauffé à blanc! C'est parfait.

En arrivant à l'hôtel du Caucase, nous sommes tellement congelés que nous bégayons des mots incohérents, les muscles de nos mâchoires n'obéissant plus aux sollicitations de notre cerveau. On nous comprend quand même : peut-être le froid excessif nous a-t-il fait parler russe ?

En tout cas, on comprend que nous ne transpirons pas, et c'est l'essentiel pour l'instant.

Déjà, en ma chambre, un poêle gigantesque fait entendre sa réconfortante et gaudissante musique à laquelle répond bientôt le chant du samovar.

Il y a aussi, non loin de lui, un grand lit plat, avec un tas de bonnes couvertures...

Il y a encore que votre serviteur a grand, grand sommeil. Souffrez donc qu'il vous quitte et vous dise : à demain !

CHAPITRE IV

A la gente cour d'amour de Montpellier.

Tiflis. — La ville européenne et la ville asiatique. — Encore
une digression. — Le bazar de Tiflis. — Le *Tannhäuser*. —
Quelques usages russes et géorgiens. — *Zdarovo rébiata!* —
Le comte Obert. — Fête anniversaire de la naissance du tsar.
— Mort de l'empereur Guillaume Ier. — Joseph David. — Le
pays des Tartares. — Arrivée à Bakou. — Bala-Khanêh. — Un
cours de pétrole. — A bord de l'*Ani*. — Enzeli. — Nocturne
dans les marais du Gilhan. — Recht. — Le prince Dabija. —
En *tchapar*. — Le bala-khanêh de Koudoum. — Quelques
explications nécessaires. — En route à travers l'empire des
tigres et des bécasses. — Une posture critique. — Patchinar
et les chacals. — Orgie de pittoresque dans les montagnes du
Karzan. — Mézraï et ses punaises. — Chevauchée macabre. —
Marche forcée. — Casbin. — Entrée à Téhéran. — Gracieuse
réception à la légation de France.

8 mars.

Notre première course est pour la poste restante. Là, on
nous fait savoir que nous n'avons à compter sur aucun courrier d'Europe avant huit jours, la route du Kasbek (de Tiflis
à Vladikavkaz) étant ensevelie sous la neige et, en quelques
endroits, entièrement détruite par les avalanches.

Pas de nouvelles, bonnes nouvelles. Laissons la vieille

Europe, dont nous n'avons cure pour l'instant, et allons visiter Tiflis en compagnie de M. Eychenne [1], qui veut bien se mettre à notre disposition avec une courtoisie parfaite.

Tiflis, capitale de la Transcaucasie et chef-lieu du gouvernement du Caucase, est la plus grande ville de l'Asie russe.

Quand je dis Asie russe, je crains de retarder, les Russes considérant, je crois, le Caucase comme une possession européenne. Pour eux, l'Asie commence seulement à la rive orientale de la Caspienne.

Peu importe d'ailleurs, européenne ou asiatique, cette cité est parfaitement étrange mais pas belle, à cheval qu'elle est, très à l'étroit, sur les deux rives de la Koura, au fond d'une sorte de cratère oblong, irrégulier et aride, d'une ingrate couleur de pain grillé. Elle a même un air engoncé qui oppresse et choque désagréablement.

Et si l'on ne veut conserver aucune rancune à son fondateur, un roi quelconque de Géorgie, Vathtag, qui vivait vers 469, il faut gravir, au flanc sud-est de ce triste entonnoir, un piton (Petit Jardin Botanique), dont le sommet est couronné des ruines de la forteresse persane de Nara Kléa.

De là, on voit, à ses pieds : « La vallée de la Koura, Tiflis, ses jardins, ses boulevards, ses ponts, ses églises, ses bazars, ses mosquées, panorama magnifique que rehausse la cime du mont Kasbek, dont la neige et les glaciers resplendissent dans le lointain, au-dessus des masses sombres des montagnes à demi noyées dans le brouillard bleuâtre [2]. »

Il est difficile de dire mieux.

De la saignée nord, par où la Koura pénètre dans le cratère allongé qui enserre Tiflis, on jouit également d'un

1. Gérant du consulat de France.
2. E. Orsolle, *le Caucase et la Perse*.

admirable point de vue sur cette colossale muraille de granit
et de neige du Caucase, que le Kasbek domine de toute son
orgueilleuse tête.

Lors, on conçoit que ce prestigieux rempart ait fait vaga-
bonder outre mesure l'imagination des anciens.

Où trouver, en effet, un calvaire plus grandiose pour y
clouer Prométhée ce Titan « touche-à-tout » qui eut le très
grand tort de vouloir jouer avec le feu, et d'engendrer
Deucalion dont la conduite vis-à-vis des écluses célestes ne
fut pas moins légère?

Et les Argonautes? à quel panache plus éblouissant que
celui du Kasbek ou de l'Elbrouz pouvaient-ils se rallier pour
marcher à la conquête de la fameuse Toison?

A ce propos, dis-moi, Jason : était-elle d'or aussi celle de
la Médée?...

Mais, Dieu me pardonne! voici que je vagabonde, à mon
tour, plus encore que les anciens!

> En vérité, lecteur, je crois que je radote...
> Si tout ce que je dis vient à propos de botte,
> Comment goûteras-tu ce que je dis de bon?
> J'en suis donc à te dire... Où diable en suis-je donc?

A Tiflis, il me semble?

Eh bien! restons à Tiflis et laissons le Caucase pour
l'instant.

A notre retour de Samarkande nous le retrouverons plus
superbe encore en sa radieuse livrée de printemps, en sa
belle robe verte aux mille nuances sombres, qui mettra
davantage en relief la splendeur de ses lignes et l'éclatante
blancheur de son front.

Tiflis s'étend du nord-ouest au sud-est tout en longueur
sur les deux rives de la Koura.

La ville européenne occupe la partie nord-ouest, la ville
asiatique la partie sud-est. La place d'Érivan sert de trait

d'union à ces deux villes. La ville européenne comprend la ville européenne proprement dite (rive droite de la Koura), marquée par la perspective Galavinsky et la colonie (rive gauche de la Koura), que traverse dans toute sa longueur le boulevard du Grand-Duc Michel. Ces deux quartiers européens sont réunis par le pont Vorontzow. La ville européenne, bâtie sur un terrain légèrement accidenté ne présente rien qui mérite une description particulière.

Le palais du Gouvernement donne sur la belle perspective Galavinsky. Il est bien : c'est tout.

A mon retour, je parlerai de l'intérieur, qui est remarquable.

Le Nouveau-Théâtre, en construction, est monumentalement compris; les matériaux employés sont superbes. Par exemple, son style est difficile à définir. J'y vois pêle-mêle, du roman, du byzantin, du russe, du Napoléon III, de l'Humbert Ier. Néanmoins, l'ensemble est plaisant et de bon goût.

Les maisons de Tiflis sont construites à l'européenne, les rues larges, les boulevards bordés d'acacias, les squares et les jardins bien situés et suffisamment entretenus. Bref, n'étaient les promeneurs, on se croirait dans une ville d'Occident. Les maisons de la colonie me plaisent beaucoup avec leurs vérandas et leurs balcons tressés de glycines et de plantes grimpantes.

Tout au bout nord de cette colonie est le jardin de Moustaïd. J'y reviendrai quand le printemps l'aura mis en belle tenue.

Passons à la ville asiatique.

En réalité, cette deuxième partie de Tiflis est seule intéressante, surtout vue d'un des ponts de la Koura. Des maisons petites, basses, jaunes, accrochées les unes aux autres comme des nids d'hirondelles, ou bien jetées pêle-mêle, à la billebaude, avec des balcons en saillie, de minuscules fenêtres, des toitures plates et des ouvertures un peu partout. A travers ce désordre pittoresque, des rues tortueuses, bossuées, sans trottoirs, pavées•de cailloux, aboutissant à des places gauches et à des carrefours plus irréguliers encore, peuplés de chameaux accroupis. De tous côtés des boutiques, ras du sol, étroites, noires, ratatinées, comme des cages à mouches, mais débordantes de marchandises amusantes toujours, artistiques le plus souvent, quelquefois même tout à fait précieuses. Comme bien l'on pense, les insidieux habitants de ces alvéoles carrées ne cessent pas de nous faire les yeux doux.

— *Barine!* par-ci; *barine!* par-là.

Et des gestes et des phrases insinuantes, accentuant une mimique des plus encourageantes.

Beaucoup de finesse dans le regard des Arméniens, malgré leur grosse lourde tête de chouette.

Les Géorgiens, moins intelligents, peut-être, moins rusés certainement, mais plus racés, plus nerveux, plus décoratifs me plaisent davantage.

Jamais de femmes visibles dans les boutiques, le devant des maisons leur étant interdit. Par contre, dans les rues et ruelles, grand déballage de beaux yeux promenés par les insignifiants corps que vous savez. Quelques femmes tartares, pauvres, sales, très brunes, à figure émaciée, à jupe courte et en féredjé de couleur, et des Persanes entièrement voilées portant des enfants ronds comme des lunes.

Tout ce monde s'agite, se coudoie, s'arrête, marchande, tâtonne, babille le plus originalement du monde autour de nous, si bien que j'oublie de m'occuper des boutiques.

Cependant, elles ne sont pas moins intéressantes.

En voici une bondée de kindjals, de cimeterres, de fusils, de boucliers, de casques, de cottes de mailles, bref de tout un attirail d'estoc et de taille et de défense, plus ou moins authentique. Voici des bijoux byzantins charmants, incrustés de perles, de turquoises, de cabochons de toutes eaux. Voici des filigranes d'un fini parfait, et des émaux anciens d'une tonalité exquise. Ici, des ceintures en argent ciselé, des poignards niellés d'or et d'argent, des cartouchiers : que sais-je encore !

Voulez-vous des tapis du Khoraçan, d'Arménie, des pays kurdes, de Merv surtout (couleur fraise écrasée à reflets nacrés), ou bien des broderies du Daghestan, des velours de Bokhara, des toiles brodées de Samarkande ? Voyez dans ce long magasin.

Vous faut-il des tcherkesses, des bechmets, des papaks ? entrez dans cet autre.

Sont-ce des fourrures, des bourkas, des *choubas* que vous désirez ? Voyez ici et vous sortirez transformés, comme nous, en cloches disgracieuses peut-être, mais adorablement capitonnées contre le froid.

C'est que le bonhomme Hiver ne semble pas vouloir désarmer de sitôt [1]; puis, pendant notre voyage à travers monts et vaux d'Asie, ces fourrures nous serviront à la fois de matelas et de couverture.

Terminons notre journée au théâtre où une troupe russo-allemande donne le *Tannhäuser*.

Il est entendu qu'entre-temps, j'ai été faire une visite officielle à Son Excellence le prince Chémérétiew, exerçant par intérim le gouvernement du Caucase, et au général Ernst, commandant la place de Tiflis.

Rien d'extraordinaire à signaler à la représentation du chef-d'œuvre de Wagner.

L'orchestre allemand est bon, la troupe passable, les costumes douteux, les décors... italiens.

Dans la salle, souffle un grand courant de sympathie fémi-

---

1. Ce froid que nous subissons est tout à fait exceptionnel, Tiflis, jouissant d'un climat tempéré.

ninc pour les principaux chanteurs, courant qui se manifeste par des applaudissements aussi chaleureureux que
convaincus. Évidemment, à Tiflis, les ténors font prime.

9 mars.

Nous consacrons la matinée à organiser notre dispositif
de départ, tout en continuant nos études de mœurs.

Veut-on savoir la marche des opérations journalières de
la majorité de la classe dirigeante au Caucase?

A neuf heures, lever et déjeuner d'une ou de plusieurs
tasses de thé avec accessoires variés. Ensuite, promenade,
affaires, visites.

A trois heures, repas pantagruélique : c'est le clou gas-
tronomique des vingt-quatre heures.

Après, sommeil ophidien.

Pendant cette accalmie, inutile de chercher à voir qui
que ce soit. On vous répond invariablement :

— *Spit*, il dort !

A six heures, réveil des boas et promenade évaporative.

A sept heures et demie, thé.

A huit heures, théâtre, cirque et autres lieux.

A dix heures et demie, repas froid, au cercle le plus souvent, et, comme dessert, whist parlé, jusqu'à quatre heures
du matin.

Lors, on gagne son lit et le cycle est fermé.

Autres remarques :

Les officiers ne rendent jamais le salut aux soldats et ne
répondent que rarement aux honneurs des sentinelles.
Cependant la discipline ne souffre aucunement de cette
impolitesse officielle. Au contraire : l'inférieur n'ayant pas
à se préoccuper de savoir si, oui ou non, il est vu, — puisque
le résultat est le même, — exécute automatiquement sa con-

signe, qui est en réalité de saluer le grade ou la dignité, sans s'occuper du porteur ; à mon avis, cela est parfaitement sage.

Les officiers ne se saluent pas non plus entre eux, et, en dehors du service, ils ne saluent que les généraux, facilement reconnaissables en petite tenue, à la double bande rouge de leur pantalon et à leurs pattes d'épaule sans raies, avec ou sans étoiles, suivant leur rang.

Tout cela, je le répète, ne nuit en rien à la discipline et je me déclare profond admirateur du militarisme spécial de l'armée russe, où la rudesse la plus sévère est tempérée par une touchante paternité.

Vous me direz qu'en France également, d'après les règlements militaires, tout officier doit être à la fois le père et le maître de ses soldats.

— Oui, je vous entends bien.

Déjà même, depuis de longues années, je ne cesse pas de m'exercer à cette dualité que je porte en mon dolman ; mais le caractère essentiellement irrespectueux, frondeur et loustic de notre race nous oblige à être très sobres de pratiques paternelles, du moins pendant les exercices militaires, qui se transformeraient promptement en pétaudières, si nous adoptions certains usages russes.

Exemples :

En Russie, tout chef qui arrive devant sa troupe, fût-il le tsar lui-même, la salue comme suit :

— *Zdarovo, rébiata !* c'est-à-dire : *bonne santé, mes enfants !* ou : *bonjour, mes enfants !*

A quoi, la troupe répond automatiquement, sur un ton uniforme, en scandant chaque mot et en accélérant vers la fin :

— *Zdaravié gêlajein vaché...* etc : *Nous souhaitons bonheur à Votre...* (Ici, le titre, la dignité, le degré de noblesse, etc.)

Autre cas.

Un chef est-il content de l'exécution de tel mouvement, qu'il s'écrie :

— *Enfants! Je suis content de vous!*

Et les soldats de répondre, tout en continuant à manœuvrer :

— *Nous sommes heureux d'avoir satisfait Notre...*etc.[1].

Ces épanchements patriarcaux sont saisissants au dernier point. J'ai eu l'honneur de saluer une troupe russe et d'en être salué, et j'avoue que jamais mes papilles nerveuses n'avaient plus agréablement vibré. Néanmoins, mon humble avis est qu'il faut laisser à la Russie ce touchant usage, et continuer à proscrire sévèrement tout colloque homérique d'une armée — où le général Cambronne a conservé une aussi redondante popularité.

Les gens du métier m'ont compris. Donc je n'insiste pas, et je passe aux particularités géorgiennes.

Hors du gynécée : pas de femmes! pas de femmes! est le mot d'ordre absolu des Géorgiens. Les maris se promènent, font la fête, dansent, s'embrassent, se chamaillent, s'enivrent, se battent, se tuent exclusivement entre eux. Pendant ce temps, les femmes opèrent entre elles à domicile, où le caquetage et le batifolage ne manquent ni de sel, ni de poivre, ni même de piment, assure-t-on. Malgré cet isolement officiel, la conjonction des centres se produit, au Caucase, ni plus ni moins que dans les autres parties de notre planète, et le diable caucasique, pour se mieux cacher, ne perd aucun de ses droits. Au lieu de coups de canif, ce sont des coups de kindjal qui pleuvent dans les contrats; voilà toute la différence.

Il est entendu que j'écris sous l'inspiration de gens bien renseignés.

Personnellement, je n'affirme rien.

---

1. Je donne ici le sens, et non le texte des interpellations militaires les plus usitées.

4.

Pendant que je babille comme une pie, le comte Obert, un aimable Belge bien connu à Paris, mon voisin de chambre à l'hôtel du Caucase, vient se joindre à nous pour nous faire visiter le Muséum.

On sait que le comte Obert est un des plus intrépides chasseurs du globe.

Malheureusement, il y a environ trois mois, dans une lutte corps à corps avec un solitaire de 600 livres (je dis six cents livres), il a été terriblement décousu, ce qui ne l'a pas empêché de lutter avec une énergie sans pareille, seul à seul, contre cette bête furieuse, et de l'achever d'un coup d'express.

Aujourd'hui la plaie (de la cheville au genou) n'est pas encore complètement fermée.

Ce drame s'est passé dans une chasse chez le prince Murat, et tous ces détails m'ont été contés par un témoin oculaire, le baron Salza, commandant le bataillon de tirailleurs du Grand-Duc Michel.

Entre parenthèses, un rude beau régiment et crânement commandé.

Et qui sait s'il n'aura pas l'honneur de marcher à l'avant-garde, — un jour, tout là-bas, vers Erzéroum...

J'ai dit que le comte Obert était un chasseur enragé. Son carnet relatant ses chasses en Russie et au Caucase (années 1886-1887) est une véritable épopée. Tous les animaux et bestioles de la création y figurent et se chiffrent en totaux prodigieux. J'aurais voulu pouvoir en donner ici un extrait, afin que les amateurs de choses cynégétiques en fissent leur profit; mais j'ai perdu les traces du comte et le duplicata de son mémorandum, — qu'il m'avait promis de faire établir à mon intention, avec les renseignements à l'appui, — ne m'est pas encore parvenu.

Si jamais ces lignes tombent sous ses yeux, je reste à sa disposition pour combler cette lacune.

Vous verrez que de digression en digression je finirai par brûler le Muséum.

M'y voici cependant.

Son éminent conservateur, le docteur Reddé, un érudit universellement apprécié, veut bien nous en faire les honneurs : on ne saurait être plus gracieux. Le rez-de-chaussée et le premier étage sont entièrement consacrés à l'ethnographie, à la flore et à la faune du Caucase et de l'Asie centrale. Le second étage renferme une curieuse collection d'antiquités grecques, géorgiennes, chaldéennes, arméniennes, byzantines, due à l'intelligent apostolat de l'aimable savant, qui est tout feu tout flamme pour son œuvre. Souhaitons-lui bonne chance, précieuses trouvailles et surtout subsides illimités.

Du Musée nous nous rendons chez madame Lecomte.

Les Français qui ont traversé Tiflis savent de quelle façon charmante on est accueilli à la rue Catherine. Madame Lecomte n'a pas voulu faire d'exception pour nous.

Toute notre gratitude lui est acquise et je l'assure ici de notre souvenir reconnaissant.

Et maintenant allons au cirque applaudir le célèbre Foss, un hercule allemand d'une force invraisemblable. Médiocres les autres numéros, y compris les tableaux vivants.

Mais il gèle à pierre fendre ; regagnons nos pénates.

10 mars.

Aujourd'hui Tiflis est tout pavoisé.

C'est la fête anniversaire de la naissance de l'empereur.

Le froid est sec, le soleil brillant et les rues sont pleines de monde, — les boutiques, maisons de commerce, banques, etc., étant fermées, comme bien l'on pense [1]. Sur la

1. Il y a environ cent cinquante jours de fête par an, en Russie. Il est facile de comprendre combien les affaires souffrent de ce

place d'Erivan se succèdent sans interruption, phaétons et *troïkas*, ornés de personnages en grandissime tenue.

Suivons le mouvement et allons assister à la messe solennelle, à la cathédrale de Notre-Dame de Sion, où nous a donné rendez-vous M. Eychenne.

La rue qui nous y mène est peuplée de *gardavoï*[1]. A ce propos, disons que la police est très bien faite à Tiflis.

Arrivés devant un édifice sans prétentions, coiffé d'un cône médiocrement décoratif, nous descendons un escalier bordé d'une quadruple haie de valets de pied de toutes livrées, à demi ensevelis dans les fourrures de leurs maîtres, et nous sommes dans Notre-Dame de Sion.

A ce moment, on nous annonce la mort de Sa Majesté l'empereur d'Allemagne ; et ce deuil a l'air de mettre en joie tout le monde russe. Quant à moi, soldat français, vaincu de 1870, il n'est pas de ma dignité de me réjouir de la mort de notre vainqueur, et, — en attendant... demain, — je salue militairement et bien en face la dépouille de Guillaume Ier, empereur d'Allemagne. — Je prie même Dieu « d'avoir son âme en bonne et saincte garde », à côté de celle de Charles le Téméraire.

L'archimandrite de Géorgie, avec qui j'avais eu la bonne fortune de voyager, officie en personne. Sa superbe prestance jure peut-être un peu avec l'exiguïté de cette église seulement remarquable par son ancienneté et par ses reliques ; mais la mise en scène de la messe pontificale est tellement remarquable que je cesse de critiquer pour admirer sans réserve. Magnifique, splendide, impressionnante même, la pompe orthodoxale ! surtout ces grands beaux prêtres dorés comme des icônes, officiant avec une majestueuse solennité

---

repos quasi perpétuel institué jadis par le clergé, afin de soulager les serfs, mais qui semble n'avoir plus sa raison d'être depuis leur émancipation.

1. Agents de police.

devant un autel éblouissant de lumières, pendant que des chœurs dissimulés jettent leurs mélodies presque célestes, du haut des voûtes, où monte l'encens tordant ses spirales bleues aux rayons du soleil. Ces rites sont empreints d'un sensualisme accompli ; et le beau sexe doit en être tout particulièrement friand.

Je le constate d'ailleurs *de visu*. Comme revers de la médaille, les cérémonies grecques sont interminables. Aussi chacun en prend-il à son aise, un peu comme au théâtre. — Et cela se fait sans bruit. Tout le monde étant debout, on entre, on sort, on rentre, sans se gêner.

Ainsi opèrent, devant moi, les personnages officiels, dont les torses chamarrés sur toutes les coutures et bardés de grands cordons et de plaques occupent presque toute l'église.

Imitons-les, et quittons Notre-Dame de Sion pour la salle à manger de M. Eychenne, où nous attendent le comte Obert et M. Richard, le principal négociant français de Tiflis, dont le nom est partout au Caucase synonyme de générosité et de probité commerciales.

Aussi gai qu'excellent notre déjeuner !

Si la Russie, la Belgique et la France ne se portent pas bien, ce ne sera pas faute d'avoir bu à leur santé.

De retour à l'hôtel, nous terminons nos préparatifs de départ avec minutie, car bientôt les difficultés sérieuses vont commencer et, à partir de Bakou, il nous faudra vivre sur nous-mêmes.

Vous ai-je parlé de notre serviteur interprète? — Non ! — Eh bien, souffrez que je vous présente le jeune Joseph David, Chaldéen, catholique intransigeant, à l'œil gros, rond et doux, qui reflète parfaitement la candeur de son âme et la placidité de son organisme.

Il parle à peine le russe et pas très bien le français; mais il connaît les divers idiomes persans, tartares et turcs. C'est là l'essentiel pour nous.

En résumé, sauf un manque complet de vélocité et de brio, il est bien élevé, et la suite de ce récit prouvera que son honnêteté, son dévouement et même son énergie ont été à la hauteur de son éducation.

Nous lui avons octroyé un trousseau de circonstance. Aussi est-il déjà culotté, botté et « bourkaté » comme nos seigneuries. Impossible néanmoins de lui faire adopter un papak, au lieu et place de sa casquette de soie :

— Je ne veux pas être pris pour un chien de musulman ! s'écrie-t-il.

Cette belle indignation nous promet de l'agrément au pays des fanatiques schiites.

Mais il est temps de nous mobiliser. Voici dix heures du soir ; filons à la gare.

— Au revoir, monsieur Eychenne ! Prompte guérison, Obert !

Et en route vers Bakou.

11 mars.

Nuit vite passée, grâce à cet excellent sommeil des justes.

Au réveil, à Dudjari, nous arpentons une immense steppe couleur terre de Sienne, semée de marécages désolés. C'est le pays des Tartares.

En fait de végétation, de grands roseaux tristes. Par-ci par-là, des cigognes, des vanneaux, des oiseaux de proie. Quelques troupeaux de moutons gardés par des gueux barbus à kalpaks énormes. Parfois un interminable défilé de chameaux et de dromadaires, ou bien des cavaliers indigènes qui essayent de lutter de vitesse avec notre train.

Puis le paysage se radoucit ; nous apercevons quelques villages tartares aux maisons cubiques, surmontées de minuscules coupoles jumelles tronquées, d'où montent de minces fumées.

Et aussi des campements de nomades représentés par des groupes de tentes arrondies recouvertes de feutre (yourtes).

A notre gauche, court toujours la chaîne du Caucase profilant ses dents blanches sur le bleu éclatant du ciel.

A notre droite, le désert s'étend indéfini et jaune, dans un poudroiement de mirage, jusqu'à la Caspienne dont nous apercevons brusquement, entre Sangatchalé et Pouta, la surface miroitante.

Mais voilà qu'elle a disparu encore plus vite, et, très au loin vers le nord, sous un lourd nuage de fumée, nous apparaît un massif de petites pyramides grises.

Ce sont les puits de pétrole ; c'est Bala-Khanêh.

Comme j'examine, avec mes jumelles, cette curieuse localité, vient un coude de la voie qui me l'escamote.

Enfin, à quatre heures, nous entrons dans une gare en pierre grise d'un style extrêmement composite, mais d'une très élégante allure. L'isthme caucasique est franchi par 896 kilomètres. Nous sommes au seuil de l'Asie centrale, au pays du pétrole, à Bakou.

A peine installés à l'hôtel d'Europe, nous allons visiter Bakou, qui s'étale aussi gentiment qu'il le peut, sur un amphithéâtre de collines sablonneuses d'une aridité exceptionnelle.

Très belle, la rade constellée de bateaux, battant tous pavillon russe, — de par le traité de Turkmanchaï (3 février 1828).

L'importance de Bakou s'accroît chaque jour, comme on le sait. Il y a quinze ans elle comptait à peine huit mille habitants. Actuellement, sa population s'élève à trente mille âmes essentiellement cosmopolites, attirées des quatre coins du globe par l'*auri sacra fames*.

Dès que le magot est réalisé : — Ni vu, ni connu ; on se défile, et prestement !

C'est que le séjour de Bakou n'a rien de particulièrement

drôle. Pas d'arbres, pas de jardins, pas de promenades et pas de chasse.

L'hiver, un froid excessif ; l'été une température sénégalienne. Avec cela, une odeur de pétrole envahissant tout, pénétrant tout, empestant tout.

Et, en fait de distractions, un théâtre toujours ou presque toujours sans troupe.

Néanmoins la ville européenne est propre, bien percée presque gaie, avec quelques belles maisons dans le style italien. Seules au milieu de ce modernisme, les deux tours du vieux château féodal des khans de Bakou se dressent comme pour protester, — très platoniquement d'ailleurs, — contre l'envahissement des Occidentaux.

La ville persano-tartare, bousculée par la civilisation, s'est réfugiée tout à l'ouest, le plus près possible des collines. C'est la répétition de la ville indigène de Tiflis, en plus sauvage, en plus typique : sorte de noire géhenne où les boutiques sont des souterrains et les maisons des terriers à peine équarris. Très amusant, le bazar, fourmilière pleine de vie, de mouvement et de couleur avec ses processions de chameaux et ses parcs d'*arabas* (charrettes).

Ce qu'il y a de bitume dans les mille tableaux qui se pressent autour de moi est incroyable !

Le soir, au clair de lune, nous allons flâner sur les quais.

Sommes-nous à Toulon ou à Bakou ? en certains endroits, c'est à s'y méprendre.

Mais une affiche nous apprend qu'il y a ce soir une représentation théâtrale exceptionnelle. Soit ! à l'Opéra !

Pas si mauvaise que vous le pensez, la troupe russe de Bakou. Il y a même un premier sujet féminin qui joue si bien, si bien... que Verdet m'affirme commencer à comprendre le russe.

Nouvel Ulysse, je l'emmène prestement loin de cette sirène caspienne, pendant que le public l'applaudit à tout rompre.

Personnellement, durant la représentation, mon attention a été attirée surtout par un petit bruit crépitant et continu, semblable à celui produit par des oiseaux qui écosseraient à coups de bec des graines de chanvre.

En voici l'explication : Le peuple d'ici raffolant de graines de tournesol torréfiées, les berlingots asiatiques! ne cesse d'en manger. D'où ce bruit qui m'a tant préoccupé.

Payons-nous ce fantaisiste régal, mais allons nous coucher, et vivement, de peur que Verdet ne me glisse entre les mains.

12 mars.

Cejourd'hui advient un premier cheveu dans mon potage pérégrinatoire. Le gouverneur de Bakou ne possède pas par devers lui l'*otkritiy-list* m'autorisant à pénétrer en Transcaspienne. Ce précieux document n'était pas à Tiflis; il n'est pas davantage ici. Et cependant j'avais reçu, avant mon départ, un avis de Pétersbourg m'informant que ma demande avait été favorablement accueillie, et que je trouverais toutes pièces au Caucase.

Fort marri, d'autant plus que j'avais pris mes précautions, six mois à l'avance, — je consulte mon étoile. Elle scintille plus que jamais du côté de l'Orient : en avant!

J'écris immédiatement à M. Eychenne que je pars quand même pour la Perse, d'où je compte joindre la Transcaspienne à Askàbad, par Méched ou Asterâbad, vers la mi-avril, sauf avis contraire que je lui ferai tenir de Téhéran. Je le prie, en conséquence, de faire les démarches nécessaires pour atteindre mon laissez-passer, qui devra m'être adressé (poste restante) à Askàbad.

Ces dispositions arrêtées, nous allons retenir nos places sur l'*Ani*, vapeur aussi petit que son nom, affrété par une compagnie belge, pour transporter le matériel d'un chemin

5

de fer que le chah de Perse veut s'offrir, afin de pèleriner plus commodément aux environs de sa capitale. Nous n'avons pas d'ailleurs l'embarras du choix. Si nous voulions un bateau plus sérieux (Compagnie Caucase et Mercure), il nous faudrait attendre sept jours. Nous hésitons d'autant moins que notre passage nous coûte, nourriture comprise, dix roubles. Quoi qu'il arrive, nous en aurons toujours pour notre argent; et il me plaît, pour une fois, de faire des économies.

Notre départ ainsi sagement assuré, nous nous rendons chez M. Péronne, un obligeant Français qui connaît son Bakou sur le bout du doigt, depuis quinze ans qu'il y fait du commerce, afin d'aller, en sa compagnie, visiter Bala-Khanêh, la ville du naphte.

Deux phaétons attelés de chevaux tartares (des camarguais distingués) gris clair, aux crins et aux fanons teints de henné, — comme les mains de leur cocher, — nous attendent.

En route, et à fond de train!

Voici, à notre droite, près de la mer, la « Ville Noire », avec ses vastes usines où l'on raffine le pétrole pour le transformer en *benzine*, *gazoline*, *kérasine* et autres produits en *ine*. C'est trop technique pour nous : filons.

Affreusement triste cette région, en partie cultivée cependant. Dans tous les champs de blé, des nuages d'alouettes, et rien plus.

Après trois quarts d'heure de cahotements désordonnés, nous arrivons au centre de la presqu'île d'Apchéron, en plein pays du naphte.

Partout, des flaques, des mares, des lacs remplis d'un liquide épais, visqueux, brun à reflets dorés. Le sol lui-même est noir, humide, huileux, glissant, en certains points, **mordoré.**

De tous côtés, des *vichkas* [1] dressent leurs lugubres et rigides charpentes.

Pas d'arbres, pas de fleurs. Quelques pieds de vigne, — très gaillards : — avis aux viticulteurs.

Un relent *sui generis* et un ébrouement continu de machines animent seules cette désolation, au milieu de laquelle la villa de M. Sandgrène [2] fait l'office d'une oasis charmante.

Nous y sommes accueillis le plus cordialement du monde.

Je recommande aux impressionnistes les fresques persanes barbouillées sur les murs de la grande galerie de la cour intérieure.

M. Sandgrène veut bien être notre cicerone et nous faire visiter en détail son vaste terrain d'exploitation, ses réservoirs gigantesques : de vrais lacs de naphte, ses quatre-vingts pompes à vapeur, ses cent chaudières dont dix à jet de pétrole brut, ses vingt condensateurs à eau, ses machines horizontales, etc. Il fait même suspendre le mécanisme de ses trépans élargisseurs à mâchoires articulées, du poids de 300 kilogrammes.

Mais M. Edgard Boulangier, dans son *Voyage à Merv*, et M. Cotteau, dans son *Voyage au Caucase et en Trancaspienne*, ont supérieurement parlé de ces choses sérieuses. Je me permets de renvoyer le lecteur à ces savants écrivains. Pour toutes raisons, il m'en sera reconnaissant.

Néanmoins, je veux dire quelques mots sur les gisements de naphte et sur leur mise au jour.

Le naphte est connu depuis les temps les plus reculés. Il était déjà vieux jeu sous Hérodote (480 ans av. J.-C.). Diodore de Sicile, l'appelle « poix de terre », et Marco Polo,

---

1. Cages pyramidales en bois, hautes de 20 à 25 mètres, qui recouvrent chaque puits.
2. Le directeur de la maison suédoise Nobel, la plus importante de Bakou.

écrit textuellement (en 1300). que Bakou fournit tout l'Orient d'*huile minérale*. Donc, je n'insiste pas davantage sur l'ancienneté de ses parchemins.

Mais qu'est le naphte ou pétrole? Les uns disent que c'est de la houille distillée en catimini par dame Nature. D'autres, que ce sont des matières végétales, principalement marines, en fermentation depuis M. Noé. D'autres, qu'ils n'en savent rien. Je suis forcément de l'avis de ces derniers.

Le naphte existe : voilà ce qui est certain, et il existe en terre.

Mais comment s'y tient-il? est-ce en nappes horizontales? verticales? diagonales? zigzagantes? circulaires? ou bien en réservoirs isolés, *vulgo* « poches », contenant en leur partie inférieure du pétrole et en leur partie supérieure des gaz?

Admettons cette dernière hypothèse assez vraisemblable, et passons à l'exaltation du pétrole en poches. Faisons un trou dans un terrain pétrolifère, avec un foret suspendu à un câble actionné par une machine à vapeur, afin de ne pas nous fatiguer. Comme, chaque année, les gisements de pétrole baissent, ni plus ni moins que les valeurs de mon portefeuille, allons au plus bas, à 230 mètres, par exemple, et voyons ce qu'il va advenir.

Trois cas peuvent se présenter :

1° Rien ne vient. On a mis à côté. — Moralité : Un coup d'épée dans... la terre, se chiffrant par une perte sèche de quarante mille à cinquante mille francs.

2° Brusquement, une production effroyable de gaz mélangés de sable et de pétrole se manifeste, faisant sauter en l'air foret et vichka. Puis la pétarade titanesque s'apaise et tout rentre en l'état normal. — La poche ayant été crevée en sa partie supérieure a lâché une impure fuite de gaz, mais elle garde jalousement son pétrole. Il le faut donc pomper à l'aide de godets qui amènent par jour environ 6000 kilogrammes. —Résultat : **Un gain assuré, mais modeste.**

3° Enfin, le foret a pénétré dans la partie basse de la poche en plein pétrole. Alors, sous la pression des gaz de la partie supérieure, un geyser de naphte bondit dans les airs, sous la forme d'une épaisse et mugissante colonne d'huile empanachée de poussière d'or. Lors tout est détruit aux environs par cette trop belle réussite, et si l'on ne peut arriver à capter l'éruption, les indemnités à payer aux voisins absorbent tous les bénéfices [1]. Mais si l'on parvient à l'enrayer de bonne heure, en la coiffant avec une lourde calotte d'acier munie d'un robinet, la poche devient sac pour le propriétaire.

Six lignes encore et j'en ai fini avec le naphte.

En 1887, sa production a été de 360 000 000 de kilogrammes. Cette année, ce chiffre sera encore dépassé.

Enfin, tout raffiné, à Bakou, le pétrole vaut 15 kopeks le *poud* [2], soit environ $0^{fr},02$ (deux centimes) le litre, le même prix qu'un litre d'eau.

Après avoir sincèrement congratulé M. Sandgrène, nous regagnons Bakou, sans pousser jusqu'au « temple du Feu éternel » qui n'est plus qu'une ruine, et nous terminons notre journée par un festival qui aurait été excellent en tout autre pays, vu ses éléments de choix, mais qu'empoisonne l'influence pétrolifère implacable.

Ainsi que je l'ai déjà dit : ici le pétrole est Dieu ; il est partout, aussi bien dans le potage que dans le poisson, dans les crêpes que dans les perdreaux.

C'est à ne pas oser allumer une cigarette, de peur d'enflammer son haleine.

Avant de nous coucher, je veux causer de notre dispositif

1. En 1887, M. Zimdidis, ingénieur à Bakou, a évalué le poids des matières projetées, en vingt-quatre heures, par un geyser de naphte à 8 000 000 de kilogrammes, dont 65 0/0 de sables et matières impures, 15 0/0 de gaz et 20 0/0 de pétrole. La hauteur du jet était de 52 sagènes 1/2, soit 112 mètres, la sagène étant de $2^m,183$. (Cotteau, *loc. cit.*)

2. Le *poud*, unité de poids usité en Russie, égale $16^k,580$.

de voyage en Perse, cet exposé pouvant être utile, peut-être,
à quelque voyageur.

D'après mes prévisions, nous allons faire à cheval environ
1500 kilomètres, par une route où nous pourrons nous pro-
curer difficilement des chevaux. Il nous faut donc avoir avec
nous tout ce qui nous est indispensable pour nous coucher,
nous nourrir et nous changer (car avant un mois il nous
sera impossible de nous ravitailler), et nous défendre si
besoin est; — mais rien que le strict nécessaire.

Le baluchon de chacun de nous comprend donc exactement deux valises, une petite caisse de conserves, une fourrure, une couverture, un revolver et un fusil.

Par exemple, grande lutte entre mon uniforme et l'une de
mes valises : celui-là finit cependant par l'emporter, grâce à
une énergique pression de ma part. Certes, mon dolman y
est peu à l'aise; mais il y est tout de même. C'est l'essentiel.

Chacun de nous emporte, en outre, une selle d'armes. Et
comme il est facile de prévoir qu'après un mois de pérégri-
nations à la Juif errant, nos vêtements et nos minces provisions de linge seront dans un état pitoyable, je laisse à
M. Péronne, avec prière de nous les envoyer, à Askâbad,
« à la grâce de Dieu », deux malles contenant des vêtements
de rechange, qui seront pour nous du plus précieux secours,
lors de notre débouché en Transcaspienne.

Sommes-nous parés? — Oui. — Eh bien, au lit! et pre-
nons-en tout notre soûl, car de longtemps nous n'en userons
plus qu'en rêve.

13 mars.

Il fait un temps splendide.

Une petite brise folichonne égaye gentiment les couches
d'air bleu, et un soleil tout rincé de frais luit comme un
diminutif de celui d'Austerlitz. Embarquons!

Du pont de notre *néguo-chin* à vapeur, la ville de Bakou fait un charmant effet.

Me voici raccommodé avec elle. Je la trouve même coquette ainsi tout ensoleillée, avec un grand va-et-vient d'enluminures sur ses quais blancs, et ses groupes amusants de lavandières tartares haut-troussées, enjuponnées de toutes les couleurs de l'arc-en-ciel, dont les voiles indiscrets ne nous cachent qu'imparfaitement les charmes baladeurs.

N'était ce maudit pétrole qui s'étale sur la mer en glaires rouilleuses et en gluantes miroitures, je me déclarerais absolument satisfait.

Notre capitaine est un molosse finlandais, son second (à la fois son maître d'équipage) est Suédois. Ni l'un ni l'autre ne comprennent un mot de français. Voilà qui nous promet en guise de conversation un joli chœur de sourds-muets.

Une seule pièce, grande comme un drap de marin, sert à la fois, de salon, de salle à manger et de salle à tout faire. Il y a bien aussi de chaque côté deux cabines à poupées, mais nos petits bagages suffisent à les emplir.

Pour le moment notre pâture est étalée sur le champignon carré qui est la table de ladite salle. Cette pâture consiste en quatre variétés de poissons salés, plus durs, plus épicés, plus inattaquables les uns que les autres. En fait d'ustensiles « de gueule », devant chacun de nous un couteau ébréché, une fourchette invalide et une seule assiette, pas de serviette bien entendu. Enfin de l'eau-de-vie blanche en guise de vin.

Le capitaine dévore à même son assiette, en s'aidant de ses dix énormes doigts. Le second mange avec ses coudes. Pour faire chorus, j'ai envie de manger avec mes pieds.

Somme toute, j'ai tort de bêcher ces braves gens qui n'en peuvent mais, n'en sachant pas davantage, et je bois de fort bon cœur à leur santé.

Après cette étrange collation, le capitaine va donner un

coup d'œil à son bateau pour voir s'il fait de la bonne
besogne. Il revient ensuite muni d'un jeu d'échecs. Il joue
seul avec beaucoup de sincérité, d'animation et d'intérêt.

Mes notes mises à jour, je lui fais signe que je connais
ce jeu. Du coup, son énorme face devient lune : il jubile.
Nous faisons trois parties, toujours sans bouche délier. Je
suis mat trois fois.

Verdet survient, qui me traite de ganache. Je le provoque
au bézigue, car depuis notre départ, chaque jour nous avons
fait notre partie et nous comptons bien continuer ainsi
jusqu'au jour de notre dislocation. Je suis rubiconné quatre
fois.

En voilà assez pour aujourd'hui !

La Caspienne est insipide, d'un bleu turquoise uniforme.
Pas d'oiseaux, pas de poissons, pas de bateaux, rien à regarder, et, avec ça, un coucher de soleil tout à fait bourgeois.

Allons donc nous installer pour la nuit comme nous pourrons, dans l'étroit *cafouchon* que vous savez.

Verdet se couche en large, moi en long, un troisième en
travers et... chacun pour soi, — un léger roulis roulant pour
tous [1].

14 mars.

A notre bord, même tranquillité qu'hier ; au delà, même
insipide infini ; en plus quelques mouettes blanches à tête
noire se découpant dans l'azur.

A six heures, vers le sud, une chaîne de montagnes
bleues aux cimes poudrées à frimas se dessine tout au loin.
Ce sont les monts du Gilhan.

---

1. Un jeune gredin, qui s'est *collé* à nous depuis Constantinople,
et dont je gaze les exploits et le nom, par déférence pour l'armée belge à laquelle il a appartenu.

Nous mettons le cap sur eux, mais les effets de mirage deviennent tellement extraordinaires que la rade d'Enzeli est introuvable.

Enfin notre capitaine s'oriente et, à deux heures et demie, l'*Ani* jette l'ancre à environ quatre milles de la côte.

Les bas-fonds nous empêchant de pousser plus avant, il nous faut transporter nos bagages et nos personnes dans les grandes barques (*kirgim*) qui entourent déjà notre bateau. Naturellement, le patron de chaque barque veut nous voler à ses voisins, mais pas gratuitement. Nous optons pour le plus raisonnable, et en avant les pagayeurs demi-nus calottés de feutre ! En moins d'une heure, nous atteignons le chenal très étroit unissant la Caspienne au Murd-Ab (eau morte) sorte de lac salé dont la forme et les dimensions rappellent l'étang de Berre : ceci pour les Provençaux.

Ce chenal est marqué à l'est par un petit phare, et à l'ouest par le *Konah*, pavillon hexagonal à quatre étages de Sa Majesté le chah.

Cette originale habitation est, dit-on, fort belle ; mais comme elle est enveloppée d'un étui de nattes pour la protéger contre l'humidité, et que ce fourreau ne s'est pas abaissé devant nous, je reste à l'égard du Konah aussi fermé que lui.

Au sud de ce pavillon est le bourg d'Enzeli : le port de la Perse.

Bien modeste port, par exemple : un gros tas de maisonnettes moisies, acoquinées à l'entour d'une crique où les poissons crevés et les ordures en décomposition luttent de mauvaise tenue et de méchantes odeurs avec les indigènes, plus loqueteux encore que les teigneux de Galata. Un fort en ruines, une demi-douzaine de caravelles, deux petits vapeurs et cinquante barques : voilà Enzeli.

Les gabelous persans dorment étendus sur le sable : ne les réveillons pas.

Montons plutôt sur le minuscule vapeur qui doit nous con-

duire à la côte sud du Murd-Ab. Cet immense étang, entouré
d'une ceinture d'épais massifs de roseaux et parsemé d'îlots
marécageux, est, surtout dans sa partie méridionale, le rendez-
vous de toutes les variétés imaginables d'oiseaux d'eau. C'est
par milliers que pélicans, grues, cigognes, spatules, canards,
sarcelles, bécassines, s'envolent, tourbillonnent, s'abattent,
se chamaillent autour de nous. Sur certains points, on dirait
d'un sabbat ou d'un *meeting*. Seuls, les grands hérons ne se
galvaudent pas avec tous ces agités. Ils se tiennent isolés,
réfléchis, empaillés, comme en Europe.

Inutile de dire que, depuis longtemps, Verdet s'est mis
en garde et guerroie avec acharnement contre cette gent
emplumée. Il réussit même un assez joli doublé de bal-
buzards dont l'un tombe presque dans notre barque.

C'est que nous avons encore changé de mode de navigation. Présentement nous sommes dans une *kirgim*, que deux
hommes halent à l'aide d'un câble attaché à l'un de ses mâts,
et nous remontons la rivière de Péri-Bazar à travers des
marécages encore plus giboyeux que le Murd-Ab lui-même.

Si cette contrée n'était pas empoisonnée par les fièvres
pernicieuses, elle serait le plus beau pays de chasse et de
pêche du globe.

Laissons mon compagnon de route continuer sa bataille
contre oiseaux et poissons, et, sans nous apitoyer outre mesure
sur le sort d'un vieil Iranien en passe d'agonie au fond de
notre barque, voyons les points de vue charmants qui se
déroulent tout au long des méandres du chenal où nous
coulons doucement.

Les hautes barrières de roseaux géants ont disparu. Maintenant, de toutes parts, au milieu des puissants halliers
qu'escaladent les vignes vierges et les parasites, se dressent
des mûriers, des acacias, des micoucouliers et des arbres
fruitiers sauvages en pleine floraison.

A chaque tournant pleuvent sur nos têtes, les pétales

blancs et roses des aubépines secouées par nos haleurs. Et cette jonchée aux doux parfums, étouffant les miasmes, nous enchante.

Plus nous avançons, plus la végétation se presse drue autour de nous, s'élevant toujours.

Bientôt, une mince déchirure de ciel, mouchetée de nuages violets aux bordures de pourpre, reste seule visible en clef de voûte des branches, et aussi, par instants, tout au loin, vers le sud, une échappée sur les monts bleus du Karzan, où le soleil couchant met des reflets roses.

Puis toutes ces clartés, brusquement pâlies, s'éteignent et la nuit vient tiède, humide, pleine d'odeurs pénétrantes, qui apporte avec elle un grand assoupissement de toutes choses.

Déjà, la fiévreuse agitation des hôtes des marais s'est apaisée. Plus de clapotements, plus d'envolées tumultueuses, plus de voix rauques, plus de cris sauvages, plus de sifflets aigus. Encore parfois le cinglement d'un canard attardé, le fouettement d'un pigeon, le souffle ouateux d'un engoulevent ou le ricanement métallique d'un merle rejoignant son nid. Puis un silence d'envoûtement, seulement troublé par le guttural hoquet d'un batracien inconnu et le râle de plus en plus étouffé de notre agonisant.

Au moment où nous arrivons à Péri-Bazar, *Phœbé jette sa faucille d'or dans le champ des étoiles.*

J'aurais préféré que la fille de Latone nous fît voir quelque chose de plus substantiel ; mais la plus belle lune du monde ne peut montrer que ce qu'elle a, quand elle n'est âgée que de quatre jours.

C'est donc à tâtons que nous débarquons dans le misérable trou qu'on nomme Péri-Bazar.

Aussitôt, une bande d'importuns se rue sur nous, sous le prétexte non justifié de nous aider. Heureusement, nous avons bon pied bon œil et deux bougies. D'ailleurs nos bagages sont numérotés, et chacun surveille son bien.

Les chevaux qu'on nous amène sont de véritables *lanternes.* Mais nous les allumons si bien à coups de canne qu'en moins de trois quarts d'heure nous atteignons la capitale du Gilhan [1], et cela sans aucun faux pas, malgré la *nègre nuit:* C'est vous dire que les haridelles de ce pays ont le pied sûr.

Voici ce que disait de ce chemin un mien parent, le comte de Panisse-Passis, qui, en 1865, l'a suivi comme moi pendant la nuit : « Représentez-vous un sentier où l'on est obligé de passer à la file l'un de l'autre, et coupé par une série de fondrières qu'il faut avoir vues pour s'en faire une idée. Souvent nos chevaux enfoncent jusqu'aux sangles, et, dans la crainte de glisser, n'avancent qu'avec une extrême lenteur, c'est à croire qu'hommes et bêtes resteront engloutis dans ces terribles bourbiers... Or nous sommes à la fin de l'été ; je vous laisse à penser ce que ce doit être au mois de février ou de mars. »

La vérité m'oblige à confesser que, depuis 1865, le sentier est devenu route, route impériale même! — cela ne veut pas absolument dire que trous et fondrières aient disparu, tant s'en faut.

Arrivés à Recht, nous traversons des rues tortueuses, éclairées seulement par les falots de rares promeneurs isolés.

Il est dix heures, les Rechtis dorment. Dans l'entre-bâillement des boutiques basses, à la lueur de quinquets fumeux, quelques vieilles barbes comptent leur recette du jour, et le long des murailles, coulent sans bruit des ombres noires masquées de blanc qui sont des femmes.

Mais voici que notre caravane s'arrête ; nous sommes au consulat de Russie, chez le prince Dabija.

Le prince vient au-devant de nous avec une courtoisie charmante, et, au su de nos noms, nous demande de considérer sa demeure comme notre propriété.

---

1. *Gilhan* veut dire *boue.*

— Acceptez, nous dit cet aimable porteur de la plus belle
barbe de toutes les Russies, acceptez : outre que vous me
ferez un grand plaisir, ma maison est la seule de Recht que
vous puissiez décemment habiter.

Donc, cher hôte, à vos ordres, en toute reconnaissance.

A minuit, un excellent dîner servi avec la plus parfaite
correction par trois Gilhanis qui ont dû être stagiaires chez
Bignon, nous a vite fait oublier les coriaces salaisons de
l'*Ani*.

Un mauvais point, par exemple, au pain de ce pays : du
vrai papier d'emballage détrempé.

— Peut-être vous y ferez-vous, nous dit notre hôte; quant
à moi, il y a belle lurette que j'y ai renoncé!

15 mars.

Après une nuit relativement bonne, nous allons d'abord
chez un changeur nous munir de deux pesants sacs de
crans [1], la seule monnaie ayant cours en Perse; puis nous
allons donner un coup d'œil à Recht.

Cette ville, bien que peuplée de vingt-cinq mille habitants,
ressemble beaucoup plus à une bourgade qu'à une capitale
de province.

Le bazar est insignifiant, pas même couvert, les maisons
plus que laides, les rues sales, les rares monuments sans
aucun caractère. Ses abords, garnis de bosquets et de jardins
d'où pointent d'élégants pavillons, méritent seuls une mention honorable.

Néanmoins, toujours beaucoup de bitume et de couleur
dans les tableaux de genre qui pullulent, surtout aux abords
des caravansérails; et les visages entrevus sous les roubends

1. Le *cran* correspond à peu de chose près à notre pièce de
1 franc.

soulevés par coquetterie ou par curiosité, quoique un peu ronds peut-être, sont d'une agréable contemplation.

Maintenant songeons au départ.

Le prince Dabija organise lui-même notre caravane et nous donne un itinéraire détaillé de la route de Recht à Téhéran. En même temps, son premier *goulam* (courrier) nous apporte *kourgines* [1], *kamchins*, brides persanes, etc., et nous fait amener des chevaux à peu près convenables.

A une heure, après un échange de cordiales poignées de main, nous prenons congé de notre hôte et nous attaquons notre première étape, par une belle route traversant un pays très irrigué, dont la végétation est magnifique.

C'est la répétition de ce que j'ai vu au sortir de Batoum, avec moins de marécages et plus de mûriers. Les chênes et les hêtres s'appauvrissent ensuite, les villages se font rares, les champs disparaissent : nous sommes à Koudoum.

Le prince Dabija nous avait dit que le *tchapar-khanêh* de Koudoum était la station la plus confortable de toute la Perse.

Ab uno disce omnes. Nous sommes fixés : c'est la grande misère en perspective, ce à quoi nous nous attendions d'ailleurs. Le directeur de l'établissement ci-dessus désigné nous fait les honneurs de la salle principale (!) du *bala-khanêh*. C'est une humide pièce percée de plusieurs fenêtres qui ne ferment guère, et de portes qui ne ferment pas du tout. De plus, le plancher est à jour. Deux estrades en bois, dites lits de camp, recouverts d'un matelas graisseux, sont les seuls meubles de ce taudis de centième ordre.

Le maître de céans sourit bêtement, persuadé que nous

---

1. La *kourgine* est un vaste bissac en étoffe où l'on enferme valises et paquets; le *kamchin* est un solide fouet indispensable; enfin la bride persane est identique à celle arabe.

2. De Recht à Koudoum : *6 farsaks* (36 kilom.).

nous pâmons d'aise devant un tel confort. Et il nous explique avec emphase qu'il met à notre disposition six œufs et un samovar. C'est tout simplement sardanapalesque ! le coup de l'anévrisme, quoi !

Laissons Joseph David organiser notre future indigestion. En guise d'apéritif, happons notre quinine, et, malgré la nuit qui vient, allons faire une promenade dans la forêt en évitant, autant que possible, de nous perdre.

J'ai à peine mis le pied dans un épais taillis de buis gigantesques, de houx et de triacanthos aux formidables épines, qu'un couple de faisans s'envole entre mes jambes. L'avouerai-je ? Je manque coq et poule. Mettez, pour me faire plaisir, ma maladresse sur le compte de l'obscurité et laissez-moi regagner, l'oreille basse, le bala-khanêh.

— Bala-khanêh, tchapar-khanêh, etc... qu'est cette verbologie nasale ?

Un instant, et vous allez tout savoir.

Un tchapar-khanêh est une maison de poste. Cela consiste expressément en quatre corps de bâtiments (trois très bas et un élevé d'un étage), en boue séchée au soleil, entourant une cour carrée. Les trois bâtiments bas sont des écuries et des magasins à fourrages. Le bâtiment à un étage, construit sur une voûte pseudo-ogivale qui est l'unique porte, est le bala-khanêh (maison du voyageur). Les murs intérieurs de la cour sont, en outre, percés de crèches alvéolaires auxquelles on attache les chevaux pendant l'été, et aussi en hiver, quand il y a abondance de voyageurs.

Il est entendu que ces maisons de poste, toujours indignement tenues, ne sont que nids à vermine.

Voyager en tchapar consiste à aller de maison de poste en maison de poste, sur des chevaux qu'on trouve, ou mieux qu'on est censé trouver à chacune de ces stations. Le prix de location est fixé gouvernementalement à un *cran*, par cheval et par *farsak*. Le farsak est la mesure de distance d'usage! Elle oscille entre 5, 7 et 8 kilomètres. La moyenne (expérimentale) est de 6 kilomètres.

Les maisons de poste sont elles-mêmes distantes les unes des autres d'un nombre de farsaks variant entre 4, 5, 6, 7, soit 24, ou 30, ou 36, ou 42 kilomètres.

Une sorte de postillon accompagne toujours les voyageurs, d'un *menzil* (relais) à l'autre. — pour indiquer la route et ramener les chevaux au menzil d'attache. Il a nom *tchapar-chaguird*. On lui donne un cran d'*anam* (pourboire) si l'on a été content de ses rosses. Dans le cas contraire, on le paye en kamchin. Le tchaparchaguird a aussi pour mission de régler l'allure. Mais si l'on veut faire du chemin, il est indispensable d'activer soi-même, à coups de fouet, cet étrange cavalier cavalcadour.

Enfin, les rosses en question ne sont des rosses que parce qu'elles sont généralement hors d'âge, couturées de plaies vives et nourries presque exclusivement de mauvais traitements. Elles appartiennent en général à la race yabou (race commune persane) dont les individus, par leur résistance, leur sobriété, leur énergie et leurs formes, rappellent à la fois le cheval camargue et l'arabe.

Vous voilà, ce me semble, tout à fait édifié sur notre mode de pérégrination et très au courant de notre nouveau langage.

Je reprends donc mon récit, hélas! à un bien vilain endroit.

Impossible, en effet, de fermer l'œil, moustiques et vermine étant en folie.

Nous passons notre nuit à faire de l'entomologie comparée. Et pendant cet agréable passe-temps, dans une pièce voisine, un lot de Persans assis en rond fument leur *kalyan* (pipe) et boivent force tasses de thé, en chantant une complainte dont l'agaçante monotonie achève d'exaspérer notre système nerveux, surexcité outre mesure par d'incessantes piqûres.

16 mars.

Enfin, voici que l'aube nous montre le bout de son nez rose.
A cheval et au galop à travers la forêt!

La végétation est plus vigoureuse que jamais. En quelques points même les halliers sont impénétrables. Je vois
des dessous de bois embroussaillés, moussus, humides,
sombres, éclairés seulement par la blanche écorce des hêtres,
qui me font rêver d'hécatombes de bécasses. Car le Gilhan
est le pays d'élection de ces divines *solitaires au long bec*
qui seront mes plus chères amours, toujours et partout. Que
n'ai-je, hélas! le loisir de leur faire ma macabre cour!

Parfois nous traversons à gué des torrents ombragés de
puissants taillis de saules, où il serait peut-être imprudent
aux poëtes de passage de suspendre leurs lyres. En effet,
en débouchant d'un de ces gués, nous voyons, sur un talus
de glaise, les larges empreintes d'un tigre dont nous avons,
sans doute, troublé les ablutions matinales. De même que les
bécasses et les faisans, les tigres et les léopards abondent
en ces parages.

Mais, ici comme aux Indes, ces intelligents félins évitent
soigneusement tout contact avec l'homme, qui ne leur dit
rien qui vaille. Il n'y a donc pas grand danger à se promener
au travers de leurs domaines, même la nuit, quand on n'est
pas absolument seul. En plein hiver, cependant, il faut être
plus circonspect, surtout vis-à-vis des loups presque toujours
affamés et moins dégoûtés que les tigres.

Chemin faisant, le paysage s'est éclairci.

Maintenant, notre route serpente aux flancs dénudés
d'une colline rocheuse coupée de ravins sauvages. A notre
gauche, le Sefid-Roud (fleuve Blanc) roule ses eaux blan-
châtres au fond d'une vallée rocheuse où s'ébattent de
grands vautours.

Bientôt la route devient tout à fait mauvaise. Même, en certains points, c'est un véritable casse-cou.

Voilà cependant la meilleure route de la Perse! la route impériale!

On dit que S. M. le chah la maintient ainsi afin de ne pas *encourager les invasions*. Cela est son affaire et, à défaut de confort, grisons-nous de pittoresque et de couleur demi-locale, ce qui nous est facile, car les caravanes ont paru nombreuses, avec le jour.

Ce sont tantôt des chameaux attelés comme en tandem par des traits rigides, qui ne sont autres que les rails du futur chemin de fer de *Chah-Abdul-Azim*, ou bien des dromadaires portant à cheval sur leur bosse les roues d'un wagon ou les cylindres d'une locomotive. Tantôt c'est au loin, cheminant aux méandres de la montagne, comme une gigantesque chenille, une colonne serrée de mulets surchargés de ballots, ou encore des caravanes de marchands arméniens et persans, haut perchés sur les charges de leurs animaux, qui nous saluent au passage d'un salam solennel. Et aussi des *khanouns* (femmes) à califourchon derrière leur seigneur et maître, ou plus souvent portées en *kedjavé* [1] dont les rideaux se referment avec affectation à notre vue.

Il est d'usage en Perse de ne jamais regarder une femme. Or, comme nous voyageons pour voir, nous dévisageons ferme. Cela nous attire parfois des regards courroucés et même des phrases malsonnantes. Mais peu nous importe : qui veut la fin veut les moyens! D'ailleurs, ces irascibles cachottiers sont armés au moins autant que nous et cent fois plus nombreux. Donc il n'y a pas de lâcheté de notre part à nous rincer l'œil aux dépens de leur jalousie.

Sur ce, la route s'étant améliorée, notre tchaparchaguird

---

1. Le *kedjavé* est une sorte de cacolet fermé de deux cages en bois plus ou moins élégantes se faisant contrepoids.

a pris de lui-même le galop. Suivons-le, à cette agréable allure, au delà d'un village plus misérable encore que les précédents, et faisons halte au tchapar-khanêh de Roustemàbad [1].

Notre maigre pitance absorbée, nous repartons à travers un pays découvert et aride.

Quelques champs, quelques hameaux en pisé, où l'on paresse dans la saleté à l'ombre des figuiers, sous prétexte de résignation à la volonté d'Allah. Puis le paysage devient tout à fait sauvage : un grand désordre de roches de granit ocre et de basalte gris, avec un éparpillement lugubre de cyprès et d'ifs aux branches ravagées. Par-ci par-là, aux lèvres des crevasses, une luisante touffe de grenadiers sanglants ou des gerbes de fleurettes roses et, dans les bas-fonds, des quinconces d'oliviers gigantesques [2], — derrière lesquels des Galatées persanes s'enfuient tout effarées, se voilant de rouge, malgré leur désir manifeste d'être vues et surtout de voir.

Et toujours, à droite et à gauche, des montagnes arides, fauves, tristes, aux crêtes aiguës qui, se resserrant de plus en plus, finissent en une gorge étroite. Nous y pénétrons par un sentier de chèvres courant à mi-hauteur d'une haute muraille crevée de brèches et de chaos. A notre gauche, à pic, mugit le Sefid-Roud. Pour compléter cette désolation, un vent d'une violence inouïe souffle sans interruption, qui nous jette par instants des cailloux à la face. Nous cheminions à la queue leu leu sans mot dire, la respiration coupée.

Tout à coup mon cheval, qui tient la tête de la colonne, est pris d'une terreur folle. Il renâcle violemment, raidi sur ses membres, la crinière hérissée, tremblant comme une

1. De Koudoum à Roustemábad 5 farsaks (30 kilom.).
2. Ces oliviers datent d'Haroun-al-Raschid (sous toutes réserves).

feuille, l'œil hypnotisé sur un éboulis de rocs qui nous domine.

Je suis peu rassuré, d'autant que mon yabou, en secouant désespérément son encolure, par signe de dénégation, recule sur Verdet, qui recule sur notre Chaldéen, lequel recule à son tour sur le restant de la caravane. — Or, ainsi que je l'ai dit, nous sommes sur un sentier de chèvres et, à notre gauche, c'est la mort. J'emploie vainement, douces paroles, caresses, jambes, kamchin, tout est inutile : mon animal semble pétrifié. Puis brusquement, comme s'il était mû par un ressort, il s'ébroue de nouveau, renâcle plus violemment encore et fait demi-tour l'avant-main dans l'espace. Heureusement son arrière-train n'a pas bronché, ses jarrets n'ont pas fléchi; le demi-tour sur les hanches s'est opéré extra-classiquement. Les principes de Saumur sont saufs : je m'en félicite très sincèrement.

Plus vite que je ne le conte, nous avons tous sauté à terre et nous terminons ce mauvais pas en tenant nos chevaux « par la figure ».

Mon cheval est blanc d'écume. Qu'avait-il vu ou flairé?

Je l'ignore et l'ignorerai toujours : aucun de nous n'ayant rien aperçu de suspect.

Et cependant, comme un tigre campé en sphinx sur un bloc de granit aurait bien fait dans ce tableau!

Une demi-heure après cet incident nous arrivons au pont de Mengill.

Trois des huit arches de cet étrange pont de briques en dos d'âne très irrégulier ont été emportées, — par le vent peut-être. Nous devons donc franchir le Sefid-Roud sur une passerelle d'une stabilité douteuse, où le vent se démène avec une rage telle qu'il nous faut nous cramponner à nos montures pour ne pas être enlevés, et que celles-ci, à plusieurs reprises, perdant pied, oscillent sans pouvoir avancer.

Enfin nous voici hors de danger sur la terre ferme, en une

sorte de vallon triangulaire rougeâtre marqué par le village de Mengill.

Il est six heures, le soleil disparaît derrière les crêtes neigeuses des monts du Gilhan, en embrasant de ses rayons obliques les contreforts naissants de l'Elbrouz.

Une lourde brume indigo envahit la plaine sauvage et, du côté de l'occident, le Kizil-Ouzen ondoie comme un serpent d'or pâle. — Malgré ce décor, le village de Mengill [1] est d'une tristesse extrême.

Pendant que nous nous organisons tant bien que mal pour y passer la nuit, de braves gens du pays désireux, sans doute, d'honorer la mémoire du bon roi Henri IV en la personne de ses arrière petits-sujets, nous apportent une poule. Elle est vite au pot.

Le vent a chassé les moustiques et la vermine est engourdie. Profitons-en.

17 mars.

Nous nous remettons en route dès qu'on nous a fourni les chevaux : soit à neuf heures.

Si, jusqu'à présent, nous n'avons pas eu trop à nous plaindre de nos montures, aujourd'hui nous avons le droit de pester contre la remonte du tchapar de Mengill. La haridelle que je monte butte à chaque pas, encore ne marche-t-elle que sur trois pattes. Verdet est encore plus mal partagé. Quant à Joseph David, il chevauche un squelette aveugle : je dis aveugle.

A chaque instant, il nous faut descendre pour rétablir l'équilibre de nos bagages ou nous ramasser mutuellement.

Route insignifiante à travers un pays couleur de pain grillé, où les poteaux télégraphiques représentent toute la végétation.

1. De Roustemâbad à Mengill 5 farsaks (30 kilom.).

Nous traversons le Chah-Roud sur un pont plus irrégulier encore et plus étroit que celui de Mengill.

Ensuite viennent de grandes falaises étranges, criblées de trous qui sont des nids de pigeons. Un duo de hérons, quelques cigognes et des faucons plombago sont les seules distractions de cette étape qui nous semble indéfiniment longue, à cause de sa monotonie.

Enfin le tchapar-khanêh de Patchinar [1] nous apparaît assis tristement sur une croupe caillouteuse dominant la rive gauche du Chah-Roud.

Grâce à nos rossinantes, nous avons perdu un temps précieux ; doubler l'étape et tenter l'ascension du Karzan pendant la nuit serait une imprudence, d'autant que le ciel s'est couvert de gros nuages noirs. Le tchaparchaguird s'y refuse d'ailleurs absolument. Nous passerons donc la nuit à Partchinar-les-Bains.

En attendant, faisons un bézigue, malgré un vent odieux qui fait voltiger nos cartes ainsi que feuilles d'automne.

Après une visite à la triste station de Patchinar et un repas lacédémonien, comme nous nous disposons à nous endormir, un chœur de chacals s'élève tout près de nous qui me fait tressaillir de joie.

J'avais remarqué, en effet, une charogne de chameau fort appétissante presque au sortir du tchapar-khanêh.

Sauter sur ma carabine et me glisser vers les puants geigneurs est l'affaire d'un instant.

Mais j'avais compté sans le flair de mes hôtes. Je n'ai pas fait un pas que je suis éventé : toujours ma guigne ! Une grande déroute s'ensuit et je reste maître du terrain : — sans cependant pouvoir appeler cela une victoire. Du moins, c'est l'avis de Verdet.

Sur ce, grattons-nous beaucoup et dormons un peu.

---

1. De Mengill à Patchinar 4 farsaks (24 kilom.).

18 mars.

Dès l'aube nous attaquons le massif du Karzan, sorte de sentinelle perdue de l'Elbrouz.

Le temps est superbe; plus un nuage, plus un souffle d'air : un soleil splendide dans un ciel radieux.

Voilà qui est du dernier galant de la part de la Providence!

Son œuvre est si belle ici qu'elle tient sans doute à nous la faire admirer dans toute sa splendeur.

Depuis deux heures, nous montons par un sentier en lacet d'un pittoresque saisissant. A droite, à gauche, partout, des éboulis de rocs, des crêtes enchevêtrées et des gorges s'ouvrant à pic, béantes, profondes à donner le vertige, si l'on était moins absorbé par la contemplation de l'admirable panorama qui se révèle à chaque pas plus grandiose. Tout autour de nous jusqu'à perte de vue, c'est un triple cirque de montagnes aux formes capricieuses, nettement découpées sur le bleu du ciel, étalant aux rayons du soleil les mille nuances de leurs flancs et les neiges immaculées de leurs cimes.

On dirait d'un colossal éventaire de pierres précieuses, où les saphirs, les topazes et les diamants domineraient.

De tous côtés, les alouettes et les perdrix *tirelirent* et *craquettent* le plus joyeusement du monde.

Du fond des vallées, d'épaisses vapeurs s'élèvent comme des fumées d'encens et, au-dessus des précipices mystérieux, des aigles aux longues pennes retroussées en tulipe planent majestueusement. Incomparables comme vol, ces rois des airs, qui posent sur l'espace, descendent, remontent en souples spirales, décrivent leurs grands orbes, la tête basse, les serres cachées, scrutant toutes choses de leur bel œil d'or, sans qu'aucun mouvement, sans qu'aucun effort décèle la vie, chez ces superbes oiseaux, qu'on dirait être des machines ailées.

Nous montons toujours à travers rocs, fondrières et chaos, remorquant parfois nos montures essoufflées, et profitant des moments de repos forcé pour massacrer sans pitié des perdrix trop curieuses.

Après avoir dépassé le village de Karzan, nous entrons en pleine neige.

Mon anéroïde marque 1695 mètres. Nous sommes au point culminant de notre route.

Ici, règne le calme le plus absolu et aussi le plus morne silence. Plus de rappels de perdrix, plus de gazouillis d'alouettes, plus d'aigles : rien que quelques corbeaux énormes déchiquetant des squelettes éventrés, entrevus à travers de lourdes brumes givrées qui nous gèlent la face.

Puis nous redescendons au flanc sud du Karzan.

Derrière nous sont restées neige, tristesse et froidure. De nouveau le soleil est avec nous éclairant une plaine topaze, s'étendant immense, indéfinie, gardée au nord par la chaîne de l'Elbrouz dont nous admirons le magistral raccourci, à l'est, par une succession de collines qui apparaissent comme des hachures bleues, et au sud, tout à l'horizon, par la muraille lilas des monts Karaghan.

Au centre de la plaine, une tache violacée : c'est Casbin.

Au galop maintenant pour réchauffer nos membres engourdis par les neiges du Karzan.

A midi nous atteignons la plus pauvre bourgade qu'on puisse imaginer. Elle a nom Mézrai [1] et jouit d'une réputation déplorable au point de vue de la salubrité.

C'est que les *punaises de Mianêh* [2] y règnent victorieusement, à ce qu'il paraît.

---

1. De Patchinar à Mézrai : 5 farsaks (30 kilom.).
2. Ces punaises sont en réalité des *argas persicus* (poux de bois) dont la piqûre amène une inflammation extrêmement douloureuse, et peut donner lieu à des accidents fébriles d'une gravité **notable.**

Aussi nous nous gardons bien de pénétrer à l'intérieur de l'amas de boue — habité par des pauvres hères en haillons, — qui représente le tchapar-khanèh de Mézrai.

Ces malheureux nous font, d'ailleurs, des signes non équivoques d'avoir à nous observer.

Une natte au bord d'un ruisseau bordé de maigres arbres fruitiers, non loin d'un groupe de chevaux crevés que des chiens étiques dépiotent en grognant : voilà toute notre installation.

A midi et demi on nous amène nos nouvelles montures.

Ce lot de bêtes d'abattoir mérite une mention spéciale. Une mule qui marche sur son boulet antérieur droit veuf de suspenseur, un cheval, dont le garrot rongé et remplacé par de l'étoupe, — laisse voir très distinctement trois vertèbres à nu, un deuxième aveugle, hors d'âge, a le sabot droit décollé, enfin un troisième et un quatrième sont pareillement effilochés.

Notre fureur ne connaît plus de bornes à la vue de ces éléments de « Morgue hippique ».

Outre que charger et monter de semblables moribonds est odieux, il est facile de préjuger des péripéties douloureuses qui nous attendent au cours de notre étape. Or, trente kilomètres nous séparent encore de Casbin.

Le maître de poste ne possède que ces montures : c'est à prendre ou à laisser.

Après avoir accablé d'insultes ce misérable bourreau, qui va nous forcer à devenir bourreaux nous-mêmes, nous enfourchons nos écorchés vivants.

Je ne veux pas narrer par le menu les épisodes écœurants de cette chevauchée macabre. Je me contente de dire que deux de nos animaux succombent à moitié route. Il nous faut augmenter d'autant la charge des survivants. Dès lors, ceux-ci ne peuvent plus nous porter.

Nous voici donc à pied, chassant impitoyablement devant

6

nous, à coups de kamchin, nos malheureuses bêtes qui se traînent sans forces, buttant à chaque pas.

Une nuit sombre et froide est venue.

Non seulement nous sommes harassés, mais notre visage abominablement gercé par les températures extrêmes, brusquement subies pendant notre traversée du Karzan, nous fait cruellement souffrir.

De temps à autre, dans le noir, se montrent quelques rares silhouettes de peupliers plus noirs, et une trace blanchâtre qui est la route, et c'est tout.

Nous désespérons de jamais atteindre Casbin; quand, vers dix heures, se dessinent en grisaille devant nous de longs murs, un haut portique et aussi une suite d'arcades irrégulières.

A droite, la coupole d'une *médressèh* (école) apparaît presque blanche; des maisons basses s'alignent en rangs épais sur notre passage; quelques falots, qui semblent de gros feux follets, errent portés par des ombres à turban ; puis enfin une sorte de perspective, bordée de peupliers, de platanes et d'arbres en boule, nous amène à un grand beau bâtiment entouré de hautes barrières et de jardins.

Nous sommes au bout d'une partie de nos ennuis. Nous sommes au Casino : n'exagérons rien, à l'hôtellerie de Casbin. Cette hôtellerie (*mehman-khanêh*) est un immense pavillon, solidement bâti, bien aménagé, vaste, aéré et peuplé de serviteurs aussi intelligents qu'empressés. Je ne puis trop faire l'éloge de cette installation, qui est unique en Perse.

Cette Capoue ne saurait néanmoins nous retenir.

J'ai hâte d'arriver à Téhéran pour organiser définitivement la suite de notre voyage.

Mon but est de gagner la Transcaspienne par Méched, Koutschan, et Askâbad.

Mais pourrai-je accomplir ce « raid » dans les limites de **mon congé?**

Ou bien me faudra-t-il passer par Barférouch, Méchédesser, Ouzoun-Ada?

Ou bien encore par Astérâbad, Géok-Tépé?

Toutes questions auxquelles il ne peut être répondu qu'à Téhéran.

Donc, renonçant à nous attarder à Casbin, nous décidons de partir immédiatement, sans même prendre de repos, pour la capitale de la Perse.

Cette fois, notre genre de locomotion sera tout autre.

C'est dans une calèche monumentale, immense, formidable, invraisemblable, carrossée comme devait l'être le chariot d'Isabeau de Bavière, une véritable tartane sur roues en un mot, attelée de quatre chevaux de front, que nous allons dévorer les 24 farsaks (174 kilomètres [1]) qui nous séparent de la capitale du roi des rois.

Derrière nous, un autre chariot, décoré du nom de *télègue*, portera Joseph David et nos bagages.

Et maintenant, adieu Casbin [2], et que Dieu daigne veiller sur nos os! Il est minuit et le froid est intense.

19 mars.

Rien de particulièrement intéressant à signaler au cours de notre équipée par un pays plat et caillouteux, sans un arbre, sans un cours d'eau important, sans un accident de terrain à relever. Seule, s'élevant toujours davantage, court à notre gauche la chaîne de l'Elbrouz. En fait de distractions quelques gazelles et beaucoup de pigeons sauvages.

1. D'Enzeli à Recht, 60 kilom.; de Recht à Casbin, 180 kilom.; de Casbin à Téhéran, 174 kilom. — Total : 414 kilomètres.

2. Casbin, fondé par Sapor Ier, jadis célèbre par ses écoles, ses faïences, ses cuivres; aujourd'hui en décadence complète : vingt mille âmes.

Pendant un relais, dans un taudis enfumé, une jeune fille laide et sale esquisse une danse qui a la prétention d'être artistique et qui n'est qu'érotique : passons.

Mais voici qu'un gros nuage de poussière, nous annonce un fait-divers : la promenade du harem d'un haut personnage.

Ces dames, enfermées précieusement dans des clarences aux armes impériales, sont escortées d'eunuques et de cavaliers armés de pied en cap, montés sur d'assez jolis chevaux persans et arabes à tous crins.

Très couleur locale et très originale cette cavalerie irrégulière, voltigeant à la diable, en plein soleil, autour de voitures dorées qui semblent porter des momies. Ces sympathiques momies, malgré leurs gardiens, risquent sur nous de grands yeux curieux, mais sans faire un mouvement. Nous leur rendons la pareille, afin de ne pas les compromettre... La plupart de ces houris nous paraissent de belle venue et très dignes de leurs joyeuses fonctions.

La monotomie de notre route reprend bientôt.

Enfin après vingt-six heures de cahotement et d'invraisemblables soubresauts, au pied même du fier Demavend [1], qui dresse jusqu'aux nues son cimier de neige, nous apercevons au delà d'un bourrelet de sable orné d'élégantes portes polychromes, une grande agglomération de maisons et de murailles fauves, pointillées de quelques flèches coloriées reluisant au soleil. C'est Téhéran.

Nous y pénétrons par une belle porte monumentale, ornée d'arcades et de colonnettes entièrement recouvertes de faïences émaillées (*makadjis*), formant des mosaïques d'un très joli effet.

Un groupe de soldats vêtus de bleu et de rouge nous demandent nos noms, sans doute pour avoir un anam. Nous

---

1. Altitude 5628 mètres.

le leur octroyons tout en poursuivant notre route par des rues longues, larges, insignifiantes, médiocrement entretenues, et bordées de rangées de peupliers anémiques et de grands alignements de murailles en terre cuite au soleil.

Les murailles très longues, généralement crénelées, enferment des jardins; celles moins longues et plus hautes sont des maisons. Toutes si simples d'aspect qu'on croirait qu'elles tournent le dos à la rue.

Voici maintenant des rues moins primitives avec des sycomores et quelques maisons bâties en pierre, et voici les trois couleurs nationales qui flottent au chef d'un portique.

Notre tartane jette l'ancre à son ombre.

La sentinelle, qui *grenouillait* à quatre pattes sur une natte avec des cofumeurs de kalyan, se précipite sur son mousquet et nous le présente.

— Sommes-nous bien à la légation de France? faisons-nous demander par notre Chaldéen à un goulam galonné d'or.

Réponse affirmative de celui-ci.

— Vive Allah! Conduis-nous vers ton maître.

M. de Balloy, que j'avais informé depuis longtemps de notre intention de l'aller voir, nous accueille avec la plus exquise cordialité.

Il veut que nous demeurions chez lui, pendant tout notre séjour à Téhéran.

Notre appartement est prêt : nous étions impatiemment attendus; nous le désobligerions en n'acceptant pas...

Suivent mille autres raisons non moins aimables.

Est-il besoin d'ajouter que nous nous laissons facilement convaincre?

Deux heures après, cravatés de blanc, mais en habit un peu ridé peut-être, nous entrons dans l'élégant salon de madame de Balloy qui a eu la délicate attention d'y réunir ses amis français et belges de Téhéran.

Présentés sous les auspices de la plus gracieuse des

6.

femmes, nous sommes reçus à bras ouverts, et bientôt, au
charme d'une conversation intime où l'esprit le plus fin
pétille, comme en nos coupes le champagne de France,
tout souvenir de nos petites misères passées s'évanouit par
enchantement.

L'achèvement exceptionnellement heureux de la première
partie de notre voyage ne me laisse plus aucun doute sur sa
réussite finale. L'avenir m'apparaît tout enrubanné de vert
par l'espérance; le sombre désert de la Transcaspienne lui-
même se teinte de rose; les flots du *fleuve-mer* (Amou-Daria),
me bercent doucement, et, en attendant l'heure d'aller à lui,
tout bas, en communion avec le poète, je pense : qu'*Un Dieu
seul a pu nous préparer un aussi doux repos.*

CHAPITRE V

A M. Davy de Chavigné de Balloy,
Ministre plénip. de France, près S. M. le chah de Perse,
et à Madame de Chavigné de Balloy, née Tiersonnier.

20 mars.

En enfourchant son délicieux dada des *Mille et une Nuits*, et en le faisant enfourcher à l'envi aux générations modernes, M. Galland a présenté les choses de Perse sous des couleurs tellement brillantes, merveilleuses et attachantes que beaucoup n'en veulent plus démordre, et conservent jalousement l'idée lumineuse et féerique qu'ils se sont faite de la patrie de la belle Schéhérazade.

Peut-être même quelque lecteur m'en voudra-t-il, un peu, de venir ternir le prisme à travers lequel son imagination aimait à rêver du pays des roses, des turquoises et des escarboucles. Mais, voyageur essentiellement moderne, comme tel marqué du sceau un peu positiviste de cette fin de siècle, je dois avant tout être moi-même et, dût ma sincérité déplaire : — rester sincère... autant que possible.

Tout cela est pour vous dire que Téhéran n'est pas ce qu'un vain peuple pense.

Et l'explication de ce que j'avance est bien simple.

Il y a un siècle, à peine, Téhéran n'était qu'une très modeste cité presque sans histoire, — comme les peuples heureux et les femmes honnêtes.

C'est seulement, en 1795, qu'Aga-Mohammed-Chah (le chef de la dynastie turcomane des Kadjars [1]), l'érigea en capitale de son royaume.

Téhéran étant donc une ville tout à fait moderne, ne présente pour les fureteurs de souvenirs qu'un intérêt médiocre, et un archéologue n'a rien à y découvrir. Néanmoins, elle mérite d'être placée au premier rang des cités asiatiques, grâce aux embellissements que lui ont apportés les souverains de la dynastie kadjare, en tête desquels il convient de placer le chah régnant, Nasser-Eddin, qui a mis une sollicitude extrême à enjoliver et à approprier cette ville. Aussi peut-on justement le nommer « l'Haussmann de Téhéran ».

Voyons, à vol d'oiseau, pour fixer nos idées, en quoi consiste la capitale de la Perse.

1.

Aga-Mohammed-Chah...............	1794-1797
Feth-Ali-Chah....................	1797-1834
Mohammed-Chah...................	1834-1848
Nasser-Eddin-Chah................	1848-....

D'abord, une vaste enceinte circulaire de légères fortifications en terre et en sable, avec douze portes monumentales recouvertes de briques émaillées, donnant passage à douze artères centripètes.

En deçà, une large zone de terrains vagues. En deçà toujours, une zone de jardins entourés de murailles. Et enfin, un groupement posé de rues, de ruelles, de places et de jardinets semés et bordés de maisons basses, de palais de pavillons et de kiosques, entourant un noyau central plus gai, plus dense qui est le palais impérial ou l'*Ark* (citadelle).

Tel est Téhéran que nous allons étudier de plus près et sous son meilleur jour, car c'est aujourd'hui le *norouz* (jour de l'an), la plus grande fête de l'année.

Comme les convenances ne permettent pas à des gens de notre qualité d'aller à pied, montons dans la demi-daumont de M. de Balloy, que précèdent et que suivent des goulams en tunique lâche, bleue à larges revers rouges brodés d'or, portant en tête le *kholah* d'astrakan à forme de tonnelet, et poussons à travers la ville.

Pousser est bien le mot exact, car nos goulams d'avantgarde ne font pas autre chose, s'escrimant de leur mieux avec leurs cannes, contre les gens de toutes conditions qui ne se rangent pas assez vite devant nos seigneuries.

Notre ministre jouissant, à juste titre, à Téhéran, d'une très grande considération, les saluts pleuvent à jet continu à l'adresse de son équipage.

A l'opposé de l'âne chargé de reliques, ne nous courbaturons pas trop à réciproquer : voyons plutôt autour de nous.

Voici des *mollahs* (prêtres) qui s'avancent graves, cérémonieux, enturbanés de blanc, et suivis d'une escorte de moindres gens de mosquée ; un fakir magnifique, beau comme un dieu, marchant les cheveux épars et les yeux au ciel, en psalmodiant un hymne pieux qui paraît le ravir ; et des Afghans bronzés, superbes, majestueux, sous leur péplum clair à larges plis.

Ces hommes à turban vert, qui ne chôment pas de taquiner leur chapelet [1]. sont des descendants du prophète.

Ces autres, ceints d'une écharpe de sinople, appartiennent à la famille d'Ali.

Ce cavalier très simplement vêtu, chevauchant un magnifique étalon turcoman caparaçonné de velours violet broché d'argent, est le représentant d'une des plus puissantes maisons de la Perse. De nombreux serviteurs lui font escorte ; l'un d'eux porte pendu à l'arçon de sa selle, du côté montoir, une sorte d'étui à manchon, et, du côté hors montoir, deux longs filets qui pendent presque jusqu'à terre. L'étui renferme le kalyan du seigneur et les filets contiennent, l'un du tabac et de l'eau de rose, l'autre une cassolette pleine de charbons incandescents : en un mot tout l'attirail indispensable à un fumeur persan.

Ces jeunes gens à l'œil intelligent et doux, vêtus d'une longue tunique noire, sont les *mirzas* (lettrés) des diverses légations. Ils sont extrêmement instruits et doivent toujours se tenir au courant des nouvelles politiques et autres potins de la dernière heure.

Et ces jeunes gens, qui portent sur leur avant-bras des oiseaux de proie de diverses espèces, sont des fauconniers de quelque amateur de distinction, si j'en juge par leur tenue correcte. Leur conversation me paraît extrêmement animée. — Évidemment, il s'agit des performances de leurs élèves.

---

1. Les Persans égrènent leur chapelet comme des jeunes filles effeuillent les marguerites. C'est une sorte de *réussite* plutôt qu'un acte religieux. Cela a nom *istékhara*. Tout en faisant leur petit manège, qui consiste à séparer un certain nombre de grains et à compter ceux qui restent, ils disent : *mauvais, incertain, bon, très bon, excellent.* Le qualificatif subi par le dernier grain **indique si l'*istékhara* a été bien ou mal fait.**

Voici des officiers kurdes de la brigade de cosaques du chah, en *tcherkesse* noire et *bechmet* rouge.

Voici un lot de chevaux turcomans, arabes et yabous, recouverts d'épaisses housses de feutre que des palefreniers entraînent au pas. Fort belles ces bêtes. Leur poil est superbe, leur œil étincelant, leurs membres d'une netteté irréprochable ; mais, à mon goût, elles sont « trop en chair ». Il est vrai que cette chair est du muscle parfaitement dense. D'ailleurs, ces chevaux ont à leur actif, à ce qu'on me raconte, des prouesses telles en fait de courses de fond, que je n'ose m'élever contre leur excès d'embonpoint, ayant déjà mis à l'épreuve le cœur de la race persane [1].

Voici un digne couple à âne ; la femme à califourchon derrière son époux qu'elle tient à bras le corps, les jambes ballantes dans leur large enveloppe de lustrine verte et les pieds, non moins verts, à demi chaussés d'un soupçon de babouches. A notre vue, l'honnête dame défile sa tête voilée derrière l'épaule de son maître, comme un jeune singe. Et le mari de se gaudir de la pudeur de sa femme qu'il prend évidemment pour de l'argent comptant.

Mais quels sont ces importants promeneurs aux longues oreilles et aux clochettes enrouées ?

Ce sont les mules impériales. C'est à elles qu'incombe l'honneur de transporter les bagages de Sa Majesté en ses diverses villégiatures. Leurs bâts de feutre et de broderies se terminent sur la croupe par d'épaisses franges de pourpre — qui sont leurs graines d'épinards.

Voici maintenant qu'une interminable caravane de dromadaires se permet de venir troubler l'harmonie de notre équipage.

— En avant, les goulams ! chaud ! chaud !

1. Téhéran possède plusieurs écuries de courses. Les plus réputées sont celles de S. M. le chah et de S. E. Naïeb-e-Saltanet, son troisième fils, actuellement ministre de la guerre.

Et les coups de grêler, moins sur les callosités des solennels gibbeux du désert que sur les épaules de leurs conducteurs résignés.

Enfin, ces hommes à verges, habillés de rouge et galonnés de jaune et de noir, portant en tête, les uns un casque romain à chenille rouge, et les autres une sorte d'obus en cuir pailleté, surmonté d'une touffe de grossières fleurs en passementerie, sont les *châters* (coureurs) de Sa Majesté.

Ne riez pas! Cet accoutrement est le costume traditionnel des coureurs royaux, depuis les souverains Sassanides. — Donc, respect aux traditions.

Leurs bas blancs sont gauffrés et s'arrêtent... à la cheville : — avis aux facteurs ruraux.

Au milieu de tout ce monde je ne vois que très peu de Persans de l'ancien régime, portant la longue robe (*khalat*), le large pantalon, et le kholah, à haute-forme ; mais je note que la race persane est belle. Les hommes sont bien plantés, sans trop d'embonpoint, très bruns, rappelant le type grec moderne.

Quant aux femmes, je ne puis rien en dire, sinon qu'elles sont encore plus sévèrement voilées qu'à Constantinople et à Recht. A peine, par-ci par-là, un *roubend* se soulève-t-il pour nous faire l'aumône d'une œillade incertaine, — extrêmement incertaine même.

Et cependant, c'est le norouz, ainsi que je l'ai dit.

Et tout le monde, autour de nous, ne cesse d'échanger, en l'honneur de cet heureux jour, mille bons traitements, chacun, bien entendu, avec une pompe proportionnelle à la dignité de sa situation.

On sent que l'unique préoccupation de chacune des molécules de la fourmilière humaine qui grouille autour de nous, est de joindre un supérieur, un parent, un ami, une connaissance, voire un serviteur. Aussitôt le contact pris, révérences, cadeaux (car on se fait aussi des cadeaux), accolades, compliments, baisers, de pleuvoir en cascade sur le patient, lequel s'exécute à son tour, séance tenante.

De toutes parts, on se salue et on se resalue, et on se met la colonne vertébrale en spirale, et on se passe la main sur la barbe, et on se baise à bouche que veux-tu, et on se donne des noms d'oiseaux les plus suaves, en se faisant toutes sortes de mines tendres.

Le salut le plus cérémonieux consiste en une flexion du corps et un triple rond de la main droite, du sol au cœur, du cœur au front, et du front à la barbe, la main gauche restant au ventre. Ce qui signifie : « Je prends de la terre sous vos pieds, je la porte à mon cœur et je la mets sur ma tête. »

Le coup de la barbe correspond évidemment à notre ainsi soit-il, à moins qu'il ne veuille dire tout simplement : « Et maintenant, essuyons-nous ! »

Évidemment, en Europe, au 1er janvier, nous agissons semblablement, quoique d'une façon plus calme. Mais, ici, une satisfaction légitime illumine les visages, satisfaction tout intime que vous allez comprendre.

Presque tous les Téhéranis ont changé de vêtements ce matin : Ainsi le veut le norouz. Une fois par an, ce n'est pas trop !

Lors, on conçoit que ces ex-chrysalides éprouvent une réelle joie à se sentir transformées en papillons, et qu'elles manifestent hautement leur jubilation par une mimique communicative, dont je suis enchanté de bénéficier à distance.

De baisers en baisers, nous arrivons à la place de Maïdan-Top-Khanêh, le centre de Téhéran.

Ici la foule est tellement affriolée, que nos goulams ont toutes les peines du monde à nous tailler une route au travers de ces libres baiseurs.

Pendant que leurs baguettes cardent énergiquement l'astrakan des kolahs iraniens, examinons le Maïdan-Top-Khanêh.

C'est une vaste esplanade rectangulaire dont l'un des

7

grands côtés, celui de l'est, est formé par les murailles d'enceinte du palais impérial. Au centre, est un bassin modeste, à peu près carré, avec quelques arbres à l'entour, quatre becs de gaz et, à chaque angle, un gros canon flanqué d'autres plus petits. La porte d'entrée du palais occupe l'angle sud-est de la place. Cette porte, dont le style rappelle beaucoup celui des portes de la ville, est réellement remarquable. Elle consiste en trois grands arceaux en plein cintre supportant une galerie à jour et deux loggias d'un genre indéfinissable; le tout très richement ornementé de dessins polychromes et d'arabesques noires. Six colonnettes d'un ravissant modèle, revêtues de faïences vernies coloriées, achèvent et complètent cette sorte d'arc de triomphe parfaitement moderne, mais dont on ne peut contester l'élégance de bon ton ni l'amusant effet.

Pendant que j'étudie cette porte, trois grands coupés s'y engouffrent, portant en leurs panses dorées des houris impériales.

Un fouillis de soie noire et de mousseline blanche, et voilà tout.

Revenons à la place.

En face du palais, occupant l'autre grand côté, est la caserne d'artillerie. C'est une lourde bâtisse à arcades plaquées sur de grands murs blanchis à la chaux, où resplendissent les dessins les plus impressionnistes du monde dans les tons les plus crus :

Des fleurs, des oiseaux, des animaux, des soldats, surtout beaucoup de lions et de soleils, emblèmes du souverain.

Les monuments nationaux ne sont pas seuls ainsi peinturlurés, selon le goût persan; quelques maisons particulières sont semblablement maltraitées, surtout les établissements de bains, reconnaissables à leur porte basse, en plein cintre, surmontée d'un groupe jaune, rouge, vert, violet, etc. qui représente *Roustem* (un héros légendaire, l'Hercule persan), terrassant la *Dive* (Mauvais Génie), sous la forme d'un dragon ailé à la gueule flamboyante : la *Tarasque* !... Et comme tout cela n'est pas encore suffisamment criard, paraît-il, pour attirer les baigneurs, un homme demi-nu se tient devant l'entrée qui ne cesse de tirer d'une trompette de verre des sons d'une acuité à faire grincer les dents d'un mort.

Fresques et *grinceries* de trompettes sont d'un goût tellement risqué que nous éprouvons le besoin de nous en éloigner : soit de continuer notre persil par la promenade de Chimràn, — les Champs-Élysées téhéranais.

Les environs de Téhéran étant caillouteux, brûlés, arides et râpés à un point extrême, cette modeste promenade nous paraît charmante avec sa double haie de platanes, d'abricotiers, d'ormes-boule (*narbend*), de saules, de mûriers, de peupliers et de rosiers, ces derniers pas encore en fleurs, malheureusement.

Toute cette végétation n'est pas d'une venue exagérée, mais une promenade qui a pour perspective le Demavend peut se passer d'autres splendeurs.

Rien n'est, en effet, plus admirablement beau que ce colosse de neige aux reflets de nacre, superbement dressé sur son socle de granit et semblant monter toujours plus haut dans l'azur à mesure qu'on s'en approche.

A ses pieds même est gîté Chimràn, ravissante station d'été, aux frais ombrages de laquelle la gentry européenne et persane de Téhéran vient demander un abri, contre les ardeurs dangereuses de la canicule.

Notre ministre y possède (à Tedjriche), une installation charmante dont j'ai déjà entendu dire tant de bien, que c'est un vrai regret pour moi de n'avoir pas le temps de l'aller visiter.

Pour le moment, je fais la connaissance de quelques-uns des « châteaux du chah ».

On sait que les Kadjars sont Turcomans, c'est-à-dire d'une race nomade par excellence.

Bon sang ne saurait mentir. Aussi Nasser-Eddin est-il toujours en route, semblablement à son homonyme des contes de Perrault, rayonnant comme le soleil, son emblème, sur tout son empire, et en particulier aux environs de Téhéran, où il possède un nombre considérable de rendez-vous de chasse, de châteaux, de pavillons et de jardins, dont quelques-uns lui viennent de ses augustes prédécesseurs. Sa Majesté a-t-elle daigné remarquer un site à sa convenance ou bien un district plus particulièrement giboyeux, qu'elle ordonne d'y construire un pavillon; et naturellement cet ordre est exécuté dans les délais les plus courts.

C'est ainsi que les abords de la capitale de la Perse sont semés de constructions impériales de tout style.

J'en vois trois aujourd'hui.

Le Kars-Kadjars (château des Kadjars), sorte de grande redoute bâtie sur une succession de jardins et de terrasses sertis de murailles crénelées, que flanquent quatre tours évasées.

Contre les murs d'enceinte, intérieurement bien entendu, sont disposées de petites logettes pour ces dames. Car Sa Majesté, en digne roi *galantuomo*, ne se déplace jamais sans se faire accompagner d'un lot de ses plus belles merveilleuses, — mettant ainsi énergiquement en pratique cette parole de l'Écriture : « Malheur à l'homme seul [1]! »

Au delà de ce château, plus près de Chimrân, on me montre une autre habitation royale, qu'un bouquet d'arbres entoure gracieusement : c'est Sultanet-Abad.

Plus loin encore, du côté nord, au sommet d'un petit piton se détachant en clair sur les rougeâtres contreforts de l'Elbrouz, est le Rochan-Tépêh (mont des Lièvres). Ce papillon me rappelle beaucoup le Konah d'Enzeli.

1. La sultane favorite de Sa Majesté a nom *Aniseh-Eddoulet* (la Félicité de l'Empire). Outre les quatre femmes légitimes autorisées par la loi, le roi possède un harem nombreux.

Quand Sa Majesté doit aller habiter un de ses châteaux, l'intendant de ses plaisirs envoie, la veille, un détachement de serviteurs et un convoi de mules pour mettre toutes choses en état. La villégiature terminée, mules et serviteurs rallient Téhéran.

Malgré ces déplacements continuels, Sa Majesté le chah ne perd pas un instant de vue le gouvernement de son empire, et l'on peut dire qu'il mène tout de front : les affaires intérieures et extérieures, l'équitation, la chasse, la géographie, les arts, la littérature et... la galanterie.

Je m'expliquerai, au fur et à mesure, sur les multiples qualités de ce souverain.

Pour le moment, souffrez que je me dérobe, l'heure des visites officielles ayant sonné. Et, à propos de ces visites, comme les diplomates n'aiment pas, en général, voir ébruiter leurs conversations, je me contenterai de dire que je les ai trouvées aussi intéressantes que leurs auteurs m'ont été sympathiques.

Que ces hauts personnages veuillent bien agréer, ici, l'expression de ma profonde gratitude pour leur accueil particulièrement gracieux.

Au soir, nous assistons, du haut d'une terrasse de la légation de France, à un feu d'artifice tiré en l'honneur de l'aurore de la nouvelle année.

Très réussi ce feu d'artifice, que Ruggieri aurait signé.

Nulle part je n'ai vu de plus belles fusées à sifflet.

Quelques détails maintenant sur le beau sexe iranien, détails que j'emprunte à madame Carla Séréna : *Hommes et choses en Perse.*

Le costume des Persanes rappelle, par son uniformité, les gondoles de Venise ; quelle que soit leur condition, elles sont toutes, sans exception, enveloppées de la *tchadra* bleu foncé.

D'amples pantalons, chaussant le pied comme un bas,

en calicot vert, violet, gris ou rouge, et des pantoufles à
talons complètent leur uniforme. Autant cette toilette est
sévère, autant leur mise l'est peu chez elles. Si le décolleté
est souvent poussé à l'extrême en Europe, le *déjambé*, l'est
de même à Téhéran. Tout l'habillement dans l'endéroun se
compose d'amples jupons courts, comme ceux de nos danseuses, qui s'attachent sous les hanches. Plus les jupes sont
écourtées, plus la mise passe pour recherchée. Les femmes
du peuple et les servantes les portent plus longues que les
dames de la classe élevée.

Elles ne font usage ni de linge ni de maillot et ont
seulement une ample camisole flottante, ouverte sur la
poitrine, qui, chez les élégantes est de gaze transparente.
Ce léger vêtement permet de voir tout le haut du corps
complètement à nu, ainsi que les jambes et les pieds, car
les bas et les chaussettes sont très peu en usage.

Mais l'abus de ces détails intimes troublerait ma première
nuit dans la capitale de la Perse; brisons là, — et à moi les
pavots de l'oubli!

21 mars.

Dès dix heures, nous nous rendons en gala chez Son
Altesse Zel-e-Sultan (l'Ombre du Souverain) le fils aîné
du chah; ce prince nous ayant fait l'honneur de nous envoyer, dès notre arrivée à Téhéran, un aide de camp pour
nous faire savoir qu'il était désireux de nous recevoir.

Zel-e-Sultan, quoique fils aîné du chah, n'a pas droit à
la couronne, n'étant pas né d'une princesse de sang royal.

C'est un prince énergique, intelligent, amateur de réformes et surtout fanatique du métier des armes.

On a raconté qu'il était doublé d'un ambitieux; que les
Anglais devaient, le cas échéant, favoriser son avènement,
au lieu et place de l'héritier présomptif, le *Veli-hàd*, gou-

verneur de Tauris [1], et que sa disgrâce récente n'a pas d'autre motif.

Zel-e-Sultan vient, en effet, d'être brusquement relevé du gouvernement d'Ispahan et de celui de toutes les provinces du sud de la Perse, par ordre du chah son père.

Il ne m'appartient pas ici de prendre en main la cause de Zel-e-Sultan ; je me permettrai encore moins de critiquer les actes de S. M. le chah, je me borne à dire que, de l'avis unanime, Zel-e-Sultan a très intelligemment administré le gouvernement dont il était dépositaire ; que son armée était en bonne voie et qu'il a donné une preuve éclatante de discipline en acceptant, en fils soumis, la disgrâce qui est venue le frapper en pleine puissance.

C'est donc chez ce demi-dieu tombé que je vais vous conduire.

Son palais est situé non loin de l'Ark.

Sous le portique d'entrée, des gardes en tunique rouge et casque prussien en cuivre doré, nous présentent les armes.

Nous traversons un jardin clos de murailles qu'égaye un bassin central, et, en face de nous, se montre un vaste bâtiment dont la partie principale est une loge à colonnettes, tendue de stores blancs très élégamment arabesqués de noir : c'est la demeure de Zel-e-Sultan.

Beaucoup de clients, d'amis, de compagnons d'infortune sont là, attendant une audience.

A peine descendons-nous de notre daumont, que Mirza-Suleiman-Khan, premier aide de camp de Son Altesse, nous fait savoir que le prince nous attend.

Mirza-Suleiman-Khan est un charmant officier, ancien élève de Saint-Cyr et parlant français comme un académicien.

1. Le troisième fils du chah est Naïeb-e-Saltanet (Lieutenant de l'Empire), et le dernier, Salar-e-Saltanet (Chef militaire de l'Empire) qui n'est âgé que de sept ans.

Il nous introduit dans une grande salle rectangulaire, aux murailles semées de cristaux et de petits miroirs cerclés de moulures de stuc. Un peu partout, des glaces, des lampadaires, des consoles et des tables, ces dernières chargées de sucreries (*chirini*), cadeaux du norouz. Et même, comme les tables sont très encombrées, beaucoup d'assiettes de bonbons, n'ayant pu y trouver place, jonchent les tapis où on les a disposées artistiquement.

A l'extrémité de la salle, sur un haut sofa, est assis Zel-e-Sultan.

Nous faisons les trois saluts réglementaires ; puis le prince, qui s'est levé, nous tend gracieusement la main et nous fait signe de nous asseoir sur deux sièges disposés près de lui à notre intention.

Le docteur Mirza-Houssein-Khan (diplômé des facultés de Paris et de Londres) nous servira d'interprète, son maître ne sachant pas notre langue. Ce docteur, — fort correct et parlant le français, voire l'argot, d'une façon tout à fait supérieure, — se tient debout à nos côtés, vêtu de noir et chaussé de coton blanc, selon l'usage.

Zel-e-Sultan porte une tunique grise ouverte, laissant voir un vêtement en cachemire fourré de zibeline. Un large pantalon gris, un kholah de feutre noir et des bottines vernies complètent son costume, fort simple comme vous le voyez. Le prince est un homme très brun, trop puissant peut-être, mais à l'œil intelligent et investigateur, malgré un léger strabisme.

Il est heureux de recevoir notre visite, car nous sommes Français, et la France est un pays pour lequel il professe la plus grande sympathie.

De mon côté, je prie Son Altesse de croire que nous considérons comme une très grande faveur d'être reçus par elle. Puis, en quelques mots, je fais l'éloge de son auguste **famille et de son pays.**

Après un échange de congratulations également courtoises, le prince me demande ce que je pense de ses soldats.

Je lui réponds que le détachement devant lequel j'ai passé m'a présenté fort correctement les armes; que, d'ailleurs, son armée d'Ispahan était réputée parfaite.

— *Mais que dites-vous des troupes persanes en général?*

Je réponds qu'une armée, commandée par le *chah-in-chah*, ne peut être qu'une brillante armée, en tous points digne de son illustrissime chef.

Mais le prince veut que je précise.

— *Croyez-vous que l'armée de mon père soit supérieure à celle du sultan Abdul-Hamid II?*

Je réponds que je ne connais pas encore suffisamment l'armée persane pour me prononcer.

Suit un long entretien sur l'armée française, sur le nombre de régiments d'infanterie, de cavalerie, d'artillerie, etc. Le prince veut absolument savoir nos effectifs de paix et de guerre. Les chiffres de quatre cent cinquante mille hommes et de trois millions d'hommes lui paraissent exagérés. J'insiste : le prince s'incline.

Zel-e-Sultan me parle ensuite des nouveaux canons en acier, du fusil Lebel, et me pose une foule d'autres questions marquées au coin du meilleur ton militaire.

Nous parlons ensuite longuement de Napoléon Ier, dont le génie semble le fasciner.

Puis, brusquement :

— *Avez-vous fait la campagne de 1870?*

Et, sur ma réponse affirmative :

— *Quels sont les généraux qui inspireraient le plus de confiance à l'armée au cas d'une revanche?*

— Altesse, nous avons la plus grande foi en tous nos généraux.

— *Citez-moi leurs noms.*

7.

J'énumère alors les noms de nos généraux de corps d'armée.

Le prince fait un signe d'acquiescement aux six noms suivants : — S***, L***, B***, F***, de M***, de G***, — m'indiquant ainsi qu'il les connaît. Il ajoute même que le dernier *est un chef de cavalerie éminent.*

— Oui, dis-je; c'est le *galvanisateur* de la cavalerie française et son Grand Maître.

Et le prince d'approuver énergiquement.

Puis, reprenant :

— *Pourquoi n'avez-vous pas nommé... X***?...*

Ici, le nom d'une personnalité jouissant d'une célébrité incontestable.

Et, comme je garde le silence.

— *Qu'en pense l'armée française?*

— Je n'ai pas le droit, Altesse, de parler au nom de l'armée française. Je suis ici sans mission aucune... en touriste.

— *Eh bien, qu'en pensez-vous vous-même?*

— Que c'est un soldat surtout brave, tellement brave même qu'il n'a pas craint d'affronter le plus meurtrier de tous les feux : la politique!

— *J'entends. Mais êtes-vous son partisan?*

— Non, Altesse, non. Je suis un soldat de vieille roche, — c'est-à-dire profondément sincère et discipliné. Je sers, avec un dévouement absolu, mon pays, sans discuter la forme de son gouvernement, — bornant ma politique à obéir le mieux possible aux ordres qui me sont donnés. Mais si, patriotiquement, j'oublie mes préférences et si, chaque jour, je crois donner à mes subordonnés l'exemple de la plus stricte obéissance aux règlements militaires, j'ai le droit d'exiger, en retour, de mes chefs, qu'ils se montrent d'autant plus corrects qu'ils sont eux-mêmes plus élevés au-dessus de moi. Nous sommes légion, dans l'armée française, qui pensons de la sorte.

— *Je vous comprends. Mais il est cependant très populaire en France?*

— Oui, Altesse. Et cette popularité sans précédent, inouïe, insensée, idolâtre, hystérique, sera son excuse devant l'histoire; bien que cette même histoire nous apprenne que les meilleurs serviteurs de la France ont presque toujours été impopulaires.

— *Croyez-vous qu'il veuille faire un pronunciamiento?*

— Non. Malgré ses fautes impardonnables, son patriotisme ne saurait être suspecté. Il ne tentera donc rien d'illégal. D'ailleurs, l'armée française est honnête, dévouée, disciplinée, et, grâce à ses cadres, inaccessible aux mauvais exemples. Force restera toujours à la loi!... dis-je, en frappant du poing la garde de mon sabre.

Le prince alors se leva et, me prenant la main, me dit :

— *Vous êtes bien certainement d'une famille de soldats. J'approuve en tout votre dire.*

Puis, faisant signe à un aide de camp de lui apporter une cassette, il en sortit quatre photographies le représentant en tenue de général, et nous les donna, en nous disant :

— *Gardez-les en souvenir d'un ami sincère de la France, de cette admirable nation française, — qui a toutes les qualités et qui brillerait comme le soleil, — si elle parvenait à acquérir la stabilité ministérielle.*

Notre audience était terminée. Aussitôt, nous nous retirâmes cérémonieusement, ainsi que nous étions venus.

Il est entendu que, pendant notre entretien, nombre de serviteurs n'avaient cessé de circuler, nous apportant des sucreries, des *cherbets* (sorbets), du thé et du café, toutes consommations auxquelles l'étiquette persane veut qu'on fasse successivement honneur.

Certes, nous n'avions aucun secret à communiquer à Zel-e-Sultan; mais, au cas où nous aurions eu à échanger quelque confidence, notre embarras eût été grand, car, en outre

du va-et-vient des valets organisateurs de la « dinette obligatoire », un groupe d'aides de camp et d'officiers n'avaient
pas quitté l'embrasure de la porte d'entrée du salon, pendant toute la durée de notre conversation.

Ces conditions d'audience, normales et réglementaires en
Perse, sont ainsi arrêtées, sans doute afin de diminuer les
chances de réussite de toute conspiration, en multipliant
autour des grands personnages les éléments d'indiscrétion.

De chez Zel-e-Sultan, nous allons visiter un compatriote,
M. Lemaire, général persan, chef suprême des musiques du
chah.

La demeure de cet intelligent Français, ancien sous-chef de
musique aux voltigeurs de la garde et lauréat du Conserva-
toire, est un véritable musée inestimable. J'y vois des briques, des plats et des ustensiles de faïences émaillées à reflets
métalliques admirables ; des poteries irisées splendides, et
une collection d'instruments de musique anciens qui vaut
son pesant d'or. M. Lemaire a, en outre, collectionné et noté
tous les vieux airs nationaux persans, dont je puis apprécier
la plupart des motifs, grâce à une véritable batterie de boîtes
à musique perfectionnées, spécialement construites à Genève
pour Nasser-Eddin, Sa Majesté étant très amateur de ces
sortes d'instruments, qui font la joie du personnel féminin de
l'endéroun impérial.

M. Lemaire projette d'apporter ses merveilles persanes à
Paris, à l'occasion de l'Exposition universelle. Je lui promets
un grand succès.

Pour terminer cette journée déjà si agréablement remplie,
nous ne pouvons mieux faire que d'aller présenter nos devoirs
à l'un des plus hauts et des plus méritants personnages de la
Perse : J'ai nommé Son Excellence le docteur Tholozan, dont
voici en quelques mots l'historique. Né, en 1820, à Diégo-
Garcia (îles Maldives) où son père, de bonne famille proven-
çale, dirigeait une grande exploitation agricole, il est, à

trente-cinq ans, médecin-major de première classe. Comme
tel, il part en mission en Perse ; là Sa Majesté le chah l'attache
définitivement à sa personne. Le docteur Tholozan est commandeur de la Légion d'honneur.

Nous sommes reçus à cœur ouvert par l'éminent praticien,
qui porte robustement ses soixante-huit ans, dont près de la
moitié s'est écoulée au service de Nasser-Eddin.

Il aime avec passion son roi, qui daigne l'affectionner tout
particulièrement ; mais il *se fait vieux et voudrait aller
mourir en France.*

Sa Majesté consentira-t-elle à se séparer de son médecin
et conseiller intime ?

Telle paraît être la grande préoccupation de cet aimable
compatriote, resté simple et affable, malgré les honneurs
dont il a été comblé par la munificence de Nasser-Eddin.

Aussi modeste que lui est sa villa, sise « rue du Docteur
Tholozan ». Mais grands et petits en connaissent également
le chemin, les malheureux surtout ; et, au jour où le *docteur
français* quittera Téhéran, la ville entière portera son
deuil.

Au soir, dîner exquis à la légation de France.

22 mars.

Continuation de nos études de mœurs à travers la ville
plus animée que jamais.

On s'embrasse moins aujourd'hui, mais on échange encore
plus de cadeaux.

A la porte de chaque important personnage, c'est un
véritable encombrement de gens de toutes sortes, en voiture, à pied, à cheval, à âne, avec ou sans escorte ; chaque
série attendant philosophiquement son tour, en toutes pos-
tures.

Tout cela est très typique, très amusant, très couleur locale et du meilleur Orient.

Mais hâtons-nous d'entrer en liesse à notre tour et, pour cela, rendons-nous en grandissime gala à la réception solennelle (*salam*) donnée à l'Ark, par S. M. le chah-in-chah, à l'occasion de la nouvelle année.

Donc, à midi, nous montons en voiture avec M. de Balloy, qui a revêtu, pour la circonstance, le bel uniforme tout chamarré d'or de ministre plénipotentiaire, où le grand cordon du Lion et Soleil met son éclatante verdure. Verdet est en habit; — votre serviteur en hussard.

Trois goulams nous précèdent, trois autres nous suivent, et dix ferraches nous flanquent, en grande tenue naturellement.

Malgré ces brise-lames humains, les flots pressés de la foule qui roule vers le palais impérial, viennent déferler contre notre équipage, au point de l'arrêter à chaque pas.

Sur la place des Canons, nous prenons la queue des voitures, non moins bien gardées, des représentants des autres puissances étrangères.

La marée populaire devient bientôt tellement forte que nos goulams ont l'air découragé.

Heureusement à la porte de l'Ark, un renfort de dix ferraches rouges et or du chah vient à notre secours. Leurs baguettes fraîches font merveille et nous voilà au port, c'est-à-dire à l'Ark.

L'Ark se compose d'un nombre considérable de palais sans style bien défini, entremêlés de pavillons, de kiosques, de jardins et de cours dallées, où il est difficile de pénétrer en temps ordinaire, mais dont le salam nous ouvre les portes, du moins certaines portes. Nous traversons, entre deux haies de soldats, une cour ombragée de hauts platanes, et, tandis que M. de Balloy se rend directement auprès du chah, nous montons au premier étage d'un pavillon assez simple donnant sur le *talar* (salle du Trône) où va se passer la cérémonie. Là, des officiers et des mirzas du palais nous accueillent le plus aimablement du monde.

Thé, sucreries, gâteaux, — thé, sucreries, — thé, sucreries, gâteaux, etc.

Inclinons-nous devant les usages, dussions-nous devenir infusion nous-mêmes avant la fin de la journée, et, entre temps, considérons avec attention en quoi consiste le talar. C'est un large bâtiment de marbre blanc dont les ailes sont formées par deux pavillons, et dont le centre est une immense loggia ouverte et carrée. Deux superbes colonnes torses d'albâtre, de neuf mètres de hauteur, enguirlandées de fleurs de toutes couleurs et d'entrelacs d'or d'un dessin exquis, en soutiennent l'entablement qui est lui-même décoré de richissimes arabesques. Les pavillons, non moins ornementés, sont percés d'ouvertures en plein cintre et de portes ogivales élancées. Deux petits kiosques moresquo-persans donnent du relief à la toiture un peu plate, d'où pend un grand vélarium blanc brodé d'arabesques noires. Tout cet ensemble théâtral, dont une immense cour rectangulaire, bordée d'arbres et ornée de deux bassins, forme le parterre, est extrêmement élégant et d'un goût parfait.

Voyons de près l'intérieur de la loggia.

On dirait d'une chapelle. Ses murs, très richement revêtus de moulures en stuc, incrustées de petites glaces brillantes et de miroirs, sont creusés de fausses arcades servant d'encadrement aux portraits des souverains de la dynastie kadjare. Les voûtes ruissellent semblablement. Enfin, tout au fond de cet étrange sanctuaire, flamboie une magnifique demi-rosace ogivale en vitraux multicolores.

Et ces vitraux, tamisant les rayons du soleil, allument les cristaux des murailles de mille lueurs changeantes et mettent comme du sang aux veines des cariatides diaphanes du fameux « trône de marbre. » Ce trône (*takht-i-mermer* [1]), dont la transparence est telle qu'on le croirait éclairé intérieurement, est comme l'autel de cette chapelle royale. Il en occupe tout le centre. C'est un monumental lit de parade, à deux ressauts, bordé d'une élégante balustrade et terminé par un dossier droit qu'encadrent deux colonnettes torses. — Six cariatides, représentant des éphèbes hindous, sept monstres et huit colonnes torses le soutiennent à un mètre au-dessus du sol, et deux marches très raides, portées par des tigres couchés, en permettent l'accès. — D'admirables arabesques et de fines sculptures sobrement dorées, achèvent la décoration de ce trône, idéalement beau à mon avis, et dont aucune description ne peut rendre l'hiératique majesté.

Mais un mirza vient nous informer que S. M. le chah-in-chah, accédant gracieusement à la demande de M. de Balloy, veut bien nous accorder la suprême faveur d'une audience immédiate. Nous suivons le mirza, à travers une escarbouclante armée de hauts dignitaires, d'officiers généraux et de pages, et nous voilà bientôt dans la grande cour-jardin de l'Ark, qui a nom *Gulistàn* (pays des Roses).

Ici, il nous faut chausser des babouches par-dessus nos bottines, en exécution des règlements de la cour.

Jadis l'étiquette persane voulait qu'on ôtât ses chaussures et qu'on les remplaçât par des bas rouges montant à mi-cuisses, en signe de servitude.

Le général Gardanne dut, sous Napoléon Ier, se conformer à cet usage vexatoire, définitivement aboli par le traité de Turkmantchaï (23 février 1828).

En attendant, nous traînons la semelle comme des gens

1. Ce trône, dit-on, formé d'un seul bloc de marbre blanc du Dihkergan, a été pris, en 1739, par Nadir-Chah au grand mogol Mohamed-Chah, tout comme le trône des Paons, dont je parlerai **tout à l'heure.**

atteints en leur moelle, et c'est en ce galant équipage que nous croisons le corps diplomatique revenant de présenter ses hommages et ses vœux à Nasser-Eddin.

Ces Excellences ont dû s'embaboucher comme nous. Cela nous console un peu de notre piteuse allure.

Voici Son Excellence Khalil-Bey, le très aimable ambassadeur de Turquie, tout éblouissant d'or et de croix ; le ministre d'Autriche avec son haut bicorne à plumes blanches ; Sir Stevens-Pratt, ministre des États-Unis, en habit noir ; le chargé d'affaires d'Italie, comte Donato, plus doré qu'un maréchal ; enfin le général prince Dolgorouki, portant avec une suprême élégance l'uniforme de l'état-major russe : soit la tunique verte à passepoils rouges, la culotte bleue s'enfonçant dans des bottes vernies demi-molles et le papak d'astrakan blanc.

Envers et contre nos babouches qui s'obstinent à vouloir divorcer à chaque pas, nous atteignons la « porte de Cristal » (porte d'entrée des salons impériaux), où M. de Balloy nous attend entouré de son personnel diplomatique.

Au seuil de cette porte, des serviteurs nous délivrent de nos pantoufles : *Allah soit loué!* Et nous gravissons solennellement un bel escalier dont chaque marche est ornée de bronzes et de hauts vases de cristal, garnis de crocus, de jacinthes jaunes et de glaïeuls.

Un groupe de puissants seigneurs occupe le palier de cet escalier. M. de Balloy nous présente à cinq d'entre eux : à Emin-e-Sultan, à Madjid-Eddoulet, à Zahir-Eddoulet, à Hakim-el-Moumalek et à Kawan-Eddoulet.

Emin-e-Sultan, le tout puissant favori de Sa Majesté, l'*Éminence grise persane*, est un très joli homme, très fin, très distingué, et a l'air supérieurement intelligent. Il est simplement vêtu de noir et semble fort préoccupé. Il nous accueille néanmoins avec la meilleure grâce.

Madjid-Eddoulet (la Gloire du Gouvernement), ancien

grand écuyer, actuellement intendant du chah, réalise à mon goût le type accompli de la beauté mâle. C'est un homme à la figure régulière, énergique et franche, au grand œil velouté, à la fine moustache noire, au teint mat dans un ovale parfait, et à la tournure aussi élégante que virile. Il porte une longue robe de cachemire serrée à la taille qui donne du relief à son torse musculeux, et son chef est coiffé d'un haut kholah drapé d'un châle hindou. Madjid-Eddoulet est le plus intrépide chevaucheur et le meilleur fusil de la Perse, après Sa Majesté [1].

M. de Balloy lui dit que nous sommes de ses amis :

— *Je veux que vous deveniez aussi les miens*, répond-il en nous tendant la main.

Zahir-Eddoulet (les Épaules du Gouvernement), l'introducteur des ambassadeurs, nous accueille avec une égale affabilité. Non moins décoratif que les deux précédents personnages, il porte toute la barbe et de superbes moustaches en croc.

Un large *khalat* de cachemire l'enveloppe, un kholah de même étoffe orne sa tête, le portrait du chah entouré de diamants pend à son cou, et sa dextre tient la haute canne au pommeau ferré de diamants, qui est l'insigne de sa dignité.

Hakim-el-Moumalek (le Philosophe de l'Univers) vient lui-même au-devant de nous, pour nous souhaiter la bien-

---

1. Les exploits hippiques et cynégétiques de Nasser-Eddin sont légendaires. M. de Balloy et le prince Dolgorouki, qui l'accompagnent souvent à la chasse, m'en ont conté plusieurs. Je n'en cite qu'un dont ce dernier a été témoin, et que je tiens de sa bouche. Un jour que Sa Majesté et le prince cheminaient ensemble à cheval, au flanc d'une montagne, à la recherche de mouflons, un troupeau de ces animaux bondit tout à coup de l'autre côté d'une vallée boisée, gagnant les hauteurs. Le chah, qui était en tête, sans attendre ses *châters*, sauta à terre, courut à un goulam, et, saisissant son express-rifle, fit, en deux balles, coup double de mouflons, à la distance de 600 mètres.

venue. Ce charmant Iranien parle irréprochablement notre langue, ce qui n'étonnera personne quand j'aurai dit que le savant docteur a fait ses études en France, et qu'il est diplomé de la faculté de Paris.

Pour clore ce sujet, j'ajoute que Kawan-Eddoulet (le Soutien du Gouvernement), ministre des affaires étrangères, se montre également courtois vis-à-vis de nous.

Il est charmé que ses hautes fonctions l'appellent à nous présenter à Sa Majesté...

Le mirza n'a pas fini de nous traduire la politesse de cette Excellence, qu'un ordre vient d'en haut.

Et, tout aussitôt, nous pénétrons dans une immense galerie aux voûtes ogivales surbaissées, flanquées de nefs latérales de même style.

C'est la « salle du Musée ».

Voûtes, arceaux, pendentifs et murailles ne sont que moulures, arabesques de mille couleurs, mosaïques et dorures, le tout surchargé de trophées, de tableaux et de panoplies. Les bas-côtés eux-mêmes sont une véritable exposition d'objets d'art de toutes provenances, de vases de Sèvres, de Chine et du Japon, et de bocaux remplis de perles et de pierres précieuses.

L'objet d'art le plus curieux de cette salle est une sphère en or massif, où les mers sont en émeraudes, l'Inde en améthystes, l'Afrique en rubis, la France et l'Angleterre en diamants et la Perse en turquoises. Elle a au moins 40 centimètres de diamètre. Je cite M. Orsolle : « Cette sphère a coûté à Nasser-Eddin plus de huit millions de francs, encore a-t-il fourni beaucoup de pierres précieuses; un rubis désignant le Demavend fut le dernier joyau arraché à l'infortuné Chah-Rock par les tortionnaires d'Agha-Mahmoud-Khan et le diamant qui marque Téhéran fut pris sur le cadavre d'Ashraf, le dernier roi afghan, par un *beloutchi* qui en fit hommage à Chah-Thamasp II. »

Cinq magnifiques lustres de Venise achèvent la décoration de cette salle, dont la pompeuse originalité est certainement unique au monde.

Tel est, à vol d'oiseau, le cadre du décor au milieu duquel nous avançons méthodiquement, sur un seul rang, dans l'ordre qui suit :

A droite M. de Balloy, ensuite votre serviteur, puis Verdet et le ministre des affaires étrangères. Derrière M. de Balloy se tiennent MM. Malpertuy et Nicolas, ses deux drogmans-chanceliers.

Il est entendu que nous sommes couverts, ainsi que l'étiquette l'exige, et que nous progressons lentement, exécutant tous ensemble les révérences réglementaires.

Nous avons à peine fait dix pas, que Zel-Oullah (l'Ombre de Dieu) apparaît, s'avançant vers nous. Son allure est posée avec un léger dandinement des hanches. A deux pas de nous, Elle met des lunettes bleues.

Bien que Nasser-Eddin-Chah (le Protecteur de la Religion) soit connu du monde entier, je veux, ici, esquisser son signalement :

Taille moyenne, torse puissant, figure mâle et bronzée, menton énergique, nez accentué légèrement aquilin, lèvre inférieure dépassant un peu la lèvre supérieure, moustaches très longues et très noires, œil autoritaire et cependant regard doux, presque timide.

Ces deux dernières appréciations se contredisent ; mais je les donne telles que je les ai perçues.

Sa Majesté est vêtue d'une tunique et d'un pantalon de drap noir et coiffée d'un petit kholah en feutre de même couleur.

Mais tunique et coiffure sont constellées de diamants. L'élégante *djigha* (aigrette) du kholah surtout jette des feux admirables. Trois diamants plus gros que des noisettes ornent chacune de ses pattes d'épaules. Une rivière de solitaires, non moins énormes, soutient son cimeterre, qui n'est

lui-même qu'un semis de brillants. Des aiguillettes de
même, d'un travail exquis, ondulent sur sa poitrine ; une
deuxième rivière, dont le châton est formé d'une émeraude
carrée d'une dimension invraisemblable, lui sert de baudrier.
Et son ceinturon est fermé par une émeraude cabochon de
la grosseur d'une pomme d'api.

Arrivés à l'éblouissant contact du chah-in-chah, nous
faisons une dernière et profonde révérence.

M. de Balloy nous présente alors, remerciant en notre
nom Sa Majesté de l'honneur qu'elle daigne faire à deux
voyageurs français, dont le but est d'atteindre, par Méched
et les monts Gulistan, le chemin de fer des Russes et de
pousser ensuite jusqu'à Bokhara et Samarkande.

Sa Majesté nous dit en français qu' « *elle s'intéresse à notre
voyage... Que justement les Russes viennent de terminer
leur pont provisoire de l'Oxus...* »

Le débit du roi est violent et saccadé.

Il demande ensuite, en persan, à M. de Balloy, divers renseignements à notre sujet, puis garde le silence, nous
observant sous ses lunettes.

Je profite de cette accalmie pour lui présenter, en hommage, un exemplaire illustré de *l'Inde à fond de train*, que
j'avais fait relier en France à son intention et à ses couleurs [1].

On sait que Nasser-Eddin est un littérateur distingué et
un dessinateur de talent [2].

1. Avant mon départ, j'avais été officieusement informé que
S. M. Nasser-Eddin était très sensible même aux plus modestes
hommages ; et, à ce sujet, je prie instamment le lecteur de ne
pas prendre la mention de cet accident pour une réclame personnelle, mais bien d'en lire le dénouement à la page 156, avant
de me condamner.

2. Les principaux ouvrages de S. M. Nasser-Eddin, sont : *Pre-
mier Voyage en Europe, Deuxième Voyage en Europe, Voyage à
Kerbéla, Voyage au Mazandéran, Premier Voyage à Méched,
Deuxième Voyage à Méched* (ce dernier sous presse). Les deux
Voyages en Europe ont été traduits en anglais.

Un livre, même obscur et médiocre tel que le mien, ne pouvait donc être que bienveillamment accepté.

En effet, Sa Majesté le prend immédiatement en main, puis, examinant les gravures, me dit :

— *Vous avez fait cela, vous?*

Réponse affirmative de ma part.

Et le roi des rois de faire brusquement demi-tour, emportant mon cadeau.

C'est ainsi que Nasser-Eddin prend toujours congé de ses visiteurs.

De notre côté, nous nous retirons à reculons, saluant par trois fois l'envers de plus en plus lointain et de moins en moins irradiant de l' « Ombre de Dieu », feuilletant mon bouquin.

La marche à reculons est une allure généralement difficile, la nature nous ayant mal outillés pour ce mode de progression. Mais reculer en saluant, tout au long d'une salle au parquet glissant, entre deux rangées d'objets d'art, est une véritable épreuve.

D'autant que, quand il y a culbute, le chah-in-chah, qui aime les choses plaisantes — comme tous les gens d'esprit, — ne manque pas de se retourner et de se gaudir royalement aux dépens du maladroit.

Toujours la flèche du Parthe !

Pour cette fois, nous parvenons sans encombre à l'escalier d'honneur, sur lequel ouvre une deuxième salle également fort belle appelée « salle du Conseil ».

J'y admire, en hâte, à travers cent curiosités d'un intérêt moindre, le fameux « trône des Paons » pris à Delhi, en 1740, par Nadir-Chah au grand mogol Mohammed-Chah.

C'est encore un lit de parade bordé d'une ravissante balustrade crénelée de fleurons d'un dessin charmant, et dont le dossier est surmonté d'un soleil en diamants gardé par deux oiseaux également diamantés. Il porte latéralement sur sept

merveilleux supports à forme de trompe d'éléphant et, en
avant, sur deux marches décorées de salamandres qui rappellent à s'y méprendre celles du plus grand des Valois [1]. Ce
superbe trône, en entier recouvert d'un épais placage d'or
ciselé, est littéralement pavé de perles, de cabochons, de
rubis balais et de pierres précieuses de toutes eaux et de toutes
dimensions, — quelques-unes toutefois fort « glaceuses »,
comme dit Tavernier. Ce célèbre voyageur vit, en effet, en
novembre 1665, à la cour du grand mogol Aureng-Zeb, à
Delhi, *un trône dont le ciel était orné d'un paon tout en
saphirs*, qu'il estima *cent soixante millions cinq cent
mille livres de notre monnoye*. Mais la description fort
détaillée qu'il fait de ce magnifique ouvrage, *commencé sous
Tamerlan et achevé sous Chah-Dgean*, se rapporte peu, à
mon avis, au trône présent.

Il est à supposer que ce trône des « Paons », trophée opime
de Nadir-Chah, était du nombre des trônes du grand mogol
que le célèbre joaillier-architecte-voyageur ne fut pas admis
à visiter.

Tavernier dit en effet que le roi Aureng-Zeb *a sept trônes*,
et il n'en décrit que deux.

La cérémonie du salam va commencer; laissons donc ces
merveilles, et hâtons-nous de regagner notre pavillon,
d'autant plus que madame de Balloy et une toute charmante

---

1. Après avoir décrit, dans *l'Inde à fond de train* (p. 180), la
salle du « trône des Paons », à Delhi, où une table de marbre
marque l'emplacement de l'admirable chef-d'œuvre pris par Nadir-
Chah, je dis textuellement : « — Tout est or, marbre blanc,
» pierres fines : l'ensemble surtout est d'une souplesse et d'une
» élégance d'architecture telles, qu'il est sans conteste, pour
» nous, que l'auteur de cet admirable monument est un Florentin
» de la Renaissance, et non un artiste hindou. » Et maintenant
que j'ai vu le joyau de cette salle, je maintiens plus que jamais
mon dire, et pour cela je m'appuie, comme le trône des Paons
lui-même, sur les salamandres de François Ier.

Anglaise, mistress J.-J. Odling y ont pris place, en compagnie du plus jeune des fils du chah, Salar-e-Saltanet (le Chef militaire de l'Empire).

Entre parenthèses, tout à fait gentil, ce petit chah de sept ans, simplement vêtu de noir, et pas sauvage du tout.

Il interroge doucement son excellent bonhomme de précepteur et semble prendre un vif intérêt à ce qui se passe devant le talar.

Faisons comme lui, car le spectacle en vaut la peine, je vous assure.

L'immense cour dallée s'est remplie de troupes massées, sans intervalles ni distances, mais alignées et en ordre.

L'infanterie, en tunique bleue à galons rouges, occupe les bas côtés. Au centre, sont les tirailleurs du Chah, en tunique noire et tresses blanches. Ils sont armés de fusils Henry Martini, avec fourche mobile fixée à la grenadière [1].

Derrière les tirailleurs sont les artilleurs, en noir, sans leurs engins et, devant eux, les gardes de Naïeb-e-Saltanet, en dolman marron à tresses bleues, coiffés d'un casque en cuir bouilli surmonté d'un lionceau d'or.

Immédiatement après viennent les musiques, commandées par M. Lemaire, portant en sautoir le grand cordon bleu, insigne du généralat persan.

Puis, au bord même du petit bassin avoisinant le talar où de mignons canards blancs s'épluchent en « coin-couinant » de leur mieux, sont groupés dans un pompeux désordre des princes, des généraux, des hauts fonctionnaires, et tout l'état-major de la brigade de cosaques du Chah, ayant à sa tête le colonel Kousmin-Karavaïew, dont le papak blanc se détache distinctement de la pépinière de kholahs qui l'environne.

---

1. Dans le tir on fiche en terre cette fourche afin de mieux viser.

Devant le soubassement de la loge, se tient debout un beau vieillard à barbe blanche, superbement drapé de cachemire et coiffé d'un kholah monumental. C'est le doyen d'âge des Kadjars : comme tel, c'est lui qui doit adresser au roi des rois les félicitations de ses sujets.

Dans la loge, tout autour du trône, sont assis à l'orientale, sur d'épais tapis, les autres princes du sang kadjar.

Le corps diplomatique occupe le rez-de-chaussée du pavillon situé à la gauche du talar.

Enfin, à la principale fenêtre de droite est installé un tout jeune enfant nébuleusé de diamants, qu'entourent de nombreux serviteurs attentifs à ses moindres caprices. Cet enfant est le favori-joujou, le mignon-mascotte, le bichon de Sa Majesté. Il a nom Malijeck et vient d'être nommé récemment maréchal (*émir-toman*), la plus haute distinction militaire de l'empire, bien qu'il soit fils d'un simple serviteur (*pichkhidmet*). Le roi, qui a toujours beaucoup aimé les enfants, croit que sa propre destinée est intimement liée à celle de Malijeck. Ce brun chérubin est à la fois sa mascotte et sa marotte. Il veut donc le rendre le plus heureux possible. Tel est le motif de la passion extraordinaire de Nasser-Eddin pour son maréchal Tom-Pouce-porte-veine.

Mais une sonnerie de clairon a vibré.

Une salve d'artillerie y répond, puis un grand tumulte de notes suraiguës indéfinissables éclate, éraillant nos tympans.

Et, comme dans une apothéose, le roi des rois apparaît éblouissant, se dandinant avec complaisance, pour mieux faire scintiller au soleil ses admirables joyaux. Il est suivi de Zel-e-Sultan, plus simple que jamais, et d'une nombreuse escorte de dignitaires et de pages.

Deux hérauts d'armes le précèdent.

A la vue du monarque, les troupes présentent les armes, les coups de canon et les salves de mousqueterie redoublent,

8

les infernales *kernas* [1] jettent encore plus haut le verjus de leurs vibrations inouïes, et trois mille têtes se courbent devant le successeur de Darius, qui monte d'un pas ferme les marches immaculées du trône des Mogols.

A cet instant, M. Lemaire lève le bras; toutes les musiques attaquent à l'unisson l'hymne royal et Sa Majesté, s'asseyant à l'orientale sur les coussins de pourpre dont on a capitonné son trône, daigne abaisser ses regards sur son peuple.

Lors, les musiques s'éteignent, aussi les grincements acidulés des trompettes, et le doyen des Kadjars entonne son compliment à l'adresse du chah-in-chah, pendant que deux pages rouge et or lui apportent, l'un une tasse de café, où il trempe seulement ses lèvres, et le second un kalyan dont il tire deux bouffées. En même temps, de hauts personnages lui présentent, en offrande, les prémices des diverses productions de la terre de l'Iran, et les étalent avec solennité sur les rebords du petit bassin, où les petits canards blancs, « couin-couinant » toujours, s'efforcent de les happer.

Nasser-Eddin semble subir, d'un air profondément blasé, l'hymne laudatif qu'on lui psalmodie, et cependant, chaque fois que son auguste nom revient en ce discours toutes les têtes se courbent bien bas, en l'honneur de *Keblé-Alam* (le Centre d'attraction des regards de l'Univers).

Le beau vieillard s'est tu enfin.

Tout aussitôt les musiques retentissent de nouveau, plus nourries, les têtes s'inclinent plus respectueusement encore, et l' « Ombre de Dieu, » descendant de son trône terrestre, disparaît dans un dernier éblouissement.

Grâce à cette cérémonie, me voici très fort raccommodé avec M. Galland; j'avoue même avoir pris un grand plaisir

---

1. *Kernas*, longues trompettes de cuivre ou de verre datant des rois sassanides, qui sonnent en l'honneur du roi seul.

à contempler ce salam très théâtral, très pompeux, très miroitant, plein de grandeur et de caractère oriental, et dont les rares ombres étaient heureusement transfigurées par les aveuglants rayons d'un soleil radieux.

A peine le roi a-t-il disparu que la dislocation des troupes est un fait accompli.

Suit un grand branle-bas de défilement express.

Et la foule envahit la cour de l'Ark avidement, brutalement, bêtement, comme toutes les foules, tandis que nous nous rendons, en passant devant la loggia, dans un autre pavillon d'où nous devons assister à des joutes, danses et autres réjouissances populaires.

Je profite d'un temps d'arrêt, causé par la poussée du peuple, pour monter dans le talar étudier de très près le trône de marbre et ses accessoires.

Déjà des serviteurs roulent les tapis et déménagent les coussins, avec une rapidité que l'envahissement de la plèbe explique suffisamment.

Comme je rejoins M. et madame de Balloy, la foule devient si compacte que c'est à désespérer de pouvoir jamais la désagréger. Nos ferraches sont fourbus.

Mais notre détresse a été aperçue. Un lot de licteurs et de soldats impériaux se précipite à notre secours, fouettant, tailladant, cravachant, *tripatouillant* cette pâtée humaine, — d'où s'exhale un extrême relent d'humanité, avec une telle fureur et une telle conviction, qu'un chenal s'ouvre comme par enchantement devant nos pas.

Je remarque que les ferraches frappent à la fois de la baguette, des poings et des pieds, et qu'ils choisissent de préférence les figures comme hachoirs, — naturellement sans distinction d'âge ni de sexe. Leur excitation semble tenir du délire et n'a d'égale que la résignation des cravachés, dont les rares protestations sont d'ailleurs étouffées par les **sifflements des verges. C'est le triomphe du mépris mutuel.**

Enfin, nous voici dans un pavillon assez semblable, en très grand, à celui que nous venons de quitter, à l'abri pour tout de bon des poussées populaires; mais non pas encore quittes des inévitables friandises : thé, sucreries, gâteaux; — thé, sucreries... voilà que ça recommence...

Heureusement, Sa Majesté ayant pris place dans une loge voisine, fait signe de commencer les jeux. En avant la musique !

Je ne m'étendrai pas longuement sur les mascarades assez médiocres et les danses canailles qui se déroulent à nos yeux. Je serai également bref à l'endroit et même à l'envers des lutteurs, comédiens, jongleurs, bateleurs et autres acrobates dont les tours, presque identiques à ceux de nos artistes européens, me paraissent peu dignes d'une mention spéciale.

Seul, un ours lutteur nous donne une comédie assez amusante. Son maître, à la fois son adversaire accoutumé, l'ayant lâché pour aller ramasser au pied de la loge royale une pièce de quatre sous, le plantigrade, très en belle humeur, s'empresse de profiter de sa liberté pour prendre à pattes le corps des deux soldats de faction dans son voisinage, et les relever de garde le plus prestement du monde. Son maître qui revient a beau lui expliquer qu'il usurpe les droits des « caporaux de pose » : l'enragé n'en veut plus démordre. Bref, on finit par l'enchaîner, et les vaincus, autant marris que déchirés, reprennent leur faction.

Détail typique : De temps à autre, le chah, en témoignage de sa royale satisfaction, jette de sa loge quelques pincées de petites pièces blanches.

Naturellement, à chaque *arrosage*, lutteurs, jongleurs, bateleurs, danseurs, abandonnent adversaires, couteaux, bâtons, entrechats, etc., pour se précipiter à quatre pattes à la recherche des précieuses piécettes.

Mais un détachement de ferraches est là.

Et les artistes fouailleurs, — sans doute pour s'entretenir la main, — flagellent sans pitié les échines nues et les suites de reins non moins décolletées de ces misérables hères, qui s'obstinent quand même à ramasser, sous cette pluie de coups, la mince rosée de monnaie blanche qui est la maigre récompense de leur force et de leur adresse.

C'est navrant!

Mais la multitude applaudit frénétiquement à ce spectacle, comme, chez nous, trépignent les enfants, quand Polichinelle rosse le Commissaire au théâtre de Guignol.

Laissons maintenant le peuple à ses plaisirs, et allons aux nôtres.

Au premier rang de ceux-ci, je placerai ma visite à Son Altesse Mouchir-Eddoulet (Conseiller du Gouvernement), beau-frère du chah et ancien ministre des affaires étrangères.

Le palais de ce prince est l'un des plus beaux, sinon le plus beau de Téhéran. Extérieurement, c'est un vaste bâtiment dans le genre italien à toiture plate, avec une sorte de porche-marquise, permettant aux voitures de déposer les visiteurs à l'abri du soleil ou de la pluie. Quant à l'intérieur, il serait tout entier à décrire : le vestibule monumental comme l'escalier et, comme lui, tout en marbre et en glaces; la salle de réception, aux murailles, aux plafonds et aux pendentifs ruisselants de cristaux à facettes et de petits miroirs sertis d'arabesques en stuc blanc d'une souplesse de dessin incomparable, formant deux étages de panneaux et de fausses arcades; la salle d'été, avec ses voûtes à mille reflets, ses bassins à jets d'eau et ses massifs de fleurs. En réalité, ce palais est un chef-d'œuvre moderne de confort oriental, d'élégance raffinée et de bon goût, digne en tout de celui qui l'habite. Et ceci n'est pas une basse flatterie de ma part.

Je ne me souviens pas, en effet, d'avoir jamais rencontré,

8.

en pays d'Orient, un grand seigneur plus simple, plus
affable, plus érudit, mieux instruit de toutes choses d'Europe, et doué de plus de sagesse que Mouchir-Eddoulet.

Pendant une demi-heure, le prince, qui parle merveilleusement le français, nous tient sous le charme de sa conversation digne et familière à la fois; causant de toutes
choses politiques ou mondaines, avec une discrétion et un
savoir parfaits, appréciant les événements et les hommes
avec un tact exquis, et exposant ses prévisions pour l'avenir
avec une netteté de vue telle que je pensais qu'une *péri*
m'avait tout à coup transporté, du pays des roses, sur les
bords de la Seine, ou de la Meurthe, ou de la Loire, ou de
la Gironde, ou du Rhône, ou de la Méditerranée... dans votre
salon, aimable lectrice...

De chez le mouchir, nous nous rendons à la mosquée
Mesdjid-i-Chah qu'il fait construire à ses frais, par déférence
pour son impérial beau-frère.

Quoique la partie principale et deux minarets seulement
soient achevés, il est facile de juger, dès maintenant, que
cette mosquée sera le plus beau monument religieux de
Téhéran. Les briques vernies, à fond jaune avec fleurs multicolores, qui couvrent les voûtes, les portiques et une partie
des murailles, sont peintes avec talent et ont été cuites avec
un soin extrême. Néanmoins, malgré moi, je les compare
aux briques à reflets métalliques de la collection de M. Lemaire et... je passe, sans regrets, à l'étude plus profane
du palais Nagaristan, de Feth-Ali-Chah. C'est au milieu
d'un grand jardin fermé de murailles, où des jacinthes, des
violettes blanches, des gazelles et trois jardiniers s'ennuient
en compagnie de petites allées de frênes, de platanes et de
sycomores, un duo de pavillons blancs cruciformes à ouvertures ogivales.

Le premier pavillon contient plusieurs salles, aux plafonds
à solives et aux murailles ornées de moulures, d'arabesques,

de cristaux et — de fresques qui n'ont rien de Michel-Ange.

L'une de ces fresques représente Feth-Ali-Chah en grande tenue, avec sa belle barbe noire, longue et pointue, dont il était si fier, recevant la mission française. Il va sans dire que le général Gardanne et les officiers de sa suite ont les fameux bas rouges.

Une deuxième fresque représente Feth-Ali-Chah sur son trône entouré de quelques-uns de ses enfants : il en avait six cents.

Fresques, tentures et boiseries sont curieuses, mais faibles au point de vue artistique et architectural.

Passons à l'autre bâtiment qui, extérieurement, se présente moins élégamment encore que le premier.

C'est le pavillon de l'Endéroun et à la fois celui des bains royaux. Des voûtes, des piscines, des galeries souterraines en stuc et en marbre, éclairées par des jours discrets venant d'en haut, et agrémentées de fausses arcades et de niches pour les luminaires, c'est-à-dire, toutes choses fort communes en Orient : Voilà tout ce que j'y vois d'abord.

Mais un gardien me fait remarquer avec insistance une glissière large d'un mètre, flanquée de deux murailles verticales, conduisant, par une pente de 40 degrés environ, d'une chambre supérieure invisible au centre d'une piscine.

Glissière et garde-flancs sont en marbre blanc, d'une transparence extrême, et d'un poli, d'un poli, mais d'un poli… de chair humaine.

Voici l'explication de ce plan incliné et extrapoli.

Quand Feth-Ali-Chah était en gaieté, il se postait en la piscine, comme un dieu Neptune, et, de là, il commandait au chef de ses eunuques qui tenait ses assises féminines en haut de la glissière, dans la salle invisible :

— Lâchez tout!…

Lors, les six cents enfants de Feth-Ali-Chah s'expliquent facilement : le poli de la glissière surtout !

Mais faisons comme ces dames, glissons, et, s'il est temps encore, n'appuyons pas.

Ou plutôt, si, appuyons, mais sur des choses autrement sérieuses, sur l'historique de la Perse, que je vais vous conter *pour clore cette journée :* Élisée Reclus, Vivien, Saint-Martin, Bouillet, Orsolle, *et quibusdam aliis adjuvantibus.*

L'histoire de la Perse ne commence réellement qu'à Cyrus (VIᵉ siècle av. J.-C.).

Avant ce monarque, la Perse était restreinte à la Perside (Faristan actuel).

Cyrus réunit la Médie et la Perside, puis, grâce à ses victoires en Lydie, en Asie mineure et en Assyrie, il crée le royaume des Perses. De 530 à 330 avant Jésus-Christ, cet empire grandit encore et s'augmente de l'Égypte et de l'Asie mineure. Alors, viennent les guerres Médiques, et Alexandre vainqueur fonde l'empire médo-persan. La mort de ce conquérant est le signal du démembrement de l'empire des Perses, dont la majeure partie tombe aux mains des Séleucides (Macédoniens) qui sont à leur tour dépossédés par les Arsacides (Parthes), alliés des Romains. De telle sorte que, en l'an 60 avant Jésus-Christ, l'ancienne Perse comprenait, à l'ouest de l'Euphrate, la Province-Romaine, et à l'est, la Parthie (royaume des Arsacides).

L'an 226 avant Jésus-Christ, les Sassanides (dynastie fondée par Ardéchyr-Babegan, fils de Sassan, forgeron persan), renversent la dynastie des Arsacides et fondent le second empire persan, qui lutte victorieusement contre les Romains.

À leur tour, les Sassanides sont vaincus par les Arabes, et la Perse, réunie au khalifat, devient empire arabe.

Plus tard encore, de tous côtés, des États indépendants se créent, l'empire arabe se disloque, et, en 1258, le mogol

Houlagou-Khan, fils de Gengis-Khan, met fin au khalifat de Perse qui est divisé en plusieurs khanats mogols et turco-mans.

En 1499, la dynastie persane des Sophis (mystiques), en la personne d'Abbas le Grand, lutte vaillamment contre les Turcs ottomans et reconstitue, par la réunion des divers khanats mogols, l'ancienne monarchie persane, ne laissant aux Turcs que l'ancienne Province-Romaine.

Mais, à partir du xviie siècle, les invasions afghanes et les usurpations khoraçanes affaiblissent de nouveau cet empire.

Enfin, en 1794, Aga-Mohamed-Chah (chef de la famille turcomane des Kadjars), met un terme à l'anarchie et fonde définitivement le royaume de Perse actuel, qui, augmenté encore par Feth-Ali-Chah, reste le noyau central de l'ancien royaume de Cyrus.

Étudions cette contrée. Elle est bornée, au nord, par la Transcaucasie, par la mer Caspienne et la Transcaspienne; à l'est, par l'Afghanistan et le pays des Balouchis; au sud, par les golfes d'Oman et Persique; enfin, à l'ouest, par la Turquie d'Asie.

C'est un vaste plateau entouré d'une ceinture montagneuse et marqué, en sa partie nord-est, par deux déserts arides et salés : Nabenjan et Kerman.

La Perse ne renferme que très peu de grands cours d'eau : dans le golfe Persique, le Tigre; — dans le bassin de la Caspienne, l'Araxe, le Sefid-Roud et l'Atrek.

Son climat est varié, chaud en général, froid seulement dans les parties montagneuses.

Sa fertilité est variable comme sa température, mais, dans presque toutes les parties arrosées, le sol produit avec abondance des céréales de toutes sortes et des fruits exquis.

Les anciens Persans étaient extrêmement instruits; leurs poètes et leurs fabulistes sont restés célèbres. Actuellement encore les lettres sont très en honneur en Perse.

Les Persans [1] sont mi-Aryens (Perses, Iraniens), habitant le Nord, et mi-Touraniens (Mèdes, Fârsis) habitant le Sud. Ils se divisent en *illiâts* (nomades) et en *tadjicks* (sédentaires).

La forme du gouvernement est une monarchie absolue tempérée par un conseil d'État (institution de Nasser-Eddin).

La Perse, qui se divise en onze provinces, a une superficie équivalente à trois fois celle de la France, tandis que sa population n'est que de six millions d'habitants.

Deux mots au sujet de l'armée.

L'armée régulière comprend l'infanterie (*nizam*), qui se recrute par voie de tirage... au sort, avec remplacement : les prêtres, les artisans, les marchands et les malins étant exemptés.

En théorie, depuis 1875, le service actif ne doit pas excéder douze années et se passer... hors du foyer. Théoriquement toujours, le nizam comprend quatre-vingts régiments à mille hommes.

De même, la Perse peut fournir cinquante mille cavaliers. Enfin, l'artillerie consiste en cinq mille artilleurs et deux cents pièces de canon de tout calibre, avec six cents chevaux.

En pratique, — le service actif est souvent passif et pullule de non-valeurs, comme dans toutes les armées orientales. Et cela malgré les soins, les efforts, les sacrifices même de Nasser-Eddin, qui consacre un quart des revenus de la cou-

---

1. Les Persans sont des musulmans schiites. Les mahométans se divisent en deux sectes : les sunnites (*sunnah*, tradition), qui acceptent la descendance directe de Mahomet, et les schiites (de *Schiaï*, dissident), qui rejettent les trois successeurs de Mahomet : Abou-Bekr, Omar et Othman, et reconnaissent comme héritier direct du prophète son cousin et gendre Ali (sublime). Ali fut massacré, l'an 661 de notre ère, à Koufa, près de Bagdad, avec ses enfants. Sa femme s'appelait Fatime : d'où **les fatimites d'Égypte.**

ronne à l'entretien de son armée [1], dont les cadres sont dressés par des instructeurs autrichiens.

Parlons maintenant de ce souverain.

Nasser-Eddin, quatrième roi de la dynastie kadjare et cent douzième successeur de Cyrus, que nous avons portraituré plus haut, est un prince intelligent, ennemi du fanatisme, aimant à voir, à étudier, à innover; en un mot libéral autant qu'un souverain oriental peut l'être, et l'ayant prouvé en allant deux fois en Europe [2] malgré l'opposition des mollahs.

Nasser-Eddin est, de plus, un roi doux, clément, très peu sanguinaire, et s'il a ordonné le massacre des *bâbystes* [3], c'est contraint et forcé, afin de rétablir l'ordre en son royaume.

J'ai dit que Nasser-Eddin était un novateur. En effet, Téhéran lui doit la majeure partie de ses embellissements, ses plus belles mosquées, son quartier neuf, la reconstruction du Grand-Bazar, l'établissement d'un arsenal, l'organisation de la police, la fondation du collège royal (Médressêh-i-Chah), un hôtel de la Monnaie, la création de nombreux canaux, etc.

Ce souverain a, de plus, réorganisé la poste, et relié sa capitale à ses principales villes et à l'Europe par des lignes télégraphiques.

Il a également fait construire une usine à gaz et autorisé l'établissement de deux tronçons de voies ferrées, l'une de Mahmoud-Abad à Amol (21 kilomètres) près de Méchédesser (bord de la Caspienne), l'autre de Téhéran à Cha-Abdul-Azim (10 kilomètres).

L'armée enfin, ainsi que je l'ai déjà dit, est tout particulièrement l'objet de sa constante sollicitude.

---

1. Presque tous les fusils à mécanisme du nizam : chassepots, werndls, etc., sont tenus en magasin : les soldats les usant à force de les démonter, dès qu'on les leur confie.

2. Une troisième fois en 1889.

3. *Bâbysme*, secte religieuse d'abord; ensuite politique; finalement société secrète.

Malheureusement ses essais de galvanisation militaire et ses tentatives de réformes, battus perpétuellement en brèche par l'apathie, la mauvaise foi et le fanatisme, ces trois fléaux de l'Orient, n'ont pas donné les résultats qu'il était en droit d'attendre.

Néanmoins, Nasser-Eddin lutte avec ténacité et intelligence, tirant le meilleur parti possible d'une situation que la routine orientale lui impose, et mettant autant d'énergie à maintenir intégralement sous son sceptre les diverses provinces de son royaume, que d'habileté à préserver sa couronne de toute compétition étrangère.

Et même cette joûte serrée du plus grand souverain de l'Orient contre les deux « plaideurs ennemis » de l'Occident est loin d'être sans grandeur.

Elle est comme le dernier éclair, comme le dernier grondement du volcan asiatique, qui, après avoir tonné sur le monde, s'apprête à prendre dans sa lave historique un glorieux repos, — et elle assure à Nasser-Eddin-Chah, cent douzième successeur de Cyrus, une belle page dans l'histoire des monarques de l'Iran.

25 mars.

· Nous continuerons aujourd'hui nos visites officielles, sans vous, cher lecteur, si vous nous le permettez. L'ingestion à jet continu de sorbets, de thé et de café, le grignotement monotone de naïves sucreries, l'inspiration ronflante du kalyan, et les assauts de formules louangeuses, livrés par l'intermédiaire d'interprètes onctueux, ne présentant rien de particulièrement intéressant, — surtout à la longue.

Je vous ferai également grâce de la description de certains autres monuments insignifiants visités entre-temps, par acquit de conscience.

Je préfère vous emmener directement au champ de courses de Téhéran.

— Un champ de courses à Téhéran?

— Parfaitement; c'est comme j'ai l'honneur de vous le dire.

Il y a même des tribunettes, copiées sur celles de Longchamp, et même une piste : toutes choses indispensables pour constituer un champ de courses qui se respecte. Mais cette piste, on ne la voit pas, du moins on n'en voit que l'arrivée.

Or, comme le terrain est, ici, nu comme un mur d'église et aussi peu boisé qu'un plat d'argent, une explication est nécessaire.

— Figurez-vous donc un grand ovale de trois kilomètres de tour, formé par une muraille circulaire, haute de quatre mètres.

— Je vous comprends : C'est sur la muraille qu'est la piste?

— Non. Mais bien le long du flanc extérieur de la muraille.

— Alors, pourquoi la muraille?

— Pourquoi?

— Premièrement, — pour empêcher les jockeys iraniens de couper au plus court, et, secondement, pour permettre d'arrêter, — sans scandale ni réclamations possibles, — certains chevaux et faire arriver sûrement au poteau les *outsiders* privilégiés.

Du moins, c'est l'avis des mauvaises langues du *ring* de Téhéran, dont je me fais ici l'écho.

J'aurais même encore, — en mon sac —, pas mal de grosses choses à vider sur la tête des turfistes téhéranais; mais : qui ne sut se borner ne sut jamais écrire... courtoisement.

Pour revenir au terrain de courses, j'ajoute que le terrain inscrit dans l'ovale de murailles est organisé en jardin, avec un jet d'eau au milieu, et deux ménageries aux extrémités du plus petit diamètre.

Quant aux courses, elles consistent en luttes de fond et de vitesse à la fois.

Les chevaux parcourent trois, quatre, cinq ou six fois la piste soit : neuf, douze, quinze ou dix-huit kilomètres.

En combien de temps?

Je n'ai « chronométré » moi-même aucune course, par l'excellente raison qu'il n'y a pas eu de réunions hippiques pendant mon séjour à Téhéran, mais je donne les chiffres suivants comme certains, parce qu'ils me sont fournis par une personne extrêmement compétente : — Deux minutes par kilomètre, pour les courses les moins longues, et trois minutes, pour celles de quinze et de dix-huit kilomètres.

Disons maintenant adieu au Longchamp téhéranais et allons nous promener sur la route de Jouzoufâbad qui conduit à l'une des meilleures sources d'eau vive de toute la Perse.

La promenade Jouzoufâbad est le pendant de celle de Chimrân, mais elle est empreinte d'un caractère de naïveté si étrange et d'un charme tellement biblique qu'elle me fait rêver de *primitivisme*.

Deux rangées d'arbres fruitiers maigrelets aux branches rosées, le long d'un ruisseau clair qui glougloute en cascadant; à gauche, dans les champs, des gens à tournure pastorale accroupis, qui grattent la terre avec un doigt, sous prétexte d'y tracer des sillons; à droite, un palais blanc carré entouré de murs gris, avec un grand bassin d'eau bleue, où des saules baignent leurs franges luisantes; au fond, un paravent plat de montagnes bleutées et, par-dessus, un ciel couleur d'acier, uni, triste, vague. Tout cela correct, propret, bien-séant, calme, exsangue, éthéré...

Puvis de Chavannes! illustre maître! que n'êtes-vous
là!...

Telle est la réflexion que je ne puis m'empêcher de formuler, en quittant à regret ce site charmant pour revenir à
Téhéran.

Les fastes culinaires d'un voyageur sont des sujets absolument personnels. Ils doivent donc être tus avec le plus
grand soin, — à moins, toutefois, que les devoirs sacrés de
la reconnaissance n'imposent la douce obligation d'en parler.

Tel est le cas du dîner de gala auquel Son Excellence le
général prince Dolgorouki veut bien nous convier, ce soir, en
son bel hôtel de la légation de Russie, sis en plein bazar
persan.

On sait que le prince Dolgorouki est l'une des figures les
plus sympathiques de l'aristocratie russe. Nulle réputation
n'est mieux justifiée.

Avec sa tête fine et distinguée de diplomate, sa haute
allure de grand seigneur et son affabilité exquise, le prince
sait plaire, charmer et vaincre à sa guise.

J'en parle par expérience, car j'ai été vaincu avant d'avoir
eu le temps de m'en apercevoir.

La réception du prince fut en toutes choses digne de lui.
Je ne puis mieux en faire l'éloge.

Dirai-je que l'yquem et le rœderer répandaient leurs flots
d'or dans les coupes de cristal, pendant que fumaient, en
leurs bassins d'argent, les canepetières rôties?

Non!

J'aime mieux conter que l'éblouissant éclat des marmo-
réennes épaules faisait pâlir les feux des lustres et des candélabres, — en allumant d'autres plus discrets, — et qu'un
violent courant de sympathie unissait tous les convives du ministre de Russie, et les groupait serrés et heureux autour
de lui, comme enchaînés par les liens robustes d'une amitié
de toujours.

Afin de ne pas être taxé d'indiscrétion, je ne citerai, parmi les nombreux convives du prince, que le colonel Kousmin-Karavaïew qui, par ses fonctions auprès du
chah, tombe plus directement sous le coup de mon observation [1].

Le colonel, en effet, commande la brigade de cosaques de
Sa Majesté.

C'est un poste d'honneur très envié en Russie, et dont le
titulaire est toujours choisi parmi les sommités de l'état-
major.

Je me permets d'ajouter ici que le ministre de la guerre
a eu la main heureuse, et qu'il ne pouvait pas envoyer
à Téhéran un officier plus complètement à la hauteur
de ses délicates fonctions que le colonel Kousmin-Karavaïew.

Et, puisque je suis en passe de dire des vérités, je veux
féliciter également le prince Dolgorouki d'avoir su attacher à
sa légation un auxiliaire de l'intelligence de M. Grégorivitch [2].

Mais je m'arrête, entendant le lecteur me dire :

— Vous ne voyez partout que des gens remarquables,
doués de toutes les qualités, parfaits en tout.

A cela je répondrai que lorsque je rencontre, hors de
chez moi, une figure antipathique ou inférieure, je la passe
volontiers sous silence, — s'il ne m'est pas absolument indis-

---

1. Les traités de 1881 accordent au chah un colonel, trois officiers et six sous-officiers russes pour commander et instruire
ses cosaques et ses artilleurs légers. La brigade de cosaques
comprend trois régiments, à trois ou quatre escadrons et deux
batteries de canons en acier, cadeau de l'empereur Alexandre III.
Le colonel Kousmin-Karavaïew et ses officiers sont à la fois à
la solde du chah et du tsar.

2. M. Grégorivitch est le premier drogman de la légation de
Russie. Il est d'origine arabe, c'est un polyglotte sachant tout
ne disant rien.

pensable d'en parler; mais que, dans le cas contraire, je suis heureux de proclamer bien haut les bontés ou les beautés de chacun, préférant passer pour enthousiaste — voire même pour « gobeur » — que d'être accusé de mesquinerie ou d'ingratitude.

Revenons à notre soirée :

Après avoir longuement parlé, avec le prince, de toutes choses intéressantes de Paris, de Berlin, de Saint-Pétersbourg et de Perse, qu'un diplomate peut se permettre, nous en arrivons à nos projets de départ.

Le prince exagérant, par amitié pour nous, les dangers qui paraissent nous attendre sur la route du Khoraçan, par suite de la révolte des tribus turcomanes-youmoutes, nous conseille vivement d'emmener une escorte. Lui-même veut nous la fournir.

Il a déjà fait prévenir son agent officieux, à Méched, Mirza-Khérim-Khan, d'avoir à nous bien recevoir et, le cas échéant, à nous protéger [1].

Je réponds au prince que nous sommes profondément reconnaissants de son intérêt; mais que nous refusons toute escorte, notre but étant d'atteindre Méched dans le plus bref délai possible : soit de faire, à suivre, pendant neuf jours, 100 kilomètres par vingt-quatre heures [2]; qu'avec une escorte, nous serions forcés de mettre au moins vingt jours pour exécuter ce « raid » ; — donc, que nous partirons seuls ; mais que sa sollicitude pour nous est le plus énergique des soutiens, et que nous nous sentons de force, avec son appui, à braver fatigues, misères, Youmoutes... et le reste, pour nous montrer à la fois dignes de notre nom de Français et de l'amitié de la Russie.

---

1. Je dois dire ici, en toute justice, que le ministre d'Angleterre m'avait fait des offres également courtoises à ce sujet.
2. Méched est distant de Téhéran de 900 kilomètres.

Quand nous regagnâmes, cette nuit-là, l'hôtel de la légation
de France, l'Aurore dénouait déjà, de ses jolis doigts roses,
la chevelure de Circé.

24 mars.

Aujourd'hui, nous abandonnerons Téhéran pour ses environs.

Et nous débuterons par un déjeuner en moult noble et
joyeuse compagnie dans un des châteaux du chah, qui a nom
Doulet-Abad.

Un grand jardin, de grands platanes, un grand bassin,
une grande bâtisse, des vitraux, et je — je passe.

De là, nous repartons, après boire, toujours en cavalcade ;
car nous sommes en cavalcade, les dames en voiture et nous
à cheval, nous repartons, dis-je, pour aller visiter la tour du
Silence des guèbres.

Comme bien on pense, aucun de nous n'a pris en croupe
Schopenhauer. Ce serait cependant le cas. Songez : la tour
du Silence où l'on expose les cadavres au dépiotement des
vautours !

Mais, que voulez-vous ! J'ai beau faire, je ne puis pas
arriver à être triste ; mes compagnons de cavalcade non plus.
Ce sera pour une autre fois !

D'ailleurs, j'avais déjà vu ces cimetières aériens, à
Bombay.

Ici, c'est plus modeste et moins encombré. Les guèbres
étant presque aussi rares que les Persans réellement sincères.

Leur Père-Lachaise consiste tout simplement en une tour
massive percée d'un puits central, bâtie à mi-flanc d'une montagne escarpée et aride. Sur la tour on expose les cadavres,

et quand ils ont été suffisamment décarnassés, on jette les carcasses dans le trou.

Vous voyez que tout cela n'a rien d'extraordinaire. Mais cette ascension à cheval d'une montagne, faite de cailloux roulants, me prouve surabondamment, foi de hussard! que les yabous de l'écurie de M. de Balloy ont une sûreté de pied qui ne peut être comparée qu'à la solidité d'assiette de leur propriétaire.

Et maintenant, à fond de train aux ruines de Rhéi, à travers rigoles, trous et éboulis, tout en saluant au passage, sur la face lissée d'un rocher, le portrait gravé en haut-relief de Feth-Ali-Chah.

C'est une ville presque fabuleuse que cette Rhéi (Rhagès) où naquirent, — dit-on, — Zoroastre, Tobie (?) et Haroun-al-Raschid.

Son origine se perd dans la nuit des temps et on assure que le développement de ses remparts, reconnaissables en maints endroits, était de quarante kilomètres. Elle fut la capitale de la Perse, sous plusieurs dynasties, et, au IIIᵉ siècle de l'hégire, elle passait pour être la cité la plus riche, et la plus florissante de tout l'Orient.

Chardin écrit, entre autres choses, à propos de Rhéi :

Les merveilles qu'on en raconte sont incroyables; néanmoins, elles sont généralement assurées par des témoins oculaires.

La ville de *Rey* était divisée en quatre-vingt-seize quartiers, dont chacun avait quarante-six rues, quatre cents maisons et dix mosquées.

Il y avait de plus dans la ville six mille trois cent quarante collèges, seize mille bains, quinze mille tours de mosquée, douze mille moulins, dix-sept mille canaux et treize mille caravansérails.

De là, sont venus les titres qu'elle a dans l'histoire de

« Première des Villes », d'« Épouse du Monde », de « **Porte des Portes de la Terre** », de « Marché de l'Univers ».

En 1221, Rhéi, déjà en décadence, comptait sept cent mille habitants qui furent massacrés jusqu'au dernier par les Mogols de Gengis-Khan [1].

De cette étonnante cité, il ne reste que des boursouflures méconnaissables, des amas informes de briques, des monticules, des trous, des vestiges de remparts et d'aqueducs, deux tours effilochées, trois sortes de redoutes encore à peu près fermées et un seul monument vraiment digne de ce nom : la « tour de Rhéi ».

Cette tour en briques, haute de vingt-cinq mètres, est formée de vingt-cinq cannelures angulaires, couronnées d'un triple rang de pendentifs en ruche d'abeilles et d'une frise ornée d'inscriptions koufiques. L'intérieur figure une haute chambre nantie d'un reste de cheminée et de deux belles portes. Un jardin bien entretenu entoure ce monument, récemment restauré, qui était, dit-on, le sémaphore de Rhéi.

Le conservateur de ce jardin vient gracieusement nous en offrir les primeurs parfumées. Puis sournoisement, il réclame un anam. On ne saurait être à la fois plus galant et plus pratique.

Nous disons bientôt adieu aux ruines de Rhéi, aux souvenirs fabuleux qui les hantent, aux ossements de chameaux qui les jonchent, aux nuées de corbeaux qui les peuplent, et, abandonnant sans regret cette grande cité morte, nous gagnons la fontaine d'Ali (Chesmeh-i-Ali).

Une source limpide, formant au pied d'un chaos de rocs pittoresques une gracieuse cuvette d'où fuit un ruisseau de cristal, qui mignarde en taquinant les cailloux roses; telle est la fontaine d'Ali, plus mystique et plus étrange

---

1. Orsolle, *le Caucase et la Perse.*

encore que celle de Vaucluse, dont elle est une mièvre copie.

Tout d'ailleurs semble réuni pour l'idéaliser.

Son décor indéfinissable de rochers ocreux, où trône hiératiquement Feth-Ali-Chah, mirant son effigie dans la nappe lumineuse de ses eaux baignées de soleil, la douce fraîcheur de son haleine, la tendre verdure de ses bords, et surtout les rires perlés — des nymphes étrangères — éveillant ses échos historiques, et bruissant dans les saules et les figuiers, comme des chansons d'oiseaux.

En revenant à Téhéran, nous prenons un « canter » tout au long d'une route exceptionnellement droite et meuble : c'est la plate-forme du futur chemin de fer de Chah-Abdul-Azim.

Le voilà inauguré avant la lettre.

25 mars.

N'oublions pas que c'est aujourd'hui dimanche et allons à la chapelle catholique remplir nos devoirs de chrétiens. Nous les compléterons même par une visite aux bonnes sœurs de Saint-Vincent-de-Paul, ces admirables anges de la charité qui se posent partout où il y a du bien à faire et des misères à soulager.

Inutile de dire qu'elles sont ici aimées, vénérées et respectées, comme partout, et que le chah lui-même les couvre de son intelligente protection.

Mais l'homme ne vivant pas seulement de paroles saintes et d'effusions pieuses, nous allons nous arrêter maintenant chez l'excellent docteur Tholozan, où nous devons déjeuner.

Depuis que j'ai écrit, quelques pages plus haut, qu'un voyageur doit éviter le plus possible de parler de ses exploits.

gastronomiques, je ne cesse pas d'exposer que je déjeune ici et que je dîne là.

J'ai fait ce que j'ai pu pour me faire une raison à ce sujet; croyez-le bien, cher lecteur. Mais comment passer sous silence l'exquise réception franco-persane de ce matin?

Oyez-en plutôt le menu :

Omelette aux fines herbes.

Truite saumonée de la Caspienne, à la sauce blanche.

Rôti d'agneau (*Kebâb*) à la persane, sur canapé de jeunes chardons au beurre.

Kaimé (ragoût persan) au *tchilo* (riz).

Pintade rôtie.

Salade.

Oranges et mandarines de Mazandéran.

Grenades de Savèh.

Nougat d'Ispahan à la manne (*Ghèz* 1).

Poufek, petits bonbons soufflés.

VINS

Vin blanc de Hamadan.

Vin de Chiraz (*Khoullar*).

Vin de Kakhétic.

Bordeaux. — Champagne.

Voilà un menu robuste et délicat tout à la fois! n'est-il pas vrai?

Mais ce qu'il ne porte pas, c'est la cordialité parfaite de notre amphytrion, sa franche amitié pour nous et son inquiétude sincère au sujet de notre voyage à Méched.

---

1. La manne (*Ghèz*) provient d'une sécrétion sucrée des feuilles de différents arbres, particulièrement du *Quercus Valonia*. Pour la recueillir, on n'a qu'à étendre un drap sous les arbres et à les secouer avant le lever du soleil, qui fait fondre la manne. Voir, à ce sujet, les prescriptions de Moïse aux Hébreux, pendant leur **voyage à travers le désert.**

Non moins que le prince Dolgorouki, il est inquiet.

Il veut lui-même revoir avec M. de Balloy notre itinéraire, nous signaler les endroits à éviter, nous donner des lettres pour ses confrères indigènes, — sans en répondre toutefois.

Il nous préparera des remèdes indispensables, surtout au cas où nous serions piqués par des bêtes venimeuses, au premier rang desquelles il place les punaises de Mianèh, dont j'ai déjà parlé, et aussi les *dilmeks*, les tarentules et les scorpions.

Il marque sur notre carte les localités particulièrement fanatiques ou contaminées.

Bref, il entoure notre expédition de tous les préventifs possibles, avec une sollicitude telle qu'il n'eût pu faire davantage si nous eussions été ses enfants.

Je suis heureux de le dire bien haut, et de m'acquitter ainsi, selon mes faibles moyens, d'une dette de reconnaissance très réelle.

Après une semblable agape, une sieste semblerait tout indiquée. Évidemment; mais les convenances sont là, et il faut savoir compter avec elles.

Donc, au sortir de l'hospitalière demeure du docteur Tholozan, M. de Balloy nous mène rendre visite à Son Excellence Ethémad-e-Saltanet, ministre de la presse, qui m'avait fait tenir, hier, deux lettres des plus galantes, l'une pour me transmettre les félicitations du roi au sujet de mon livre sur l'Inde, l'autre pour m'informer que Sa Majesté avait daigné nommer Verdet officier de l'ordre du Lion et du Soleil, et me conférer la dignité de commandeur du même ordre.

Nous trouvons en Ethémad-e-Saltanet un homme charmant, fin, spirituel, — s'exprimant le mieux du monde en français, et au courant de nos sentiments au point de s'excuser d'être forcé de nous offrir la dînette réglementaire : — nous la subissons quand même.

Nous causons longuement presse [1], littérature, école déca-
dente, école naturaliste, *école éolienne* même, ex « Terra »
(Ém. Zola) ; puis, nous passons en revue les divers travaux
littéraires de Sa Majesté, dont cette Excellence veut bien me
donner une analyse succincte.

Finalement, revenant à parler de mon livre, Ethemad-
e-Saltanet me dit que le roi avait pris un plaisir très réel à
sa lecture ; que sa lettre de félicitation était l'expression
même de la pensée royale ; enfin que Nasser-Eddin avait justement remarqué, en mon style, beaucoup de similitude avec
le sien.

Jugez de mon sursaut de satisfaction à ce propos !

Ainsi, je faisais du chah sans le savoir !... Persuadé que
le lecteur excusera l'intensité de ce mouvement d'orgueil
bien légitime, je me garde de le dissimuler. Par contre, je
réserve mon appréciation à l'endroit des œuvres littéraires
de Sa Majesté le chah.

Impossible, en effet, de dire que le style de Nasser-Eddin
est coloré, facile, exact, humoristique, ce qui est la vérité,
sans qu'on m'accuse de me donner fort gratuitement de l'encensoir ; — de sorte que, pour être absolument correct, je me
vois forcé, à mon grand regret, de taire, ici, tout le bien que
je pense des ouvrages de Sa Majesté le roi de Perse, et cela,
— par suite de son excès de bienveillance à mon égard.

D'ailleurs, comme pièce à l'appui, voici quelques extraits
d'une étude très complète sur le lac de Savàh, que
Nasser-Eddin a publiée dans le journal l'*Iran* (nos 655 et
656, des 10 et 19 mai 1888), et que M. de Balloy a bien
voulu me communiquer par l'intermédiaire de M. Nicolas.

La traduction est littérale.

---

1. Les deux journaux de Téhéran sont l'*Iran* et l'*Etellah* (avis).
L'*Iran* est le journal officiel. Sa Majesté daigne y collaborer.
L'***Etellah*** est surtout scientifique.

LE NOUVEAU LAC ENTRE KOM ET TÉHÉRAN

Le lac qui s'est formé entre Kom et Téhéran est le lac de *Saváh*, dont il est fait mention dans l'histoire, et qui se dessécha, il y a environ treize cent soixante-quinze ans, le jour où naquit le prophète (que la bénédiction de Dieu s'étende sur lui et sa postérité!). Ce lac se reforma, il y a six ans.

. . . .

D'après les observations que nous avons faites, nous arrivons à cette conclusion que ce lac a été formé par des eaux qui ont surgi dans le *Kavir* comme les sources jaillissent du sol; car les rivières qui s'y jettent, n'ont pas changé de direction et ne formaient pas de lac avant l'apparition de celui-ci.

. . . .

L'eau du lac est saumâtre, mais elle est limpide et mousseuse et d'une belle teinte bleue. Lorsque le vent souffle, il se forme de jolies vagues qui viennent se briser en blanche écume sur les rives.

. . . .

Les bords du lac sont plats et unis. En cette saison, au commencement du printemps (avril), le sol est couvert de tulipes rouges, de fleurs blanches et jaunes, d'herbes odorantes et de buissons.

. . . .

A cette époque de l'année où un grand nombre de chamelles avaient leurs petits, la verdure de la plaine, la pureté de l'air, les reflets du soleil sur les eaux du lac, l'étendue de l'horizon, les chameliers et leurs enfants, tous occupés à soigner les chameaux, les tentes des nomades, les nombreux troupeaux de brebis qui paissent dans la plaine, offraient un ravissant spectacle.

Les tentes noires des Arabes nomades keleku, étaient dressées tout autour du lac et ajoutaient encore à la beauté du tableau. Nous avons remarqué tout particulièrement un oiseau un peu plus grand qu'une cigogne, aux jambes fines et très longues. Lorsque ces oiseaux sont posés, ils paraissent blancs; mais quand ils volent, ils paraissent rouges sur la poitrine et sous les ailes; des centaines de ces oiseaux prenaient leur vol à la fois, en lignes régulières de soldats bien instruits et faisait un bruit qui arrivait à nos oreilles comme une douce musique.

. . . .

Des bords du lac, on aperçoit à une grande distance, le mont Demavend qui ressemble à un pain de sucre et la masse de l'Elbrouz.

Et certainement la vue de ces montagnes couvertes de neige est un des plus beaux spectacles qu'il soit donné de contempler.

En sortant de chez Ethemad-e-Saltanet, nous nous rendons successivement chez Kawan-Eddoulet, le ministre des affaires étrangères, chez « l'Éminence grise », Emin-e-Sultan, et enfin chez Son Altesse Naïeb-e-Saltanet, troisième fils du chah, ministre de la guerre et gouverneur de Téhéran.

Partout nous sommes accueillis de la meilleure grâce du monde; mais Naïeb-e-Saltanet, qui parle couramment notre langue, se montre tout particulièrement affable.

Il espère bientôt voir Paris, où il y a beaucoup à apprendre au point de vue militaire.

Nous parlons en détail du fusil Lebel, de sa vitesse initiale, de son calibre, de sa poudre sans fumée et de la supériorité des canons en acier frettés du système de Bange sur les canons Utchatius, des poudres vives et lentes, de la remonte de notre cavalerie, etc.

A ce propos de remonte, je dis au prince que la réputation de son écurie est universelle en Perse, et qu'elle ne doit pas avoir de rivale sur le turf.

A cela, il me répond, — en souriant, — qu'il possède, il

est vrai, de bons chevaux, mais qu'ils arrivent seulement *placés*... ajoutez : hiérarchiquement, et vous aurez l'explication du sourire du prince.

Naïeb-e-Saltanet est un homme de trente ans, grassouillet, rose, joli même, avec une fine moustache noire et de beaux yeux.

Il porte avec aisance une tunique autrichienne bleu de roi à collet d'or et un pantalon plus clair à passepoil rouge.

Le service d'honneur, — pas celui de la dînette, — est fait par ses gardes tressés de bleu et casqués de cuir bouilli.

Après quelques autres visites *P.P.C.*, nous mettons en règle nos papiers et nos finances, puis nous arrêtons définitivement l'heure de notre départ et notre dispositif de route.

M. de Balloy préside cette sorte de conseil de guerre. Et c'est grâce à sa compétence indiscutable et à sa connaissance approfondie des choses et des gens de Perse, que nous parviendrons à mener à bien nos projets, ainsi que la suite de ce récit le prouvera.

Notre hôte, en effet, nous affirme qu'il nous est indispensable d'emmener avec nous un courrier persan rompu à toutes les fatigues comme aux difficultés de toute sorte. Il conclut en nous donnant son premier goulam, Gaffar-beg, en qui il a une confiance absolue.

Gaffar-beg est le véritable type de l'homme-cheval : bien découplé, vigoureux, énergique, sec, bronzé, nerveux, tout en muscles et en nerfs. Il ne parle que le persan.

Ma stupéfaction est extrême quand j'apprends qu'il a près de soixante ans ; je lui en donnerais quarante-cinq au plus.

Après avoir écouté, avec une respectueuse attention, les ordres et les recommandations de son maître, il fait une profonde révérence et vient baiser ma main.

Le pacte est conclu : nous partirons pour Méched, demain soir, à onze heures.

26 mars.

A neuf heures, je vais à cheval visiter le bazar avec M. Malpertuy, qui veut bien me servir de cicerone, et de charmant cicerone.

J'admire, en passant, le palais du Soleil, ses deux immenses pavillons, ses mosaïques, ses arabesques, et je suis bientôt en plein bazar.

Pour décrire cette sorte de ville dans la ville qui est le bazar de Téhéran, il faudrait un volume, une année et une plume autrement taillée que la mienne. Je prie donc le lecteur de se rapporter à ma description expédiée du bazar de Constantinople, en observant qu'ici les voûtes sont ogivales, au lieu d'être en plein cintre, qu'on circule sous leurs arceaux à âne, à cheval, à dromadaire aussi bien qu'à pied, et qu'aucune fausse note (sauf celle personnelle), ne vient troubler cette orgie d'Orient qui palpite de toutes parts autour de soi, pleine de mouvement, de coloris, de pittoresque et de caractère.

Comme à Stamboul, chaque industrie a son quartier, ses rues, ses carrefours. Mais ici les religions sont également cantonnées, et, de plus, on y trouve des mosquées, des médressêhs, des caravansérais et même des prisons.

Dans un carrefour, en effet, je vois quatre bras germer d'une sorte de bouche d'égout et se tendre vers nous, comme les tentacules d'une pieuvre. Ces bras appartiennent à des voleurs, et cet égout est leur prison. Les misérables cherchent à nous émouvoir en nous piaillant une complainte quelconque. Je leur jette un cran; aussitôt les tentacules disparaissent sous terre, sans doute pour se le disputer. — Ces voleurs, qui se recrutent presque exclusivement chez les *loutis* [1], vivent aux crochets de la charité publique, la police ne s'occupant en rien de leur entretien.

Après avoir traversé le bazar sans encombre, grâce aux coups de canne et aux continuels *kabardar* (garez-vous!) de nos goulams, nous allons visiter le *takiêh* (théâtre Royal).

Un gardien nous en interdit l'entrée.

C'est une sorte de grand cirque, avec trois étages de loges et de gradins tout à l'entour.

Au milieu est une plate-forme surélevée (*sakou*) : C'est la scène. Deux plans inclinés y conduisent. — D'immenses arceaux en bois en plein cintre soutenus par des traverses forment, au-dessus du takiêh, comme l'ossature d'une coupole et servent à supporter des vélariums, les jours de représentation. Ces représentations, très goûtées de Sa Majesté et du peuple persan, correspondent aux « mystères » qui sont représentés en Bavière, et ont presque toujours trait aux drames du commencement du schisme.

Au lecteur qui désirerait pousser plus avant l'étude du théâtre iranien, je conseille la lecture du livre de M. Henri Binder : *Au Kurdistan, en Mésopotamie et en Perse.* Personnellement, je me récuse, le moment du départ étant venu.

Un dîner tout intime a été notre viatique.

Il est dix heures et demie du soir. Dans la cour de l'hôtel Gaffar-beg, sanglé dans un vêtement de cuir, se tient à la tête de nos chevaux bardés de bagages. Une lune discrète argente pour la dernière fois, à nos yeux, les faïences multicolores de l'hôtel de la légation de France et son élégant péristyle étrusque, à l'ombre duquel nous avons

---

1. Les *loutis* correspondent à peu près aux *souteneurs* — **en moins bien.**

reçu une hospitalité inoubliable, et que nous quittons pour l'inconnu.

Nos hôtes eux-mêmes sont venus s'assurer encore que rien ne nous manque plus.

Nous serrons, en toute reconnaissance, leurs mains amies, nous échangeons un dernier et sincère au revoir, et, le cœur un peu nerveux peut-être mais plus haut que jamais, nous laissons nos chevaux nous emporter dans la nuit.

Notre *via dolorosa* est commencée.

CHAPITRE VI

A Méchédi[1] *Verdet,*
mon cher et philosophe compagnon de voyage.

> Cette partie de notre voyage, avec ses détails
> précis et répétés de distances, de départs, d'ar
> rivées, de repos, de relais, de repas, de mi-
> sères, etc., paraîtra peut-être particulièrement
> fastidieuse. Mais un raid de plus de 900 kilo-
> mètres ne se fait pas, — en moins de neuf jours,
> — sans quelques fatigues. Or étant fier de ces
> fatigues, j'ai tenu à les expliquer; et si le lec-
> teur veut bien me suivre attentivement jusqu'au
> bout, j'ose espérer qu'il me pardonnera de l'avoir
> pris en croupe.

LA « VIA DOLOROSA »

Départ de Téhéran. — Le sac à malices de Gaffar-beg. — Lasguird. — Semnane. — Trois Turcomans nous arrêtent. —
Misère sur toute la ligne. — Les approches de Damgan (hécatompyles). — Pauvre femme! — Charoud. — Nous sommes
égarés. — Un vendredi saint exceptionnellement observé. —
264 kilomètres en quarante-huit heures. — Quelques belles
créatures du bon Dieu! — Abbas-Abad. — Où la misère
reprend. — L'inhospitalière Mezinane. — Sebzévar. — Nuit agitée. — Lutte contre le *tchapar*. — Le désert Salé. — Mirages.

1. *Méchédi* est le titre qui correspond, chez les musulmans
schiites, au titre de *hadji* (pèlerin) des sunnites. En se rendant
en pèlerinage à la ville de Méched, on gagne le premier; le
second s'obtient en allant pèleriner à La Mecque.

Bien triste, à cette heure, me paraît Téhéran, sans un
promeneur, sans une lumière, sans un bruit, avec ses grands
alignements de murailles et ses pâtés de maisons soulignées
d'ombres raides. Les terrains vagues qui suivent sont plus
tristes encore.

Après tout, cela tient peut-être à notre état d'esprit!

Mais un chien aboie. Nous voici devant une des portes de
l'enceinte.

Naturellement, elle est fort verrouillée, et son portier-
consigne ne veut pas nous ouvrir, malgré notre laissez-passer
parfaitement en règle, fraîchement émané du gouverneur [1].

Gaffar-beg a beau jurer comme un templier iranien,
insultant portier et acolytes : le cerbère n'en ouvre pas
davantage.

Ce que voyant, je fais donner la cavalerie de Saint-Georges,
sous la forme d'une piécette blanche. Aussitôt la Sésame
s'entr'ouvre.

Mais comme Gaffar-beg ne veut pas se montrer moins
généreux que nous vis-à-vis de son concitoyen, il lui admi-

---

1. Les portes de Téhéran sont toujours fermée à la tombée
de la nuit. Il en est de même dans toutes les villes de Perse.

nistre, en guise de supplément de solde et sur la tête, un formidable coup de kamchin, — sans doute afin d'éprouver ainsi la solidité de cet engin acheté le matin même au bazar.

J'affirme que le kamchin a résisté.

Nous voilà définitivement en route, cheminant au milieu d'un grand isolement de toutes choses.

Une brise s'est levée venant du nord, froide d'abord, glaciale bientôt. De sombres nuages passent lentement devant la lune, se succédant sans cesse; et leur ombre intermittente, nous voilant par instants de son impalpable manteau, nous donne l'illusion que d'insaisissables fantômes nous poursuivent.

Autour de nous, s'estompent des collines indécises, engrisaillées, cotonneuses, vides comme le sol qui semble fuir devant nous.

Sur notre passage, quelques arbres agitent avec une plainte leurs maigres branches. De temps en temps, une boursouflure plus claire du sol, marquée d'un trou noir, nous indique un gîte humain.

Parfois, un hurlement de chien sort féroce d'un de ces trous.

Parfois aussi, très au loin, dans le gris, tinte la clochette rauque d'un chameau.

Et, tout en arrière de nous, au-dessus de Téhéran disparu, à moitié chemin du ciel, par delà les nuages noirs, monte une colossale dentelle blanche, qui est le Demavend.

27 mars.

Nous cheminons depuis deux heures, tantôt au trot, tantôt au pas, suivant que Phœbé se voile ou se dévoile. Mais voici une éclaircie : Au galop !

Patatras! notre tchaparchaguird et son cheval ont fait « panache-sandwich ».

Le pauvre diable me paraît assommé.

Gaffar-beg saute à terre, dégage le porté devenu porteur, lui souffle dans le nez et dans les yeux, lui masse les tempes avec les pouces, lui patine les côtes, tout cela avec une telle conviction que notre homme revient immédiatement à lui.

Il se met aussitôt à hurler de tout son restant de force.

Mais Gaffar-beg ne l'entend pas ainsi, et sans plus s'occuper de ses contorsions, il le jette sur son cheval, pile ou face, et cogne sur les deux à toute volée.

Les hurlements continuent, mais le galop reprend.

— Bravo, Gaffar-beg!...

Pour toute distraction, nous croisons de nombreuses caravanes de chameaux qui dorment en marchant, portant d'autres dormeurs juchés à plat ventre sur leur bosse, la tête vers la queue, les bras et les jambes étreignant machinalement la gibbosité poilue de ces ruminants, dont l'allure est tellement onctueuse que leurs innombrables clochettes ne susurrent même pas.

En tête, un seul conducteur marche à pied dirigeant chaque caravane.

Dès que nous en atteignons une, le bruit de nos chevaux éveille successivement bêtes et gens; alors, les longues encolures serpentines se redressent, l'allure reprend un peu de vigueur, les sonnailles esquissent un carillon et, au faîte de chaque bosse, le même manège s'opère parmi les feutres et les tapis : — une tête enturbanée apparaît, regarde, disparaît.

Nous passons, et le bruit des clochettes s'éteint : — tout redort.

Comme nous approchons de Kéboul-Gunbêd (le Dôme Bleu), Verdet pique une tête à son tour, son cheval ayant versé dans un canal. Pas de mal!

D'ailleurs, nous sommes arrivés. Il est quatre heures, nous avons parcouru six farsaks (36 kilomètres) [1].

Le tchapar-khanêh de Kéboul-Gounbèd est un misérable trou en terre où nous essayons en vain de dormir. Le froid ne nous le permet pas. Nous prenons deux tasses de thé et nous repartons à six heures et demie.

La matinée est superbe. De grands champs d'orge étendent tout autour de nous leur fraîche verdure, et aussi des prairies sillonnées de ruisseaux. Au delà, toute la plaine est rose.

Une ruine découvre aux rayons du soleil levant ses pittoresques haillons, des vautours s'ébattent en cercle autour de nos têtes, reluquant sans doute les reliefs de... nos tasses de thé, et une cigogne mélancolique promène ses échalas dans une flaque d'eau, avec un calme presque comparable à la majesté du Démavend, toujours plus fier et plus resplendissant.

Nous atteignons bientôt une rivière rapide et débordée (le Djay), qui nous avait été signalée comme pouvant être un obstacle très sérieux par suite de la fonte des neiges.

Il nous faut, en effet, reconnaître et franchir successivement ses seize bras, mais, moyennant quelques bains de jambes un peu frisquets, nous nous tirons assez convenablement de cet humide pas.

Tandis que nous allumons nos chevaux pour nous sécher, je veux détailler les cinq personnages qui composent notre petite colonne.

Pour le moment, Gaffar-beg est en tête: examinons-le avec attention, car c'est le plus curieux de la bande.

J'ai dit qu'il était sec, nerveux, bronzé, ridé, etc.

Il est, en outre, nanti d'un nez plus qu'aquilin : *vulturnien.*

1. Total de notre première étape : 6 farsaks (36 kilom.). Étape d'essai.

Une sorte de bonnet pointu en feutre armé d'une visière demi-molle et mobile, d'une dimension invraisemblable, orne son chef. Cette coiffure est complétée par une *keffié* d'Égypte en soie jaune qui relie la visière au bonnet, ou mieux le bonnet à la visière, et forme turban.

Le reste de son accoutrement consiste en un vêtement en cuir très souple (cadeau de M. de Balloy), une ceinture blanche et une culotte jaune, enfoncée dans des tiges de bottes rigides recouvrant des souliers ferrés.

N'oublions pas son terrible kamchin, plus gros qu'une garcette, noueux comme un rotin, et une sorte de couteau-poignard.

A chaque flanc de son cheval pend une kourgine gonflée à éclater, comme les nôtres, d'ailleurs ; enfin, au trousse-quin de sa selle trône un large porte-manteau en cuir, qui est un véritable sac à malices.

Je ne sais pas, en effet, s'il existe quelque chose que cette estimable besace ne contienne pas. Voici ce que j'y ai déjà découvert, et nous n'en sommes qu'à notre première étape !

Une théière en cuivre, un kholah, trois boîtes de conserves, un fromage, un paquet de ficelles, deux cuillers en étain et deux fourchettes *idem*, trois couteaux, deux verres, du fil, des aiguilles, une alène, des morceaux de cuir pour raccommoder nos effets, quatre assiettes en étain, un demi-pain de sucre, des œufs durs, du sel, des ciseaux, une paire de lunettes, un calepin, un sac de crans, une serviette, deux paillasses (sans paille) et un peigne.

D'ailleurs, chaque jour, souvent même plusieurs fois par jour, ce précieux sac s'ouvrira et il en sortira, toutes les fois, quelque chose de nouveau et d'utile.

Passons maintenant à notre examen personnel. Tous les deux, Verdet et votre serviteur, portons une sorte de dolman gris sans tresse et sans taille, à col droit, avec faux-col et fausses manchettes en celluloïde, une culotte et des bottes jaunes.

Notre chef est couvert, la nuit, d'un papak d'astrakan, et, le jour, de la casquette blanche russe ou d'un casque en moelle de sureau.

Notre bachlick, bien entendu, ne nous quitte jamais, pas plus que notre kamchin ou que notre revolver. Nos provisions, notre argent, notre linge (mon uniforme de hussard au complet et mes notes) sont empilés dans nos kourgines; en outre, une épaisse fourrure (*chouba*) gonfle notre porte-manteau.

Joseph David a un équipement semblable au nôtre. Enfin, le tchaparchaguird porte le restant de nos bagages, nos munitions et nos fusils.

Tout en causant, nous voici arrivés à Hévanêkéi (le portique du grand roi) : sept farsaks (42 kilomètres). Il est onze heures et demie.

Je suis brisé; j'ai pris froid en sommeillant sur le sol humide de la misérable station de Kéboul-Kounbêd. En avant la quinine !

Ici, nous ne trouvons qu'un seul cheval; encore est-il en si mauvais état que nous le laissons à son agonie. Nous continuerons notre route avec nos anciennes bêtes.

On me hisse à cheval à une heure.

Au sortir de Hévanêkéi [1], nous traversons à gué un large et joli ruisseau, où de nombreuses lavandières en costumes bigarrés lavent leur linge sale en famille très dépenaillée.

A notre vue, un grand effarouchement se produit parmi ces odalisques rurales; le caquetage s'arrête, les jupes se

---

1. Téhéran étant réuni à Méched par une ligne de tchapar, on devrait, régulièrement, trouver des chevaux à chaque station. Malheureusement pour ce service, comme pour les autres, en Perse, la pratique et la théorie sont deux choses absolument distinctes.

baissent, les roubends se rabattent, et les petits enfants nus qui grouillent sur les cailloux se posent en statuettes pour nous regarder passer.

Le paysage redevient bientôt triste comme devant, et aussi caillouteux que fauve. A droite et à gauche courent deux rangées de collines de toutes les couleurs, en général lie de vin, quelques-unes violemment ridées, d'autres, blanches veinées de rose, de lilas et de jaune, comme des blocs de savon de Marseille.

Partout, aux crevasses de ces collines sont de grandes coulées de sel que l'on prendrait pour des éléments de glaciers. Le sol lui-même que nous foulons, est, par endroits, tout gratiné de sel.

Très peu de gibier : seuls de mignons oiseaux noirs et blancs sautillent à nos côtés, nous considérant d'un œil curieux.

En traversant un ravin affreusement sauvage, l'un de nos chevaux, qui ne battait déjà plus que de la queue, tombe pour la troisième et dernière fois. Nous l'abandonnons après avoir réparti sa charge également sur les quatre autres. Le tchaparchaguird suivra à pied.

A sept heures, nous sommes à Gueslâg (le Campement), triste village sans caractère : six farsaks (36 kilomètres) [1].

Nous dinons d'une soupe au lait — chef-d'œuvre de Gaffar-beg — et de conserves, pendant qu'un aveugle nous chante une interminable et agaçante mélopée relatant les hauts faits d'Ali et de sa famille.

Gaffar-beg trouve quelque peu de paille... habitée, pour étoffer nos paillasses. Dormons, si possible.

---

1. Total de notre deuxième étape : 13 farsaks (78 kilom.).

Cinq chevaux passables nous emportent, dès six heures
un quart du matin, à travers un territoire relativement bien
cultivé.

A huit heures, nous passons au pied du château fort
d'Aradan, en briques et en pisé, qui a fort grand air,
malgré le délabrement de ses hautes tourelles et de ses
clochetons.

A onze heures et demie, nous atteignons Dehnemek (Village de Sel) : sept farsaks (42 kilomètres)[1].

Tandis que nous prenons notre maigre pâture, des houris
invisibles mènent grand tapage de chants et de tambourins,
dans un endéroun avoisinant notre tchapar-khanêh.

A cheval à une heure. A six heures, nous arrivons au
pied d'une massive citadelle bâtie sur un bloc de tuf, se
dressant à pic de la plaine rase : c'est Lasguird : huit farsaks (48 kilomètres).

Cette colossale « timbale Bontoux » constitue presque tout
le village. En dehors, deux cimetières, quelques jardins,
une fontaine et un petit groupe de maisons, dont notre
tchapar-khanèk, forment la banlieue.

Sans perdre de temps, tandis qu'on décharge nos chevaux,
je demande à visiter ce burg.

On hésite. Songez : introduire un chien de chrétien dans
ce nid de schiites! cependant un malin, flairant un anam,
pactise vite avec sa conscience et me fait signe de le suivre.
Verdet reste au tchapar-khanêh pour surveiller mes der-
rières.

Tout à fait étrange cette gigantesque ruche grise, avec
ses mille trous qui sont des fenêtres, ses trois étages irrégu-

1. Total de notre troisième étape : 15 farsaks (90 kilom.).

liers et surtout ses épaulettes de balcons aériens, formés de maigres planchers de roseaux, portant sur des madriers fichés horizontalement dans la muraille.

Sur ces balcons primitifs, la fashion de l'endroit lézarde au soleil, inquiète de ma venue.

Un escalier de pierre me conduit à l'unique porte d'entrée de ce grand réduit, percée au tiers de la hauteur totale du pâté.

Ici, nouveaux pourparlers; puis un énorme bloc de granit, qui sert de porte, pivote sur son axe. J'entre, le bloc se referme; je suis dans la ruche.

Partout des alvéoles misérables, des couloirs sombres et des escaliers à jour. Au centre, une immense cour vide où picorent des poules.

Vite, je grimpe au plus haut, et, malgré la rumeur des frelons et l'affolement des abeilles, que je calme un peu par une distribution de menue monnaie, j'atteins un des balcons aériens.

Deux femmes qui l'occupaient s'enfuient à quatre pattes en criant, et je reste maître du terrain. Mais quel terrain mouvant! et quel saut dans l'éternité, si je bronchais ou si un fanatique me poussait seulement du doigt! Mais aussi quelle admirable vue sur l'immense plaine!

Néanmoins, je suis forcé de battre promptement en retraite; car ma visite soulève de violentes protestations. Les notables du pays sont venus avec deux prêtres. Ceux-là sont assez dignes; je n'en dirai pas autant du bas peuple qui crie et gesticule, si bien que mon guide reçoit deux coups de bâtons sur la tête. Je lui passe mon kamchin, et, amenant ostensiblement mon revolver hors de son étui, je fais signe que je m'en vais.

Les insultes à l'adresse de mon guide continuent, mais les menaces cessent et je gagne la porte tournante sans être inquiété.

Après avoir fait un croquis de ce village semi-barbare, je rejoins mon compagnon.

En réalité, les Lasguirdis étaient moins irrités contre moi que contre le musulman éhonté, qui n'avait pas craint d'introduire un chrétien dans leur « home » ; — du moins c'est l'avis de Gaffar-beg.

Nous dînons d'une omelette et d'un quart de boîte de conserves. Notre fièvre continue et aussi une soif exagérée causée par l'eau saumâtre qu'il nous faut absorber.

Gaffar-beg finit par découvrir trois grenades superbes et fraîches comme des lèvres de jeunes filles. Happer chacun la nôtre est l'affaire d'un instant, — mais le partage de la troisième en deux parts égales est cause d'une violente altercation entre nous deux. — Devant la soif, l'homme devient une bien étrange brute !

Nuit atroce. Des insectes de toutes sortes nous cisèlent l'épiderme sans relâche. Nous nous cautérisons mutuellement.

28 mars.

En route, à trois heures du matin. Je souffre atrocement de deux piqûres « cardinales » aux lombes et au dos, qui ont résisté mieux que les autres, évidemment, au cautérisateur Verdet.

En outre, j'ai les cuisses, les genoux et encore autre chose à vif.

A ce sujet, j'ouvre une parenthèse instructive. J'avais à peu près tout prévu, lors de mon départ, excepté cependant qu'un vieux coq de cavalerie de ma coriacité pût être entamé. Sachant donc que j'allais habiter, pendant deux mois environ, dans la même culotte et tenant à être à l'aise, je m'en étais fait établir une extrêmement large, trop large même, retombant sur la botte en magnifiques plis épais.

10.

Or, ces magnifiques plis épais, épaissis et durcis encore par la poussière, la boue et la sueur des chevaux, ont fini par me plisser moi-même en une foule d'endroits et de la façon la plus odieuse.

Moralité. — Quand vous voudrez commettre des chevauchées de 100 kilomètres par jour, à suivre, ayez une culotte demi-collante, en velours, et essayez-la avant de partir en guerre.

Je reprends mon récit.

Paysage triste et monotone. Des collines de sel parsemées de tamaris rabougris et encore des collines de sel.

A huit heures et demie nous sommes à Semnane (province du Khoraçan) : six farsaks (36 kilomètres).

Semnane est une ville assez animée avec un interminable bazar, en certains endroits voûté, en d'autres points, recouvert de planches et de nattes. Deux mosquées, dont l'une assez belle, revêtues de briques émaillées à fond gorge de pigeon, avec ornements, inscriptions et entrelacs bleus, sont les seuls monuments de cette cité dont le cadre est formé par de nombreux jardins plantés d'arbres fruitiers, et par quelques platanes gigantesques.

Pendant que notre goulam fait cuire nos œufs, disons deux mots sur la façon dont on panse les chevaux de tchapar.

A peine est-on arrivé à la station que le tchaparchaguird les desselle, sans toutefois enlever jamais la lourde couverture-bât qui est leur tunique de Nessus.

Ce personnage d'écurie les promène ensuite, par la figure, pendant un quart d'heure, les malheureuses bêtes suivant à la queue leu leu. La circulation du sang ainsi rétablie, il les attache et leur donne leur mince ration de foin haché. Une heure après, il les fait boire — quand il y a une source... Et enfin, pendant que les chevaux mangent, a lieu le pansage. Ce pansage, tout à fait particulier, consiste

à chatouiller pendant quelques instants, avec une étrille
spéciale, les rares oasis de peau de l'encolure et de la
croupe qui ne sont pas encore plaies. Et les patients ont
l'air de prendre un réel plaisir à ce chatouillis bruyant.

Pour comprendre le qualificatif bruyant, il est nécessaire
de faire la description de l'étrille persane. Je vais m'y essayer.

Qu'on se figure une boîte à dominos en tôle, sans cou-
vercle et ouverte aux deux extrémités, dont les deux parois
parallèles, dentelées en bordure, sont réunies par six ou huit
tiges de fer. A chacune de ces tiges est un anneau. Telle est
l'étrille iranienne. Naturellement, au moindre mouvement de
cet ustensile, les anneaux battent contre les parois sonores et
produisent une musique de crécelle. Cette musique constitue tout l'étrillage de la plupart des chevaux en Perse.
Quant au massage du dos et des autres parties, les infor-
tunés solipèdes s'en chargent eux-mêmes en se roulant
avec frénésie, dès qu'on leur laisse un instant de tranquillité.

Et maintenant, avalons nos œufs et en route, à dix heures,
par une vallée caillouteuse et désolée.

Surviennent trois cavaliers turcomans vêtus d'une tunique
rouge brique et coiffés d'un lourd kalpak noir. Ils sont
armés en guerre et nous arrêtent. Nous serrons nos maigres
rangs, prêts à agir. La vue de nos armes radoucit sans
doute ces guerriers. Ils n'insistent pas : nous non plus.

Les collines de sel reprennent. Un peu partout, volètent
et trottinent des alouettes d'espèces qui me sont inconnues :
Quelques-unes à gorge blanche bordée de noir, portant sur
la tête deux huppes divergentes comme les cornes que l'on
prête gratuitement à Moïse ; quelques autres, plus petites,
d'une jolie couleur soufre [1].

---

1. Alouette *bilophe* et alouette *isabelline*, d'après C.-J. Tem-
minck et le baron de Chartrouse.

A midi, nous déjeunons d'un peu de viande de conserve et de thé saumâtre, coupé d'un doigt d'eau-de-vie, dans une misérable hutte gîtée au plus triste endroit de l'univers.

A trois heures, nous atteignons un tchapar-khanêh à demi effondré avoisinant un caravanséraï également en ruine : c'est Ahovane : sept farsaks (42 kilomètres).

Je me tiens debout, ne pouvant plus me plier. Verdet commence à trouver la promenade un peu longue... Pendant qu'on selle nos animaux, je tue un aigle. Nous repartons à trois heures et demie.

Vers sept heures, Gaffar-beg, le centaure iranien, y va de son panache, et carrément, comme tout le monde.

J'entends cet incident plutôt que je ne le vois, tellement la nuit est noire. Mais je comprends, en même temps, aux furieux coups de kamchin qui suivent, que notre goulam n'a pas le bras droit cassé. Tout va bien !

Arrivons absolument rompus à Goché : six farsaks (36 kilomètres). Il est neuf heures [1].

Nous nous étendons dans le seul trou vacant de cette station, dont toutes les autres niches sont occupées par le menu fretin de la suite de Son Altesse le prince Jensous-Mirza, fils de Feth-Ali-Chah, général-lieutenant et gouverneur de Bostan-Charoud, qui se rend en caravane à Téhéran.

Ce haut personnage nous envoie, à deux reprises, des compliments, des dattes, des gâteaux, des oranges et des sucreries : le tout apporté fort cérémonieusement, selon l'usage.

Le moindre matelas ferait bien mieux notre affaire.

Néanmoins, à ces politesses, nous ripostons de notre mieux, par des félicitations longues d'un farsak, tout au moins.

---

1. Total de notre quatrième étape : 19 farsaks (114 kilom.).

30 mars (vendredi saint).

Ni Verdet ni moi n'avons fermé l'œil.

Verdet a une amygdalite double qui le met à l'unisson de ma misère, l'empêchant de parler.

Pour ma part, je suis plus ankylosé que jamais. C'est complet !

Aucune hésitation ne nous est permise cependant ; car on nous a informés, avant notre départ, du sort que les musulmans schiites réservent à tout chrétien qui, tombé dangereusement malade et ne pouvant plus se défendre, menace de « se laisser glisser » : — On le traîne par les pieds loin de toute habitation musulmane et on le laisse crever comme un chien.

Crevons plutôt à cheval, et ne ménageons pas la quinine !...

On nous hisse sur nos montures, à trois heures et un quart du matin.

Nuit glaciale, avec une lune sans cesse voilée de nuages noirs. Nous trottons au hasard, gémissant à chaque foulée.

Vers six heures, les nuages devenus subitement lilas se frangent de rose ; une grande pâleur succède à la nuit et, à l'horizon, apparaît le soleil, rouge, énorme, resplendissant, qui éclabousse toutes choses de sa mitraille d'or.

Au même instant, le sang vient à fleur de peau de la plaine et des collines ; et d'innombrables alouettes éveillées à la fois, montent au plus haut du ciel, comme pour gazouiller à l'oreille même du Créateur leurs prières du matin qui, de toutes parts, perlent sur nos têtes, en joyeux trilles de cristal.

Dans les lointains, de minces fumées lactescentes, rigides et immobiles, semblent des plumets sans fin.

Ce que voyant, deux chacals, honteux sans doute dans leur immonde besogne dévoilée à nos yeux par le jour,

abandonnent une fétide charogne, pour se dérober, la queue
basse, derrière un chicot de masure et, un vol de corbeaux,
leurs complices, s'éparpille dans l'air non sans nous croasser
toutes sortes de basses injures.

J'affirme qu'elles me touchent moins que... ma selle.

A huit heures, nous sommes à Damgan : six farsaks
(36 kilomètres).

Damgan[1] est, dit-on, l'antique Hécatompyles. Il y en a
maintenant partout, des *pyles*. C'est la brèche sur toute la
ligne !

Quelle triste bourgade et quels misérables gens !

Ne pouvant plus m'asseoir, je vais visiter le cimetière situé
non loin de notre taudis de rencontre. Ce champ de repos,
tout ensoleillé, m'hypnotise, avec son dallage irrégulier de
pierres funéraires semées au ventre d'un mouvement de
terrain nu et fauve, qui se détache en clair sur le bleu
turquoise du ciel.

Au milieu, une grande forme noire, immobile, attire surtout mes regards. Approchons. C'est une jeune femme, jolie
même, car son voile sombre est relevé. Elle est assise, dans
une pose d'un galbe admirable, sur une petite dalle blanche
qui recouvre un peu de terre fraîchement remuée. Un long
vêtement noir l'enveloppe. Sa jambe droite est ployée sous
elle, sa gauche est à demi tendue ; ses deux mains, crispées
douloureusement à ses genoux, les étreignent, comme elles
serraient hier encore peut-être un être chéri, — sans doute
son enfant ; son buste, légèrement incliné en avant, s'affaisse
et se raidit tour à tour, selon que commande le désespoir ou
la résignation, et ses yeux rivés au sol, démesurément
grands, sans une larme, sans un battement de paupière,
marquent en une immobilité de sphinx une surhumaine
douleur.

---

1. Ancienne capitale des Parthes.

Comme je m'apprête à crayonner cet en-tête d'élégie, mon modèle m'aperçoit, se voile, disparaît. Je rengaine mon crayon et, à défaut de croquis, je vais faire ma lessive.

Tout justement coule devant notre tchapar-khanêh un joli ruisseau propret. Verdet et moi sommes bientôt transformés en lavandières mâles. Le beau soleil et le vent de la route sécheront notre linge.

Donc, à cheval à dix heures et demie, après absorption d'œufs cuits à la graisse de... je ne sais quoi de très maigre. Plus maigre encore est la rencontre de cette station : un seul cheval. Il est pour moi, le mien ne pouvant plus se relever.

Mais ce jeune cheval, qui n'avait jamais été monté, peut compter pour plusieurs : c'est un ouragan. Pendant douze kilomètres, il ne cesse pas de ruer comme un possédé, et à chaque foulée ; de telle sorte qu'on croirait qu'il veut prendre son élan pour terminer par un saut périlleux. En outre sa queue, qu'il a fort longue, me cravache les oreilles et les yeux sans discontinuer. Vous voyez d'ici ma posture et l'amplitude des oscillations de mon bagage. A chaque ruade, je réponds par deux coups de kamchin, l'un sur la tête, l'autre sur le ventre ; la sarabande devient alors feu d'artifice, avec pétards, fusées, fumée et tout le tremblement. C'est parfait pour mes blessures !

Si je n'étais pas Français, je pleurerais !

Avec cela, le paysage est stupide. A droite, une interminable steppe de sel et de sable, et à gauche, une insipide chaîne de montagnes jaunes aussi râpées que nous.

A une heure et demie, nous entrons dans le caravanséraï de Dehmollah : 6 farsaks (36 kilomètres).

Bien que les caravanséraïs soient en général exclusivement réservés aux musulmans, on daigne nous accueillir à l'intérieur de celui-ci, occupé déjà par une nombreuse cara-

vane, parce que le tchapar-khanêh de Dehmollah a fondu
dernièrement dans une ondée [1].

Pas un seul cheval de relais.

Nous laissons souffler nos animaux. Ils mangent une
tresse de foin séché de la grosseur de deux doigts et de la
longueur d'un tibia; mais ils refusent de boire. Nous les
renfourchons à trois heures. Quatre de ces malheureuses
bêtes marchent donc depuis trois heures et un quart du
matin (heure de notre départ de Goché) — triplant l'étape.
Aussi buttent-elles à chaque pas.

L'une d'elles, en s'effondrant, brise une de nos deux fioles
d'eau-de-vie : — nous voilà à la ration extra-congrue!

Nous sommes tellement affalés, qu'une troupe de chacals
traverse le sentier devant nous, sans que nous songions à les
tirer. Je dis à Verdet que nous sommes au pays des ânes
sauvages (hémiones). Il hausse les épaules.

Je crois même qu'il me dit :

— Hémione, vous-même!

Mais il me cède un instant son cheval ambleur. Tout est
réparé.

Ce qui rend, ce soir, mon compagnon de route relativement fier, c'est que les deux abricots qui ornaient, ce
matin, son arrière-bouche ont sensiblement diminué.

« Piler du poivre » nuit et jour doit être effectivement
souverain pour rétablir la circulation du sang, en tous cas,
pour l'attirer ailleurs qu'aux amygdales...

---

1. Dans presque tout l'Orient, la plupart des maisons étant bâties
en boue séchée au soleil, il suffit d'un trou de souris, s'il vient
à pleuvoir dedans, pour jeter par terre un pan de muraille
tout entier, — voire la maison. — Il y a peut-être là motif à
expliquer la chute des murailles de Jéricho, pour peu que Josué
ait fait coïncider son assaut avec celui d'un orage. C'est peut-
être aussi pour attendre cet orage, que ce général a fait la *noria*
pendant sept jours, autour des remparts, avant de les attaquer.
(Sous toutes réserves!)

— N'est-ce pas votre avis, messieurs les docteurs?

A sept heures trois quarts, nous atteignons une sorte de grande bourgade, tapie à l'entrée même d'une gorge sauvage séparant deux massifs montagneux. C'est Charoud [1] : cinq farsaks (30 kilomètres).

A la lueur du crépuscule, nous remarquons la tête penchée d'un minaret branlant et une mosquée en mauvais état.

Que tout cela est donc triste!

Il est vrai que nous sommes mal disposés pour nous laisser aller à l'admiration. Taisons-nous plutôt.

Nous nous traînons comme des culs-de-jatte : Gaffar-beg et notre Chaldéen qui, aujourd'hui, a fait deux chutes, sont, eux-mêmes fourbus.

Néanmoins, comme nous trouvons ici des chevaux de rechange, nous décidons de repartir tout de suite, après un repas succinct, de peur que le courrier du chah [2], attendu cette nuit, ne prenne nos piètres haridelles.

En apprenant notre détermination, le nez de nos serviteurs devient trompe. Mais nous sommes obéis militairement.

A neuf heures et demie, nous quittons Charoud par une nuit obscure et un vent glacial qui achève de nous torturer.

Nous allons de gorges en gorges, de ravins en ravins, de collines en collines, presque au hasard, nous confiant au flair de nos chevaux.

Malheureusement, ces pauvres bêtes que nous croyons fraîches, sont éreintées.

---

1. A 15 kilomètres au nord de Charoud, est la grande ville de Bostan. Au point de vue commercial et surtout militaire, Bostan et Charoud ont une importance capitale, car elles commandent un défilé où viennent aboutir toutes les routes qui mènent à Téhéran, du Khoraçan, de la Transcaspienne et des bassins de l'Atrek et du Gourghen. Évidemment, si πυλαι est pris dans le sens de défilé, c'est ici qu'il faut placer Hécatompyles.

2. Le tchapar royal a droit de priorité de réquisition sur tous les chevaux.

A chaque pas, elles s'écroulent. Nous les frappons impitoyablement, brutalement ; car il nous faut arriver, coûte que coûte, et la souffrance nous a momentanément aigris au point que, Verdet et moi, nous ne nous parlons même plus.

Gaffar-beg marche en tête, moi le second, puis Verdet, notre Joseph David et le tchaparchaguird.

Il est deux heures et demie du matin. La froidure et la fureur du vent ne connaissent plus de bornes, et rien ne paraît dans la nuit que des rocs fantastiques et des nuages plus fantastiques encore.

Tout à coup, je m'aperçois que mon compagnon de route a disparu, ainsi que notre Chaldéen et le tchaparchaguird. Je ne sais pas moi-même si je ne suis pas égaré. Gaffar-beg ne comprenant pas un mot de français, la situation est sans issue, — au propre comme au figuré.

— *Insh 'Allah! insh 'Allah* [1]*!* ne cesse de répéter ce fervent musulman.

Je prends le parti de retourner sur mes pas, tout en appelant Verdet sur le ton de Rachel pleurant ses enfants dans Jérusalem.

Mais le vent emporte ma voix, étouffant mes appels sous ses hurlements désordonnés.

Au bout d'une demi-heure de contremarche, je retrouve les traînards. Le cheval de mon ami, ne pouvant plus marcher, avait dû être abandonné. Joseph David est également démonté.

Nous reprenons notre route, figés, broyés, mornes, les dents serrées, les pommettes crevassées, les lèvres fendues, galvanisant nos bêtes harassées à coups de fouet sur la tête, comme des sauvages, comme des brutes que nous sommes devenus, et rien ne paraît jamais.

Enfin, vers trois heures et demie, un platane gigantesque

1. Qu'il plaise à Dieu !

se dresse devant nous, comme un fantôme, agitant macabrement ses énormes bras plus noirs que la nuit. Dans ce platane, un chœur de hulottes jette des plaintes lugubres à travers la rafale furieuse.

Au pied du platane est une masure : c'est Ermia : huit farsaks (42 kilomètres)[1].

Cette misérable bauge est ouverte à tous les vents : pas de porte, pas de volets, pas de paille, pas de bois, — pas même un peu d'eau pour avaler notre quinine.

Un être sort de ce trou, qui nous descend de nos chevaux, nous cédant sa place puante.

Nous tombons par terre, exténués, nos jambes forcées et raidies ne nous soutenant plus, et, sans penser à rien, nous nous assoupissons l'un contre l'autre.

Voilà ce qui s'appelle je pense, faire consciencieusement son vendredi saint!

31 mars.

Nous nous éveillons à huit heures, à l'état de glaçons.

Nous absorbons deux tasses de thé, une bouchée de viande de conserve et nous repartons, à neuf heures, à travers un chaos de collines rocheuses, tapissées d'épais ronciers.

Dans les ravins, des squelettes ; sur les rochers, des lézards violets à grosse tête triangulaire et à longue queue fine. Dans l'air gris, des vautours : c'est tout.

Bientôt l'un de nos chevaux tombe pour ne plus se relever.

Gaffar-beg s'en prend au tchaparchaguird et le roue de coups. Je suis obligé d'intervenir autoritairement. Le pauvre

---

1. Total de notre cinquième étape : 24 farsaks (144 kilom.). Si j'y joins les 114 kilomètres d'hier, plus les 6 kilomètres que j'ai dû faire (aller et retour), pour retrouver Verdet, j'arrive à ce total de 264 kilomètres en quarante-huit heures.

diable se relève tout saignant. Au même instant passent deux misérables hères qui poussent devant eux deux ânes minuscules : toute leur fortune, sans doute. Aussitôt rosseur et rossé, — d'accord cette fois comme larrons en foire, — se précipitent sur les aliborons, pour les réquisitionner de force.

Suit un nouveau corps à corps féroce.

J'ai à peine le temps de me retourner qu'un des Persans à roussin est troussé.

Je me fâche alors pour tout de bon, ordonnant à Gaffar-beg de cesser ses brutalités de sauvage. Je suis obéi très à contrecœur et nous poursuivons notre route, — sans les ânes, bien entendu.

Nos chevaux, trop chargés, n'avancent plus qu'au pas; souvent même, il nous faut aller à pied.

Mais voici un village misérable, sauvage, étrange. Peut-être y trouverons-nous à louer quelque bête de somme. Arrêtons.

De toutes parts les habitants accourent nous examiner. Les enfants approchent avec une certaine défiance; mais les femmes, promptement enhardies, se laissent couler des terrasses jusqu'à nous comme des chattes, nous dévoilant leurs charmes bronzés.

Est-ce impudeur [1]? est-ce ingénuité? Elles sont d'ailleurs généralement jolies, bien faites, fines, gracieuses, souples : de vraies lianes. Toutes sont artistiquement drapées de bleu et de rouge, avec un grand attirail de bracelets, de pendants et de colliers primitifs.

Comme elles ne portent point de roubend, je puis les examiner tout à mon aise.

L'ovale de leur visage est parfait, le nez droit, rarement busqué, l'œil largement fendu, les lèvres charnues sans exa-

---

1. Les femmes de beaucoup de villages de cette contrée passent pour être d'un commerce aussi facile que les Ouled-Naïls d'Algérie.

gération, les dents éblouissantes, les cheveux lisses et d'un beau noir de jais. Ce sont donc évidemment des aryennes, malgré le bitume de leur teint.

Quelques autres cependant, plus bronzées, avec leur nez plus fort, leurs yeux moins beaux et leurs lèvres épaisses me rappellent assez le type tartare. Ce qui prouve que les Turcomans, lors de leurs incursions, sèment au moins autant qu'ils détruisent.

Pendant que je prends ces notes, Gaffar-beg pontifie avec les vieux du village en barbe blanche ou rouge, tout en faisant de son mieux ronfler le kalyan de paix.

Résultat de l'entretien : nous repartons « maigre Jean » comme devant; ces brutes n'en ayant aucune à quatre pattes à nous louer, ou ne s'en souciant pas.

Et notre calvaire, un instant adouci par la contemplation de belles créatures sauvages du bon Dieu, — n'est-ce pas, Verdet? reprend plus douloureux encore.

Nous n'allons plus qu'à pied, semant nos bagages à chaque faux pas de nos animaux.

Maintenant, nous nous traînons dans une plaine caillouteuse, jaune, râpée, indéfiniment longue, où s'égrène jusqu'à perte de vue un chapelet de tours de refuge contre les Turcomans.

A une heure trois quarts, nous sommes à Meïamei : cinq farsaks (30 kilomètres).

Meïamei, avec ses sources d'eau vive, ses jardins et ses allées de platanes, est une véritable oasis, dont nous conserverons le meilleur souvenir, d'autant qu'un colonel persan, de passage ici, met à notre disposition son cuisinier qui nous fait des œufs frits parfaits. Nous les arrosons de deux tasses de thé, d'un quart de doigt d'eau-de-vie et nous repartons.

Cette fois, — j'ai mis le dos sur un excellent cheval. C'est un bel étalon turcoman, alezan, d'un mètre soixante, doublé en proportion de sa taille.

Verdet est également bien partagé, mais son porteur est une jument momentanément en passe de tendresse exagérée. Cela dit beaucoup à mon étalon, beaucoup trop même, hélas !

J'avais déjà eu le « cheval-ouragan », — j'ai maintenant le « cheval-chandelle » !

Il était écrit que tout mon — bas-corps ne serait qu'une plaie !...

La route se passe donc en clowneries hippiques et en essais, aussi réitérés qu'infructueux de libertinage effréné, pour la plus grande molestation de ma chair. Enfin, à huit heures, mon supplice prend fin. Nous sommes au caravanséraï de Miondesht, où nous avons résolu de prendre quelque repos : sept farsaks (42 kilomètres) [1].

L'indigène qui habite ce lieu perdu fait d'abord des façons pour nous recevoir; puis il nous accepte. Il nous apporte même du lait et de la paille. Quel luxe !

Avec de la paille nous bouchons si bien les trous de notre niche que nous nous endormons, après manger, pour tout de bon. — C'est la première fois depuis notre départ de Téhéran !

1er *avril* (jour de Pâques).

A sept heures nous dérapons, toujours marchant au soleil.

Nous galopons sur un sol parsemé de fleurettes jaunes et d'énormes choux-fleurs sauvages. Quelques tamaris rabougris apparaissent dans les fonds, d'où s'enlèvent des volées de pluviers et de pigeons sauvages, parfois aussi des gangas. Tout en arrière de nous, à l'autre bout de la plaine, à travers la brume lilas, le caravanséraï que nous venons de

---

1. Total de notre sixième étape : 12 farsaks (72 kilom.).

quitter, avec son grand déploiement de murailles roses me donne comme une vision de la ville d'Aigues-Mortes.

Mon cheval qui s'écroule me rappelle vite à la réalité.

A dix heures nous arrivons à Abbas-Abad, village fondé sous Abbas le Grand par une colonie géorgienne : six farsaks (36 kilomètres).

Nous y sommes bien accueillis. Une digne famille nous cède même ses appartements (!) que deux femmes, sinon jolies du moins gracieuses, époussettent en fuyant nos regards observateurs.

Ces dames parties, nous voilà installés, tout à fait à l'orientale, sur des tapis à peu près propres et des coussins ne fleurant pas trop le fauve.

Le maître de céans vient alors nous demander de réparer sa pendule : la curiosité du pays évidemment. J'ignore si cette scorie d'horloge a jamais marché, mais j'affirme qu'elle est immobilisée pour longtemps. Elle n'a plus ni balancier, ni poids, ni ressort, ni engrenages, ni aiguilles. Quel admirable collier toute cette cuivrerie doit faire à quelque grande dame d'ici !

Je laisse peu d'espoir à notre hôte de voir sa machine revenir à la vie. Il a l'air si navré de ma réponse que j'ajoute comme palliatif : *Insh 'Allah! insh 'Allah!*

Cela le réconforte, et il nous vend trois poules — dont un coq, — qui constituent toute sa basse-cour. Les saigner, les plumer, et les mettre à cuire sont pour Gaffar-beg l'affaire d'un quart d'heure. Mais cette abondance de bien ne nous grise pas. Savons-nous ce qui nous attend ce soir ou demain ?

Donc, nous nous contentons de manger seulement le foie, les entrailles, la tête et le croupion de nos volailles, avec beaucoup d'oignons et de pain d'emballage à l'entour, réservant prudemment le meilleur pour plus tard.

Ainsi lestés, nous levons le camp non sans avoir remercié

très chaudement ces excellentes gens de leur hospitalité quasi écossaise [1]. Il est midi.

Le terrain que nous foulons est salin, humide et glissant, s'étendant à droite, en une plaine indéfinie, flaquée d'eau et de sel.

A gauche, une longue chaîne de montagnes violacées, où trône un pic neigeux très aigu [2], forme muraille.

Dans les flaques d'eau, beaucoup d'hirondelles de mer et de petits pluviers. Plusieurs de ces derniers vont promptement rejoindre, dans le portemanteau enchanté de Gaffarbeg, les poulets défunts.

Mais la fusillade cesse bientôt, faute de munitions. C'est qu'avant-hier, nous avons dû jeter successivement toutes nos cartouches à plomb, pour soulager d'autant nos bêtes qui n'en pouvaient plus. Il ne nous reste qu'une petite provision de cartouches à balles, — ce qui est bien gros pour des pluviers.

Vers cinq heures, des champs cultivés étalent de toutes parts leurs épais tapis verts, au ras desquels passent et repassent de grands faucons ardoise; des canaux d'irrigation coulent nombreux, en quelques points frangés de saules; enfin apparaît une enceinte de murailles grises enserrant un tas de maisons basses.

C'est Mezinane : sept farsaks [3] (42 kilomètres).

Le tchapar-khanêh d'ici a fondu tout comme celui de Dehmollah. Conséquemment nous n'y trouvons ni gardien, ni chevaux.

---

1. La vertu n'est pas toujours récompensée. Exemple : A Méched, nous apprendrons qu'un parti de Turcomans-Youmoutes est venu mettre à sac ce sympathique village, le lendemain même de notre passage. Nous avons toujours sauvé trois poules dont un coq; sans parler de nous-mêmes.

2. Le mont Manida-Jagataï.

3. Total de notre septième étape : 13 farsaks (78 kilom.).

Où donc pourrons-nous laisser reposer nos montures et où reposerons-nous nous-mêmes?

Allons à la ville.

Un grand rassemblement est déjà formé devant la porte principale flanquée de deux tours.

Notables, officiers, habitants sont là qui gesticulent, crient, discourent, lèvent les bras, bref, s'opposent à ce qu'on nous reçoive. Les braves gens!

Gaffar-beg leur explique notre cas, avec calme d'abord, puis avec une énergie montante qui dégénère bientôt en tempête. Il menace les Mezinanîs des foudres du chah, tout en faisant décrire à son kamchin les arabesques aériennes les plus significatives. Pour appuyer son dire, j'exhibe le laissez-passer au chiffre impérial. Rien n'y fait. Ils savent qu'ils sont les plus forts. Je joins alors mes insultes à celles de notre goulam et nous reprenons, fort penauds, le chemin du tas de boue représentant le tchapar-khanêh de cette inhospitalière bourgade.

Comme nous rions jaune à la perspective de passer à la belle étoile une nuit qui s'annonce glaciale, un officier nous fait informer qu'on consent à nous recevoir.

Nous retournons à la ville.

Le rassemblement de tout à l'heure est toujours aussi animé; mais l'officier, qui s'est fait notre protecteur, tient tête à tous ces excités, parlant plus haut, plus fort et plus vite qu'eux, si bien que nous pénétrons finalement dans la ville, guidés par un individu affreusement marqué de la petite vérole.

Ce cicerone nous conduit par des ruelles détournées, dans le quartier le plus misérable. Là, nul ne veut nous héberger.

Exaspérés par cette dernière humiliation, nous repartons, bien décidés cette fois à coucher en plein air, n'importe où, sans plus rien demander à ces brutes; quand un indigène, — sans doute un paria, — dit à Gaffar-beg qu'il daigne nous

11.

loger, mais à la condition expresse que nous ne quitterons pas le taudis où l'on va nous parquer, et que nous décamperons au petit jour.

Pacte conclu ; nous mettons enfin pied à terre. Il est six heures : pourparlers, ainsi qu'allées et venues, ont duré une grande heure.

Notre logement (!) est une sorte de cave basse avec un trou sans volet qui sert à la fois de porte et de fenêtre. C'est peu confortable, d'autant plus que le sol est humide et sans paille, mais cela vaut mieux toujours que le plein air par la froidure et le vent.

Puis, n'avons-nous pas nos poulets, nos poulets de Pâques... notre quinine et notre philosophie ?

2 avril.

Nous nous sommes gardés d'oublier les prescriptions de notre hôte, et dès l'aube, nous avons rompu, salués par les aboiements furieux des chiens qui, comparés aux grognements des Mezinanîs, sont pour nous une musique presque sympathique.

A dix heures et demie, nous atteignons Mehr : six farsaks (36 kilomètres).

A noter ici quelques pins séculaires : des pins en cette région !... Étrange !

S'il y a des pins, il n'y a pas de chevaux. Nous laissons souffler les nôtres et nous repartons à onze heures et demie.

A une heure, nous arrivons près d'un puits, où l'on nous avait dit que nous pourrions déjeuner, parce que son eau était parfaite à boire. A table donc !

Tout autour de cette sorte de citerne, sont éparses des carcasses de chameaux à demi dévorées. L'eau elle-même est jaune, sale, pleine de détritus et de bêtes crevées. C'est un vrai ragoût !

Nous en buvons quand même, en fermant les yeux et en serrant les dents ; et ça passe... Tout passe !

A cinq heures, nous entrons dans la ville de Sebzévar : sept farsaks (42 kilomètres) [1].

Notre arrivée ici n'est pas inaperçue, je vous le jure. C'est un véritable affolement : un grand rut de curiosité.

Il me semble même que les femmes ont des velléités manifestes de jeter leurs roubends par-dessus les minarets pour nous mieux dévisager. On nous montre du doigt comme des bêtes curieuses. Après tout, n'en sommes-nous pas pour ce public peu boulevardier ?

La manifestation devient si chaude que le maître du tchapar-khanêh est obligé de barricader la porte de son établissement. Mais la population ne se tient pas pour battue et, par enchantement, toutes les murailles et les terrasses qui ont des vues sur nous, se garnissent de têtes de singes.

Je les vise avec mes jumelles. Cet instrument inconnu a le talent de les démoraliser. Beaucoup de singes battent en retraite.

Comme je ris du succès de mon nouvel engin de guerre, Joseph David vient m'annoncer que deux Sebzévardis insistent pour nous rendre visite. Il ajoute que ces indigènes ont prononcé mon nom très correctement.

Je dis à notre interprète qu'évidemment la fatigue a altéré ses facultés mentales ; n'importe ! qu'il fasse entrer ces visiteurs exotiques.

Ce sont deux braves Arméniens de Bagdad. Ils nous expliquent que le prince Dolgorouki les avait informés de

1. Total de notre huitième étape : 13 farsaks (78 kilom.). Sebzévar [Hyrcania] (8000 habitants), jadis très peuplée. Tamerlan la prit en 1381 ; quelque temps après, la ville s'étant révoltée, ce conquérant fit enterrer vifs dix mille de ses habitants.

notre départ de Téhéran pour Méched, les priant de se mettre à notre disposition, lors de notre passage à Sebzévar, de nous faciliter, si possible, toutes choses; enfin de l'informer immédiatement de notre état de santé.

Je n'ai pas besoin d'ajouter, qu'en retour, je les prie de transmettre à Son Excellence le ministre de Russie l'expression de notre profonde reconnaissance. Je la lui réitère ici, et de tout cœur.

Nos deux nouvelles connaissances nous content alors leur histoire.

Seuls Européens (!) de Sebzévar, et venus en ce lointain pays pour y faire en grand le commerce des laines, ils mènent une existence profondément triste, n'ayant avec la population fanatique que de stricts rapports d'affaires, ne sortant jamais le soir, et obligés de se cacher même pour faire, avec du raisin sec, leur vin de chaque jour [1].

Au mot de vin, nos yeux pétillent. L'un des deux Arméniens comprend, s'échappe, et revient bientôt nous apportant une bouteille de ce liquide aimé. Il a dû la cacher soigneusement sous sa robe pour que la population ne lui fît pas un mauvais parti. C'est beau le fanatisme!

Ce vin, alcoolisé au suprême... degré, est loin d'être agréable au goût, mais c'est du vin, et, l'imagination aidant, nous lui faisons un sort.

Après cette maigre beuverie, nous décidons de nous rendre chez ces aimables Arméniens, où nous dînerons et où nous passerons la nuit, s'il plaît à Dieu.

Mais auparavant, voici les ordres que nous laissons à nos gens :

1° A Joseph David, de ne pas quitter le tchapar-khanêh les Sebzévardîs étant malveillants pour les chrétiens, et de bien surveiller nos bagages;

---

1. On sait que l'usage du vin est sévèrement interdit par le Coran.

2° A Gaffar-beg de reconnaître exactement la demeure où nous allons élire domicile;

3° A tous les deux, dans le cas où le tchapar, — attendu incessamment, — viendrait à arriver, de seller immédiatement nos animaux, « à la cloche de bois », pendant sa sieste réglementaire, et de venir nous trouver avec armes et bagages.

L'un de nos deux hôtes se fait fort de nous faire délivrer immédiatement, par le gouverneur, un laissez-passer, afin que les portes de la ville s'ouvrent sans difficultés devant nous, à n'importe quelle heure de la nuit.

Tout étant ainsi réglé, et notre retraite assurée, nous suivons nos Arméniens chez eux.

Un grand flot de peuple nous fait escorte. On nous regarde d'un air médiocrement bienveillant, mais on s'abstient de tout acte discourtois, autres que des réflexions moqueuses.

La capitale de ces goguenards ne diffère pas sensiblement des autres cités persanes déjà vues. Ce sont toujours des rues étroites, irrégulièrement bordées de maisons mal d'aplomb, avec un bazar central très animé.

Par-ci, par-là, quelques campaniles bizarres donnent un peu de physionomie aux toitures plates.

Nous pénétrons chez nos hôtes par une grande cour encombrée de ballots de laine qui proviennent de tous les points du Khoraçan, de la Perse et de l'Afghanistan.

Au centre est une grande balance très primitive. Nous nous pesons. Verdet a perdu six kilos depuis Téhéran. Personnellement, j'ai laissé en route plus de peau que de poids. — Cela ne veut pas dire, cependant, que j'ai engraissé.

De cette cour nous atteignons, par un escalier de bois, une haute galerie d'où nous dominons une partie de la ville.

A ce moment, le soleil à son déclin torréfie l'immense amoncellement de boue pétrie qui forme les maisons de

Sebzévar, aux terrasses desquelles s'opère simultanément un grand remue-ménage d'êtres humains.

On dirait d'un abat de mouches sur un étalage de gâteaux.

L'heure de la prière du soir approche. Déjà, au faîte d'une mosquée voisine très ordinaire d'allure, deux mollahs se tiennent debout, attendant le plongeon définitif du soleil dans les sables salés.

Le plongeon s'exécute. Aussitôt une immense clameur s'élève de toutes parts, se fondant en un concert extraordinaire que domine le sonore fausset des deux mollahs. Une minute s'écoule ainsi, puis les prières, — sans doute montées au ciel, — s'éteignent; les mouches trottent de nouveau sur les biscuits, et un grand silence s'étend, avec la nuit, sur la ville de Sebzévar.

Entrons chez nos hôtes.

Leur installation plus que modeste comprend seulement deux pièces de luxe (!); l'une sert à la fois de salon, de salle à manger et de chambre d'amis : ce sera la nôtre; dans l'autre, plus petite, sont installés deux couchettes et un bureau.

Leur table est également frugale; mais eux-mêmes nous servent, et de si bon cœur que nous en sommes réellement touchés.

Par exemple, la conversation laisse beaucoup à désirer, notre interprète étant resté, d'après nos ordres, au tchapar-khanêh.

Entre autres choses, je finis par comprendre que l'un de nos amphitryons, qui a les pommettes rouges, les ailes du nez tirées, les yeux cernés et qui toussotte misérablement à chaque inspiration, me demande une consultation. Pour la forme, je lui tâte le pouls et lui regarde les muqueuses; car son cas est net : il est phtisique à la dernière période. Je lui recommande expressément de ne pas fumer, de boire avec modération, de ne pas marcher vite, bref de ne faire aucun

excès d'aucune sorte, et d'absorber le plus possible d'eau
ferrugineuse, — lui expliquant de mon mieux la façon d'en
produire artificiellement, avec de la vieille ferraille.

Mon ordonnance à peu près comprise, nous nous glissons
sous les couvertures que ces braves gens ont disposées à
notre intention, sur le plancher de leur salle à manger.

Et comme nous n'avons pas à redouter qu'aucune sale
bestiole ne vienne nous grignoter les pieds, pendant notre
sommeil, nous enlevons nos bottes.

Dormir sans bottes, c'est le paradis!

— Oui, Verdet!

Nos Arméniens se couchent à leur tour, le phtisique
toussottant plus que jamais, puis soufflent leur lumignon.

— Bonsoir, Verdet!

-- Bonsoir, Sabran!

A peine ces deux souhaits sont-ils échangés, qu'un grand
fracas éclate dans la cour de notre demeure. Les chiens de
garde y mènent surtout un tapage effroyable. Nos hôtes vont
en reconnaissance, calment leurs chiens et les enchaînent :
ce sont nos gens et nos chevaux.

Nous nous habillons en hâte et nous descendons. Ainsi
que nous l'avions prévu, le tchapar est arrivé. Lors, Gaffar-
beg, après avoir graissé la patte du **maître du tchapar-
khanêh**, a levé le pied.

Il n'y a pas un instant à perdre.

Nous serrons avec énergie les mains des deux braves
Arméniens dont j'ai le grand regret d'avoir oublié les noms,
et, montant à cheval, nous poursuivons notre route à travers
la ville endormie. L'un des serviteurs de nos hôtes nous
guide, éclairant notre marche avec un falot larmoyant, qui
lèche de ses pâles lueurs les alvéoles borgnes du bazar où
nous coulons comme des fantômes.

Bientôt nous atteignons la porte est de la ville.

Devant notre autorisation en règle, elle s'ouvre à deux

battants, et nous voici dans la campagne, par une nuit aussi obscure que glaciale. Il est onze heures.

Nos nouveaux chevaux, choisis un peu au hasard par Gaffar-beg, ont tout juste la force de nous porter [1].

Le mien boite si bas d'un des membres antérieurs qu'à chaque foulée sa tête touche le sol.

Gaffar-beg, n'est guère mieux monté. Nous tambourinons mutuellement nos porteurs, en maugréant, chacun en notre langue. Verdet ne dit rien : — Son cheval doit être passable.

Nous marchons depuis une heure à peine, quand, derrière nous, un grand bruit de coups de kamchin et de jurons persans vient désagréablement nous surprendre.

C'est le tchapar qui, ayant eu vent de notre fuite, cherche à nous rattraper.

S'il arrive avant nous à la prochaine station, il ne manquera pas de réquisitionner la meilleure remonte.

Donc au galop! si possible, malgré la nuit.

Et les coups de fouet pleuvent si dru sur nos animaux que nous les déterminons à prendre à travers ornières, trous et rochers, une allure que je ne me charge pas de définir.

Le tchapar en fait de même, — suivi de son tchapar-chaguird non moins excité et excitant.

Pendant une bonne heure ils nous « soufflent au poil », sans parvenir à nous gagner.

Mais, comme vient l'aube, ils nous joignent.

Un grand colloque s'élève alors entre le tchapar et Gaffar-beg. Puis, finalement, nous voyant énergiquement décidés à ne pas lui céder le pas, il s'adoucit, surtout quand il apprend que nous venons de Téhéran, d'une seule traite.

---

1. Détail typique : La plupart du temps quand on charge un cheval de tchapar, il tombe ou fléchit sous le poids; quand on monte dessus, il s'écroule ou titube, boitant toujours au moins d'un membre; lorsqu'il est chauffé, il tient tout ce qu'il ne promettait pas, — à moins qu'il ne reste en route.

Du coup, sa figure sévère s'éclaire d'un sourire de considération, et il nous offre des cigarettes. Ce galant tchapar est un superbe gars de trente ans, bien découplé, tout bardé de cuir [1], et portant sur la tête un clocheton de même ordre composite que celui de Gaffar-beg. Il est armé d'un couteau-poignard et d'un revolver Smith de gros calibre.

A quatre heures et demie, nous arrivons *dead-heat* à Zéfranié : sept farsaks (42 kilomètres).

Le tchapar, devenu tout à fait notre ami, attend même que nous ayons pris une tasse de thé, afin de repartir de conserve avec nous.

3 avril.

En route à cinq heures et demie. Nous courons au dos de collines couvertes d'herbes basses, dont la verdure nous repose un peu de l'orgie de clarté et de sécheresse subie jusqu'à présent.

En face de nous, une splendide muraille de montagnes bleues [2], couronnées de neige, ferme l'horizon.

A dix heures, nous sommes à Chouráb (l'Eau Salée) : cinq farsaks (30 kilomètres).

Cette petite bourgade semble avoir quelque prétention à la coquetterie. La boue de ses maisons est mieux travaillée, quelques-unes ont des clochetons, et les terrasses de quelques autres sont dentelées de gentils créneaux.

Les femmes m'ont l'air d'être également moins sauvages. Oh! de loin seulement.

1. La large ceinture de cuir des tchapar (assez semblable à notre ceinture de gymnastique) est un véritable corset qui soutient les reins, et empêche les ballottements exagérés de l'estomac, très dangereux à la longue. Le capitonnage des cuisses et des jambes a pour but de diminuer les chances de « casse », en cas de chutes.
2. Les monts Binalud-Kuh.

Nous y déjeunons d'un poulet, relief du festin de nos amis de Sebzévar, et nous repartons à onze heures, toujours en compagnie du tchapar.

Les collines vertes reprennent, mouchetées de petites chèvres à longue laine — que gardent des chiens à toison noire et des pasteurs en haillons. Quelques maigres touffes de saxaouls [1], apparaissent dans les bas-fonds.

Nous abandonnons bientôt cette verdure pour une plaine saline, odieusement blanche.

Le sol, très dur, n'est que crevasses et rides. On dirait de petites vagues pétrifiées. Nos chevaux, qui doublent l'étape, ne savent où poser les pieds. De plus, la réverbération du soleil sur cette surface blanche comme de la neige, nous congestionne douloureusement la face, desséchant notre gorge, brûlant nos yeux et nous torturant au delà de toute expression. C'est au point qu'à plusieurs reprises, pendant cette pénible marche, Gaffar-beg s'endort en route. Naturellement, à chaque somme, son cheval ne se sentant plus sollicité en avant s'arrête. Un instant, Joseph David succombe à son tour.

Et, en considérant, au milieu de cet immense désert de sel, ces deux assoupis qui semblent deux stratifications humaines, je ne puis m'empêcher de songer au dernier jour de Sodome, quand Loth, se retournant, vit sa femme changée en statue de sel.

D'ailleurs, tout porte ici à l'ahurissement de l'imagination... surtout les admirables effets de mirage que nous observons entre deux clignotements de paupières.

Mais ces phénomènes nous exaspèrent presque autant

---

1. Cet arbrisseau (*Halaxylon ammodendron*), que nous rencontrons pour la première fois, est originaire de l'Asie centrale, dont il est presque l'unique végétal. C'est un arbuste rachitique, d'une dureté extrême et excellent à brûler. Son feuillage ressemble un peu à celui des genêts.

qu'ils nous captivent, parce qu'ils sont la représentation exacte du supplice de Tantale.

C'est, entre autres, une succession de lacs bleus qui se forment, s'évanouissent et se reforment, à mesure que nous nous avançons, puis finalement se fondent en une immense cité, mirant dans de larges douves une triple rangée de remparts et de jardins suspendus, flanqués de tours monumentales et de pylônes gigantesques, comme ceux de l'ancienne Égypte.

Depuis tantôt deux heures, cette chimère, miroite, flotte, se hausse, recule, se dédouble, se désagrège, reprend corps, et enfin se volatilise pour me laisser voir, en toute réalité, les piètres fortifications et les tours de bouc de la ville de Nichabour.

Les jardins suspendus sont des toitures en pisé où de l'orge a germé! *Vision fugitive et toujours poursuivie...*

J'ai semé en route ma colonne; j'entre donc seul avec le courrier royal dans Nichabour : six farsaks (36 kilomètres) [1].

Ceci a besoin d'une explication. La voici :

Le tchapar ayant constaté *de visu* le triste état de mon arrière-main, lors d'une halte où je m'étais pansé de mon mieux en famille, s'est piqué depuis de sollicitude pour moi. Il a compris que chaque coup de fouet que je donne fait plus d'effet sur moi que sur mon porteur. Donc, pour m'éviter ce surcroît de souffrances, il se tient constamment un peu en arrière et à ma gauche, — fouaillant supérieurement à la fois sa monture et la mienne; si bien que j'arrive à l'étape trois quarts d'heure avant ma caravane.

La ville de Nichabour, entourée de remparts et de fossés

_____

1. Total de notre neuvième étape : 18 farsaks (108 kilom.). — Nichabour (9000 habitants), célèbre par ses mines de turquoises, situées à 60 kilomètres à l'ouest de la ville. Nichabour fut fondée par Sapor Ier; elle fut la capitale de la Perse sous les Seldjoucides (Turcs) et détruite par Tamerlan.

est la répétition de celle de Sebzévar. Toutefois, sa population m'a l'air d'être plus dense, plus bruyante, plus bigarrée, plus colorée, mais plus misérable encore. Certes, on ne dirait pas que les turquoises les plus estimées poussent, ici, comme autre part les petits pois!

Le tchapar me conduit directement au caravanséraï situé au centre de la ville. Là, il va à ses affaires.

Je suis aussitôt entouré, examiné, harcelé, étudié sur toutes mes faces, avec plus de curiosité toutefois que de malveillance.

Pour faire cesser toutes ces importunités, le directeur des postes, à qui le tchapar a exposé mon cas, m'offre complaisamment un asile dans sa niche, bâtie à un mètre au-dessus du sol comme toutes les boutiques persanes.

On n'en continue pas moins à me dévisager. On me pose même une foule de questions; je siffle mes réponses; puis je tourne... le dos à ces gêneurs.

On me le gratte. Outré, je me retourne : ce sont deux jeunes filles passablement laides et sans roubend, qui veulent à toute force me vendre des petites oranges, en me faisant les yeux doux. Leur attitude a le talent d'exciter le mépris autour d'elles, ce qui leur est d'ailleurs tout à fait indifférent.

Ce sont évidemment ce que vous pensez, et les oranges sont... un symbole!

Je les laisse continuer leur manège et j'examine celui du directeur des postes.

A peine le tchapar lui a-t-il remis le courrier, une vingtaine de plis environ, qu'il les compte soigneusement avec son aide, — m'en présentant quelques-uns dont la suscription l'embarrasse.

Je lui mime que je ne puis lui être d'aucun secours, en même temps je lui fais lire mes papiers officiels. Il s'incline.

Son inventaire terminé, il prend une feuille de papier,

la plie en deux soigneusement, et, la maintenant sur la paume de la main gauche, il y trace avec une calame en roseau les arabesques élégantes qui constituent l'écriture persane.

J'observe qu'il prend très peu d'encre à la fois, qu'il écrit lentement, admirant lui-même la perfection de son ouvrage, remarquablement peint, — il est vrai.

A sa satisfaction personnelle, je joins la manifestation de la mienne. Cela me vaut les salutations les plus réitérées.

Sur ces entrefaites, arrivent enfin Verdet et nos serviteurs à peu près réveillés.

Suivent de longs pourparlers entre Gaffar-beg et le directeur du caravansérai, pourparlers qui se terminent par un refus de nous loger.

Donc, après avoir remercié mon hôte de son hospitalité, je remonte à cheval et nous gagnons le tchapar-khanêh, situé hors de la ville.

Cette station, la plus misérable que nous ayons rencontrée, ne possède aucun cheval de relais. Or, nos bêtes étant absolument rendues, il nous faut les laisser reposer au moins cinq heures.

Profitons de cette nécessité pour nous reposer nous-mêmes, si c'est possible; et ça ne le sera pas, car notre taudis est à jour.

Mangeons alors.

Comme nous opérons avec dégoût une boîte de conserve, un jeune danseur vient nous régaler d'un petit divertissement.

C'est un assez joli garçon de quinze ans, gracieux même, malgré l'exagération de son type sémite. Il est vêtu d'une tunique de velours noir brodée d'or et d'un large pantalon feuille-morte. Ses cheveux sont longs et luisants; il porte des pendants d'oreilles. Cet éphèbe nous présente d'abord les oranges symboliques; puis il exécute quelques danses d'un naturalisme non moins expressif, tout en s'accompagnant lui-même sur un tambourin. Il nous chante ensuite une longue complainte sur un rythme souverainement agaçant, avec une voix de gorge qui révolutionne notre tympan.

Ce qui est surtout typique et énervant, c'est sa façon de reprendre sa respiration par un « han » violemment poussé en sens inverse. Cette méthode est d'ailleurs commune à presque tous les chanteurs persans.

Nous avons beau lui imposer silence et l'agoniser de nos moqueries, tout est inutile, bien décidé qu'il est à nous faire part de son répertoire en entier.

Comme preuve à l'appui, il se met à nous jouer du tambour, des cymbales, de la flûte. Il jouerait de bien autre chose encore si on le laissait faire.

Finalement, nous le mettons à la porte, et, comme il insiste pour recommencer ses exploits, nous armons nos fouets.

Lui parti, arrive la concurrence sous la forme des deux vierges avariées du caravanséraï, — toujours munies de leurs oranges.

Nous les engageons vivement à poursuivre leur ami le danseur pour contrefaçon, et surtout à nous... octroyer la paix.

Après un moment d'hésitation, elles filent comme des couleuvres. Nous nous couchons.

4 avril.

Le vent qui entre de tous côtés dans notre masure est tellement glacial que nous préférons lui faire face et continuer notre route, malgré la fatigue qui nous coud les jambes.

A onze heures nous repartons.

Le ciel est tout barbouillé de nuages épais sous lesquels on devine très imparfaitement la lune, et ses nuages s'épaissis sent de plus en plus. Nous marchons à tâtons, obligés d'attendre parfois un semblant d'éclaircie pour franchir de grands fossés et des torrents débordés, qui barrent à chaque instant notre route.

En maints endroits, le sol crépite sous les pieds de nos chevaux, nous indiquant que la température est tombée au-dessous de zéro. Et cette basse température achève de craqueler nos visages déjà tout gercés par l'irradiation solaire du tapis de sel, pendant l'étape précédente.

Le nez jadis grec de mon compagnon de route est devenu patate : *flete Veneres!*...

Quant à moi, je ne suis plus Jean : je suis Janus. Et mon endroit n'a plus rien à envier à mon envers.

J'ai beau plaisanter. Quel supplice que cette étape qui ne finit jamais!

A la fin des fins, une clarté indéfinissable vient comme un reflet d'abord, puis comme un duvet léger, et enfin comme une phosphorescence du sol, qui poudre les nuages et donne du corps, sinon de la vie, à tout ce qui nous entoure. En même temps, une forme carrée et noire se dresse brusquement devant nous : c'est la station de Gadem-Gà (le Lieu du Pied) : six farsaks (36 kilomètres). Il est quatre heures et demie.

Notre fatigue est telle que, sans même nous informer de l'état de ce tchapar-khanèh, nous nous laissons choir sur le sol, où nous nous endormons.

A sept heures, on nous éveille. Le tchapar vient de passer, nous brûlant la politesse.

Peu nous importe, maintenant. Ce soir nous serons à Méched : bon voyage!

Le temps est superbe, le vent a cédé et un soleil radieux, un vrai soleil d'été, fait risette à la nature. Sortons!

Quel admirable site que Gadem-Gà!

C'est au pied d'une colline sauvage, descendant vers une

plaine immense, indéfinie, rose et jaune, un pli de terrain tout verdoyant, arrosé par un frais ruisseau qui chantonne sur les cailloux et les rocailles.

Aux lèvres de cette ride, court une longue allée de pins gigantesques [1], aux corps puissants, squameux et roux, qui poussent de toutes parts d'énormes bras musculeux et charnus comme des membres de lutteurs.

Les uns, superbement entourés des souples volutes de leurs ramures côtelées et noueuses, avec leur poitrine gonflée de sève et leurs racines ouvragées, semblent de monstrueux candélabres Louis XV.

D'autres, dressent en thyrses géants leurs torses enguirlandés de branches indéfiniment longues, qui descendent en spirales jusqu'au sol, où elles s'étalent telles que des traînes de danseuses.

D'autres encore sont si prodigieusement envrillonnés de leurs bras convulsés et tordus, qu'on croirait qu'ils veulent se renverser eux-mêmes.

Très peu s'étendent horizontalement, ainsi que nos pins d'Europe.

Mais l'attitude grandiose et l'incomparable allure de ces athlètes séculaires, dignes de la conception d'un Michel-Ange, sont telles que je ne puis en détacher mes regards, et que je les vois encore dans toute leur splendeur, à l'heure tardive où je transcris ces notes.

Au chef de ces géants est une chevelure de fines aiguilles vertes, jaunes, roses, rousses, drue et lisse en quelques points, en d'autres, séparée comme par des raies en mèches irrégulières, où les brindilles sèches semblent des cheveux blancs.

Autre part encore, cette toison est peignée à la diable, tout ébouriffée, chenue, chauve par place.

1. Ces pins ont été rapportés de l'Himalaya, dans la poche de je ne sais quel pèlerin, il y a près de quatre siècles.

Ou bien ce sont des touffes isolées, les unes lourdes, vertes, denses comme en velours, les autres éclatées et baignées de soleil ; et enfin, tout à l'extrémité des branches menues, au plus loin de leur effort, ce ne sont plus que de mignonnes houppettes et de minuscules éventails que la brise promène dans l'air bleu, comme des papillons.

Au flanc ouest de cette allée, s'étend la longue façade rouge, toute semée d'élégantes ogives, d'un caravanséraï.

Au flanc est, notre tchapar-khanèh montre ses quatre tourelles crénelées.

Et, du côté de la colline, l'allée vient aboutir, par une pente douce, à un escalier conduisant à une haute terrasse carrée.

Sur cette terrasse, au centre d'un jardin bien entretenu, entouré de platanes colossaux plus hauts encore que les pins géants, se dresse une mosquée, qui a dû être très belle si j'en juge par la richesse de ses loques de briques émaillées.

Ce lieu est sacré. C'est là qu'est vénérée la fameuse empreinte du pied de l'iman Réza, laissée ici en guise de souvenir, par ce saint personnage, lors d'un de ses pieux déplacements.

Très désireux de juger par nous-mêmes de cette sainte effigie « plantaire », nous faisons demander la faveur d'être admis auprès d'elle.

Le mollah de la mosquée répond à notre requête par une fin de non-recevoir catégorique, ce qui ne nous surprend pas : nous étions prévenus.

Aussi, sans penser même à nous formaliser, nous nous réinstallons à admirer l'indescriptible décor que présente cette allée de pins, unique au monde. J'en fais même un croquis. Mais qu'est ce croquis, hélas ! à côté de la réalité.

Comme j'enrage après l'impuissance de mon crayon et surtout après ma gaucherie, le mollah, évidemment sollicité par les tiraillements de sa bourse, nous fait savoir qu'il con-

sent à nous faire les honneurs de sa relique, — à la condition
que nous n'essayerons pas de fouler de nos pieds profanes le
sol sacré de la mosquée. Nous le lui jurons, sur la tête...
d'Ali-Baba!

Gaffar-beg est de la fête, bien entendu. En conséquence,
il vient de faire ses ablutions avec une ferveur extrême.
A mesure que nous approchons du lieu saint, sa figure
sévère s'illumine, reflétant une grande émotion : — l'extase
est proche!

J'avoue qu'intérieurement, nous sommes beaucoup moins
sérieux que nous ne le paraissons. Mais il est de bon goût de
respecter officiellement les croyances des autres. Donc, il est
entendu que nous sommes sérieux.

Voici l'objet. Tout simplement, au milieu d'une table de
marbre noir scellée dans l'embrasure d'une des arcades de
la mosquée, l'empreinte sculptée des deux « soles » d'un
gaillard, établi sur ses bases, comme l'était, dit-on, Charle-
magne.

A la vue de cette précieuse empreinte, notre goulam, qui
s'est déchaussé, se précipite à deux genoux, n'osant pas la
regarder tout d'abord, puis il se relève, se reprosterne, prie
avec ardeur, fait les grands bras, se redresse, la regarde, se
rue respectueusement sur elle, la lèche, la relèche, la pour-
lèche, puis il se reprosterne, reprie, se redresse, la rebaise
et, finalement, la resalue très bas et se rechausse.

Quand il nous revient, de grosses larmes perlent aux
ravines de sa face biscuitée, et une grande fierté se lit dans
ses yeux de croyant.

Évidemment, au point de vue de la dynamique, aucun
moteur n'est comparable à la foi ainsi emmagasinée!

Mais aussi, au point de vue de l'intellect : — quel étei-
gnoir!

Je parle, bien entendu, de la foi musulmane.

Sans pénétrer dans la mosquée, j'en admire les dehors,

jadis soignés avec grand soin, actuellement en décomposition.
— Je note surtout des encadrements d'ogives en briques
émaillées, représentant des entrelacs d'une souplesse inimitable, et de très fines ciselures sur marbre blanc. — La
coupole en émail bleu paon est également remarquable.

Mais le mollah nous prie de nous retirer, — non sans
allonger insidieusement, en guise de sébile, sa patte aux
aux ongles rouges. Nous y déposons un cran ; il fait la moue.
Nous donnons un deuxième cran ; il fait une grimace plus
laide encore.

Dieu ! ce que j'ai envie de lui imprimer quelque part l'empreinte de ma botte droite, pour augmenter sa collection !

Soyons dignes, faisons-lui un salut protecteur et allons-
nous-en.

Pendant qu'on selle nos chevaux, nous tiraillons à balle
les aigles, les corneilles bicolores, les merles bleus et les
autres oiseaux qui habitent la toison de mes pins chéris. Il
va sans dire que rien ne tombe.

Enfin nos animaux sont prêts : A cheval ! Il est huit heures
et demie.

Le terrain est extrêmement mouvementé, caillouteux et
aride.

Vers midi, un vent furieux se lève. Par instants, il nous
empêche même d'avancer, surtout en un col nommé dans le
pays la Marmite du Vent (Diz-Abad). Quelques maigres
caravanes nous croisent : ce sont des pèlerins.

Nous sommes tous de méchante humeur. Gaffar-beg et
Joseph David surtout n'arrêtent pas de s'agoniser d'injures.
Dès que nous leur faisons les gros yeux ils se taisent, mais
à peine tournons-nous le dos que l'orage crève de plus belle.

Cela dure d'ailleurs avec des hauts et des bas, depuis Téhéran, et durera jusqu'au jour de leur séparation, car c'est
une querelle de religion.

Entre un intransigeant musulman et un intransigeant

catholique, il n'est pas de paix possible, surtout quand il y a promiscuité forcée et cohabitation continue.

Nous nous bornons donc à empêcher les voies de fait, — sans chercher à les convaincre que la tolérance doit être la première des vertus religieuses.

A deux heures, nous entrons dans un village dont les rues ne sont que des cloaques immondes, où nagent des chameaux crevés et des chiens pourris. C'est Chérif-Abad : sept farsaks (42 kilomètres).

Après un repos d'une heure, nous abandonnons ce charnier pour un terrain très montueux et difficile, coupé de profondes crevasses et de ravins rocheux. Beaucoup de vautours, de corbeaux et d'aigles « Jean le Blanc » tournent sur nos têtes, guignant les carcasses, non encore complètement liquidées, qui jalonnent notre route.

Cette route, à peine reconnaissable d'abord, se régularise un peu au fur et à mesure que nous avançons; mais elle monte, descend, serpente, dégringole, cascade à travers un grand dédale de vallées et de crêtes très enchevêtrées qui la maintiennent toujours difficile. Ce sont les monts Binalud-Kuh.

Sur la plupart des sommets exposés au nord, c'est-à-dire regardant vers Méched, apparaissent des cimetières.

On sait que le dernier cri de la foi chez un schiite, est de se faire enterrer en vue de la ville sainte. J'avoue que notre desideratum est tout autre.

Comme le crépuscule arrive, nous atteignons le point culminant de ce passage, d'où nos regards plongent sur un vaste fouillis montagneux, semblable à un artichaut, mais tout bleu, avec des buées sortant des feuilles.

Au pied de cet artichaut est Méched. Nous n'y sommes pas encore, hélas! car il nous est difficile de prendre une allure rapide, sur une route aussi primitive et avec l'obscurité croissante.

A chaque instant les charognes deviennent plus nombreuses, aussi les mauvaises odeurs et aussi les caravanes. Quelques-unes font halte, pour passer la nuit. Les feux de quelques autres, déjà allumés, éclairent les longues encolures des chameaux accroupis que des ombres humaines déchargent.

En passant devant un de ces camps volants, une odeur tellement nauséabonde vient nous offusquer qu'extraordinairement nous nous en faisons part.

Serait-ce une « caravane de morts » ? L'obscurité nous empêche de nous en assurer et nous passons, en nous bouchant le nez.

Maintenant, il pleut dru. Encore un tournant, et il pleut, il grêle et il vente à la fois. Quel diable de pays !

Toujours nous descendons sur des cailloux roulants, sans trop rien distinguer.

Tout à coup, nous nous buttons à une rivière débordée [1], dont les eaux éclairées par les blafardes lueurs crépusculaires que de bas nuages reflètent, semblent une coulée d'argent fondu.

Des bords de cette nappe d'argent s'élève une symphonie d'une douceur étrange, dont la tonalité rappelle, à s'y méprendre, le son que rend un vase de cristal, quand on en effleure le bord avec un doigt mouillé. Notre guide nous dit que c'est le « chant » des « grenouilles-oiseaux » !

Nos chevaux hésitant beaucoup à affronter l'humide royaume de ces sirènes sans queue, se défendant même, nous entonnons le chœur des kamchins, qui fait taire celui des « batraciens-fauvettes », et nous franchissons le Hashaf-Roud, à la grâce de Dieu, chacun de nous se guidant sur le clapotis qu'il entend devant lui, car nous ne voyons plus.

---

1. Hashaf-Roud (rivière de la Tortue), affluent de l'Héri-Roud, qui passe à Hérat.

Notre route continue ainsi sans autre incident remarquable, mais notre fatigue est extrême.

Cependant, vers sept heures, deux feux fixes nous apparaissent très haut piqués dans le noir. Et ces feux nous fouaillent le cœur d'espérance.

Nous interrogeons notre tchaparchaguird.

Voici sa réponse :

— Ce sont les deux fanaux de naphte qui « depuis toujours », veillent sur les dépouilles vénérées de l'iman Réza.

Chaque soir, au coucher du soleil, des prêtres les allument, et de tous les points du globe, les Persans — qui ont ... la foi — les voient : *Dii faceliam avertant!...*

Que les schiites les voient ou ne les voient pas, peu nous importe! Ce qui est certain c'est que nous les voyons, nous; donc nous touchons au port!

Et nous rivons nos yeux sur ce phare tant désiré, mérité même un peu par nos misères. Mais, à mesure que nous avançons, il semble reculer, diminuer d'intensité, s'évanouir puis reparaître. Serait-ce un mirage nocturne?

Des chacals glapissent non loin de nous, parfois un chien aboie, une lueur s'agite, une voix humaine s'exclame, puis tout redevient noir et silencieux. Seuls, les deux grands yeux de naphte nous regardent toujours.

Depuis une heure il en est ainsi, et nous désespérons de jamais arriver, quand la silhouette d'une haute muraille se dresse, profilant sur le noir du ciel la dentelle plus noire de ses créneaux et de ses tours, et enfin une silhouette plus monumentale encore se hausse à pic devant nous, nous surplombant presque : c'est la porte de Méched : six farsaks (36 kilomètres) [1].

---

1. Total de notre dixième étape : 19 farsaks (114 kilom.). — En résumé, depuis notre départ de Téhéran (le 26 mars, à onze heures du soir), jusqu'à notre arrivée ici (4 avril, huit heures du soir) : soit huit jours et vingt et une heures, nous

Il est huit heures. La première partie de notre *via dolorosa* est arrêtée, mais non point close encore; car les soldats de garde se refusent obstinément à nous ouvrir les portes de la capitale du Khoraçan et du fanatisme schiite.

Gaffar-beg a beau protester de la sincérité de sa foi et de l'honnêteté de nos intentions : tout est inutile.

Nous cherchons alors à acheter la garnison, en introduisant des crans par un des trous de la serrure de cet huis implacable. Les crans passent et nous restons, aussi peu avancés que devant; toutefois on nous fait une foule de réponses qui peuvent être ainsi résumées :

« Les clefs sont chez le gouverneur, et nul n'oserait aller le déranger à cette heure, d'autant qu'il est parti en guerre châtier les Turcomans-Youmoutes. Attendez le lever du soleil, il nous dira qui vous êtes. »

En dernier ressort, je fais promettre une honnête récompense à celui qui ira prévenir Mirza-Khérim-Khan (l'agent officieux russe) de notre fâcheuse situation.

On nous répond d'abord que ce mirza n'est pas à Méched, ensuite qu'il demeure à l'autre bout de la ville, et enfin, et de nouveau, « qu'on n'entre pas dans Méched avant le lever du soleil ».

avons exactement fait 912 kilomètres (sans compter bien entendu les allées et venues), en dix étapes :

1re étape...............................	36	kilom.
2e —	78	—
3e —	90	—
4e —	114	—
5e —	144	—
6e —	72	—
7e —	78	—
8e —	78	—
9e —	108	—
10e —	114	—
Total.................	912	kilom.

Furieux, nous faisons savoir à ces sauvages que, dès demain, plainte sera portée contre eux au gouverneur, et que la plante de leurs pieds saura ce qu'il en cuit de faire coucher sous la pluie de nobles étrangers amis du chah-in-chah et de la Russie.

J'assaisonne cet anathème de toutes les fioritures que la fatigue, la misère, la faim, la soif (car nos provisions sont épuisées) me suggèrent.

Puis, achevé par ce dernier effort, je me roule dans ma fourrure et je m'étends sur une des dalles qui forment le palier de la porte.

Verdel se couche à mon côté, et nous nous assoupissons sous la pluie battante, tandis que, tout près de nous, les chacals mènent un sinistre tapage d'os craqués, — en geignant comme des enfants qu'on écorcherait.

Nous avons à peine perdu connaissance qu'un remue-ménage de ferrailles derrière la porte nous éveille. Va-t-on nous ouvrir enfin?

C'est une fausse alerte. Recouchons-nous. Mais nous avons tellement soif que nous demandons à boire.

Gaffar-beg va puiser un verre d'eau dans une mare voisine et nous l'apporte : — Pouah! Et cependant nous buvons cette immondice, dont j'aurai, hélas! bientôt des nouvelles.

Enfin à onze heures, chaînes, pennes, verrous, traverses, barres, battants cèdent, non sans grand fracas, devant nous.

Sous la voûte de la porte, les hommes de garde nous présentent les armes, et quatre Persans armés d'énormes falots en papier huilé tout enjolivé de fleurs, nous saluent très bas.

Ce sont les serviteurs de Mirza-Khérim-Khan :

« Le prince avait été exactement informé, par le ministre de Russie, de notre départ de Téhéran, le 26 mars; mais il ne supposait pas que nous puissions arriver ici avant le 10 avril; de là vient qu'aucune consigne n'avait encore été

donnée aux gardes des portes. Le prince est désolé. C'est
un soldat qui est venu le prévenir, etc. »

Tout cela nous est conté, pendant que nous cheminons à
travers les rues tortueuses et pleines d'une boue gluante, où
nos animaux enfoncent jusqu'aux genoux. Nos porte-falots,
eux aussi, enfoncent à pleines jambes, et c'est pitié de voir
ces pauvres diables barbotter comme des canards dont ils
ont l'allure, parmi les trous et les fondrières, tout en éclairant de leur mieux notre pataugeante équipée, qui provoque
une grande agitation dans le monde des veilleurs de nuit et
des factionnaires.

A chaque instant, les premiers sortent de leur cage en
bois pour pousser un cri strident et prolongé, auquel cri
un autre cri sauvage, répond très au loin, dans la nuit, et un
autre encore, et ainsi de suite jusqu'à perte d'ouïe [1].

Quant aux factionnaires, au bruit de leurs mains heur-
tant les platines et brusquant les crosses, nous comprenons
qu'ils nous rendent les honneurs.

Cela est d'un orientalisme achevé et ne manque pas, —
malgré l'obscurité, — de beaucoup de couleur, mais c'est
un peu long et nous agace démesurément; car voilà tantôt
une demi-heure que nous pataugeons et repataugeons, sans
rien voir aboutir.

Enfin, se présente une voûte basse, où nous nous engouf-
frons, qui nous mène à une étroite impasse.

Au bout de l'impasse est une petite porte. Elle s'ouvre
et Mirza-Khérim-Khan nous reçoit, en la personne de son
fils, Mouktar-Khan-Nassir-Pékow.

Ce jeune homme nous accueille de la meilleure façon,
nous priant d'excuser l'absence de son père momentanément
indisposé. Il nous dit de « considérer sa demeure paternelle

---

1. Nul n'a le droit de circuler la nuit dans Méched, sans un
mot d'ordre que les veilleurs se repassent.

comme la nôtre propre, et de disposer de lui comme d'un serviteur ».

Mouktar-Khan-Nassir-Pékow, qui est un très joli homme de vingt-cinq ans, porte une tcherkesse en fine laine marron et des cartouchiers en argent.

Sa famille est circassienne; telle est la raison de sa tenue.

Il devine que nous avons faim; malheureusement il ne peut nous offrir que des confitures, car nous n'étions pas attendus, et, à cette heure avancée, il est impossible de rien trouver à Méched.

Nous remercions chaleureusement Mouktar-Khan-Nassir-Pékow, et, après avoir porté bas deux pots de confitures, nous nous jetons sur nos couchettes où un lourd sommeil ne tarde pas à venir nous rejoindre.

5 avril.

Après une lessive générale un peu soignée, nous allons rendre visite à notre hôte qui est déjà venu s'informer de l'état de nos précieuses santés.

Le prince Mirza-Khérim-Khan [1], se montre vis-à-vis de nous tout aussi affable que son fils.

C'est un homme âgé, très pâle et maladif, mais sa physionomie dénote beaucoup de finesse et d'intelligence, avec une pointe de satisfaction personnelle.

Il porte le costume persan.

Il nous répète que nous sommes ici absolument chez

---

1. Mirza-Khérim-Khan, agent officieux russe à Méched, rend d'excellents services à la Russie, par la grande autorité qu'il a su prendre sur les prêtres et les notables. Il est naturellement très mal vu des émissaires anglais, dont il combat l'influence. Sa maison est gardée officiellement par des soldats persans.

nous, qu'il est extrêmement flatté de notre venue, mais que Méched nous intéressera fort peu, — l'entrée des mosquées, des bazars et autres lieux publics étant interdite aux chrétiens. Néanmoins, il nous accompagnera lui-même partout où il lui sera possible de nous conduire, afin de nous éviter toute insulte de la part de la population.

Je passe bien entendu, sur l'assaut des compliments réciproques dont nous émaillons cet entretien.

Comme l'assaut continue et aussi l'absorption de thé et de sucreries, arrive Son Excellence le général Gasteiger-Khan [1], ingénieur en chef de Sa Majesté le chah, que notre hôte a fait informer de notre arrivée.

Le général porte un uniforme autrichien composite, et a le verbe haut.

Il est Tyrolien et, malgré vingt-huit années passées en Perse, il parle suffisamment le français, assez bien pour que nous puissions renvoyer notre interprète, ce qui nous est d'un grand soulagement.

Nous sommes vite les meilleurs amis du monde.

Il nous confirme que les Méchédis sont des fieffés fanatiques; que nous partirons bredouilles de leur capitale; — que tout le temps que nous y passerons sera du temps perdu; que lui-même, grand dignitaire de l'empire, ne peut pénétrer nulle part, et même, qu'ayant été atteint, il y a six mois, d'une maladie de gorge extrêmement grave, il a dû se barricader et armer ses serviteurs, pour empêcher qu'on ne le traînât hors des murs de la ville pour l'y laisser « crever comme un chien », ainsi que les philanthropiques schiites ont coutume d'agir vis-à-vis de tout chrétien moribond.

Il nous conseille donc vivement de quitter le plus tôt pos-

---

1. Le général Gasteiger-Khan est le seul habitant européen de Méched.

sible ce pays barbare, — surtout si notre temps est limité, malgré l'immense plaisir que lui cause notre venue.

Pour lui prouver combien nous sommes de son avis, nous faisons mander séance tenante Gaffar-beg, afin de lui donner des ordres concernant la formation de notre caravane.

Notre goulam entre aussitôt en belle livrée galonnée des grands jours et en tonnelet d'astrakan.

Où diable avait-il caché tout cela pendant la route?... Mystère et compression!

Cet intelligent serviteur nous conte qu'ayant prévu que nous ne ferions pas long feu à Méched, et sachant notre itinéraire, il s'est déjà occupé de trouver des animaux. Il n'a d'ailleurs pas réussi.

Les Méchédis prétendent que les Youmoutes ravagent présentement le district de Koutschan, où nous devons nous rendre; que nous serons pillés ou tués, et que leurs chevaux seront pris. En conséquence, ils se refusent à traiter avec nous.

Après que le général Gasteiger-Khan a donné ses instructions à notre goulam, nous lui octroyons l'ordre d'avoir à s'ingénier de telle sorte que nous puissions partir, sous trois jours, pour Askâbad, dussions-nous voyager à dos de chameau.

Et maintenant, à table.

Notre hôte n'a rien négligé pour nous recevoir princièrement et, quoique musulman, il déguste fort gaillardement, à notre santé, le kakhétie d'honneur.

D'ailleurs, son menu persano-caucasien est si chargé, que plusieurs rasades sont indispensables pour en venir à bout.

Après boire, le prince nous emmène dans sa victoria visiter la ville et les environs.

Nous voilà donc de nouveau dans la boue, mais par un beau soleil.

Rien de particulièrement intéressant à conter sur la ville de Méched [1].

Quelques grandes rues bordées de hauts platanes, beaucoup de rues très petites, étroites, tortueuses, avec des maisons encore plus cloîtrées qu'à Téhéran, des terrains vagues, des jardins teigneux, des cloaques et des ruisseaux boueux où des femmes « mouillent » leur linge pendant que passent des charognes ballonnées. Partout des groupes de gens misérables, hâves, maigres, sales, marqués de la petite vérole, croupissent au soleil, dans la vermine et la paresse, buvant les paroles des derviches et se nourrissant de l'espérance d'une autre vie, qui n'aura pas beaucoup de peine à être meilleure, mais où ils n'atteindront pas, je l'espère; car, *secundum me Johannem :* « Aucun fainéant n'entrera dans le royaume des cieux. »

Et toutes ces vilaines gens nous regardent d'un œil mauvais, faux, méprisant, moqueur, les femmes même, — pour faire du zèle, et aussi les soldats qui nous présentent les armes à contre-cœur et à contretemps.

Néanmoins les passants supportent sans regimber les caresses « bâtonneuses » de nos goulams : affaire d'habitude, sans doute !

Du milieu d'un terrain vague, où des soldats déguenillés grattent avec du sable le bois de leurs fusils, et s'efforcent de remettre, — en sens inverse, leurs platines démontées, nous voyons, aussi bien que faire se peut, l'ensemble des monuments religieux qui forme le noyau central de la ville de Méched.

La mosquée principale, bâtie par Gohar-Chah et où les restes de l'iman Reza sont conservés, est surtout imposante avec ses deux dômes, l'un doré, l'autre émaillé de bleu, et ses deux élégants minarets coiffés de pinacles d'or.

---

1. Méched (Tombeau). 50 000 habitants, capitale de la province persane du Khoraçan (lieu du Soleil, pays de l'Orient), l'*Arie* des anciens.

Autour de ce Saint des Saints, est une grande agglomération de tours, de minarets, de médressêhs, de mausolées, de portiques, de clochetons, etc., dont il est très difficile de démêler les individualités marquantes, telles que le tombeau d'Haroun-al-Raschid et celui de Nadir-Chah [1].

Tout ce centre pieux est *best* (lieu de salut). Par *best*, on entend un endroit privilégié où un criminel devient inviolable.

Dans chaque ville persane, il existe un ou plusieurs *best*. Mais ici, un quartier entier a été jugé nécessaire. Comme ces gens se connaissent bien!

Maintenant, nous avons franchi l'une des portes de la ville, assez coquette avec ses arceaux recouverts de briques émaillées et ses colonnettes élégamment fuselées, et nous gagnons la campagne à travers les citernes et les cimetières, qui forment la seule culture des environs de Méched.

Le plus grand fléau de la Perse étant la disette d'eau, les Persans sont obligés d'aller en chercher à des distances souvent très considérables et de l'amener, à l'aide de canaux souterrains (*khanots*), soit dans les villes soit dans les lieux qu'ils veulent cultiver. Les citernes en question ne sont en

---

1. Nadir-Chah, plus connu sous le nom de Thamasp-Kouli-Khan (chef des serviteurs de Thamasp), naquit à Derikassé (banlieue de Méched), en 1688. De simple conducteur de chameaux, il devint gouverneur du Khoraçan et roi de Perse, à la place de son maître, Thamasp II, qu'il détrôna. Il se fit alors, en digne roi parvenu, grand destructeur d'empires jusqu'au jour où ses généraux, écœurés de ses atrocités, le massacrèrent. Ce fut lui qui vainquit à Delhi, en 1739, le grand mogol Mohamed-Chah et qui lui ravit ses inestimables trésors, actuellement la propriété de Nasser-Eddin-Chah. L'empire mogol ne se releva jamais du coup que lui porta Nadir-Chah; et j'insiste tout particulièrement sur ce fait, parce que je ne saurais oublier que les deux derniers soutiens de cet illustre empire furent deux Français-Savoisiens : les généraux DE BOIGNE (le vainqueur des Radjpouths) et PERRON.

réalité que les « regards » de ces souterrains, dont la méthode de creusement ne s'est en rien modifiée depuis Xénophon.

Voici de quelle façon les Persans opèrent. Ils creusent d'abord verticalement un entonnoir, puis, du fond de cette fosse, ils mènent une galerie horizontale de sept mètres environ, ensuite ils creusent un nouvel entonnoir pour rejeter les terres du souterrain, et ainsi de suite, en ménageant toujours une légère pente afin de permettre l'écoulement des eaux.

Ces khanots sont innombrables, de telle sorte qu'aux environs de certaines localités, ici par exemple, on croirait le terrain infesté de taupes géantes.

A chaque instant, nous sommes en passe de chavirer dans ces charniers humides ou pierreux, où des gens agenouillés prient, — pendant que d'autres travaillent à l'empuanteur présente, — en attendant la peste future.

C'est inepte et ignoble !

Enfin nous sommes en pleine campagne. D'ici, c'est-à-dire de très loin, Méched a grand air avec son interminable ceinture (18 kilomètres) de murailles crénelées, ses portes brillantes et son groupe central de monuments en relief, dont les ors et les bleus scintillent au soleil couchant.

Mais, je le répète, cette cité a seulement grand air d'excessivement loin, comme toutes les choses d'Orient, hélas !

Le but de notre promenade est de visiter le tombeau de Couheanghi (un quart de saint quelconque). Les excellents yabous de notre hôte nous y conduisent promptement.

C'est une sorte de mosquée, sans grande physionomie, adossée à une colline rocheuse très tourmentée. Devant la mosquée un petit jardin, tout garni de gentils rosiers, entoure un bassin bleu où pleurent des saules.

Au bord du bassin, trois convaincus accroupis sur des tapis, font les grenouilles, sous prétexte de prier avec ardeur.

Tout cela, relativement frais et gai, nous repose un peu de
la cadavérique Méched, — qu'il nous faut cependant regagner
en hâte ; — car le soleil n'est déjà « plus haut que d'une lance »
au-dessus de l'horizon.

En voiture donc, et en route vivement, afin de ne pas
trouver porte close, comme hier.

Notre soirée se passe gaiement, grâce à la belle humeur
du général ingénieur, qui nous conte sa vie.

En 1860, il arrive à Téhéran comme sous-lieutenant et
agent consulaire. Il entre bientôt au service du chah, devient
ingénieur, puis général, puis enfin ingénieur en chef.

C'est à ce titre qu'il est exilé, pour diriger les travaux de
la route de Méched-Koutschan-Basch-Guirt-Askàbad, travaux prescrits par l'une des clauses du traité passé, en 1881,
entre la Perse et la Russie.

Il avoue être extrêmement original, et devoir une partie
de ses grades à cette originalité, que le chah prise très fort. Il
nous cite, à l'appui de son dire, plusieurs anecdotes qui ont
fait le tour de la Perse, et dont j'avais effectivement entendu
parler à Téhéran.

Je n'en rapporte qu'une.

On sait qu'il est expressément défendu, à tout homme chrétien ou musulman, de regarder les femmes de l'endéroun
impérial.

Or, un jour, Gasteiger-Khan ayant été surpris, dans une
rue étroite, par le carrosse de la mère de Sa Majesté, exécuta
sans se troubler un demi-tour irréprochable, et, quand la
princesse arriva à sa hauteur, il lui fit un magnifique salut
militaire tout en continuant à lui montrer... ce que les petits
anges voudraient bien avoir.

La princesse rit beaucoup de la manière dont Gasteiger-
Khan avait « tourné » une difficulté d'étiquette, — sans
pour cela cesser d'être galant (!) et le roi trouva même ce
mode de salut si ingénieux qu'il fit le héros... ingénieur.

Pour le moment, notre nouvel ami se plaint amèrement de son exil, et surtout du peu de respect que les Persans professent à l'endroit de ses œuvres d'art.

A peine, en effet, a-t-il terminé un pont, que des maraudeurs viennent voler, les uns le tablier, les autres les chevalets, ou bien les pilotis, et naturellement tout est à recommencer.

— C'est ainsi que mes administrés s'approvisionnent de bois ! ajoute-t-il, de l'air le plus baroquement navré du monde.

Nous consolons de notre mieux cet ingénieur Pénélope ; mais il nous déclare être agacé de tout cela à un point tel qu'il a demandé au chah sa mise à la retraite, — pour la plus grande joie d'Innsbrück, sa patrie.

Entre autres choses plaisantes, il nous conte encore que le gouverneur du Khoraçan, — Mohamed-Karim-Rokné-Eddoulet, — tout récemment parti en guerre pour réduire les Turcomans-Youmoutes, n'a oublié qu'une seule chose : d'emporter des munitions.

Avec un conteur de cette sorte, nous passerions volontiers nos nuits comme le sultan Chahriar ; mais nous ne sommes pas chez nous, — quoi qu'en ait dit notre hôte. Donc à dix heures, nous nous séparons, non sans nous dire :

— Au revoir, à demain.

J'ai tellement pris l'habitude de dormir par terre, que j'abandonne ma couchette pour les feutres du parquet de notre chambre, où j'ai fait disposer mes couvertures.

D'ailleurs, dormir, est le moindre de mes soucis, car je souffre cruellement d'une inflammation d'entrailles causée, du moins je le présume, par le verre d'eau infecte que j'ai absorbé à la porte de Méched.

Et cette épuisante maladie me harcèlera, sans répit, pendant vingt et un jours encore.

Je vous promets, cher lecteur, de vous en fatiguer le moins possible.

6 avril.

La formation de notre petite caravane n'avance guère.

Décidément, ces Méchédis sont aussi couards et malhonnêtes que fanatiques.

Ces brutes invoquent tous les prétextes possibles pour ne point traiter avec nous. Tantôt c'est le gouverneur qui a levé tous les chevaux pour son expédition contre les Turcomans, tantôt c'est Eyoub-Khan [1] qui a acheté tous les animaux de la ville pour monter sa nombreuse suite.

Les deux faits sont vrais quoique exagérés. Ce qui est seul exact, c'est la mauvaise foi et la très mauvaise volonté des habitants de Méched.

En résumé, nous ne sommes pas plus avancés qu'hier. Gaffar-beg secoue sa tête osseuse, dit deux fois :

— *Insh 'Allah! insh 'Allah!* et repart de nouveau en remonte.

Allah veuille qu'il réussisse !

Sur ces entrefaites, nous recevons la visite du lieutenant R. Galindo, aide de camp du général anglais C. S. Mac-Leane.

Ce charmant officier, entre mille choses courtoises, nous

1. Eyoub-Khan, prétendant afghan et frère de Yakoub-Khan, est fils de Schere-Ali, ancien émir de Caboul, dépossédé par les Anglais, qui lui ont donné pour successeur Abdul-Rhâman. Le prince Eyoub-Khan, ami des Russes, était interné à Téhéran. — Au mois d'août 1887, il s'est échappé avec l'intention de gagner le territoire de Hérat, pour soulever contre Abdul-Rhâman diverses tribus hostiles à cet émir. Mais il a été arrêté par les Anglais au moment où il franchissait la frontière afghane. Moyennant un traitement considérable, Eyoub-Khan a promis de ne plus rien tenter contre l'émir d'Afghanistan. Il est actuellement en route pour Ispahan et Chiraz vers Bouchir, ou Bender-Abbâsi, d'où un bateau anglais doit le transporter aux Indes, où il sera définitivement interné.

invite, avec instance, à venir habiter chez son général, au nom duquel il parle.

Le général est peiné de nous savoir chez des musulmans; il devait partir en expédition pour relever certains points importants [1] de la frontière khoraçano-afghane, mais il a retardé son départ exprès pour nous recevoir.

A cela, je réponds que nous sommes extrêmement flattés, touchés même, des procédés gracieux de son chef à notre égard, mais que Mirza-Khérim-Khan nous a trop bien accueillis pour que nous songions à déserter son toit; que d'ailleurs nous comptons repartir après-demain, si cela nous est possible.

M. Galindo nous prie alors de venir déjeuner demain, sans cérémonie, chez le général; nous acceptons avec empressement et reconnaissance.

Ce gentleman parti, un chef afghan vient nous faire visite, j'ignore pour quelle cause, mon interprète ne comprenant pas un mot de son idiome : par pure curiosité, sans doute.

Après la troisième tasse de thé, comme ce gêneur a l'air de vouloir s'éterniser sur le sofa, où il s'est accroupi à la mode orientale, tout en fumant le kalyan, je lui fais comprendre par gestes que je l'ai assez vu.

Évidemment, la réciproque n'est pas admissible, car il attaque sans se presser une quatrième tasse de thé, en me resaluant pour la cent plus unième fois. Ce que voyant, je fais appel à la méthode de salutation innovée par Gasteiger-Khan, et je lui fausse compagnie.

Après une visite officielle au général Mac-Leane et à Son Excellence Gasteiger-Khan, nous continuons notre inspection de Méched.

La moralité de cet examen est que Méched est encore plus

---

1. Entre Turbet-i-Cheik et Tayâbad, je crois (route de Méched à Hérat).

déchue que nous ne le supposions. C'est une Bénârès de
boue et sans Gange !

D'ailleurs, la déchéance est le sort justement réservé à
toutes les cités qui, sous le prétexte d'être plus saintes que
les autres, croupissent béatement résorbées sur leur passé,
par crainte de l'avenir et du mouvement — qui est la loi du
monde ; où le fanatisme, l'intolérance, la superstition et le
fétichisme régnent en maîtres ; où les multiples dévotions ont
étouffé la dévotion vraie ; où toute innovation est considérée
comme diabolique, tout progrès comme criminel, toute
découverte comme sacrilège et d'où l'admirable maxime :
« Aide-toi, le ciel t'aidera » est sévèrement bannie.

Bien que, personnellement, nous nous soyons beaucoup
aidés jusqu'ici, le ciel, — sans doute depuis longtemps indifférent aux choses de Méched, — nous tient rigueur.

En effet, à peine de retour au logis de notre hôte, Gaffar-
beg nous apprend qu'il perd tout espoir de former notre
caravane. Verdet trouve cette plaisanterie du goût le plus
déplorable. Notre soirée s'en ressent.

                                        7 avril.

Dès onze heures, nous nous rendons à l'invitation du
général Mac-Leane. Étant donnée l'acuité de l'antagonisme
existant ici entre l'Angleterre et la Russie, notre hôte (agent
officieux russe) ne saurait nous accompagner chez un
adversaire.

Mais il nous confie à ses goulams et, sous leur conduite,
nous atteignons bientôt la demeure du général. Le général,
qui est ici seulement en passant, habite le palais d'un
seigneur indigène loué pour la circonstance.

Cette installation, très confortable pour Méched, comprend
un grand nombre de bâtiments bas, de jardinets, de cours,

et enfin une haute galerie-loggia garnie de vitraux, avec un plafond en solives surchargées de peintures.

C'est dans cette galerie que le général Mac-Leane nous accueille avec la meilleure grâce.

Le général est un beau type de soldat, légèrement grisonnant, mais très vigoureux. Sa physionomie, extrêmement sympathique, respire à la fois l'énergie, la franchise et la bonté. Depuis vingt-cinq ans, il sert dans l'Inde et en Afghanistan. Il a présidé la commission chargée de délimiter la nouvelle frontière afghane; actuellement il est en mission... topographique. Quand il vient à Méched, il habite peu la ville; il préfère camper sous la tente, le plus loin possible de cette nécropole de mauvais augure.

Je connais trop la situation pour risquer aucune question politique indiscrète. Donc, notre déjeuner, excellent en tous points, servi par de superbes Afghans aux turbans blancs ou bleus rayés d'or, se passe en devisant gaiement des choses d'Europe et des péripéties de notre voyage.

Le général se montre stupéfait de la rapidité de notre marche de Téhéran à Méched. Un officier anglais, nous dit-il, a fait jadis la même route que nous en dix jours, et il est tombé ensuite gravement malade.

Si le général a dit cela pour nous flatter, j'affirme qu'il a réussi.

Mon voisin de droite est le docteur Volbert, un oculiste distingué, qui utilise les loisirs que lui laissent la santé du général et celle des gens de sa suite, en soignant avec dévouement la population indigène très éprouvée par les ophtalmies. Aussi sa popularité est-elle grande à Méched. Quoique mon affection ne ressemble guère à une ophtalmie, cet éminent spécialiste veut bien quand même me donner une précieuse consultation.

M. le lieutenant R. Galindo tient la gauche de Verdet. Cet officier, particulièrement méritant et d'une intelligence

13.

tout à fait supérieure, est à la fois l'aide de camp et le bras droit du général.

Enfin, vis-à-vis de notre amphytrion, est un prince hindou (*néwab*) vêtu à l'européenne, qui a nom Hassan-Ali-Khan. Ce prince à peau mate et au bel œil pigmenté m'intrigue très fort, depuis notre présentation réciproque. J'affirme au général que je le connais. Mais où diable l'ai-je vu? Dans l'Inde, probablement. Il est vrai que l'Inde est vaste. Le prince me dévisage également avec ténacité.

Bref, après plusieurs hésitations et de grands tâtonnements de mémoire, la lumière nous vient en même temps à tous les deux.

C'est à Bombay, en 1884, que nous avons fait connaissance, et nous avons achevé de nous lier à bord du *Canton*, qui nous a ramenés l'un et l'autre en France.

Voilà, ce me semble, l'apophtegme : « Il n'y a que les montagnes qui ne se rencontrent pas », parfaitement justifié !

Pour consacrer notre renouveau d'amitié, nous nous donnons une accolade *inter pocula*. Puis, le champagne aidant, le néwab prononce quelques mots de français : oh ! d'un français tout à fait personnel.

Cela n'en est pas moins une véritable révélation pour le général, qui ignorait ce nouvel avatar de son « conseil » princier.

La mémoire lui revient même tellement qu'il veut dévoiler mes préférences à bord du *Canton*.

Je le menace alors de dénoncer son *flirt*, — que je n'ai pas oublié non plus.

Et tout le monde de rire,

Pendant le café, nous cédons la parole à la boîte à musique.

Vous riez, à votre tour, cher lecteur. Eh bien, je vous assure que, quel que soit le ridicule indélébilement attaché, en Europe, aux boîtes à musique ; — tout au bout du monde, en plein pays perdu, ce ridicule se transforme en un réel sentiment de reconnaissance envers ce petit instrument, si méprisé, qui porte en ses flancs de bois comme un écho lointain de la patrie, et cela est si vrai que chacun de nous tourne à son tour la manivelle, et que tous les morceaux sont écoutés avec recueillement comme des prières : — les classiques même sont bissés.

Au moment où, prenant congé du général, nous lui exprimons nos sentiments de reconnaissance pour sa cordiale réception, on lui apporte la nouvelle que les Turcomans ont razzié le district d'Abbas-Abad, le lendemain de notre passage.

Décidément un bon vent souffle en nos voiles. Ne le laissons pas tomber et occupons-nous de notre caravane.

Notre première question, en revenant chez Mirza-Khérim-Khan, a naturellement trait à cela.

Gaffar-beg nous répond que ses pourparlers sont enfin près d'aboutir. Il a sous la main deux chevaux, trois mulets et deux ânes. Ni les uns ni les autres ne sont brillants. Ils tiendront néanmoins le coup, pense-t-il, jusqu'à Askàbad.

C'est d'ailleurs tout ce qu'il a pu trouver. Demain nous pourrons partir dès le lever du soleil.

Verdet ne se tient plus de joie : la perspective de rester indéfiniment à Méched l'avait particulièrement démoralisé. Aussi cette nouvelle produit-elle chez lui une réaction des plus salutaires.

Il chante à tue-tête :

> Non, ce n'est pas le jour, ce n'est pas l'alouette,
> C'est le doux rossignol...

Et, comme un fait exprès, un rossignol, qu'un galant ami de notre hôte nous a envoyé pour charmer notre sieste, lui répond aux lieu et place de Juliette absente.

Ceci veut encore une explication. Voici :

Les musiciens étant rares en ce pays, où l'on ne s'occupe que d'enterrements et de momeries, et les canaris étant inconnus, quelques malins ont imaginé d'apprivoiser des rossignols.

Ces barnums d'oiseaux se louent pour une ou deux heures, comme, chez nous, les montreurs de lanterne magique.

Par exemple, les rossignols chantent ou ne chantent pas. Entre autres, celui-ci, après deux roucoulades, s'obstine dans un mutisme absolu, malgré les supplications de son maître.

Évidemment, « travailler » devant des chrétiens répugne à ce rossignol schiite !

Pour l'humilier, Moukhtar-Khan-Nassir-Pékow va chercher un instrument originaire du Caucase, appelé *zimpal* [1], dont il joue très habilement.

Pendant cette aubade, je fais le portrait de ce tzigane asiatique, qui me le réclame pour sa famille.

Je le lui offre volontiers. Il fait alors le mien... pas très ressemblant.

Ce divertissement réglé, nous nous rendons à pied, mais en cérémonie (le prince marchant entre nous deux), chez le général Gasteiger-Khan, où nous devons dîner.

Je constate que presque tous les Méchedîs saluent très bas notre hôte. Celui-ci, d'ailleurs, a une façon typique de marcher les mains croisées et les yeux perdus dans le vague, qui doit évidemment inspirer un grand respect aux passants.

A table, cette mise en scène se relâche un peu ; mais comment résister à la verve endiablée de notre amphitryon, qui se surpasse encore ce soir ?

A dix heures, nous regagnons nos pénates, — toujours

---

1. Le *zimpal* est comme une sorte de tympanon. On le pose horizontalement et l'on frappe ses innombrables cordes avec deux petites baguettes faites d'un bois extrêmement léger.

avec la même solennité et dans le même ordre, — précédés
d'une avant-garde de porteurs de falots multicolores du plus
amusant effet.

8 avril.

A notre réveil, on nous apporte de la part du général Mac-
Leane, un panier d'excellentes provisions de toutes sortes :
charcuterie, whiskey, cognac, fromages, conserves, etc.

De plus, on nous fait savoir que le général est parti, dès
le lever du soleil avec toute sa maison, sur la route que nous
allons tenir, et qu'il nous attendra pour déjeuner à environ
douze kilomètres (2 farsaks de Méched).

On ne saurait être plus gentleman.

Donc, à huit heures, nous serrons une dernière fois et
de grand cœur la main de notre hôte, et celle de Son
Excellence Gasteiger-Khan.

Puis nous montons, avec Moukhtar-Khan-Nassir-Pékow,
dans le phaéton de son père, qui doit nous conduire au
rendez-vous du général.

Gaffar-beg viendra nous rejoindre dans deux heures, avec
nos animaux.

Dès que nous sommes hors du faubourg de la ville,
Moukhtar-Khan-Nassir-Pékow nous fait ses adieux et, montant
sur son arabe qu'un goulam a tenu en main jusque-là,
il rentre à Méched dans un tourbillon de poussière, nous
laissant seuls aller à notre rendez-vous.

Grâce à la route nationale (!) de notre ami le général-ingénieur, nous joignons bientôt le camp du général Mac-Leane.

Au revers d'un talus, à l'ombre des saules grêles, le
couvert est déjà disposé sur des tapis et des feutres épais,
qu'une blanche nappe recouvre.

Au soleil, étincellent l'argenterie et les cristaux; sous le vent, les fourneaux font entendre leur appétissante musique ; de toutes parts des serviteurs bronzés vont et viennent, respectueusement empressés ; et tout autour du camp, les chevaux, attachés aux piquets de fer, hennissent joyeusement.

L'un des meilleurs souvenirs de mon voyage sera certainement ce lunch d'adieu que préside la cordialité la plus parfaite, et où les toasts se croisent de part et d'autre, également ardents et sincères, — comme il convient entre sentinelles perdues momentanément réunies.

Et même quand nos misérables chevaux nous emportent tout au loin dans la plaine sauvage, où, pour nous, l'inconnu va reprendre plus âpre et plus sévère peut-être que jamais, sans cesse nos mouchoirs s'agitent en signe de communion dernière, jusqu'à ce que l'invisible poudre d'opale de l'éloignement nous isole de toutes choses amies.

Le terrain plat — où nous cheminons est parsemé de cimetières et de trous de khanots.

Par-ci, par-là, des champs d'opium, d'orge, de trèfle ; dans les bas, quelques saules ou des peupliers, et un peu partout, beaucoup de huppes.

Nous n'allons plus qu'au pas : le pas étant la seule allure possible, avec une ménagerie aussi hétéroclite que celle dont je suis momentanément le directeur, et dont voici la composition : deux haridelles où nous trônons ; trois mules étiques, l'une pour Gaffar-beg, la seconde pour Joseph David et la troisième pour notre tcharvadar (chef de caravane) ; enfin deux bourriquets pour le restant de nos bagages.

Notre tcharvadar est un petit marchand d'Astrakan. Il n'a jamais suivi cette route, mais il ne désespère pas de nous conduire quand même à Askâbad : *Insh 'Allah!*

En guise de fouet, il porte à sa ceinture une corde terminée par une chaîne. Dès que cette chaîne s'agite, les sept queues des quadrupèdes de ma ménagerie ambulante en font autant et le pas s'accélère un peu ; la chaîne retombe-t-elle, que le calme plat reprend, sans que rien d'important vienne distraire la monotonie de notre marche.

A cinq heures du soir nous arrivons dans le pauvre village de Gunâbad : sept farsaks (42 kilomètres).

Naturellement, ses stupides habitants font cent difficultés pour nous recevoir. Enfin, le plus pouilleux cède et nous donne une bauge quelconque.

Nous dînons d'un agneau que nous avons payé la valeur de un franc soixante-dix centimes, sans marchander.

Si la vie est triste ici, elle n'est évidemment pas chère.

9 avril.

Dès sept heures du matin, nous repartons.

Terrain inculte, en beaucoup d'endroits, salé ; de très loin en très loin, quelques amas de boue plus clairs qui sont des villages. Ici, les indigènes sont plus bronzés, ont les yeux moins beaux, les turbans plus bas, les jupes plus longues.

Aucun incident, sauf l'ennui indicible que nous cause la condamnation au pas à perpétuité.

A deux heures un quart nous arrivons à Seïdclar ou Seïdâbad : sept farsaks (42 kilomètres).

Toujours même installation déplorable, et nourriture à l'unisson.

Quelques études de mœurs insignifiantes, — le beau sexe nous tenant absolument rigueur.

10 avril.

Nous levons le camp avec le jour.

Vers dix heures, nous faisons halte près d'un puits, pour déjeuner ; mais l'eau est tellement infecte que nous ne pouvons pas en boire.

Autour de nous le sol est uniformément duveté de touffes de plantes odoriférantes (*yauchan*), dont l'odeur rappelle celle de la lavande. Parmi ces touffes, beaucoup de tortues jaunes, bariolées de noir. Voilà des sièges tout trouvés, quoiqu'un peu bas de pieds!

A notre gauche, la chaîne des monts Binalud-Kuh, qui nous avait déjà montré son flanc sud, nous étale présentement son flanc nord tout saupoudré de neige. A droite, mais très loin, les monts Hazar-Madjid dressent leurs cimes bleuâtres, et, entre ces deux remparts, coule une grande plaine fauve à peine ondulée. C'est cette coulée (bassin supérieur du Kashaf-Roud) que nous suivrons jusqu'à Koutschan.

Le village de Djavarâbad, où nous arrivons à deux heures et demie, après avoir parcouru six farsaks (36 kilomètres), est de toutes façons digne des précédents.

Nous sommes parqués dans une tanière à moutons.

11 avril.

Quand on fut toujours vertueux,
On aime à voir lever l'aurore...

Soit, mais le mieux étant l'ennemi du bien, notre vertu commence à nous fatiguer et ce phénomène de la nature à nous lasser extraordinairement.

Aujourd'hui, le terrain que nous foulons, presque partout cultivé, se hausse vers le nord en se mouvementant pour tout de bon. Les habitants ont l'air d'être moins sauvages et de mieux travailler la terre.

Beaucoup de merles, de pigeons, d'alouettes bilophes, et, dans les endroits incultes, parmi les courtes herbes émaillées de mièvres jacinthes lilas, des bandes de lagomys, petits rongeurs jaunes à physionomie de lapin, mais sans oreilles et à courte queue droite, font toutes sortes de singeries, se terrant dès que nous en approchons.

Bientôt le paysage perd de sa primitivité pour s'étoffer, tout en restant toujours fluide, triste, calme. Les approches de Koutschan semblent même une vision biblique.

Entre deux ondulations teintées de neutre, un semis de maisons carrées, basses, grises d'où fusent de petites fumées pâles.

A gauche, un groupe d'arbres fruitiers roses, sans feuilles.

A droite, côtoyant un naïf ruisseau qui forme trois cascatelles, de frêles saules vert d'eau; en arrière, une rangée de peupliers-pinceaux et plus en arrière encore, une petite futaie d'arbres grêles, limpides, follets.

En avant, un âne couché dort; près de lui, un enfant étendu montre à l'air son derrière de bronze, — et deux femmes, drapées de marron, glissent comme des statues qu'on traînerait.

Un tas de cailloux ronds, deux arbrisseaux ornés d'une dizaine de feuilles, et quelques rares touffes d'herbes piquées de fleurs chlorotiques, achèvent ce tableau qu'engrisaille un ciel incolore, mais où règne une sérénité étrange, troublante, inoubliable, d'outre-terre. On dirait d'une fresque de Puvis de Chavannes parodiée par la nature.

Je prie respectueusement l'honorable membre de l'Institut de ne point voir en ceci une critique. Je n'ai pas l'envergure suffisante pour me porter si haut : d'ailleurs je craindrais trop le sort d'Icare.

Mais, depuis mon arrivée en Perse, le procédé, le faire, le dessin et le coloris du chef incontesté et inimitable de l'école « spiritualiste » me hantent à un tel point, de leur obsession charmante, que la reconnaissance m'oblige à confesser, qu'en réalité, ce maître éminent est moins un idéaliste qu'un réaliste génial.

Koutschan, où nous arrivons à dix heures, quatre farsaks

(24 kilomètres), est un grand bourg assez semblable à ceux déjà vus. Toutefois sa population semble plus vigoureuse, plus remuante, plus gaie : elle paraît donc se trouver très bien du régime féodal qu'elle subit [1].

Après avoir traversé dans toute sa longueur le bazar passablement animé, recouvert en certains endroits de colonnades à dessins jaunes (la spécialité de Koutschan), qui séchent ainsi tout en remplissant l'office de vélariums, nous arrivons, guidés par un indigène, au logis de Yayabey-Taïrow, pour qui notre hôte de Méched nous a donné des lettres d'introduction.

Yayabey-Taïrow (cousin de Mirza-Khérim-Khan, et comme lui Caucasien) est le plus gros bonnet commercial et le principal notable de Koutschan. C'est un véritable colosse à tous poils, d'une amabilité parfaite.

Après une magistrale bourrasque de compliments, il nous installe dans un appartement parfaitement bien tenu et tendu de belles étoffes brodées. Plusieurs objets d'art de valeur, d'excellent goût, décorent même les fausses arcades de la pièce qui précède notre chambre.

Nous n'en coucherons pas moins par terre, les lits étant inconnus ici comme partout en Perse.

Notre toilette faite, et nos forces réparées, Yayabey-Taïrow nous donne de précieux renseignements concernant le district de Koutschan. De plus, comme il tient à cœur à assurer notre arrivée à Askâbad, et qu'il sait que notre tcharvadar ne connaît pas la route, il nous oblige à accepter un de ses serviteurs en qui il a une confiance absolue.

Toutes choses réglées, nous allons visiter Koutschan.

---

1. Plus l'on s'éloigne des rayons du soleil de Téhéran, plus la décentralisation tire à soi la couverture autoritaire. Dans ces districts perdus, les gouverneurs des villes et des bourgs (chefs des vieilles familles féodales) sont de véritables tyranneaux, bien qu'ils relèvent, moralement (?), du gouverneur de Méched.

Cette tournée ne nous fournit aucune observation qui vaille la peine d'être consignée.

Au retour, nous sommes servis.

A signaler, pendant ce festin d'un pantagruélisme supra-oriental, deux plats particulièrement recommandables : des œufs sur purée d'aubergines au lait caillé, et des poulets farcis de pruneaux et d'amandes.

Hélas ! Je ne puis qu'y toucher.

Mais mon voisin, un Persan ravagé par la petite vérole au point de ressembler à une éponge, mange pour moi, boit pour Verdet et parle pour tous, ne cessant d'émettre des sons hiéroglyphiques du plus ridicule effet, — sous le prétexte de parler français.

Nous avons beau lui conseiller de surveiller sa moelle non moins endommagée que son épiderme, cet enragé ataxique n'en continue pas moins son baragouinage, son empiffrement et ses gestes d'épileptique.

Heureusement, le kakhétie fait bientôt son effet, et il s'éclipse. Avant de faire comme lui, je veux dire deux mots de l'importance de Koutschan.

Depuis la création du transcaspien, l'importance stratégique de Koutschan a sensiblement diminué. En effet, Douchak (point extrême est du transcaspien) n'est plus qu'à 150 kilomètres (à vol d'oiseau) de Méched, tandis que la route d'Askâbad à Méched, commandée par Koutschan, mesure 240 kilomètres. Néanmoins, dans le cas d'un conflit russo-persan, Koutschan reste un point capital à occuper, étant le nœud où viennent aboutir les principales routes conduisant de la Transcaspienne en Perse et au Khoraçan.

Ce sont vers la Transcaspienne :

1° La route, de Koutschan, Chirvan, Sujali, Yenjikalé, Robat, Ghermab, Géok-Tépé, la plus longue mais la meilleure présentement ;

2° La route de Koutschan, Immancouli, Durbadan, la

passe de Gaudan, Basch-Guirt, Askâbad, celle que nous suivons ;

3° La route de Koutschan, Mahomedâbad, Baba-Durmaz, la plus courte mais la plus difficile.

Et vers la Perse :

1° La route de Koutschan, Chirvan, Bouschourd (autre point stratégique où les Russes ont un agent officieux), Astérâbad ;

2° La route de Koutschan, Chirvan, Bouschourd, Jajarini, Bostan, Téhéran ;

3° Enfin celle de Koutschan à Méched.

Les Russes avaient si bien reconnu l'importance exceptionnelle de Koutschan, qu'une des clauses du traité de 1881 (entre la Russie et la Perse) porte que la route de Méched à Askâbad, par Koutschan, doit être rendue carrossable le plus promptement possible, — par les soins de Sa Majesté le chah, depuis Méched jusqu'à Basch-Guirt (216 kilomètres), — et par les soins de Sa Majesté le tsar, depuis Basch-Guirt jusqu'à Askâbad (30 kilomètres) : « afin de développer les relations commerciales entre les populations de la Transcaspienne et du Khoraçan. » Ah ! le bon billet !

Il est vrai que j'ai à peine relevé douze kilomètres de voie carrossable depuis Méched, et encore...

Nous verrons bientôt où en sont les autres travaux.

Maintenant, allons dormir du même sommeil que la clause du traité de 1881.

12 avril.

Dès l'aube nous quittons Koutschan pour nous diriger vers le nord, par un terrain très mouvementé mais toujours bien cultivé.

Nous traversons à gué une petite rivière, qu'un élégant pont en dos d'âne enjambe de ses arcades ogivales.

— Pourquoi à gué, puisqu'il y a un pont?

— Parce que la réputation de fragilité des ponts persans n'est plus à faire!

C'est le quatrième dont nous usons de la sorte.

D'ailleurs une caravane, qui nous précède, n'a pas hésité un seul instant à se mettre à l'eau, — afin d'éviter l'œuvre d'art en question.

Après ce passage, nous nous élevons sans cesse, gravissant parfois des pentes très raides, cultivées en certaines parties, en d'autres semées d'iris jaunes et violets, de tulipes mauves et d'autres fleurettes marron et lilas, où des bandes de lagomys prennent leurs ébats.

Successivement mon anéroïde marque 1700 mètres, puis 1850 mètres. Cette cote marque la ligne de partage des eaux entre la Caspienne et le plateau central asiatique, où les rivières se perdent dans les sables.

A nos pieds, à plus de 200 mètres, presque à pic, s'ouvre une large et profonde dépression marchant de l'est à l'ouest : c'est le bassin supérieur de l'Atrek. Ce versant est extrêmement rocailleux, abrupt, sauvage, aride et glissant. Nous le descendons néanmoins à cheval, — n'étant pas bien assurés de nous en mieux tirer à pied. Et nous avons raison, car nos chevaux font merveille, laissant glisser leur arrière-main comme un bloc et l'affirmant avec un soin extrême, avant de continuer la petite besogne de l'avant-main.

Grâce à ces habiles gymnastes, nous atteignons sans encombre le thalweg.

Une heure après nous arrivons à Immancouli : six farsaks (36 kilomètres).

Ce village kurde, bâti au flanc violacé des contreforts sud des mots Gulistan et au bord même de l'Atrek, qui n'est encore qu'un ruisseau, a un aspect charmant avec son éventaire irrégulier de maisons basses, commandées de loin en loin par des tours de refuge coniques ou pyramidales.

A grande distance on dirait une ville forte. De près cela est plus modeste ; mais, ainsi éclairée par un beau soleil, cette bourgade me surprend tout à fait agréablement.

Après Gadem-Gà, c'est le plus joli site que nous ayons vu au Khoraçan.

Pendant que Gaffar-beg s'occupe de nous trouver un gîte, j'expédie un croquis d'Immancouli, puis je rejoins les miens.

Immancouli n'est pas seulement un gentil village, c'est encore un nid d'honnêtes gens — à mon avis du moins. — Ici, pas de regards louches ou moqueurs, pas d'animosité, pas de défilements hypocrites ou de manifestations bruyantes de curiosité. Tout se passe à la bonne franquette. Un brave homme nous a installés aussi bien qu'il a pu, sur des feutres à peu près propres, et ses femmes vont et viennent, sans s'inquiéter de nous cacher outre mesure quoi que ce soit.

Ce sont d'assez puissantes créatures au profil régulier, très brunes avec de beaux yeux veloutés. Elles portent une chemise, une jupe et un voile rouges. La jupe courte laisse voir des jambes gentiment tournées ; la chemise, très fendue par devant, ne garde pour elle aucun secret supérieur ; enfin le voile, qui forme mentonnière ne cache en rien la figure. C'est bien. Beaucoup de bijoux grossiers en argent et de sequins de même métal complètent cette toilette, autrement artistique que celle des Persanes. Ces dames nous font un dîner passable : — J'exagère par galanterie ; mais elles se refusent à nous rien vendre de leurs bijoux.

Nos crans n'ont même pas l'air de les tenter. Après tout, elles n'en connaissent peut-être pas la valeur.

13 avril.

Pendant la nuit, un violent orage s'abat sur nous. Au réveil, il continue de plus belle. N'importe, à cheval à cinq heures.

Nous descendons l'Atrek par une vallée qui va de plus en plus en se rétrécissant, et se termine brusquement en un défilé rocheux très étroit, une vraie brèche, orientée sud-nord.

Nous suivons alors le cours même du fleuve, qui, zigzaguant sans cesse, galope entre deux murailles sans cesse tourmentées, raides, luisantes et grises en quelques points, en d'autres mordorées, éclatées, fouillées, formant comme une cathédrale gothique, avec des clochetons, des tours, des flèches, des jubés et des gargouilles de toutes grimaces, d'où bavent de grandes mousses et où courent les vertes guirlandes des lierres gigantesques.

Les orgues de cette monstrueuse basilique sont tenues par le tonnerre, et magistralement! je vous l'affirme.

Et, tandis qu'au travers des abats d'eau, son fracas roule mille fois répercuté, d'immenses éclairs sabrent si violemment l'espace de leurs lames de feu que parfois nos chevaux éblouis s'arrêtent court, refusant d'avancer.

Neuf fois nous traversons ainsi l'Atrek, heureusement plus violent que profond; et à chaque détour de ce fleuve, aussi capricieux que le Méandre, l'orage redouble de violence. Puis, les ondées s'espaçant, nous distinguons des failles indéfiniment hautes, aux cassures desquelles des cascades mettent leur poudre d'argent et où s'accrochent des nuages irisés, qui semblent des touffes de fleurs inconnues. Enfin, au tournant d'un coude plus violent, le soleil nous attend, superbe, réconfortant, presque chaud, pendant que dans le couloir laissé derrière nous, la pluie reprend avec une nouvelle intensité.

Maintenant un ciel splendide étend au-dessus de la nouvelle gorge que nous suivons, une large déchirure de satin bleu où des aigles tiennent leurs majestueuses assises, si haut qu'on dirait des hirondelles. Au-dessous, sur les corniches ajourées, des corneilles au bec de corail s'ébattent bruyamment; plus bas encore, dans les buissons d'aubépine rose, de petits oiseaux nous saluent de leur doux gazouillis et, près de nous, au ras des eaux bouillonnantes, passent en sifflant des martins-pêcheurs au plumage de turquoise.

Au sortir de cette passe, nous atteignons une sorte de cirque triangulaire marqué par un énorme bouquet rosé d'arbres fruitiers. Sous ces arbres, quelques prairies montrent leur pâle verdure, faisant tapis au petit village fortifié de Durbadan.

Au delà, la montée reprend à travers des rochers plus clairs et des granits presque blancs. Nous abandonnons ici l'Atrek.

Beaucoup de genévriers géants et de thuyas (si je ne me trompe pas) escaladent toutes les pentes, qu'une mousse épaisse et drue, d'un gris verdâtre, habille comme d'une moisissure

Au centre d'un col, je remarque trois genévriers dont les basses branches sont garnies de brimborions d'étoffes de toutes couleurs. Ces arbres sont fétiches et les morceaux d'étoffes sont des ex-voto.

En maints endroits aussi se dressent des pyramides formées de pierres amoncelées. Ces pyramides sont les monuments commémoratifs des combats livrés par les Kurdes contre les Turcomans.

L'usage veut que chaque passant ajoute une pierre à ces humbles cénotaphes élevés au courage militaire, les perpétuant ainsi.

Et cette pieuse coutume a, selon moi, quelque chose de plus grand encore, dans sa sauvage simplicité, que le théâtral : *Sta, viator. heroem calcas*, du Romain.

Aussi ne manqué-je pas, en passant devant ces pyramides, d'honorer selon l'usage la mémoire de frères d'armes d'outre-frontières, — morts au champ d'honneur, — pour la patrie.

Bien que depuis trois jours, nous soyons en plein pays d'élection des mouflons, des chèvres sauvages, des sangliers gris, des léopards, des ours même ; la vérité m'oblige à confesser que nous n'en voyons guère : — Il est vrai que nous ne les cherchons pas.

Par contre, les perdrix ne cessent pas de nous insulter, voletant, craquetant et rappelant sans cesse à notre barbe, parmi les épines noires et les genévriers.

Évidemment, elles doivent savoir que nous n'avons que des cartouches à balles à leur brûler.

Mais voici un grand chaos de rochers qu'enserrent de toutes parts des crêtes couvertes de neige. Ici le vent est glacial, le froid vif et la montée si rude que nous mettons pied à terre, nous laissant traîner par nos chevaux dont nous tenons la queue.

Au point culminant, mon anéroïde marque 1870 mètres.

Nous sommes à la fameuse passe de Gaudan. C'est une sorte de dos d'âne monstrueux en granit très clair, nu et glissant, se brusquant vers le nord en un talus d'à peine 150 mètres, mais tellement à pic que nous sommes obligés de le descendre assis et avec mille précautions.

Nos serviteurs ne peuvent arriver à déterminer nos animaux à nous imiter. Ces intelligentes bêtes refusent énergiquement de marcher à la mort.

Enfin l'homme de confiance de Yayabey finit par découvrir une faille plus friable, où leurs sabots peuvent mieux mordre le terrain, et la descente commence.

A chaque instant, nous nous attendons à assister à une lutte de vitesse entre solipèdes et bagages.

Finalement tout vient à point, et nous sommes bientôt de nouveau à cheval, cheminant à travers des prairies verdoyantes tout étoilées de pâquerettes !

Près d'un ruisseau est campée une tribu de bohémiens qui prend peur à notre vue et lève le pied, rassemblant en hâte, troupeaux, basse-cour, chevaux, chameaux, etc.

Notre allure pacifique ne les rassure qu'à demi.

14

Évidemment, ils ont la conscience aussi chargée que leur teint ; car ils sont quatre fois plus nombreux que nous et armés de fusils et de couteaux. Ce sont de beaux types, malgré leur sordidité et leur maigreur exagérée. Beaucoup d'hommes portent un enfant à cheval sur leur cou, lequel enfant tient lui-même, soit une poule, soit un chat, soit un agneau.

Les femmes et les filles, vêtues de misérables haillons, jadis rouges ou bleus, ont un semblable chargement. Seuls les vieillards des deux sexes sont montés, mais ont autant de bagages en dessus d'eux qu'en dessous.

Et toute cette horde nous darde au passage des regards de hyènes, cauteleux, timorés, empreints d'une sauvagerie que je n'avais encore rencontrée nulle part aussi intense.

C'est à douter que ce soient des êtres de notre espèce.

Après cette rencontre, notre route se poursuit par un dédale de vallées entre-croisées, partout semées de puissants genévriers aux troncs rougeâtres, où notre guide a toutes les peines du monde à s'orienter. Tantôt nous nous égarons, revenant sur nos pas, et tantôt nous nous buttons contre de minuscules villages kurdes, dont les habitants nous regardent d'un œil moins que sympathique, et se refusent à nous donner aucun renseignement.

Nos chevaux sont rendus. Nous-mêmes sommes presque à bout de forces physiques.

Un instant Gaffar-beg se trouve mal. Nous le soignons de notre mieux. Il revient bientôt à lui. Nous repartons.

Enfin, après une marche de onze heures, nous avons l'immense satisfaction de voir les montagnes s'affaisser sensiblement autour de nous et s'écarter, laissant au soleil un champ de plus en plus vaste.

Bientôt nous rencontrons une maigre escouade de Persans s'escrimant contre un mur de soutènement qui crève de toutes parts. Un vague tracé de route serpente un peu plus loin, à peine reconnaissable. Voilà où en sont ici les travaux de la route de Koutschan !

Une demi-heure après, nous atteignons la station de Basch-Guirt, qui marque la frontière russo-persane : six farsaks (36 kilomètres).

Huit cabanes en pisé et une maisonnette qui sera plus tard un bureau télégraphique, telle est la station de Basch-Guirt.

Le tronçon russe n'étant guère plus avancé que le tronçon persan, à ce que l'on nous assure, il nous faut renoncer à atteindre Askâbad aujourd'hui. D'ailleurs nos chevaux ne peuvent plus mettre un pied devant l'autre.

Ici, nous ne trouvons pas même un œuf à faire cuire, et, sans les reliefs des provisions du général Mac-Leane, nous aurions été forcés de dîner une fois de plus par cœur.

Avant de nous étendre sur le sol humide d'une des cabanes où nous avons élu domicile, nous expédions à Askâbad le serviteur de Yayabey-Taïrow, avec ordre de prévenir les autorités russes de notre arrivée, et d'envoyer demain matin, au-devant de nous, au plus loin possible, deux phaétons, car nous doutons que nos chevaux déferrés et fourbus puissent fournir, d'une seule traite, les trente kilomètres qui nous séparent encore de la capitale de la Transcaspienne.

Ces dispositions prises, nous nous blottissons l'un contre l'autre.

Mais trop d'animaux s'occupent intimement de nos dessous, pour que, malgré notre fatigue, nous puissions dormir un seul instant.

Donc, tant que brûlent nos restes de bougies, nous jouons au bésigue. Ensuite, nous attendons impatiemment les premières lueurs du jour, en fouaillant sans relâche les rats par trop outrecuidants.

14 avril.

Dès cinq heures, nous éveillons notre smalah, aidant nous-mêmes à seller et à charger nos débris de chevaux.

Nous sommes impatients d'attaquer cette étape qui doit être la dernière. Ce sentiment même n'a pas été étranger à notre insomnie; et ceux-là seuls qui ont voyagé en tchapar ou en caravane pourront comprendre le soulagement moral que cette perspective nous cause.

Je dis moral, car la fatigue physique n'est pas comparable à la souffrance intellectuelle que l'on éprouve, à se voir forcé de martyriser sans relâche de malheureuses bêtes, qui, hors d'âge, couturées de plaies, s'en allant par morceaux et n'ayant d'intact que le cœur, font leur devoir jusqu'au bout, sans se défendre, résignées à leur supplice, et qui, tombant pour ne plus se relever, — regardent venir les vautours d'un œil impassible, comme une délivrance.

Ah! qui dira jamais les stoïques agonies des chevaux iraniens!...

Pendant que je pense à ces douloureuses choses, nous avons quitté Basch-Guirt et gagné le territoire russe.

Ici, une belle route, large de sept mètres, court en serpentant au flanc de collines non moins arides que celles où nous avons erré tout hier. Nous la suivons pendant cinq kilomètres, puis elle cesse brusquement et nous voilà chevauchant de nouveau à travers monts et vaux, parmi les tortues, les giroflées, les boutons d'or et les pivoines sauvages, tandis que sur nos têtes planent de grands aigles noirs et blancs.

De loin en loin, nous rencontrons six escouades de pionniers persans, travaillant, sous la surveillance de sous-officiers russes, à l'achèvement d'autant de tronçons de la même route qu'on réunira plus tard [1].

Finalement, après avoir franchi je ne sais combien de crêtes successives, nous atteignons, à l'altitude de 900 mètres, un éperon rocheux extrêmement étroit où un spectacle inoubliable nous attend.

A notre droite et à notre gauche, fuient, s'étayant les uns les autres en un raccourci saisissant, les mille sommets neigeux des monts Gulistan enchâssés d'outremer; à nos pieds, un grand désordre de collines vertes monte jusqu'à nous; et au delà, jusqu'au plus loin où notre vue peut atteindre, la plus colossale des plaines du globe, l'Asie centrale tout entière, étend au soleil son immensité fauve, moirée de soufre et de lilas, sans une ride, sans une vague, sans une ombre, comme un tapis où l'on aurait jeté une marguerite.

Cette marguerite est Askàbad.

Avec cela, le soleil est si brillant et l'air si pur que nous distinguons parfaitement nos phaétons, qui nous attendent tout en bas, droit devant nous, à deux kilomètres environ. Certainement les Hébreux, contemplant la Terre-Promise du haut du mont Nébo, ne se sentirent pas plus de joie au cœur que nous n'en avons présentement au nôtre!

D'ailleurs, il nous semble qu'autour de nous, tout aide à notre allégresse.

Les collines, de moins en moins efflanquées, se couvrent d'une épaisse fourrure verte, où nous nous laissons glisser parmi les gerbes d'érémurus [2] qui nous grisent de leur parfum suave et violent comme celui des tubéreuses; les alouettes, qui nous avaient abandonnés, reprennent de tous

---

1. En réalité, j'estime que les Russes ont encore pour plus de six mois de travail, avant de rendre carrossable leur tronçon de route. Quant à la partie persane, je ne puis pas croire qu'elle se termine si les Russes n'y mettent pas la main — ou le pied.
2. Liliées de la famille des liliacées.

côtés, avec d'autres oiseaux encore, leurs volètements et leurs roulades ; de gros lézards gris et jaunes bondissent follement devant nous, et même les tortues, habituellement si calmes, cédant aux effluves printaniers, se poursuivent sans relâche à travers les touffes de gazon, où elles abritent imparfaitement leurs bruissantes amours [1].

Toutes ces gaietés ne nous font pas perdre de vue nos voitures. Bientôt nous les joignons et, laissant nos montures achever leur route sous la conduite du tcharvadar, nous partons au galop vers Askàbad, où nous arrivons à dix heures et demie : cinq farsaks (30 kilomètres).

Notre chevauchée de quinze cents kilomètres à travers Perse et Khoraçan est un fait accompli.

Notre *via dolorosa* est close.

---

1. Pour bien comprendre le qualificatif « bruissant », il faut songer qu'il s'agit d'*amoureux cuirassés*.

CHAPITRE VII

Le chef-lieu de la Transcaspienne : — j'ai nommé Askâbad,
ne possédant pas encore d'hôtel, le colonel de Levachow,
chef d'état-major du général Komarow, prévenu de notre
arrivée par notre express de Basch-Guirt, a bien voulu
donner des ordres pour qu'on mît à notre disposition un
pavillon appartenant à un officier actuellement en congé.

Nous nous y installons de notre mieux, et, après un brin
de toilette, nous nous empressons d'aller rendre visite à ce
galant chef d'état-major.

Il nous reçoit d'une façon charmante : à la russe : ce qui est tout dire.

« Il est heureux de nous souhaiter la bienvenue en Trans-caspienne où nous ne trouverons que des amis. — Le prince Dolgorouki l'a informé de notre venue probable. Il nous félicite d'avoir traversé sans trop d'encombre la Perse et surtout le Khoraçan. — Nous avons mangé notre pain noir le premier. Ici on nous facilitera toutes choses. — Un wagon spécial sera tenu à notre disposition, *pour joindre le général Annenkow qui nous attend à Amou-Daria.* »

Et cent autres choses plus aimables encore.

En retour, j'assure le colonel de nos sentiments de vive reconnaissance. Je les lui réitère ici en toute sincérité.

Après un excellent déjeuner à sa villa, où de tout cœur nous buvons à la généreuse et hospitalière Russie, nous nous rendons à la poste restante.

Nos papiers officiels, — au grand complet, — nous y attendent, et aussi un gros paquet de bonnes lettres de France : les premières que nous recevions depuis notre départ !

Cette manne épistolaire achève de nous réconforter.

Et, tout en la dévorant, nous passons à la recherche des colis (de réserve), que j'avais prié M. Péronne (de Bakou) de nous expédier ici.

Tout est arrivé à bon port et nous « espérait ».

Quelle joie pour nous de toucher du linge blanc, propre, frais... relativement ; car il fait 32 degrés à l'ombre !

Et avec quelle joie nous donnons congé à celui qui, depuis un mois, cohabite avec nous, usé, rapé, flétri et quelque peu en loques, — malgré les savants raccommodages de notre lingère Gaffar-beg.

Pour mettre le comble à notre jubilation, nous nous livrons aux mains des baigneurs russes, puis aux doigts jaunes d'un hacheur de cheveux turcoman.

Enfin, à peu près présentables, nous procédons, sous la gracieuse égide du colonel de Levachow, à la visite d'Askâbad.

Malgré son titre de chef-lieu de la Transcaspienne, Askâbad n'a pas encore l'envergure d'une capitale. Mais quand on pense qu'il y a six ans à peine, elle n'était qu'une pauvre bourgade faite de tentes turcomanes (*kibitkas*), et de cabanes semblables à celles dont nous venons d'abuser depuis un mois, on reste stupéfait de l'énergie et de la vélocité créatrices de son fondateur, le général Komarow, qui, plus heureux qu'Annibal, a su vaincre et profiter de sa victoire, — grâce à ses éminentes qualités d'administrateur.

Askâbad possède déjà, en effet, des rues bien tracées, bordées de vraies maisons en vraies pierres, des boulevards plantés de vrais arbres (acacias), des jardins où poussent de vraies fleurs, une villa très élégante, qui est l'habitation du général gouverneur de la Transcaspienne [1], — deux grandes places avec des phaétons de louage, un établissement de bains, une confiseuse française, deux photographes, une imprimerie, une chapelle, des casernes, un réduit fortifié, une belle gare, un cercle militaire : que sais-je encore ?

Par exemple, nulle part, je n'ai vu une telle abondance de poussière.

On dit que, pour faire germer tant de choses en si peu de temps, le général Komarow n'a eu « qu'à frapper du pied le sol ».

---

1. La Transcaspienne comprend le territoire de l'Asie russe situé entre la côte est de la Caspienne, la Perse, l'Afghanistan et la rive gauche de l'Amou-Daria. Cette province relève du gouvernement général du Caucase, tandis que le Turkestan, qui comprend le reste de l'Asie russe située sur la rive droite de l'Amou-Daria, et s'étend depuis l'Afghanistan et la Chine jusqu'au gouvernement d'Orembourg, dépend directement du ministre de la guerre à Saint-Pétersbourg. La capitale du Turkestan est Taschkend, son gouverneur est le général de Rosenbach.

Oui, mais il a frappé avec une telle vigueur que toute cette poussière est, peut-être, la résultante de son formidable appel...

Espérons que le captage de quelque nouvelle source, plus intarissable que les autres, calmera bientôt cette effervescence siliceuse.

Car ici où, comme en Égypte, l'irrigation est tout, on obtient par un arrosage raisonné des résultats stupéfiants.

Je vois des vignes de deux ans absolument phénoménales, et des arbres de six ans qui ont déjà huit mètres de hauteur. C'est à crier : Arrêtez-les !

J'avoue que tout cela me paraît incompréhensible par un climat aussi variable, torride en été, + 45 degrés ; glacial en hiver, — 18 degrés et aussi « venté » que la Provence, tantôt en chaud, tantôt en froid.

Continuons notre inspection.

Sur la place principale d'Askàbad est un monument formé d'un socle carré, portant une colonne en bronze surmontée de la double croix russe.

Les quatre canons qui flanquent ce monument — élevé à la mémoire des artilleurs tués à l'assaut de Géok-Tépé, ont été pris aux Afghans, au combat de la Kouschka (Dach-Képri), en mai 1885.

Le cercle des officiers, où nous nous rendons ensuite, est bien compris, vaste, aéré, avec une salle de spectacle, une salle de billard, une bibliothèque, etc.

Le tout très simple : l'opposé des *mess* anglais aux Indes.

Nous y sommes fraternellement accueillis. Il nous faut même y rediner. — En Russie, l'hospitalité n'a pas de limites ! Malheureusement l'estomac en a. Aussi, comme il se fait tard, nous rallions les lits de camp que les cosaques du colonel ont disposés dans notre pavillon, avec toutes sortes de précautions ; avec tant de précautions même que Gaffar-beg a l'air de se désintéresser complètement de notre coucher.

Il est vrai qu'il est fort occupé à repeindre en rouge la
plante de ses pieds, la paume de ses mains et ses vingt ongles,
que les vicissitudes de la route ont passablement décolorés,
et aussi de procéder à l'émondage des jardinets de son crâne
dont les allées n'avaient plus toute la netteté désirable.

Ne troublons pas l'inoffensif manège de notre goulam.

Son rôle sérieux est fini. Il fait peau neuve pour le retour,
d'ailleurs, nos couchettes sont à point : bonne nuit donc, —
si vous le permettez.

15 avril.

Après une nuit moins bonne que je ne l'espérais, je vais
derechef parcourir la ville, manger quelques gâteaux chez la
belle pâtissière à la mode, m'enquérir de photographies et
surtout étudier les types du cru.

J'admire beaucoup la bonne tenue des soldats d'infanterie et d'artillerie, qui font l'exercice en plein soleil flambant.
Tout ce monde militaire, — vêtu d'une simple chemise
blanche [1] seulement serrée à la taille par le ceinturon, coiffé
d'une casquette sans visière et botté de cuir noir, — manœuvre
posément, attentivement, correctement, sans rigidité exagérée.
Il y a bien un peu d'allemand dans tout cela, mais le bon
côté russe l'emporte.

Aussi, ces mâles, grosses, jeunes figures honnêtes, un
peu culottées et frustes parfois, me sont-elles extrêmement
sympathiques.

Les sous-officiers commandent sagement et sans brutalité
inutile. De leur côté, les officiers rectifient les fautes avec
calme.

Un bon point à tous ces frères d'armes.

1. Les Turcomans appellent les Russes : les « chemises blanches ».

Quant aux Turcomans-Tekkés d'Akhal, de Merv et d'autres oasis, leurs types sont sauvages, mais, en général, peu caractérisés.

Les Merviens ont une vaste robe de chambre (*khalat*) de couleur et un turban blanc, les Tekkés portent ce khalat plus court, plus foncé, avec un énorme kalpak; quelques autres indigènes sont vêtus de peaux de mouton tannées, d'autres au contraire n'ont qu'une simple chemise sale.

La couleur des chemises et des khalats varie à l'infini, et aussi la forme des turbans, mais, en réalité, — quoique nous soyons au pays touranien, je vois très peu de nez à forme de selle anglaise, de bouches à lèvres de poissons et d'yeux de gorets fichant vers l'ombilic.

Aryens et Touraniens ont passé tant et tant de fois par ce grand « chemin des peuples », qu'une profonde mixture de ces deux races est le résultat le plus palpable de leurs invasions successives.

Actuellement les types primitifs sont confondus en un salmigondis où un ethnologue aurait bien de la peine à se reconnaître, — si j'en juge par mes faibles connaissances.

D'ailleurs, j'ai encore du temps devant moi pour m'exercer; j'aborde à peine le Touran. Ceci n'est donc que ma première impression. Les femmes turcomanes sont surtout remarquables par leur laideur, leur crasse et leurs innombrables sequins primitifs.

De loin, avec leur voile en forme de béguin, leur mentonnière blanche et leur robe sombre, souvent marron, on les prendrait pour des sœurs capucines. Pardon, mes sœurs!

Comme je rallie notre pavillon, la plus agréable des surprises m'y attend.

Le colonel de Levachow, pensant avec raison qu'un officier de cavalerie français prendrait un très vif intérêt à voir manœuvrer les cavaliers turcomans (« régularisés » depuis deux ans), nous invite à monter dans son phaéton et à nous rendre au camp de la première sotnia (escadron) des milices turcomanes (*djighites*) [1], qui a reçu l'ordre de se tenir sous les armes.

En moins de vingt minutes, nous brûlons — à travers la steppe jaune, aveuglante, poudroyante, comme incendiée, — la distance qui nous sépare de la sotnia.

Les quatre pelotons de celle-ci nous attendent, supérieurement alignés à l'ombre de leurs fanions multicolores, — sous les ordres du capitaine de Kalitine, — un des plus braves officiers de l'armée russe, décoré de deux croix de Saint-Georges pour actions d'éclat.

Superbes, ces guerriers de bronze, rigidement campés sur leurs élégants chevaux tekkés aux colliers d'argent, avec leurs têtes énergiques, coiffées de peaux de mouton, et leurs khalats rouge-brique serrés à la taille par une ceinture blanche.

Officiers, sous-officiers et soldats ont une attitude irréprochablement correcte; mais je ne puis m'empêcher de remarquer plus particulièrement le prince Margani, lieutenant en premier, un gars circassien de six pieds, admirablement beau dans sa tcherkesse grenat toute rehaussée d'argent, et le maréchal des logis chef de la sotnia, Anna-Verdi-Cheik, un brave entre les braves, qui, après avoir défendu farouchement Géok-Tépé contre les Russes, les sert maintenant avec une fidélité et un dévouement à toute épreuve.

Aussi la croix de Saint-Georges, — récompense de sa belle conduite au combat de la Kouschka, brille-t-elle sur sa

---

1. Le mot *djighite* signifie « soldat accompli qui a fait ses preuves ». Les milices turcomanes sont exclusivement composées de Turcmènes-Tekkés de l'oasis d'Akhal. Tekké veut dire « mouflon », ou mieux « léger comme un mouflon ». Dire un Tekké d'Akhal, un Tekké de Merv, revient à dire un léger d'Akhal, un léger de Merv. Cette appellation correspond assez exactement à l'expression populaire française : « C'est un cerf! » appliquée à un homme dégourdi.

large poitrine, et cette croix fait autant d'honneur à celui qui a mérité de la recevoir qu'aux Russes qui l'ont généreusement accordée à leur ancien ennemi.

Après le salut réglementaire du colonel et son acclamation par les troupes, la manœuvre commence aussitôt.

Les ruptures par trois, par six, par demi-peloton, par division et les formations correspondantes, les obliques, les changements de direction, les marches en bataille, les charges, le combat à pied et les feux à commandement sont successivement exécutés avec autant de précision que d'entrain.

Les charges surtout sont menées avec une ardeur extrême, féroce même : chaque cavalier poussant à tue-tête d'étranges cris de guerre.

Dans le combat à pied (identique au nôtre), je suis frappé de la rapidité inouïe avec laquelle les cavaliers mettent pied à terre, — roulent plutôt — en avant de l'épaule gauche de leur cheval, tout en dégageant avec la main gauche, leur mousqueton (berdan) de l'étui en peau de mouton (tcharhol). qu'ils portent à la grenadière, la crosse à gauche.

En réalité, au commandement : — Pied à terre! quelle que soit l'allure des chevaux, ils s'arrêtent court, et la plupart des cavaliers, se penchant à dessein en avant, sont projetés sur le sol par la force d'inertie. On dirait des clowns!

La docilité des chevaux de main est également extraordinaire.

Quatre cavaliers suffisent pour conduire n'importe où, et à n'importe quelle allure tous les chevaux « haut le pied » d'un peloton.

On sent que cavaliers et chevaux communiquent intimement, « franc-maçonniquement » entre eux, — chacun travaillant de son mieux à l'intérêt général.

La vie en commun des bêtes et gens peut seule donner un semblable résultat. Donc, il faut en faire notre deuil en France. — J'exagère peut-être!

Mais voici que la *djighitovka* va commencer.

La djighitovka est une voltige-fantasia qui s'exécute indi-viduellement et selon une ligne droite d'environ 700 mètres.

Chaque cavalier, après avoir lancé son cheval bien droit, à toute allure, jette les rênes sur l'encolure et se livre alors, suivant ses talents, à toutes les acrobaties imaginables — militaires ou autres — avec accompagnement de cris et de hourras. Monter debout sur sa selle; se laisser couler à la renverse à droite ou à gauche pour ramasser une motte de terre et se remettre en selle; faire feu debout dans toutes les directions ou sous le ventre de son cheval, de telle sorte que la poussière produite sur le sol par le coup de feu, tiré à gauche, fuse à droite; exécuter debout le maniement et l'emploi du sabre, l'exercice des fanions, etc., etc.

Il est entendu que, dans tous ces mouvements extraordi-naires, les cavaliers s'aident de leur harnachement habile-ment disposé à cet effet.

Ainsi, pour monter debout, les cavaliers passent leurs pieds entre les deux courroies des étrivières, qui portent un nœud à leur tiers supérieur, et de plus, serrent avec leurs chevilles et le bas de leurs mollets, le coussin de la selle, très épais et très court.

De même, pour se laisser couler à la renverse, comme les deux étriers sont réunis en dessous du ventre du cheval par une courroie demi-lâche, le cavalier peut se fier absolument à son étrier montoir, s'il veut se renverser à droite, et à celui hors-montoir s'il veut se renverser à gauche.

Malgré toutes ces « ficelles » indispensables, la djighitovka, dont je viens d'être témoin, peut être considérée comme le triomphe de la souplesse, de l'agilité, de l'énergie et de la confiance chez des cavaliers, — soit dit sans blesser messieurs les cosaques, que l'on sait être les maîtres suprêmes dans l'art de la djighitovka.

Pour en revenir aux djighites, je dois ajouter qu'ils sont merveilleusement servis par leurs chevaux.

Ceux-ci ne savent pas ce que c'est qu'une faute, un faux pas, une « dérobade ». De là l'extrême confiance de ceux qui les montent.

Un seul cavalier est tombé devant moi.

Il faisait feu en arrière à plein galop, debout sur son cheval. Son étrivière a dû céder, car il s'est effondré brusquement de côté, comme une masse, la tête portant la première.

Après avoir roulé deux fois sur lui-même, il a ramassé son berdan et son kalpak et, un instant après, il était à cheval plus enragé qu'auparavant.

Conclusion : Maintenant que j'ai vu manœuvrer les djighites, je n'hésite pas à les estimer infininiment supérieurs aux *sowars* hindous que je tiens cependant, à bon escient, pour de brillants cavaliers.

Il est vrai que les cipayes sont, pour le moment, beaucoup plus nombreux que leurs collègues touraniens ; mais la qualité vaut mieux que la quantité, du moins c'est mon avis.

Aucune critique à formuler touchant le ralliement qui termine la djighitovka. Le défilé en colonne avec distances au galop et la formation : « Sur la droite en bataille ! » que nous avons rayée de notre règlement, sont également bien exécutés.

Il y a peut-être abus de commandements ; mais cela a sa raison d'être chez de jeunes troupes. Donc, je retire mon observation.

La manœuvre terminée, le colonel de Levachow va féliciter la sotnia, puis, revenant vers moi, me demande s'il me plairait de saluer les djighites et d'en être salué.

Je lui réponds que rien au monde ne pourrait m'honorer davantage.

Immédiatement, le colonel envoie prévenir les milices qu'elles vont être saluées par un capitaine de hussards français, et d'avoir à lui rendre les mêmes honneurs qu'à lui-même.

En même temps, il m'apprend la formule sacramentelle du salut tekké.

Me portant alors, seul, devant le front des djighites et les regardant bien haut, je leur fais le salut militaire français, — leur criant avec toute la conviction qui emplit mon cœur de soldat :

— Au nom de la France, *Tchok sag ol* [1]!

Et aussitôt, les troupes de m'acclamer.

Jamais le souvenir de cette scène militaire ne s'effacera de ma pensée. Et je dis ici, en toute fierté, qu'en recevant le salut de ces superbes cavaliers semi-barbares, dans cette steppe immense, sauvage, perdue, fumante de soleil, à l'autre bout du monde, tout mon être a tressailli d'un orgueil dont je vibrerai longtemps encore; car je n'acceptais pas pour moi ces honneurs qui m'étaient rendus, mais, à travers l'espace, j'en reportais l'hommage à mon cher régiment, — à l'armée française, — à la France...

Pour terminer joyeusement cette intéressante fête, le capitaine de Kalitine nous convie à un lunch au campement de la sotnia. Ce campement n'est autre qu'un village (*kâchi*) faisant, au, loin comme une petite tache verte, en un creux de la plaine jaune.

Pendant que nos chevaux nous y conduisent au grand trot, les djighites mènent à notre droite et à notre gauche une nouvelle djighitovka plus bruyante, plus folle, plus échevelée encore que la première; puis finalement disparaissent dans des tourbillons de poussière d'or.

Nous voici à la tache verte.

1. *Tchok sag ol!* correspond au *vale!* des Romains.

Plusieurs rangées d'auges en pisé ; quelques maisonnettes basses ; un semis de huttes rondes aux trous desquelles des femmes montrent leur visage parcheminé et leurs nattes graisseuses ; un joli bouquet d'abricotiers au feuillage luisant où susurre un frais ruisseau : près des auges, les cavaliers de tout à l'heure promenant en cercle leurs chevaux suants ; et au delà, de toutes parts, jusqu'à l'infini, la plaine sauvage, poudreuse, rutilante, embrasée de soleil, exhalant son haleine en mille couches impalpables qui ondulent au ras du sol comme des serpents de feu.

Sous les abricotiers une table est dressée.

En son centre fume un agneau entier, rôti à la broche (*chachlik*). Et tout autour, nombre d'autres plats non moins appétissants montent une imposante garde, en compagnie d'un peloton de fioles de toutes couleurs.

En moins de temps que je n'en mets à vous le dire, le prince Margani a tiré son kindjal damasquiné et découpé le rôt national le plus artistiquement du monde. C'est le signal des hostilités.

Aussitôt chacun suit son exemple, attaquant à l'envi jambonneaux, langue de bœuf, anchois et poulets, au milieu d'un grand arrosage de thé, de kakhétie, de cognac, de vodka et de vins de Samarkande.

Voilà ce que les Russes entendent par un modeste lunch !

Pour moi, j'appelle cela un lunch « nourri », « fourré » même.

Décidément, les Russes font tout grandement. Aussi est-ce de tout cœur que je bois à la glorieuse armée russe, aux milices turcomanes, à leurs chefs éminents, enfin, à la « Sainte Russie ».

Les toasts les plus cordiaux en l'honneur des hussards français, de l'armée française et de la France, répondent à mes toasts, et, tandis que nos verres chantent leurs joyeux cliquetis, l'immense steppe tekkée retentit des cris vingt fois répétés : « Vive la Russie! Vive la France! » qui nous mettent une grande confiance au cœur.

Mais un djighite vient de s'asseoir à nos pieds, au bord même du ruisseau.

C'est le meilleur chanteur de la sotnia.

Il accorde sa *tambrà* à deux cordes, et attaque lentement une sorte de poème lyrique, sauvage : la prise de Géok-Tépé par Skobelew.

C'est d'abord un chant plaintif, calme, posé, pieux, suivi d'un air de bravoure très enlevé, se terminant par des cris rauques, furieux, farouches : ici, la tambrà gémit de toute son âme rudimentaire. Bientôt les cris deviennent stridents, bestialisés, inquiétants même pour nos tympans. Enfin, Géok-Tépé est prise sans doute, et une mélopée très lente, très triste, « trémolente », revient, marquant évidemment les funérailles des héros.

Un hymne triomphal en l'honneur du « général blanc » (Skobelew) clôt cet étrange oratorio, que les djighites m'ont eu l'air de beaucoup apprécier.

En effet, pendant que chantait leur camarade, tous sont arrivés, se glissant sans bruit à travers la petite futaie d'abricotiers, et écoutent attentivement, immobiles, ruisselants de sueur, accroupis sur leurs talons, comme fascinés par le glorieux et poignant récit de leur héroïque défaite.

Voyons de près leur tenue. Voici justement que les sous-officiers viennent s'aligner devant nous.

Ce sont les fils des plus nobles familles de l'oasis d'Akhal. Quoique très bruns, ils sont fins, distingués, et ont pour la plupart le type caucasique parfaitement caractérisé. Ce sont pourtant des Touraniens de vieille roche !

Comme les autres djighites, ils sont vêtus d'un bechmet à collet vert et d'un khalat rouge brique, aux pattes d'épaule vertes, serrés à la taille par une ceinture blanche. Une culotte large, des bas blancs ou jaunes formant tiges de bottes, des souliers-sandales liés aux jambes par des courroies (bachmak), selon la mode des anciens Gaulois, et un énorme kalpak en peau de mouton achèvent leur équipement.

Ils sont armés, ainsi que je l'ai dit, d'un mousqueton berdan, maintenu dans un étui, et portent en sautoir un sabre recourbé, en forme de cimeterre, à poignée très courte; ils n'ont point d'éperons, mais une solide nagaïka (fouet) est passée dans leur ceinture.

Sur l'ordre du capitaine de Kalitine, ces jeunes sous-officiers exécutent successivement les exercices et le maniement de leurs armes, avec une précision et un ensemble absolument irréprochables.

C'est à croire que ce sont des Saint-Cyriens!

— Ils sont fanatiques du métier militaire, me dit le colonel de Levachow. Astreints à ne servir qu'un an, ils se rengagent toujours. D'ailleurs, ils naissent soldats. Tenez, vous allez voir opérer leurs enfants!

Aussitôt arrive une bande de mômes armés d'arcs-frondes, mais de mômes tout à fait gentils, avec de drôles de figures rondes percées de cinq trous, dont un plus grand : la bouche.

Ici le type touranien apparaît nettement.

D'un air fier et décidé ils brandissent leurs arcs tendus de deux cordes portant en leur milieu une petite pochette en cuir, qui sert à maintenir une boule en glaise séchée, grosse comme une noisette. Avec cet engin extrêmement primitif, ils touchent, presque à chaque coup, à la distance de quinze pas, tous les morceaux de sucre que je leur dispose comme cible, et même quelques piécettes blanches.

Naturellement, nous distribuons ces dernières aux vainqueurs, qui les fourrent dans leurs bajoues, comme de vrais singes.

Examinons maintenant les chevaux tekkés, dont l'élégance

m'a si vivement frappé au premier abord. Ils diffèrent tout à fait de ceux que j'ai vus jusqu'ici. On dirait des chevaux anglais de pur sang. En voici un signalement type.

Taille 1^m,55 en moyenne, robe baie alezane ou blanche; tête carrée un peu longue, très distinguée; oreilles fines, yeux vifs, grands, à fleur de tête; chanfrein droit (les chanfreins busqués se trouvent seulement chez les sujets croisés de sang khirghize, ou d'autres sangs voisins); les naseaux bien ouverts, l'encolure longue, droite, un peu grêle parfois à l'extrémité supérieure, quelquefois aussi légèrement renversée, mais toujours bien greffée sur un garrot net et saillant; l'épaule et la croupe longues et suffisamment horizontales; la poitrine un peu étroite mais profonde; les membres secs et nerveux [1]; les tendons détachés les jarrets droits; clos peut-être chez quelques sujets; les pieds parfaits; la peau fine; les crins rares et soyeux. J'ai gardé les défauts pour la fin : le port de queue lâché, le rein et le dos un peu longs, souvent mal attachés.

Mais la richesse du sang tekké compense largement ces imperfections.

Comme exemple, je citerai le cheval du lieutenant Margani, un admirable alezan brûlé de 1^m,60 qui, malgré sa mauvaise ligne de dessus, porte comme une plume les 85 kilos de son seigneur et maître.

En outre, le cheval tekké est d'une sobriété et d'une rusticité extrêmes. Été comme hiver, nuit et jour, il couche dehors, le plus souvent en liberté, se nourrissant de ce qu'il trouve, ou bien se contentant d'une maigre ration d'orge ou de farine d'orge et de foin vert ou séché, suivant la saison, et faisant lui-même son pansage en se roulant.

Par contre, il est toujours habillé d'une ou de deux cou-

---

1. Il est entendu qu'ils sont souvent tarés, mais accidentellement.

vertures de feutre qui ne le quittent pas plus que son maître n'abandonne son khalat.

Les allures préférées du cheval tekké sont le pas, l'amble rompu et le galop, mais, par le dressage, on arrive à lui donner un trot tout aussi régulier que celui de nos chevaux d'Europe.

Sa force de résistance est, assure-t-on, extraordinaire, surtout quand elle est développée par un sage entraînement.

Je regrette beaucoup de n'avoir pas eu le temps de m'en rendre compte par moi-même, afin d'établir un parallèle complet entre le cheval tekké et le cheval persan yabou, dont le fond est déjà si remarquable, ainsi que le lecteur a pu le voir, s'il a suivi attentivement mon « raid ».

Avant la pacification de la Transcaspienne par les Russes, chaque fois que des Tekkés d'une oasis quelconque avaient résolu de partir en alaman (expédition pour razzier un district ou une autre oasis), ils procédaient, pendant un mois environ, à l'entraînement raisonné de leurs chevaux par des marches forcées de plus en plus sévères, — et un engrènement relativement proportionnel. Ils arrivaient ainsi à faire supporter à leurs animaux des étapes de plus de cent kilomètres, à suivre, avec une charge souvent triple de leur charge accoutumée.

Les Turcomans-Youmoutes, qui « alamanent » présentement au Khoraçan, ont semblablement procédé avant de partir en guerre.

Évidemment ce « travail préparatoire » est très bien compris, mais il doit avoir l'inconvénient d'éventer un peu le « travail avec toutes les armes » qui en sera la conséquence; et un homme averti en vaut deux, dit-on, — du moins en Europe.

Pour terminer ce sujet, je dois ajouter que la population chevaline tekkée (pur sang et demi-sang), n'excède pas douze mille individus, et qu'elle doit vraisemblablement son origine « tout comme la race anglaise » à des étalons de pur sang syrien, ramenés par Tamerlan, après ses conquêtes en Asie mineure et en Perse. Néanmoins je ne m'oppose en rien à la prise en considération de la légende qui lui donne pour auteur le fameux Bucéphale, de macédonienne mémoire; car Bucéphale était évidemment un syrien.

Passons au harnachement.

J'ai dit que la ou les couvertures faisaient quasi partie du cheval. Sur cette couverture, doublée au garrot avant de seller, les djighites placent un tapis, puis leur selle. Cette selle en bois léger est tout à fait simple. presque rien, un arçon large de deux mains avec pommeau devant et pommeau derrière, celui de devant plus aigu. Sur cet arçon on pose un coussin mobile en cuir ou en étoffe, très épais, très court, où la place du cavalier est seulement marquée par la sangle qui, passant en son milieu, le vallonne légèrement : c'est le siège. La sangle est elle-même mobile, et porte un anneau à chacune de ses extrémités. Dans ces deux anneaux, on engage une courroie faite d'un cuir extrêmement résistant qui permet ainsi de sangler à volonté, et juste à point, comme on lace un corset. Les étriers diffèrent seulement des nôtres, par la tige de fer qui tient l'office de grille, et par la courroie demi-lâche les réunissant en dessous du ventre du cheval, pour la raison donnée plus haut. Le paquetage de derrière comprend deux *hourgines* (bissac), et la bourka à peu près roulée comme les manteaux de nos cavaliers. La charge de devant, beaucoup plus légère, comprend seulement, à gauche, un solide étui-musette et, à droite, un *tchine-cap*, sorte de grand bol pour puiser de l'eau. Enfin, les Tekkés conduisent leurs chevaux sur un simple filet.

Pour conclure, les djighites ont à cheval la même position que les cosaques [1], c'est-à-dire qu'ils sont campés droits sur leurs chevaux, la jambe très en arrière, à cause de l'étrier court, le bas de la jambe et le talon toujours au flanc du cheval (ce qui explique la condamnation de l'éperon), et la moitié de la cuisse et du genou sans emploi, — par suite du peu de longueur du coussin formant le siège.

A plusieurs reprises, j'ai essayé de cette position, j'avoue la trouver extraordinairement « précaire »; mais je n'ose pas en dire du mal, puisqu'elle a fait et qu'elle fait chaque jour ses preuves.

Je crains fort d'avoir abusé des djighites et surtout du lecteur.

En hâte, portons un dernier toast à la prospérité des milices turcomanes, et regagnons Askâbad.

— Tudieu! quel « cagnard »! diraient mes compatriotes.

Je sens mes courts cheveux friser sous ma casquette blanche, malgré un *Figaro* doublé en quatre qui en occupe le fond.

Tout cela c'est la faute d'un orage qui roule depuis ce matin sans pouvoir arriver à rien.

Ouf! nous revoici chez le colonel de Levachow où une société d'élite est déjà réunie.

— Allons! messieurs, le bras aux dames. Nous sommes servis!

— Encore à table, mon colonel? mais nous sortons à peine de luncher!...

Après tout, qu'importe? nos blondes voisines et nos voisins sont charmants. A table!

Et cette fois, haut les cœurs et haut les verres, en l'honneur des belles dames russes!

Après le déjeuner, le colonel, qui est un sériciculteur

1. Le harnachement cosaque est presque identique à celui des Tekkés.

distingué, tout comme le général Komarow, nous fait visiter ses colonies de vers à soie, en belle voie de prospérité, et ses écuries, où je remarque quelques beaux types de turcomans.

Puis il me dit qu'il va me faire fumer une pipe dont le modèle m'est certainement inconnu : — une bien grosse pipe, comme vous allez voir.

Ceci se passe au jardin, où M. Tchernoglazow, un savant botaniste dont les ouvrages font foi, me donne mille précieux enseignements sur la flore transcaspienne.

Voyons la pipe en question.

Sur un ordre du colonel, arrive un de ses serviteurs turcomans, armé d'une petite cordelette longue d'un pied environ. Celui-ci choisit un endroit où la terre est meuble et un peu humide. Son emplacement trouvé, il le tasse et le retasse avec ses mains; il y fait ensuite une petite fosse oblongue, y couche sa cordelette très droit, en ayant soin que les deux extrémités émergent de la fosse. Il remet alors la terre en place, la tassant et retassant encore avec le plus grand soin.

Enfin, il retire doucement la corde par un bout, élargit en fourneau l'un des orifices de ce petit canal souterrain qui va devenir le tuyau de ma pipe, adoucit avec un doigt l'autre trou qui en sera l'embouchure, s'agenouille, les mains et les coudes au sol, l'arrière-train au ciel, pose ses lèvres au petit pertuis, souffle afin de chasser tout grain de terre, et voilà ma pipe faite. Bourrer le fourneau de tabac mouillé, remboucher le petit trou et allumer la « pipe-tellus », est pour ce « Gambier asiatique » l'affaire de quelques secondes.

Je m'agenouille à mon tour, j'embouche le petit trou et... ça tire parfaitement : trop même.

Comme je n'ai pas l'intention de culotter tout seul cet étrange brûle-gueule, je cède vite ma place à Verdet, qui essaye et... tousse autant que moi.

Je recommande tout particulièrement aux amateurs la

position qu'on est obligé de prendre pour fumer ainsi, à
même le sol et sans l'ombre d'un tuyau quelconque.

Certainement Romulus, baisant la terre du Latium, ne
devait pas être sensiblement moins ridicule que nous, tétant
celle de l'Asie centrale, mais sa posture, que les Latins ont
évidemment prise pour une invite, lui a rapporté un siège,
voire un trône, tandis que la nôtre ne nous vaut qu'un fou
rire parfaitement justifié.

Mais le temps passe, mobilisons nos bagages, et gagnons
la gare, si la poussière nous le permet.

Elle nous le permet tout juste.

Les ordres du colonel de Levachow ont été militairement
exécutés. Je n'exagère pas, puisque tous les chefs de gare
du transcaspien sont des officiers.

Notre wagon est prêt et, qui plus est, nous avons la
bonne fortune de le partager avec M. de Rosenbach, fils du
général gouverneur du Turkestan, qui sera pour nous un très
agréable compagnon de route et, en même temps, un inestimable cicerone.

En effet, c'est grâce à M. de Rosenbach que nous avons
pu régler, jour par jour, notre itinéraire de retour pour le
Caucase, la Petite-Russie et la Crimée et l'effectuer dans
d'excellentes conditions.

Mais n'anticipons pas. Serrons plutôt une dernière fois
et de tout grand cœur la main du colonel de Levachow, celle
du capitaine de Kalitine, et aussi la patte orange de notre
bon Gaffar-beg, qui vient baiser respectueusement la mienne.

Son rôle étant fini, nous le rapatrions via Ozoun-Ada,
Méchédesser, Téhéran.

Il me semble que le parchemin raviné de sa face s'est
éclairci : Est-il ému? Je l'ignore. J'ignore également s'il a
été content de nous, mais j'affirme que nous avons été
enchantés de lui et je suis heureux de le dire ici, — afin
qu'on le sache à Téhéran et qu'on le lui répète.

En attendant, il peut se vanter d'avoir procuré à la livrée de M. de Balloy, qu'il a revêtue pour la solennité des adieux, un grand succès de curiosité.

Tout le monde ici se trouble devant cet Iranien galonné d'or.

Et cependant, ce ne sont pas les costumes variés, ni les figures étranges qui manquent. Mais, voici que les trois derniers tintements de clochette retentissent. Notre locomotive hennit.

— Au revoir, Askàbad!

On sait que l'Asie est par excellence le pays de l'immutabilité, j'en trouve la preuve, une fois de plus, dans la description que Marco Polo fait, en 1298, des kibitkas (tentes turcomanes), dont j'ai présentement nombre de spécimens sous les yeux :

Ils ont des maisons de baguettes (osier) et les couvrent de cordes. Elles sont rondes et ils les portent avec eux là où ils vont, car les baguettes sont si bien entrelacées qu'elles sont légères et aisées à porter. Et toutes les fois qu'ils dressent et tendent leurs maisons, la porte en est toujours vers le midi.

Cette description est encore rigoureusement exacte, en ajoutant que les kibitkas sont recouvertes de feutres (sous les cordes), ce que Marco Polo a négligé de dire.

Enfin, pour prouver également qu'il n'y a rien de nouveau sous le soleil, voici que les Tartares ont inventé le « lait conservé », toujours d'après Marco Polo :

Ils ont aussi du lait sec qui est comme pâte et portent de ce lait avec eux. Quand ils veulent manger, ils le mettent dans l'eau et le battent tant qu'il se détrempe, puis ils le hument.

Après cela, je me permets de tirer l'échelle, pour aujourd'hui.

16 avril.

Pendant la nuit, nous avons atteint Douchak, point extrême
est du transcaspien, d'où plus tard, suivant les circonstances, un nouveau tronçon pourra être mené sur Sarraks
et Hérat, en attendant Kandahar... Chikarpour. Nous avons
également franchi le Tedjen, qui ouvre encore une route vers
Sarraks.

Maintenant, nous roulons du côté du nord, sans nous
presser, à travers une steppe plate et triste d'abord, ensuite
plus gaie, couverte en maints endroits de petites touffes de
saxaouls et de tamaris, en d'autres, semée de boutons d'or,
de pavots, de marguerites, de pieds d'alouettes, de coquelicots et de cent fleurs inconnues; ou bien marquée de
flaques verdâtres d'où s'enlèvent, à travers les roseaux, des
volées de canards et d'échassiers. De loin en loin court,
comme une grosse veine, une dune arrondie et bleutée.

Puis ce sont de grands espaces dénudés, teigneux, vides,
rouilleux, auxquels succèdent de nouvelles étendues immenses, entièrement tapissées de fleurs variées à l'infini,
de vrais parterres vierges et sans fin, étalant mille teintes
violettes, lilas, roses, rouges, grenat, blanches, jaunes,
panachées ou merveilleusement fondues, avec des allées
bizarres qui n'en finissent plus, des plates-bandes étrangement capricieuses, et parfois aussi des massifs réguliers,
tout unis, sombres, épais, et des corbeilles plus claires, que
les coquelicots entourent d'une large bordure de velours
sanglant.

Un parfum, berceur comme celui de l'héliotrope, mais
plus pénétrant encore, monte de toutes ces fleurs jusqu'à
nous, et cette exquise caresse de la steppe achève de
m'enthousiasmer pour elle.

Aurait-on médit du Kara-Koum (désert Noir)?

Cependant la chaleur est déjà étouffante, et cette poussée printanière devrait être brûlée : d'après les géographes!

Voilà longtemps que nous allons de stations en stations et le parterre dure toujours, toujours aussi parfumé.

Ces stations sont, la plupart du temps, de simples maisonnettes en bois (izbas), les autres de vraies gares carrées dans le genre italien, en pierres blanches, qui, de loin, dans la steppe ressemblent à de gros morceaux de sucre.

Entre parenthèses, plus que modestes les cantines de ces stations.

Maintenant, les saxaouls apparaissent plus puissants et les tamaris portent plus haut leurs petites chenilles couleur de chair; les canards s'envolent plus nombreux de plus grands trous; les oiseaux de proie semblent plus affairés. Puis, verdure et fleurs s'évanouissent et la steppe reprend uniformément nue, triste, âpre, fauve, avec des troupeaux de moutons qui paraissent endormis et des caravanes qu'on croirait pétrifiées.

Voici cependant que quelques champs cultivés se montrent, où des Turcmènes labourent; d'autres Tekkés conduisent des chameaux; des femmes rôdent autour d'un groupe de tentes qui est leur village; deux enfants pourchassent un troupeau de petits sangliers... domestiques, tout noirs, puis la steppe redevient morne, déserte et plus désolée que jamais.

Enfin, vers dix heures, quelques bouquets de saules et de peupliers argentés viennent rompre agréablement cette désolante monotonie, aussi des mûriers bordant de nombreux canaux d'irrigation, ou bien entourant des carrés de culture régulièrement dessinés, très verts, puis des vignes et des arbres fruitiers, puis des habitations en pisé, les premières isolées et frustes, les suivantes plus groupées, mieux construites, quelques-unes crénelées avec de minces tourelles.

Au milieu de tout cela, des Turcomans s'agitent, vont,

viennent, trottent à chameau, à âne, à *arabas* [1], ou à
cheval; en ce cas presque toujours deux sur le même
animal; quelques autres poussent devant eux de petits bœufs
bicolores, les uns sans bosse, les autres fort bombés, ou
bien encore des buffles teigneux, ignobles, couverts de boue.

Bientôt les maisons se pressent au point de former
des rues; des habitations européennes apparaissent, notre
train s'arrête : nous sommes à Merv.

Pendant que je cherche à me débroussailler des facteurs
touraniens qui se disputent nos bagages un colonel d'état-
major, M. Osipovitch Zakrjinski nous vient gracieusement
en aide.

Dix minutes après, nous faisons notre entrée chez le
lieutenant-colonel Alikhanow, gouverneur de Merv.

Après Skobelew, Alikhanow est certainement le héros
russe le plus populaire en France.

Beaucoup ne connaissent pas exactement son histoire, ses
titres, son grade, ses exploits, qui demeurent un peu flou
en leur esprit, comme les récits d'Orient; mais tous savent
que c'est un brave entre les plus braves, qu'il a fait de
grandes choses étranges et rendu d'éminents services à son
pays, là-bas, très loin, à l'autre bout du monde, au fond de
l'Asie, tout près du soleil, dont les rayons lui font comme
une auréole; et on le tient pour un héros parce que les
Russes le considèrent comme tel.

Un héros russe presque légendaire doit être évidemment
jeune, grand, beau, vigoureux, large d'épaules, mince de
taille, avec une belle barbe blonde de fleuve et des yeux
couleur de ciel...

Eh bien, Alikhanow est en tous points semblable au
portrait que je viens de faire.

J'ajoute qu'il porte le mieux du monde la tunique en

1. Charrettes à deux immenses roues.

toile blanche, à deux rangs de boutons d'or, et le pantalon
bleu à liséré rouge, qui constituent la tenue d'été de l'état-
major russe.

Une seule décoration brille sur sa poitrine : la croix de
Saint-Georges.

Pendant qu'il nous accueille avec une affabilité extrême,
exigeant que nous demeurions chez lui, en toute intimité et
le plus longtemps possible, je veux en quelques mots
résumer son histoire.

Petit-fils d'un khan lesghien, lieutenant de Chamyl, et
fils du général-lieutenant Alikhanow, le futur gouverneur de
Merv passe très jeune d'excellents examens, entre dans les
hussards de la garde et devient aide de camp du grand-duc
Michel, alors vice-roi du Caucase.

Ses mérites exceptionnels et ses nombreux actes de courage lui valent à vingt-huit ans les épaulettes de colonel.

A la suite d'un duel retentissant, il est cassé de son grade [1] ;
mais, en 1877, la Russie étant entrée en guerre contre la
Turquie. Alikhanow s'engage, fait toute la campagne, se
couvre de gloire et obtient la croix de Saint-Georges et le
grade de lieutenant.

Ensuite, il part pour la Transcaspienne en mission spéciale et secrète. Il connaît tous les idiomes asiatiques, il lui
est donc facile plus qu'à tout autre d'étudier l'esprit des
populations. Bravant mille dangers et misères, il pousse
seul jusqu'à Merv, déguisé en chamelier. Là il se lie d'amitié
avec la veuve de Nour-Verdy, premier khan de Merv,
prend sur son fils une influence considérable, entre dans le
conseil des khans, s'impose à eux par la supériorité de son
intelligence et finit, par leur persuader, avec raison, qu'il

---

1. Le duel étant interdit en Russie, tout officier qui va sur le
terrain peut être cassé de son grade, — sans que cette grave
punition ait aucun caractère déshonorant.

faut savoir subir ce qu'on ne peut empêcher : — donc, qu'il faut se soumettre au grand peuple russe qu'Allah protège : C'est écrit !

Comme il est musulman, son avis prévaut, et, au mois de mars 1884, Merv fait spontanément, « comme un fruit mûr », sa soumission au général Komarow.

C'est ainsi qu'Alikhanow a donné au tsar six cent soixante mille hectares et deux cent mille sujets, sans coup férir et en ne risquant que sa propre existence.

En récompense, il est nommé gouverneur et khan des khans de l'oasis de Merv, et promu capitaine, puis lieutenant-colonel, après le glorieux combat de la Kouschka. — En sorte que, à trente-huit ans, il est colonel pour la deuxième fois.

Depuis, par sa sage administration, par son adresse et par le prestige qu'il doit à sa réputation d'exceptionnelle bravoure, il n'a cessé de gagner à la Russie de nouveaux territoires, diminuant ainsi insensiblement la distance qui sépare la frontière transcaspienne de la ville de Hérat.

Et, au jour où le tsar ceindra la couronne d'empereur d'Asie, il pourra justement dire qu'un des plus précieux joyaux de ce diadème sans prix y aura été attaché par Alikhanow.

L'installation du gouverneur de Merv est très intelligemment comprise, élégante même :

Un palais-villa italien entouré de jolis jardins à la française ;

Intérieurement, de grands appartements tout tendus de magnifiques tapis turcomans, bokhariotes, afghans, persans, etc., avec de grands divans bas, plats, mous, où se bouscule une avalanche de coussins de toutes formes, et, un peu partout, des armes superbes, des drapeaux glorieux, des trophées de guerre et des objets d'art.

Le colonel comprend parfaitement le français, mais, comme

il s'exprime en notre langue avec une certaine difficulté, il correspond avec nous par le gracieux intermédiaire du comte Mouraview, son secrétaire, et du prince Gagarine, lieutenant au 2e bataillon des chemins de fer, tous les deux charmants et déjà nos amis.

Malgré mes protestations, le comte Mouraview m'a installé dans sa propre chambre. Quant au prince Gagarine, qui est un photographe amateur distingué, il prépare des plaques pour nous photographier.

C'est qu'on n'engendre ni la pose ni la mélancolie, chez le gouverneur de Merv.

Une franche gaieté, une camaraderie du meilleur aloi et une intimité parfaite y tiennent haut et ferme l'ordre du jour. Et je me trouve tout de suite si bien en famille que je jure qu'Alikhanow a été mon général, et que j'ai été son aide de camp, je ne sais où, ni quand, ni comment : — sans doute au temps de la métempsycose...

— Mon cher comte, que je vous présente un de vos compatriotes, un ami, M. Guillaume, me dit le prince Gagarine, tandis que, pour la première fois, je sympathise avec la doctrine de Pythagore.

M. Guillaume est, en effet, un ancien sous-officier français d'artillerie qui, grièvement contusionné devant Sébastopol, en 1855, a été recueilli par une famille russe et soigné avec un dévouement tel, qu'en retour, il n'a jamais eu le courage de s'en séparer.

Cette famille ayant ensuite quitté la Russie, M. Guillaume est devenu l'intendant, le majordome, et à la fois le professeur de français du colonel Alikhanow.

Il est aussi un peu le souffre-douleur du prince Gagarine, qui ne cesse pas de le taquiner sur son français.

Le prince a d'ailleurs le droit d'être difficile car, polyglotte et instruit, — comme tous les Gagarines, — il s'exprime en notre langue avec une aisance peu commune.

— N'est-ce pas que M. Guillaume vient encore de faire un « cuir » ?

— Oui, mon cher prince, mais tout mignon, — « de Russie » : excès de sympathie sans doute...

Et le colonel (qui se livre avec passion, je le sais, à l'élève du calembour) de rire, tout en grondant son ami.

Après un déjeuner charmant, où nous échangeons les toasts les plus chaleureux à la grandeur de la Russie et à la prospérité de la France, nous allons rendre visite au colonel Liénivitch, à la fois commandant de la brigade de tirailleurs et de la place d'armes de Merv.

Nous avons la bonne chance d'y trouver réunis le colonel Wasilevitch, chef de la brigade des cosaques du Caucase, et le colonel Éléazar Ivanovitch, du 1er régiment de cosaques, qui nous accueillent avec une affabilité parfaite.

Vite, on s'occupe d'organiser en notre honneur une chasse au sanglier, au faisan, à la bécasse, au canard, une djighitovka, une expédition aux ruines du vieux Merv : que sais-je encore ?

Je voudrais pouvoir tout accepter, mais mon temps est limité. J'opte pour la djighitovka.

Hélas ! l'homme propose et le *kara-yel* (vent noir) dispose.

A peine de retour chez le colonel Alikhanow, dont la troïka doit me conduire au campement des cosaques, une effroyable tempête de sable s'élève, emplissant l'atmosphère de ses ondes siliceuses qui roulent, jaunes, torrentueuses et brûlantes, avec une violence inouïe, pénétrant jusque dans notre gorge et dans nos yeux, enlisant toutes choses, dévastant même le jardin, où ce matin encore j'ai cueilli de si jolies roses.

En même temps, gronde un puissant orage, mais si bien « enlinceulé » par ce désert en marche, que ses éclairs en sont presque étouffés et que les plus violents nous envoient à peine une lueur.

Voilà ma djigithovka terriblement compromise !

En attendant que passe l'orage, je joue aux échecs avec mon hôte.

Je suis battu à plate couture.

Être vaincu par un tel jouteur est encore honorable. Donc je me déclare content quand même, d'autant que cette lutte courtoise m'a permis de constater que le gouverneur de Merv parle aisément français, — en tête à tête.

La bourrasque continuant de plus belle, je fais le portrait de mon vainqueur qu'il retouche lui-même, — me prouvant ainsi qu'aucun talent ne lui est étranger.

Sur ces entrefaites, arrive un lieutenant de cosaques, M. de Denisow, jadis attaché comme instructeur aux cosaques du Chah, à Téhéran. Cet aimable officier vient de la part du colonel Ivanovitch m'informer que la djighitovka ne peut avoir lieu, à cause de la tempête.

J'essaye de sortir : l'air est irrespirable ; je ne puis même pas tenir mes yeux ouverts. C'en est fait, ma djighitovka est enterrée.

Et comme le *kara-yel* ne semble pas vouloir s'amender, nous décidons de remettre à notre retour notre visite à Merv et de partir au plus tôt pour Tchardjoui, soit à minuit.

17 avril.

La tempête qui a duré toute la nuit, étouffante, odieuse, inquiétante presque, cède au moment où un pâle soleil se lève sur le plus effroyable désert qu'on puisse imaginer.

À droite, à gauche, partout, un océan de monticules réguliers, de cônes, de tumuli hauts de six à huit mètres, formés d'un sable très fin, fauve, mouvant, perfide, fusant au moindre souffle.

Sur ces cônes, rien ; à leur base, parfois une maigre touffe

épineuse de chilolophylle ou bien une plante monstrueuse,
sorte d'asperge pyramidale de la grosseur du poing, toute
bourgeonnante de fleurs jaunes qui semblent des verrues :
c'est tout.

Le saxaoul lui-même, cet ascétique arbrisseau de la
steppe, boude à cette désolation.

Avec cela, pas d'air, pas d'horizon, pas un oiseau, rien où
reposer la vue, — et pendant soixante kilomètres il en est
ainsi.

On dirait d'un envoûtement, d'un cauchemar. Le ciel,
très bas, paraît vouloir tomber. Une oppression nous prend à
la gorge, et constamment le désir d'avoir des ailes nous obsède,
pour fuir en hâte vers un fleuve, vers une mer, vers une
eau quelconque où l'on puisse se baigner, se rouler... se
noyer...

A huit heures, nous avons déjeuné à Répétek, la seule
station de cette zone désolée où il y ait une source. Un wagon,
remisé sur un des côtés de la voie et que chaque train
ravitaille au passage, y sert de restaurant-cantine.

La chaleur est devenue extrême, torride. De courtes
flammes semblent lécher les flancs des tumuli, au travers
desquels nous coulons toujours lentement, dans une sorte
de chenal, à demi ensablés par instants, sans jamais découvrir autre chose que des monticules succédant à d'autres
monticules.

La menaçante mobilité de ces dunes, qui obéissent servile-
ment aux caprices des vents, constitue pour le transcaspien
un véritable danger permanent. Aussi les surveille-t-on avec
la plus grande sévérité.

En temps ordinaire, un seul cantonnier indigène par verste
suffit pour assurer cette surveillance. Une tempête vient-elle
à s'élever? vite, on expédie des escouades de travailleurs,
toujours tenus en réserve dans des postes de cantonniers,
établis de six verstes en six verstes, et il est juste de dire

qu'ils sont rarement impuissants à lutter contre leur insai-
sissable ennemi.

Grâce à ces intelligentes précautions et aussi aux travaux
de fixation de la voie, tels que clayonnages en saxaoul, revê-
tements en terre glaise (la glaise et le sable faisant mauvais
ménage), palissades à claire-voie, etc., les dunes du désert
Noir doivent être considérées comme à peu près enrayées,
et la sécurité des trains peut être tenue pour assurée entre
Merv et l'Amou-Daria.

D'ailleurs, en vertu de l'aphorisme : « l'habitude est une
seconde nature », peut-être que les sables, fatigués d'être
sans cesse battus et rebattus finiront par rester tranquilles, ou
dirigeront leurs promenades ailleurs que sur le transcaspien.

Je donne cette opinion personnelle sous toutes réserves, —
sous d'autant plus de réserves même, que, pour me faire
mentir sans doute, les sables ont jugé intelligent d'envahir
présentement la voie.

Et nous voilà immobilisés en un lieu doté d'un nom d'une
euphonie délirante, une vraie tyrolienne à lui tout seul : à
Karaou-Kouïou [1].

En allant reconnaître le motif de cet arrêt, je me trouve,
en présence d'une locomotive, les quatre fers, ou plutôt, les
six roues en l'air.

Voici l'explication de cet accident. Si les sables envahis-
sent parfois la voie ferrée, réciproquement, ils se retirent
avec une égale facilité, faussant compagnie aux traverses et
aux rails — qui se trouvent ainsi porter dans le vide.

C'est exactement ce qui s'est passé ici. Et la locomotive-
éclaireur qui nous précédait a « écopé ».

Heureusement, cet accident est bénin : des dégâts matériels
et quelques contusions insignifiantes.

---

1. Karaou-Kouïou est à 44 verstes de Tchardjoui. La verste
égale 1066 mètres.

Sur ce, faisons un bézigue, car nous avons trois heures au moins à rester à Karaou-Kouïou. Ce bézigue, joint à la température étouffante, nous endort. Quand nous nous réveillons, il est trois heures et demie, et nous marchons grand train.

Au delà des derniers monticules insensiblement fondus, une tache verdâtre se présente sous le même aspect que l'oasis de Merv, et s'affirme de la même façon :

D'innombrables *ariks* (canaux) et de grands fossés bordés de hauts talus, des cultures vertes, des arbres blancs, des maisons grises et des gens de toutes couleurs.

A notre droite, au pli boisé d'une ondulation de terrain se montre un groupement considérable d'habitations très ternes, que domine une citadelle de boue, en forme de pyramide tronquée. C'est la ville de Tchardjoui.

Mais notre train, laissant cette ville à une dizaine de kilomètres à l'est, pousse droit son chemin vers une autre localité plus petite, plus blanche et très européanisée, que le général Annenkow, son fondateur, a baptisé Amou-Daria, du nom du grand fleuve qui baigne ses jeunes pieds.

Le général Annenkow, prévenu de notre arrivée par une dépêche du colonel Alikhanow, a bien voulu nous dépêcher à la station son aimable neveu, M. de Stalipine, et le baron de Vitinghoff; le premier, volontaire d'un an au 2e bataillon du chemin de fer transcaspien, et le second officier au même corps.

Nous sommes les bienvenus. Le général nous a fait préparer une installation près de la sienne. Il a dû se rendre à Tchardjoui; mais, dès son retour, avant une heure, il sera heureux de nous recevoir.

Décidément, en Transcaspienne, les jours se suivent et se ressemblent toujours mêmement fastes!

Mais alors! ce n'est pas la Chine qui « est un pays charmant » : c'est l'Asie russe...

Il est vrai que, comme revers à la médaille, il y a ma maudite maladie bien tenace et cruelle.

Allons! allons! pas d'abattement. *Excelsior!*

Et puisque nous voilà déjà installés, disposons-nous à rendre visite au général dont on vient de nous annoncer l'arrivée.

Nous sommes accueillis par lui avec la plus affectueuse cordialité. On sait qu'aucun Parisien « parisiennant » n'est plus Parisien que l'éminent créateur du transcaspien [1].

En moins d'une demi-heure le « Tout-Paris des premières » comme on dit, je crois, n'est-ce pas, mon général? le Tout-Paris des premières, dis-je, défile en notre conversation.

Ah! les bonnes joyeusetés et les doux souvenirs qu'entend narrer et évoquer le cabinet du général ingénieur!

— Mais, Excellence, — ce n'est pas moi qui vous apporte des nouvelles; c'est vous qui m'en apprenez! — Décidément, je ne suis qu'une bête, comme Figaro...

Pendant notre visite, le général reçoit des rapports, donne des ordres, signe des papiers.

— Permettez, n'est-ce pas?

Et le Parisien disparaît pour faire place à l'ingénieur.

Les rapports parcourus, les ordres donnés, les papiers signés, la conversation reprend de plus belle.

Ces courts entr'actes me permettent de bien étudier le célèbre « inventeur » du transcaspien.

De taille moyenne, plutôt petit que grand, bâti en force, vibrant, nerveux, agile prodigieusement actif (j'en ai la preuve flagrante); le teint coloré, la figure régulière, surtout remarquable par l'œil clair, pétillant, mobile, un peu railleur, un peu sceptique, et se reportant sans cesse, au delà de la conversation présente, sur une idée fixe qui semble

1. La sœur du général est vicomtesse Melchior de Vogüé.

l'obséder : sans doute l'achèvement de sa gigantesque entreprise; enfin la physionomie, très gaie et très jeune, malgré le cadre prématurément argenté où elle s'agite.

Tel me paraît être l'homme éminent que d'aucuns ont nommé le Lesseps russe et que je veux saluer du nom d' « exécuteur testamentaire de Pierre le Grand ».

Je n'entends pas dire par là que le général Annenkow ait, à lui tout seul, conquis et pacifié le désert turcoman, — pensée maîtresse et dominante du premier des Romanow. Mais il est incontestable qu'il a complété les victoires des Pérovski, Tchernaïew, Romanovski, Kaufmann, préparé et facilité celle des Skobelew, Komarow, Alikhanow; surtout enfin, qu'il a affermi à jamais dans la main du tsar ses nouvelles conquêtes asiatiques, en les enserrant d'une formidable jante d'acier que rien désormais ne pourra rompre.

Résumons ici, en quelques lignes, son histoire.

Issu d'une famille noble, fils du général Nicolas Annenkow, aide de camp de l'empereur, notre héros fait ses études au corps des pages, devient officier dans la garde, entre à l'académie d'état-major et en sort avec le numéro 1. Promu capitaine, il va, en 1863, guerroyer en Pologne, s'y conduit brillamment et obtient les épaulettes de colonel. Puis, la campagne de 1870, dont il suit les opérations comme attaché à l'armée allemande, ouvre à cette intelligence d'élite un nouveau champ d'activité.

Il comprend toute l'importance que les voies ferrées joueront dans les guerres modernes. Le sort en est jeté : il deviendra ingénieur.

Grâce à ses facultés exceptionnelles, il est promptement en mesure de faire preuve de si hautes connaissances spéciales qu'il est nommé chef de mouvement des troupes de chemins de fer.

Comme tel, il en réorganise les bataillons, augmente dans la plus large proportion le réseau stratégique des voies ferrées russes et, entre-temps, écrit des ouvrages militaires très appréciés.

Il obtient alors le poste d'inspecteur général des chemins de fer.

Sur ces entrefaites, arrive la nouvelle du désastre de Lomakine devant Denghil-Tépé, en Transcaspienne, désastre causé surtout par les difficultés inouïes de transport, de ravitaillement et d'évacuation, au milieu d'un effroyable désert de sables.

Skobelew est envoyé pour venger les aigles russes. Naturellement Annenkow part avec lui. Aucun de ces deux téméraires ne se laisse décourager, ni par les dunes mouvantes, ni par le manque d'eau, ni par les privations de toutes sortes, ni par les températures extrêmes, ni par les attaques réitérées des valeureux habitants de cette contrée sauvage. Rien ne les arrête; et tandis que le « général blanc » cueille d'immortels lauriers dans l'oasis d'Akhal, le colonel Annenkow réunit cette oasis à la Caspienne, par un tronçon de voie ferrée de 225 verstes, et trouve encore le temps d'aller se faire blesser devant Géok-Tépé, aux côtés de Skobelew.

Mais qu'est ce tronçon de 225 verstes pour un oseur tel qu'Annenkow?

Là-bas, vers Hérat, est Askàbad; là-bas, vers Balk et Caboul, est Merv; plus loin encore, au delà de l'Oxus, au delà de Bokhara, est Samarkande!

« Mettre » la capitale de Tamerlan à sept jours de celle d'Alexandre III! voilà l'entreprise grandiose, gigantesque, géniale de Michel Annenkow, — qui, dans quarante jours, sera un fait accompli.

— Allons, venez voir mon pont de l'Amou-Daria! me dit le général, tandis que ma pensée a peine à synthétiser son œuvre colossale. Ma locomotive est sous vapeur. Cette promenade nous servira d'excellent apéritif avant dîner. Venez-vous?

16.

— A vos ordres, Excellence, et nous partons.

Le général, qui est aussi paternel qu'autoritaire, ne manque pas une seule fois de saluer d'un *zdarovo-rébiata!* (bonjour, mes enfants!) accentué, le moindre groupe de soldats ou de travailleurs militaires que nous rencontrons.

Et ceux-ci de répondre, en retour, avec une fierté respectueuse qui, dans leur bouche, a une véritable allure d'acclamation :

— *Zdravié gelajem vaché prévoskhodilelstvo!* (Nous souhaitons bonne santé à Votre Excellence!)

Nous sommes bientôt installés dans un wagon plate-forme très simple : une galerie seulement recouverte d'un plafond en toile. La locomotive siffle : nous voici sur le pont.

Bien étrange ce pont, audacieux comme son créateur, coupant de son étroit tablier de bois [1], l'énorme nappe de l'Amou-Daria, si large que sa rive opposée n'apparaît pas encore, alors que déjà l'extrémité de cette passerelle indéfiniment longue n'est plus qu'une ligne à peine visible.

Et sous lui, sous nous, coulent torrentueusement les eaux limoneuses, glauques par place, du Fleuve-Mer, dont la masse fluide, brisée par les pilotis, les entoure de violents tourbillons, comme pour protester contre le joug qu'on vient de lui imposer et qu'il n'avait pas subi depuis Alexandre le Grand.

Un aimable ingénieur du pont, mon voisin, me dicte les dimensions de ses diverses parties.

Le pont se compose de quatre tronçons traversant les quatre bras de l'Oxus :

Premier tronçon................	1,498	mètres.
Deuxième —	184	—
Troisième —	122	—
Quatrième —	64	—
Total.........	1,868	mètres

1. La largeur du tablier est de six mètres.

Entre le premier et le deuxième bras, est une île large de
750 mètres ; la deuxième île mesure 524 mètres ; enfin la
troisième, 766. Au total 2040 mètres [1].

En déduisant de ces deux totaux réunis 308 mètres,
représentant environ les empiètements du tablier sur les
îles, il reste comme largeur totale de l'Oxus, d'une rive à
l'autre 3600 mètres, ce qui est encore une assez jolie
cunette !

Les travées du pont, longues de 8ᵐ,50, portent sur des
piles formées de cinq pilotis enfoncés de 6 ou 7 mètres.

Plus de huit mille sapins du Volga et de la Kama ont
été employés pour la construction totale du pont, et vingt-
trois béliers, dont cinq à vapeur (ces derniers préférables),
ont servi à enfoncer les mille pilotis. Quelques-uns fonc-
tionnent encore présentement.

En certains endroits où le courant est plus violent, des
brise-glaces protègent les piles.

Sur le tablier, élevé de 1ᵐ,70 au-dessus des plus hautes
eaux, un passage pour piétons a été ménagé à droite et à
gauche de la voie ferrée.

Cette voie est elle-même sablée, mais les incendies étant
toujours à redouter, des veilleurs se tiennent en permanence de distance en distance, armés de pompes et de seaux,
prêts à tout événement.

Une « ferme » a été établie sur le bras principal pour
permettre le passage des bateaux. Malheureusement, comme
les sables de l'Oxus sont aussi capricieux que ceux du désert
Noir, depuis longtemps — la ferme est fermée.

J'aurai tout dit en ajoutant que ce pont, provisoire dans
l'idée du général Annenkow, a été construit d'après les
plans de l'ingénieur Balinski, n'a coûté que trente-cinq

1. Ces chiffres sont ceux donnés par M. Boulangier ; je les ai
substitués aux miens qui en différaient très peu.

mille roubles et a, jusqu'à présent, victorieusement résisté
aux brutalités de l'Oxus, dont le courant atteint parfois
jusqu'à sept mètres de vitesse par seconde.

— Savez-vous en combien de temps nous avons construit
ce pont? me demande le général, qui me tire ainsi de la
contemplation muette de son chef-d'œuvre.

— Non, Excellence.

— En six mois.

Et comme je m'exclame :

— Que je vous conte une histoire à ce sujet. L'année
dernière, un officier anglais, extrêmement compétent en
matière de travaux d'art, le colonel Le Mazurier, ayant été
autorisé à venir visiter les chantiers du pont, à peine
commencé, me dit que je ne viendrais pas à bout de cette
œuvre avant un an. Cinq mois après cette conversation,
c'est-à-dire le 1er janvier, j'inaugurais mon pont. Ce jour-là
même, je recevais de Londres une dépêche ainsi conçue :
« *Splendid!* — LE MAZURIER. »

— Et moi, mon général, je dis : splendidissime !

Au moment où nous atteignons la rive droite de l'Oxus,
que verdit une forêt de grands arbres, le soleil sur ses fins,
rouge, énorme, comme essoufflé, descend à l'horizon en
jetant un dernier regard de feu sur l'immense nappe d'eau
qui coule majestueusement vers lui.

Sous ce regard, le Fleuve-Mer rougit puis se nielle de
cuivre, pâlit ensuite, devient bleuâtre, glauque, gris, enfin
acier bruni, et, quand, quittant des yeux le couchant, je
regarde autour de moi, je ne distingue plus qu'un grand
vide sombre, rayé d'une rigide ligne claire qui est le pont.

Nous le repassons, comme les étoiles commencent à
s'allumer.

Le temps de lire (grâce à une dernière phosphorescence
du jour), sur un poteau planté dans l'île la plus rapprochée
de la rive gauche : « 1000e verste », marquant que le trans-

caspien mesure exactement cette énorme distance depuis
Ozoun-Ada, de saluer au passage le *Tsar* et la *Tsarine*, les
deux chefs de file de la flottille russe de l'Amou-Daria,
dont les silhouettes se détachent en gris sur le noir miroitement des eaux, et notre promenade est terminée.

Un quart d'heure après, nous sommes à table, en compagnie charmante : le prince Hilkow, chef du service technique
de la traction, gentilhomme ingénieur tellement racé —
que sa barbiche *yankee* ne parvient pas à lui rien enlever
de sa distinction naturelle; M. Sabourow, encore un ingénieur aussi éminent que modeste; le baron Vitinghoff,
M. de Stalipine, M. Rubinstein, fils du célèbre compositeur,
— tout le portrait de son père et presque aussi musicien
que lui.

Je voudrais pouvoir nommer les autres convives du
général, mais je recule devant la difficulté d'orthographier
exactement leurs noms sympathiques.

Pendant ce dîner, où nous devisons le plus agréablement du monde, il est sans cesse question de MM. Bonvalot,
Pépin, Capus, Cotteau, de Cholet, Cazenave, mes récents
prédécesseurs en Asie centrale.

Le général ne tarit pas d'éloges à l'endroit de la téméraire entreprise de Bonvalot :

— Je n'aurais jamais cru qu'il pût réussir.

Dans la bouche de cet audacieux par excellence, cette
phrase est un compliment sans prix. Je suis heureux de le
transmettre à qui l'a mérité.

Nous causons aussi très chaudement de l'avenir du transcaspien et enfin de la question afghane.

— Nous sommes venus apporter ici non pas la guerre,
mais la paix, me dit le créateur du transcaspien.

— Soit, mon général; mais plus tard... « la faim, l'occasion, l'herbe tendre »... Hérat est si proche?

— Laissons la question afghane. Nous ne pourrons pas

nous entendre sur ce sujet, répond le général. Je suis
partisan sincère d'une alliance russo-franco-anglaise.

Et mon amphitryon se met à me plaider cette cause avec
une telle netteté de vues et une telle supériorité de raisonnement que, si je n'avais pris pour devise politique : *Timeo
Britannos et dona ferentes,* — je crois que je me serais
laissé convaincre.

Si nous ne nous entendons pas absolument au sujet de la
question afghane, nous sommes tout à fait d'accord pour
trouver le vin de Château-Coco (cru du général) excellent,
malgré son petit goût de pierre à fusil.

— Mes soldats font ce vin sans aucun soin et sans aucune
méthode. Donc, jugez des résultats étonnants que pourrait
obtenir un viticulteur bordelais qui consentirait à venir s'installer en ce pays, où la vigne pousse par enchantement, et où
la main-d'œuvre est presque dérisoire.

— Je partage tellement votre manière de voir, Excellence.
que je m'engage à la faire connaître à mes amis.

C'est fait.

18 avril.

Dès huit heures du matin, je vais retrouver le général
qui m'a fait prier de le joindre à la gare, où il attend deux
Altesses espagnoles, retour de Bokhara et de Samarkande.

— J'ignore leurs noms, me dit mon aimable hôte. J'ai
mission de leur faciliter toutes choses, sans toutefois gêner
leur incognito. Par conséquent, si vous les connaissez — ne
les reconnaissez pas.

— Il sera fait selon votre désir, Excellence.

Presque au même instant, débouche du pont une locomotive traînant un wagon plate-forme.

Sur cette plate-forme sont Leurs Altesses ***.

Aussitôt la musique du 3ᵉ bataillon de ligne du Turkestan d'entonner l'*Hymne national espagnol*, puis d'attaquer un pot-pourri de *Carmen*.

Respectueux de la consigne reçue, après m'être incliné de loin devant les infants, je demeure aussi coi que muet.

Et cependant le prince aurait été, sans doute, bien étonné de retrouver à Amou-Daria le neveu du gentilhomme français qui, en 1872, l'avait hébergé [1] — également incognito — alors qu'il marchait... au danger... et la princesse de reconnaître, en pleine Asie centrale, l'un de ses plus respectueux valseurs d'antan.

Mais le train de Merv va partir. Pour la troisième fois la musique entonne :

> Toréador, en garde !...

Je resalue à distance les Altesses, et déjà le train a disparu dans les sables.

— Vous plaît-il d'aller à Tchardjoui, voir le « beck » (préfet)? nous demande alors le général.

— Oui, Excellence.

— Eh bien, en voiture !

Comme il a plu pendant toute la nuit, la route très vicinale que nous suivons, n'est qu'une suite ininterrompue d'ornières, de flaques d'eau et de fondrières insondables. Mais les excellents trotteurs du général ne connaissent pas d'obstacles et nous le prouvent.

De toutes parts s'envolent des fusées de bécassines, de pluviers, de chevaliers pieds-noirs et pieds-rouges, qui se reposent à quelques mètres plus loin, dans d'autres flaques déjà encombrées de semblable gibier.

Tout autour de nous, le terrain est supérieurement cultivé. Les blés, déjà hauts, sont épais comme des crinières

---

1. Le duc de Sabran-Pontevès, au château du Lac.

de percherons; les luzernes ne leur cèdent en rien; des arbres fruitiers de belle venue apparaissent de tous côtés.

Partout on sent une puissance de végétation peu commune.

Comme j'en fais la remarque :

— Ici, me dit le général, on fait jusqu'à douze coupes de luzerne par an. Un grain de blé en rapporte quatre-vingts; le rendement des autres céréales est rémunérateur dans les mêmes proportions. A Bokhara et à Samarkande, c'est encore plus merveilleux.

Tandis que nous causons ainsi agronomie, trois gros officiers bokhares, en khalat rouge, orange et or, arrivent au galop saluer le général. Ils sont envoyés par le beck pour lui souhaiter la bienvenue et l'escorter jusqu'au palais de leur maître.

Précédés de ces éclatants éclaireurs, nous repartons à toute allure, leurs chevaux animant les nôtres, et nous atteignons promptement Tchardjoui.

C'est une ville assez intéressante, avec ses fortifications crénelées, — presque imposantes... de loin.

Toujours des rues étroites bordées de boutiques basses ou de maisons sans ouvertures apparentes et, naturellement, un bazar central à demi couvert, que nous traversons en excitant une curiosité qu'on devine être malveillante.

Très molle et lourde d'allure cette population composée d'Ouzbegs, de Tadjicks et de Sarts.

Deux mots d'explication au sujet de ces trois sortes d' « Asiates » que nous retrouverons partout au Turkestan.

Les Ouzbegs forment le noyau autochtone touranien de la population de Bokhara et, d'ailleurs, de presque toute l'Asie centrale.

Les Tadjicks, au contraire, sont les descendants des conquérants aryens qui, lors des grandes invasions iraniennes, sont venus s'abattre sur le Turkestan et l'ont soumis.

Les Sarts (boutiquiers) sont des Tadjicks exclusivement
citadins et commerçants, c'est-à-dire les bourgeois.

Comme bien l'on pense, Ouzbegs et Tadjicks se sont
indéfiniment croisés entre eux, et, de plus, sont très enta-
chés de sang mogol, chinois, khirghize, afghan, etc.

Néanmoins, quoique semblablement vêtus, les uns et les
autres d'un ample khalat de couleur, coiffés d'un turban
blanc ou d'une épaisse calotte de feutre, et chaussés de
bottes à hauts talons bardés de fer, beaucoup de Tadjicks
sont reconnaissables à leur figure ovale, à leur teint bistré,
à leurs yeux noirs, à leur barbe plus fournie et à leur allure
moins pesante que celle de la grande majorité des Ouzbegs,
dont la figure terreuse, ronde et empâtée, percée de petits
yeux irréguliers, impressionne désagréablement.

Une remarque curieuse est que l'appellation de « Sart »
implique toujours une idée de mépris, tandis que celle de
« Tadjick » comporte une idée de considération : « Quand
un hôte se présente chez toi et mange ton pain, — appelle-
le Tadjick ; quand il sera loin tu pourras dire que c'est un
Sart [1]. »

Cela tient, croit-on, à ce que les Sarts ont depuis longtemps renoncé au métier des armes pour se consacrer
exclusivement à faire du commerce.

Il est cependant juste de faire observer que, pareillement
à ce qui s'est passé en Chine, les vaincus ouzbegs sont en
passe d'absorber leurs vainqueurs tadjicks.

Ainsi l'émir de Bokhara est le descendant de la plus
ancienne famille ouzbeg, le khan de Khiva, le beck de
Tchardjoui sont également de race ouzbeg.

Je ne dis rien du beau sexe, il est trop laid.

Mais voici que nos équipages s'arrêtent devant une haute
porte sans style, précédant une voûte.

1. Élisée Reclus.

C'est la porte d'entrée de la citadelle. Sous la voûte une vingtaine d'hommes de garde, culottés de peau sang de bœuf et habillés en singes savants, nous présentent d'invraisemblables mousquets.

Nous passons gravement. Un peloton d'officiers multicolores, sous la direction d'un maître de cérémonie aussi éclatant qu'un ara, nous conduit ensuite par une série de paliers montant en zigzags, dans une haute cour intérieure. Là sont rangés, à droite sous un hangar, dix pierriers inoffensifs, décorés du nom de canons et, à gauche, une musique très disparate et une compagnie d'infanterie bokhare, flanquée de deux drapeaux, l'un rouge, l'autre jaune, portant la main du prophète brodée en blanc.

Comme c'est au général seul que tous ces honneurs se rendent, nous marchons derrière lui à notre rang d'aides de camp honoraires.

Les drapeaux s'inclinent. Le général les salue militairement; en même temps, la musique attaque la plus hilarante des cacophonies que nous ayons jamais entendues, chaque instrumentiste jouant son refrain préféré, et le plus vite possible : sans doute afin d'avoir plus tôt fini; car, en moins d'une minute, la bourrasque de fausses notes s'éteint.

Nous secouons nos tympans, et nous poursuivons notre ascension, toujours mêmement solennelle.

En face de nous, se hausse la citadelle, où nous pénétrons par une porte ogivale flanquée de deux poivrières.

Sous la voûte tournante sont accrochés des fusils de rempart, des coulevrines, des hallebardes, des pertuisanes et autres instruments préhistoriques.

Ici, la maison civile et militaire du beck, en khalats éblouissants, est rangée en bataille.

Ce beau monde, en se tenant le ventre, s'incline profondément devant notre chef et se joint à l'avant-garde.

Tout ceci est d'un caractère oriental absolument irréprochable. Rien n'y manque, ni le cadre, ni les personnages, ni les accessoires, ni même le soleil qui flambe tant qu'il peut tout en haut de l'azur.

Enfin, nous voici sur une terrasse carrée entourée de bâtiments bas, très simples, blancs, peinturlurés de vert, de jaune, de rouge, avec de nombreuses portes vitrées, également peintes, qui donnent à ce palais l'aspect d'une serre.

Au seuil de la porte principale se tient le beck Rakmat-Ulla.

C'est un vieillard chétif, ridé, osseux, basané, mais ne manquant ni de finesse ni de distinction, malgré son laid petit œil gris et sa maigre barbe blanche.

Il porte un turban en mousseline blanche et un khalat en soie vert-buis semé de feuillage vert-lumière.

Il vient au-devant du général, s'incline, lui serre la main, puis nous honore d'une semblable faveur, et nous invite à passer dans son salon qui, entre parenthèses, ne présente rien de particulièrement remarquable.

Immédiatement a lieu l'assaut congratulatoire accoutumé. Nul n'est épargné, et quand c'est fini, ça recommence.

Ensuite vient le tour du *destakhan* (repas d'honneur) non moins réglementaire. Tous les mets que l'imagination perverse des Orientaux est capable d'imaginer sont bientôt étalés devant nous.

Je fais grâce au lecteur de l'énumération de ces différents ragoûts; néanmoins, comme la politesse veut que nous goûtions à chacun d'eux, je me hâte de m'exécuter, en picorant aux endroits plus particulièrement épargnés par les doigts jaunes du beck, ou par sa cuiller en bois qu'il promène partout, comme un maçon sa truelle... Pouah!

Après ce succulent repas, suit le défilé des cadeaux accoutumés. C'est, pour le général, un étalon richement harnaché, recouvert d'une housse en velours violet brodée d'or et d'argent, plus huit khalats de toutes nuances, en velours, en satin, et en cachemire.

M. de Stalipine, Verdet et moi recevons deux pièces d'étoffe en soie verte. Enfin, le djighite. interprète du général, un brave Circassien constellé de croix, reçoit un khalat à grands ramages, rouge et jaune.

Pour nous, qui sommes des étrangers, ces cadeaux ne nous obligent à rien qu'à les emporter, tandis, que le général Annenkow devra, sous huit jours, riposter par l'envoi d'un souvenir d'une valeur double de celle des cadeaux dont il a été gratifié.

Telle est la coutume bokhare qu'on peut résumer : — Donner un œuf pour avoir un bœuf.

Après les remerciements et les saluts d'usage, nous regagnons nos voitures dans le même ordre et avec le même cérémonial.

En rentrant à Tchardjoui, le général veut bien nous mener rendre visite à M. de Tcharikow, résident politique à Bokhara. M. de Kartchwesky[1], le sympathique consul général de Russie à Marseille, m'a justement remis une lettre pour ce haut fonctionnaire.

M. de Tcharikow s'excuse de nous recevoir étendu sur une chaise longue. En sautant un fossé, il y a trois mois, il s'est cassé la cheville.

C'est un homme charmant, d'une distinction parfaite, ancien lieutenant de hussards, et décoré de la croix de Saint-Georges.

Il va se dépêcher de se bien porter pour nous recevoir à Bokhara où il sera de retour avant trois jours.

Donc, bon courage! Et à bientôt, à Bokhara.

Dans l'après-midi, je visite les écuries du général et je monte ses différents chevaux.

---

1. A mon départ de Marseille, M. de Kartchwesky m'avait remis plusieurs lettres d'introduction qui m'ont été d'un très précieux secours, tout au long de mon voyage.

Le cheval favori de notre hôte est un superbe turcoman (de Karchi) de 1^m, 60, isabelle à crins noirs, plein de bouquet et irréprochable de formes. On dirait d'un grand syrien. Je lui reproche une seule chose : ses allures trop douces. — Il y a huit jours, je n'aurais pas parlé ainsi.

Le deuxième turcoman de selle du général est également bien établi, un peu moins élégant cependant que le premier.

Très amusants ses deux chevaux pie-bai et sa paire de kirghizes trapus, près de terre comme des bassets, avec leur encolure plaquée, leur crinière touffue, leur rein puissant et leurs membres larges à porter une maison. Énormément de fond et peu de vitesse : voilà leur lot.

Un autre cheval à l'encolure élégante, bien greffée sur un tronc près de terre, m'intrigue aussi beaucoup. C'est le produit d'une jument kirghize et d'un arabe.

Pendant que le général donne quelques signatures, je vais inspecter Amou-Daria. Cette inspection ne me prend pas un long temps.

Ainsi que je l'ai dit, Amou-Daria est une ville naissante. Néanmoins elle compte déjà trois mille habitants et son école est fréquentée par vingt élèves.

La garnison comprend le 3e bataillon de ligne du Turkestan, le 2e bataillon mixte des chasseurs transcaspiens (les vainqueurs de la Kouschka), et une batterie d'artillerie.

Comme je mets au courant mon journal de route, Son Excellence vient me prendre pour m'emmener goûter vers la rive droite de l'Oxus.

En moins de vingt minutes, sa locomotive nous amène à Farâb, où sont installés les ateliers de construction du transcaspien, qu'un téléphone réunit à Amou-Daria.

Je constate qu'il y règne une activité extrême.

Partout on construit des wagons, on forge des éclisses, on scie des rails, on répare des machines; c'est à se croire sur la ligne de Paris-Lyon-Méditerranée.

— Vous direz votre réflexion à Noblemaire. N'est-ce pas?

— Oui, mon général.

Après un lunch parfait, que l'aimable chef de gare de Farâb et sa jeune femme nous ont préparé sous les arbres de leur jardin, nous montons dans une troïka attelée de *saratows* alezans très près de terre et très doublés, et nous partons à fond de train à travers la campagne, partout bien cultivée et en partie boisée.

Sous la *douga*, notre cheval du milieu trotte haut et ferme, et, à droite et à gauche, l'encolure tordue en dehors, galopent comme en liberté, les deux « furieux » attelés à des traits indéfiniment longs. A chaque instant je crois que ces deux excentriques vont se casser la tête contre les arbres qui bordent irrégulièrement la route. Mais il n'en est rien. Adroitement ils calculent d'un œil leur espace, se serrent contre le trotteur et s'évaporent de nouveau, dès que le chemin s'élargit.

Inutile de dire qu'à cette allure, les six verstes, qui séparent Farâb du dépôt de la garnison d'Amou-Daria, sont rapidement avalées.

A ce dépôt est annexé un petit haras. C'est là le but de notre promenade.

Le lieutenant-colonel commandant le détachement vient au-devant de nous. Il est de race mongole, du Kachgar, je crois : face jaune, nez invisible, yeux obliques, pommettes saillantes, moustaches tombantes; malgré cela l'air très militaire. Le général me fait le plus grand éloge de son intelligence, de son énergie et de son dévouement.

Le haras de Farâb est à l'état de création. Il ne comprend encore qu'une vingtaine de sujets arabes, turcomans, tekkés, kirghizes, — et attend prochainement deux étalons de pur sang anglais.

Sans rien pronostiquer d'affirmatif sur les futurs résultats de ces croisements, dont l'expérience seule établira l'opportunité, je crois que le sang kirghize servira d'excellente base pour la création d'une race de chevaux d'artillerie et de trait léger, capables de rendre de précieux services, sous des dehors inélégants.

Nous terminons cette journée par un dîner de vingt-cinq couverts à l'hôtel du général : dîner de gala si je considère la flore humaine qui l'embellit et l'embaume, mais dîner de famille, si j'observe l'attachante intimité qui y règne.

Alternant avec les propos joyeux et le cliquetis des verres, une musique militaire, dissimulée dans les jardins, nous envoie ses meilleures harmonies, et parfois aussi, un chœur s'élève de la table même, chœur formé par les convives, qui sous la direction du maëstro Rubinstein (junior), disent, en s'accompagnant de mandolines, des chansons bohémiennes et russes d'un charme indéfinissable.

Une dernière fois, je lève mon verre, — au nom des hussards de France, — en l'honneur des dames russes : et la musique entonnant la Kamarinskaïa nationale, le général ouvre une petite sauterie avec une véritable furia de sous-lieutenant.

Son exemple est bientôt suivi par tous ses invités, sauf par nous cependant, car l'heure de la retraite a sonné.

Une dernière fois, pour nos adieux, je demande l'hymne national russe, et, aux derniers accents du *Bojé, Tsara Krâni*, nous prenons congé du général qui nous donne rendez-vous dans trois jours, — au « train de pose ».

Un quart d'heure après, le wagon gracieusement mis par lui à notre disposition, nous emporte vers le **Turkestan**. Il est dix heures du soir.

Au delà de l'Oxus, le transcaspien étant en construction, les convois de ravitaillement et de matériel seuls y circulent; on a donc attelé notre wagon à un train de rails et de traverses.

Il est d'ailleurs très primitivement installé, notre wagon.

Sur un truc, trois bancs et huit montants réunis par des traverses en X; voilà tout. J'oubliais une toile clouée sur les traverses, en guise de plafond.

C'est carrément le plein air, mais le plus aimable des généraux-ingénieurs ne peut donner que ce qu'il a, et nous nous déclarons enchantés, malgré la pluie qui nous fouette sans pitié et un vent extrèmement violent qui fait clapoter notre plafond de toile, — comme pour nous indiquer d'avoir à en faire bientôt notre deuil.

Pour ne pas assister à cet enlèvement, chacun de nous enfonce consciencieusement sa tête, d'abord dans son bachlick, puis dans son papak, se blottit dans sa fourrure, se roule dans sa couverture, s'étend de tout son long sur le plancher du truc, pose son chef sur une valise, se cale de son mieux à l'aide de son... voisin, et s'endort. — Je parle pour moi.

19 avril.

A six heures, je m'éveille un peu frais et mouillé peut-être, mais parfaitement reposé et satisfait de ma nuit.

Des oriflammes grises pleurent au-dessus de ma tête : c'est notre plafond. Mais notre train est immobile, je suis seul. Où donc est Verdet et notre Chaldéen? Je les appelle. L'aimable chef de gare de Farâb répond pour eux.

Il est enchanté de me trouver enfin réveillé. C'est la troisième fois qu'il vient me chercher pour me conduire chez lui, où le samovar m'attend et aussi mon compagnon de route.

— Comment, nous ne sommes qu'à Farâb? et moi qui me croyais à Bokhara! Qu'est-ce?

Il paraît qu'une violente tempête n'a pas cessé de souffler, pendant toute la nuit, roulant de véritables vagues de sable.

La voie ayant été enlevée, notre train a dû battre en retraite et revenir à Faràb. Pour ma part, j'ai si bien dormi que je ne me suis douté de rien.

Verdet, au contraire, n'a pas pu fermer l'œil. Cela se voit, car il reste d'une humeur massacrante, malgré les gâteries et l'excellent *tchaï* (thé) de notre ami, le chef de gare.

A neuf heures, nous repartons pour nous réimmobiliser bientôt, cette fois en pleines dunes.

Ces dunes, semblables à celles déjà traversées, sont plus nues, plus tristes, plus écœurantes encore, surtout beaucoup plus hautes : — c'est l'abomination de la désolation !

Un ingénieur de la voie m'assure qu'ici la couche de sable atteint jusqu'à vingt mètres d'épaisseur.

Pendant qu'on déblaie notre route, je passe en revue les indigènes qui voyagent avec nous, — au même titre gracieux.

Trois trucs en sont garnis. Hommes, femmes, enfants y grouillent pêle-mêle, riant, chantant, babillant à qui mieux mieux.

Naturellement, ils n'ont perdu aucune goutte de l'orage de la nuit; aussi chacun d'eux profite-t-il de cette halte forcée pour faire sécher son linge le plus humide, tout en échangeant mille lazzis.

Un Sart sybarite et méfiant est même en train de confectionner, sur un truc chargé de traverses, une tente à raies rouges et jaunes, où il empile tant bien que mal son huileuse « nitée ».

Mon inspection terminée nous faisons un bezigue, puis nous organisons un tir à la cible. Oh! un tir à la cible très primitif. Notre but est... une casquette? Non, mais deux bouteilles de bière et deux boîtes de conserve, vides bien entendu (les « issues » de notre déjeuner), plantées sur un monticule à 150 mètres environ.

17.

Avec nos carabines « Nouvelle » (fusil Gras perfectionné), nous mettons dans le mille..... le plus souvent que nous pouvons. Toute fatuité à part, nos cibles volent promptement en éclats (ce qui n'est pas très malin à une aussi faible distance), pour la plus grande joie de nos voyageurs bokhariotes, que ce spectacle ébaubit et intéresse à un point extrême.

Chaque fois qu'une de nos balles frappe le but, tous s'exclament, lèvent les bras, et nous baragouinent les plus drôles de compliments du monde.

Quelques-uns nous demandent même de tirer à leur tour.

Nous y consentons. Lors, leur joie devient délire et toutes nos cartouches y passeraient, si nous ne mettions promptement une sourdine à cette excitation.

A peine nos carabines ont-elles regagné leur étui, que cette gent enthousiaste se précipite sur le monticule porte-cible, pour déterrer nos balles, qu'ils nous apportent triomphalement ensuite.

En récompense, nous leur donnons balles et douilles, — avec le conseil de reprendre leurs places, car le train va repartir.

Ce nouvel arrêt a duré quatre heures.

Pendant 25 kilomètres, nous coulons sans nouvel incident à travers les lugubres monticules, puis les sables cessent et nous atteignons une plaine grise d'abord, ensuite verte, coupée de petites forêts d'ormeaux et de peupliers argentés, semée de loin en loin de villages de boue que des verdures plus foncées entourent.

Nous sommes dans le bassin du Zarafchane, dont les eaux blafardes coulent si lentement qu'elles paraissent endormies. D'ailleurs, un grand calme règne dans la nature, sans doute lasse de ses excès de la nuit dernière.

Il est six heures du soir; nous haltons un moment au

milieu de grands marécages uniformément engrisaillés. Pas
un roseau ne bouge; pas un brin d'herbe ne tremble; les
marais sans rides, sans frissons, sans aucun cri d'oiseau,
semblent inhabités.

Seul un grand aigle pêcheur passe lourdement, surveil-
lant ses domaines.

Le ciel, mi-partie tourterelle et lilas, s'allume, à mesure
que vient le crépuscule, de reflets cuivre et cendre de rose
de plus en plus lumineux; puis brusquement, au delà des
lointains tumuli, au cœur même des sables fauves, le soleil
éteint son bel œil de feu, en laissant derrière lui un gigantesque éventail d'or bientôt fermé.

Nous arrivons avec la nuit à Karakoul, la station de
Bokhara. Nous y trouvons M. Lebrun, un ingénieur français
dont le général Annenkow et M. Bonvalot m'avaient parlé en
termes particulièrement élogieux. Il est actuellement chargé
de la direction d'une partie des travaux du transcaspien. Ses
importantes fonctions ne l'empêchent par, entre-temps, de
s'occuper de viticulture et d'essais agronomiques de toutes
sortes.

Notre plan étant de gagner le plus promptement possible
Samarkande et de nous arrêter ici, seulement à notre retour,
ainsi que cela a été convenu avec M. de Tcharikow, nous
prenons bientôt congé de notre compatriote pour rallier notre
truc, où nous nous mettons le mieux possible en garde contre
la nuit qui promet d'être pluvieuse et froide.

20 avril.

« Il a plu tout la nuit, les troupes sont fraîches. »
Ce facétieux et légendaire rendu compte définit assez
exactement notre situation présente.

Je n'insiste pas autrement, mais j'affirme qu'un séchoir
serait le bienvenu.

Nous côtoyons des marais, très peuplés d'oiseaux d'eau de toutes sortes, alternant avec des champs de blé et de luzerne où des cailles chantent avec un entrain superbe. Tout est vert autour de nous, d'un vert éclatant, épais, luisant. Partout des cultures, des vignes, des vergers, des bouquets d'arbres fruitiers souvent entourés de murailles en pisé. A travers toutes ces verdures, errent de grandes rangées de peupliers escortant des villages gris.

De temps à autre apparaissent des zones jaunâtres, chauves, sans doute salines, puis les champs reprennent très verts. Au plus loin où l'on peut voir, à l'ouest et au sud, c'est la plaine ; au levant et au nord, une sorte de croissant de montagnes bleues s'élève insensiblement : — les monts de Samarkande.

Il est sept heures. Au delà de Malick, dont la gare sort à peine de terre, nous retrouvons le Zarafchane, le bienfaiteur de cette contrée, et nous voici à Kerminié.

Toujours le croissant de montagnes se hausse et s'allonge gagnant l'ouest ; quelques crêtes neigeuses se montrent même déjà.

Pendant un arrêt, de mignonnes tourterelles à longue queue, à tête rose et aux ailes bleutées, viennent se poser non loin de nous et nous suivent, quand nous repartons. Mais la pluie reprend, mouille leurs jolies plumes ; elles nous abandonnent.

A quatre heures du soir nous arrivons à « la pose », c'est-à-dire au point momentanément terminus du transcaspien (à Tongaï-Robat), où nous sommes reçus par le colonel Andréïew, commandant le 2ᵉ bataillon des chemins de fer [1].

---

1. Le 1ᵉʳ bataillon des chemins de fer transcaspiens a été créé pour construire le premier tronçon (de Mikaïlovsk à Kizil-Arvat). Il est actuellement chargé de l'entretien de toute la ligne livrée à l'exploitation. — Le 2ᵉ bataillon (1200 hommes) a construit

Je voudrais trouver une expression non banale, vraie, juste, pour rendre la façon particulièrement affectueuse dont le colonel Andréïew nous accueille, pour dire combien nous sommes touchés de l'extrême sympathie que ses officiers nous témoignent, et, personnellement, pour reconnaître les excellents soins du docteur Heyfelder; mais, depuis que nous sommes en Transcaspienne, chaque jour nous volons de cordialités en cordialités et de courtoisies en courtoisies, toujours plus exquises, de telle sorte que je suis à bout de ripostes et réduit à constater ce cheminement exceptionnellement faste, sans plus le commenter.

Je pense très justement ainsi, étendu sur le lit du docteur, dans son wagon-ambulance.

C'est qu'il n'a pas perdu de temps, le bon docteur.

Mon inflammation d'entrailles, arrivée à l'état aigu, le tracassant encore plus que moi-même, il m'a déjà emmailloté, comme une momie, de compresses glacées qui réagissent presque instantanément.

Je me trouve si bien de ce traitement que, — malgré la pluie torrentielle, — je décide de partir tout de suite pour Samarkande, dont 100 kilomètres nous séparent.

Le mauvais temps a interrompu les travaux de construction de la voie ferrée; nous avons donc toutes bonnes raisons pour aller de l'avant; nous réservant d'étudier au retour la pose du transcaspien.

— Au revoir, mon colonel! au revoir cher docteur!

Et le phaéton du général Annenkow, attelé en troïka, nous emporte au galop vers Katy-Kourgan, à travers une plaine détrempée, où nous enfonçons parfois jusqu'à la caisse.

---

tout le restant du transcaspien, soit déjà près de 1000 verstes. Il a été recruté et formé par le colonel Andréïew, en moins d'un mois (mai 1885).

Dans un tarrentas suit Joseph David avec nos bagages légers.

La nuit vient bientôt, et, avec elle, un orage magistral, asiatique, presque tropical. La steppe n'est plus qu'une immense flaque d'eau que les éclairs teintent de rouge de bleu, de jaune, de blanc, suivant leur fantaisie.

A plusieurs reprises, nos chevaux éblouis par cet abus d'électricité refusent d'avancer. Mais leur *yamstchik* (cocher) leur fait de si douces remontrances et les traite si tendrement de « colombes chéries » qu'ils repartent bientôt plus ardemment que jamais, enfonçant jusqu'au poitrail dans la boue liquide et phosphorescente qui nous gicle à la figure de tous côtés.

Vers neuf heures, un fracas tout à fait inquiétant couvre le clapotis de nos chevaux et les arrête brusquement. On dirait d'une mer démontée ou d'un gave en délire.

Et c'en est un; mais un gave jaune, coulant à plein bord, avec une vitesse inouïe : le Nar-Païe. je crois. Les éclairs nous permettent de juger de sa largeur : douze mètres à peu près.

Pourrons-nous le traverser? Pour reconnaître sa profondeur, notre cocher dételle un des furieux lui saute sur le dos, et, malgré ses défenses, le pousse dans l'eau où il perd pied et ne peut arriver à vaincre le courant, qui le rejette violemment contre la rive. Deux nouveaux essais, tentés avec d'autres chevaux à des endroits différents, sont également infructueux. En dernier lieu, un cheval est emporté comme une épave. On le retire à demi noyé.

Il n'y a rien à faire, sinon à attendre que cet obstacle ait diminué. Peut-être aussi, avec le jour, pourrons-nous trouver un gué?

La perspective de passer ainsi cette nuit m'exaspère à un point indicible; car c'est du temps perdu sans profit. Verdet est également nerveux.

Mais voilà qu'un éclair nous fait voir, à une centaine de

mètres en amont du point où nous sommes ancrés, un chariot du pays qui semble marcher en sens inverse de notre direction.

Notre cocher le hèle, expliquant dans la nuit notre cas.

Ce chariot porte un capitaine russe qui vient justement de Katy-Kourgan, où nous nous rendons.

Cet officier ne sait pas le français, mais, reconnaissant la voiture et les chevaux du général Annenkow, il se met volontiers à notre disposition. Il nous « montre » que, malgré son massif et haut chariot, il a pris un bain en traversant ce malencontreux torrent. Il nous indique en même temps le seul passage à peu près praticable, à environ 500 mètres plus loin.

Ce passage est marqué par un îlot submergé qui, partageant l'obstacle en deux bras, permet de le franchir en deux élans. Nous sommes bientôt vis-à-vis de ce gué. Notre cocher le reconnaît soigneusement à cheval, puis revient, parle avec animation à ses chevaux et nous fait signe de nous bien tenir.

Voici notre position :

Debout sur les coussins de la victoria, avec nos petits bagages arrimés à notre ceinture, les mains fixées à la galerie en fer du siège. Nous formons ainsi une sorte de pont humain.

— Y êtes-vous, barines?

— Oui !

— En avant, les colombes !

Les colombes traversent le premier bras à la nage et atteignent le petit îlot, où elles ont encore de l'eau jusqu'à mi-côtes. Ici, un moment de répit pour souffler. Il est entendu que sous notre arche l'eau galope et tourbillonne sans se gêner autrement. Bientôt un deuxième bond nous porte à la rive opposée dont la berge est à pic. Nos chevaux ont beaucoup de peine à la gravir. A trois reprises différentes, ils faiblissent; puis, finalement, font un effort désespéré, — et nous sommes sauvés.

Malgré ce bain complet et la température froide, notre attelage fume comme un samovar, — tellement son émotion a été grande. Le tarrentas de notre Chaldéen a victorieusement passé par les mêmes péripéties que nous. Tout est bien.

Tâchons de regagner le temps perdu.

Comme je formule ce souhait, l'orage cesse. Par suite, l'obscurité devenant complète, nos chevaux s'embourbent à chaque instant. Pour surcroît de malchance, un deuxième torrent encore plus rapide que le premier, quoique moins large, nous barre de nouveau la route. Nous en venons à bout, mieux que nous ne le pensions. Mais il est temps que cette équipée nocturne cesse, car nos bêtes sont rendues.

Enfin, à onze heures, nous arrivons à Katy-Kourgan, la ville frontière du Turkestan russe et du Bokhara. Nous descendons à la maison de poste. Là on nous refuse des chevaux, parce que nous n'avons pas de *podorodjnaïa* (passeport).

Il nous faut donc attendre jusqu'à demain.

Mais où dormir? où manger?

Les deux canapés de la salle sont occupés par des masses humaines sans formes bien définies. Sur le sol sont semés d'autres paquets semblables qui grognent quand nous y touchons.

Augmentons le nombre de ces paquets humains grognants, — et bonsoir.

21 avril.

Il pleut toujours à torrents. Le lieutenant-colonel qui commande la place s'empresse de nous délivrer un podorojnaïa; mais ce temps épouvantable a éreinté tous les attelages. Les trois seuls chevaux disponibles ont besoin de repos. Donc, nous ne partirons pas avant onze heures.

Alors, allons visiter Katy-Kourgan, malgré les hallebardes de saint Médard.

C'est une charmante petite ville très russifiée, avec de belles allées plantées d'arbres superbes, un vrai bosquet, tout semé d'élégants cottages et de casernes très bien tenues. Et, dans ce bosquet, en bas, presque autant de soldats que d'habitants et, en haut, toute une population de cigognes (*lalag*).

Notre tarrentas est prêt. En route !

Celui qui a comparé le tarrentas à une « raquette » dont le voyageur est le « volant » n'a rien exagéré : je suis désolé d'en convenir. Le tarrentas consiste en une sorte de carène de bateau portant directement, par deux essieux de bois, sur quatre roues. On met les bagages au fond, le ou les voyageurs sur les bagages, et trois ou quatre chevaux tirent là-dessus, tant qu'ils peuvent, à toute allure, par n'importe quels chemins. La danse des volants (bagages et voyageurs) est générale, continuelle, incohérente, épileptique, et nous donne parfois des crispations de moelle tout à fait ridicules.

Mais, baste ! nous n'en sommes pas à une crispation près !

Voyons le paysage tandis que nous cabriolons sous la pluie. Une plaine monotone vêtue d'une herbe rase, avec quelques ondulations à droite, et, à gauche, une falaise assez molle commandant une grande dépression qui est le Zarafchane. Voilà une bien maigre compensation à tout le mouvement que notre raquette nous donne.

A la station de Tchimbaï, le maître de poste n'a pas un seul cheval de rechange.

— Patientez ! *seitchass* (tout à l'heure), je vous en procurerai, nous dit-il.

On sait ce que veut dire *seitchass* : — une minute, — une heure, — un jour, — mieux un siècle... C'est la plus élastique des locutions humaines.

Aussi n'hésitons-nous pas à houspiller notre yamstchik à

coups de roubles, jusqu'à ce qu'il nous promette de faire doubler l'étape à ses chevaux, — envers et contre les règlements. Il y consent enfin.

Pendant que son attelage prend des forces, nous allons visiter le village de Tchimbaï, assez insignifiant.

D'ailleurs, un village est toujours insignifiant quand la population féminine y est laide, ce qui est le cas, presque partout, en Asie centrale. Et je dis cela en toute sincérité, me plaçant uniquement au point de vue artistique, — car je ne voyage pas pour chercher femme : je vous prie de le croire.

Nous faisons ensuite, sur la falaise du Zarafchane, une hécatombe de guêpiers, de huppes, de pigeons sauvages et surtout de rolliers (dits corbeaux de steppe), presqu'aussi nombreux ici que les tortues. Ce ravissant oiseau, que j'avais déjà rencontré dans l'Inde, est couleur de turquoise avec la queue, les ailes et la tête d'un bleu plus foncé, le ventre violet et la poitrine gorge de pigeon. Il mène la même existence que les huppes, vivant comme elles dans des trous. Il est de la taille d'un geai.

Nous continuons notre fusillade de notre tarrentas ; je tue même un aigle, tout en cabriolant de plus belle par un chemin qui ressemble à tout ce qu'on voudra, excepté à une route.

Mais la pluie redouble, rentrons nos fusils.

A huit heures, nous arrivons à Daül. Nous n'y trouvons pas plus de chevaux qu'à Tchimbaï. En revanche, on nous propose un couple de « cailles de combat ».

— Oui, à la condition que le combat ait lieu... à la broche.

On refuse ; nous tapons sur nos conserves, et bientôt un canapé aussi tendrement rembourré que notre tarrentas nous sert de couche.

CHAPITRE VIII

22 avril.

Dès six heures du matin nous réintégrons notre raquette.
Il pleut plus que jamais. Le terrain est très cultivé autour
de nous. Beaucoup de rizières, de champs de blé et de
luzerne, et des marécages, où s'ébattent cigognes, grues, etc.

Malgré le temps affreux, nombre d'indigènes pataugent

sur la route ou dans les champs, ayant l'air de s'occuper
sérieusement de leurs affaires.

Apparaissent deux casernes, une brasserie, un pont, et
nous voilà dans la capitale de Tamerlan. Il est six heures
et demie.

L'hôtel Central a l'honneur de nous héberger. Le mot
« hôtel » est peut-être un peu pompeux ; — mais regardons
en arrière et ne marchandons pas.

Une fois installés, nous rendons immédiatement visite à
Son Excellence le général Yéfimovitch, gouverneur de
Samarkande. Nous sommes accueillis par lui de la façon
charmante qui est notre pain quotidien russe.

Il veut que nous considérions sa table comme nôtre, sans
cérémonie aucune, et, comme il nous sait très pressés, il
met tout de suite à notre disposition son traducteur-inter-
prète, avec prière d'user, voire d'abuser de lui, tant qu'il
nous plaira.

Ce cicerone est un Sart, gros, onctueux, poli, bien tenu.
surtout très intelligent. Il est vêtu d'un étonnant khalat en
soie jaune serin, semé de lunes oranges, serré à la taille par
une ceinture en velours grenat garnie de palmes d'argent.

Grâce à lui et à un galant soleil qui veut bien mettre le
mauvais temps en déroute, en moins de cinq heures, nous
avons raison de toutes les curiosités de Samarkande.

Cette future capitale du Turkestan russe, actuellement
peuplée de trente-cinq mille habitants, se compose, au sud-
est et à l'ouest, de la ville russe, et, au nord, de la ville asiate,
l'ancienne Samarkande. Entre ces deux villes, distantes de
1500 mètres et séparées par un petit affluent du Zéraf-
chane, s'élève la citadelle moderne, construite sur un mamelon qui commande entièrement la ville indigène.

Les remparts de cette forteresse, bien dissimulés par des
glacis rasants, enserrent étroitement les murailles en partie
démantelées de l'ancien fort, où les Russes gardent en four-

rière le trône de Tamerlan *Hoch-Tach* (pierre Verte), pierre grise plutôt, — qui servira un jour de pavois au nouvel empereur d'Asie. C'est dans ce fort que cinq cents Russes tinrent héroïquement tête à toute la population indigène révoltée, renforcée de huit mille soldats bokhares et khokandis.

Cela se passait en 1868, pendant la guerre que le général Kauffmann soutenait contre l'émir du Bokhara, Mozaffer-Khan. On sait qu'à cette époque Samarkande était la deuxième capitale du Bokhara.

Après que le général Kauffmann eut délivré cette poignée de braves, réduits à cent cinquante combattants par sept jours de siège, il livra Samarkande au pillage. Le sac dura trois jours et eut un retentissement tel, que Mozaffer-Khan sollicita immédiatement la paix à des conditions très avantageuses pour les Russes. C'est ainsi que la pacification définitive du Turkestan fut la conséquence de l'énergique répression de la révolte des Samarkandis.

Je ne m'étendrai pas longuement sur la ville russe, sorte d'immense parc, bien percé de longues et larges avenues, (dont le boulevard Abramow), plantées d'ormeaux-boules, de *kara-gatch* (arbre noir) et surtout de superbes peupliers de la Caroline, qui poussent ici presque aussi vite que les asperges.

Je me hâte de dire que j'y vois une église badigeonnée de bleu, un millier de cottages et de maisons, deux hôpitaux [1], une grande place, un bosquet verdoyant qui est le Jardin Public, un élégant palais (celui du gouverneur) entouré de jardins bien dessinés, et je passe à la ville asiate autrement intéressante.

Une chaussée m'y conduit bientôt. Ici, plus d'allées ombreuses, plus de grands arbres, plus de verdure; rien

---

1. L'un de ces hôpitaux est desservi par des femmes russes. La directrice est madame Polowsky. On y soigne les maladies sexuelles des femmes indigènes. C'est à la fois humanitaire et politique.

que du soleil et de la couleur. C'est comme une scène au sortir des coulisses.

Et quelle scène! Du moins quelle scène historique!

A droite, au plus près, le tombeau de Tamerlan; devant nous, au flanc d'un mouvement de terrain qui la cache en partie, la mosquée de Chah-Sindèh (le Roi vivant), tombeau du très saint Kassim-ben-Abbas; plus à gauche, la médressèh de Bibi-Khamyn, femme favorite de Tamerlan; plus loin encore, les trois médressèhs formant le Righistàn et, au bas de ces hauts reliefs, un semis d'échoppes carrées et plates, couleur de poussière, formant repoussoir.

Je m'empresse d'ajouter que la plupart de ces monuments tombent en ruine.

On ne voit partout que murailles crevées, portiques entr'-ouverts, coupoles fendues, sanctuaires à jour, minarets décapités. Mais ces restes sont colossaux, superbes, d'un grandiose accompli, et dressent au soleil leurs haillons multicolores, luisants d'émaux et de broderies, avec une majesté telle que les appellations emphatiques de l'ancienne Samarkande : « Foyer central du Globe » et « Reine de l'Asie » me paraissent parfaitement acceptables.

De tous ces monuments, le moins remarquable est, selon moi, le tombeau de Tamerlan (*Gour-Émir*). Néanmoins, comme il m'attire plus que les autres, je veux le voir tout d'abord.

Il se dresse presque en face de la citadelle, au centre d'un square très propret. Une fois dans ce square, nous pénétrons par un portique ruiné, rongé de mousses, dans un jardin en contre-bas, d'aspect modeste, où pleure un grand saule. Au milieu de ce jardin, une massive construction, très écornée et sans grand caractère, sert de socle à une tour adroitement ouvragée, que coiffe une lourde coupole ovoïdale à côtes de melon, faïencée de bleu paon. Le corps de la tour est gorge de pigeon, chiné d'entrelacs verts et jaunes.

A son flanc, monte un minaret découronné, jaune à torsades bleues et vertes, qui semble être le plumet de cette sorte de casque.

Tel m'apparaît le tombeau du plus infatigable émondeur de peuples et du plus farouche gâcheur de nations dont il soit fait mention dans l'histoire. De ce Tartare fameux qui, dépassant en atrocités ses sanguinaires prédécesseurs, Attila et Gengis-Khan, fit décapiter, à Bagdad, quatre-vingt-dix mille vaincus, donna une naumachie dans leur sang, et, avec leurs têtes coupées éleva une pyramide au dieu de la Victoire; qui, à Delhi, ordonna le massacre de cent mille prisonniers; qui, partout enfin, de Moscou au Gange, points extrêmes du sillage de son cimeterre, faucha impitoyablement le troupeau humain, entassant ruines sur ruines, et ne reconstruisit jamais une ville sans jeter dans ses fondations une couche de vivants et de morts, enterrés pêle-mêle sous le mortier et les pierres.

L'intérieur du tombeau de cet exterminateur (excellent législateur à l'occasion) plaît davantage, surtout la salle des cénotaphes avec ses quatre niches à demi-voûtes en pendentifs d'un dessin merveilleux, et ses bas-reliefs sur marbre et sur jade rehaussés d'inscriptions et d'arabesques dorées.

Un bloc de néphrite marque l'emplacement où repose (d'un sommeil agité, sans doute) le vainqueur de Bajazet.

« Une pierre et mon nom », avait-il ordonné avant de mourir.

Et devant cette pierre, je ne puis me défendre d'un grand saisissement, en me remémorant l'orbe sanglant et prodigieux décrit par ce conquérant :

> Avant que l'envoyé de la nuit éternelle,
> Vint sur son tertre vert l'abattre d'un coup d'aile,
> Et sur son cœur de fer lui croiser les deux mains.

Autour de cette pierre noire sont groupés quatre autres

cénotaphes en marbre blanc, damasquinés d'inscriptions arabes.

Là, dorment la femme préférée de Tamerlan, son petit-fils Oloug-Beg, le prophète Bouzerâh (son conseil), et un autre seigneur dont le nom m'échappe

Le drapeau de Bouzerâh et celui de Tamerlan : une hampe rouge surmontée d'un croissant d'or, portant une queue de cheval (insigne du commandement suprême), jouent les saules pleureurs au-dessus de ces augustes morts.

En dessous, une crypte à voûte en plein cintre surbaissé abrite leurs véritables tombeaux, parmi lesquels se sont glissés quelques autres défunts de moindre envergure historique.

Une anecdote pour en finir avec Tamerlan, ou mieux Timour-Leng, Timour le Boiteux, ou « le Boiteux de Fer », Timour voulant dire fer en langue tartare.

Le proverbe « Pierre qui roule n'amasse pas mousse » pouvait, assure-t-on, s'appliquer exactement à ce héros boiteux et manchot.

En effet, après avoir soumis à sa puissance un quart du globe connu, il était revenu à Samarkande plus pauvre que devant, et très empêché, pour ce motif, de préparer l'expédition contre la Chine, où il devait trouver la mort. Comme donc « le Maître du Monde » se plaignait un jour tout haut de n'avoir plus qu'un oignon à mettre sous la dent, une vieille femme s'approchant de lui, lui dit :

« — Comment, toi, Timour, tu ne possèdes pas de quoi te nourrir ! Tu commandes à des milliers de soldats, la terre tremble devant toi, tu peux tout; prends ce papier, une calame, écris de ta main sur ce papier qu'il vaut cent *tangas*, et il les vaudra [1]. »

La légende ajoute que Tamerlan suivit le conseil de la

---

1. Bonvalot, *En Asie centrale.*

vieille femme et couvrit ses États de papier-monnaie obligatoire; — ce qui lui permit dans la suite de déjeuner moins
piteusement.

La morale de cette histoire est que Law n'a rien inventé
du tout, et que le bossu de la rue Quincampoix n'est que le
plagiaire du boiteux de Samarkande, lequel lui-même n'a
fait qu'imiter l'empereur de la Chine Khoulilaï-Kâan, dont
Marco Polo parle en ces termes, en 1298.

En cette cité de Cambaluc (Péking) est la *séque* [1] du
Grand-Sire, et elle est établie en telle manière que l'on peut
bien dire que le Grand-Sire a trouvé l'Arcane des alchimistes
(pierre philosophale).

Car il fait faire une monnaie telle que je vais vous dire :
Il faut prendre écorce d'arbres, celle des mûriers dont les
vers qui font la soie mangent les feuilles.

On prend donc une écorce fine et blanche qui est entre le
bois de l'arbre et sa grosse écorce extérieure.

De cette écorce mince, on fait du papier tout noir. Et
quand ces papiers sont faits, on les découpe de la façon
suivante :

Le moindre morceau vaut un demi-denier tournois; un
autre plus grand vaut un demi-gros vénitien d'argent
(75 centimes); un autre vaut un besant d'or (7 fr. 50) et un
autre 4 besants. Et ils vont jusqu'à 10 besants d'or.

Tous ces papiers sont scellés du sceau du Grand-Seigneur.
Et il en fait faire ainsi chaque année une si grande quantité, qui ne lui coûte rien, qu'elle payerait tout le trésor du
monde entier.

Et il en fait faire tous les payements. Et il n'est personne,
si cher qu'il s'estime, qui ose la refuser, car il serait aussitôt
mis à mort.

De sorte que le Seigneur achète tant de choses précieuses

---

1. *Séque,* hôtel des monnaies, de l'italien *zecca* ou *zecha* (monnaie), d'où est venu le mot sequin.

chaque année que son trésor est sans fin, et il les paye avec du papier qui rien ne lui coûte, comme vous avez entendu.

La mosquée de Chah-Sindêh, que nous visitons après le Gour-Émir (où j'ai eu soin de cueillir quelques fleurs pour mes intimes), m'embarrasse supérieurement à décrire.

C'est moins une mosquée qu'une succession de monuments pieux, une sorte de « chemin de croix » mahométan. Soit un escalier-couloir monumental conduisant, par soixante-treize marches et trois paliers, au tombeau de Kassim-ben-Abbas, l'un des saints les plus considérés du Bokhara.

Un grand portique donne accès à cet escalier, dont le premier palier est marqué par une mosquée en très mauvais état, et les deux suivants par les tombeaux, non moins endommagés, du fils et de la fille de Tamerlan.

Ces divers monuments, assez semblables comme forme aux *koubbas* arabes, consistent expressément en un cube surmonté d'une coupole côtelée, ovoïde, d'enflure variée. Mais coupoles, encadrements d'ogives, hauts et bas-reliefs, façades et soubassements sont revêtus de briques émaillées d'un coloris, d'un dessin et d'une richesse incomparables.

Beaucoup de faïences sont ajourées comme des dentelles, d'autres portent des arabesques, des légendes et des fleurs en relief, brochant sur des fonds admirablement nuancés, où courent des entrelacs d'une souplesse et d'un fini exquis.

Les sculptures des murs extérieurs, celles des fausses arcades, les pendentifs des voûtes en *medias naranjas* [1], en un mot, tous les ornements de cette suite de merveilles sont autant de chefs-d'œuvre dont aucune description ne peut rendre le captivant effet.

1. *Demi-oranges.*

Et, à ce propos, bien que la céramique tartare ne possède pas les inimitables reflets métalliques de l'ancienne céramique-mère persane, la première me paraît supérieure à la seconde par la sobriété de ses couleurs et l'affinement extrême de son ornementation.

Une très belle grille dorée ferme l'entrée du tombeau d'Abbas.

Un mollah refuse de nous l'ouvrir; mais comme compensation, il nous convie à goûter des fruits douceâtres d'un petit arbre (un *li-tchi* de la Chine, je crois), qui ombrage faiblement le seuil de ce lieu sacro-saint. Il nous conte même, à ce sujet, une histoire dont voici la traduction :

« Un jour (les contes orientaux commencent toujours ainsi) que Tamerlan était venu prier Kassim-ben-Abbas » (sans doute de faire réussir son émission d'assignats), « il eut faim et soif » (ce qui s'explique, puisque nous avons déjà dit qu'il n'avait pas même tous les matins un oignon à manger). Je reprends : « Comme donc, Tamerlan criait famine, il entendit une voix qui lui disait : « Plante ici ton kamchin (fouet). »

« Et Tamerlan-*Job* planta son fouet qui devint instantanément un arbre, et Tamerlan se rassasia de ses fruits. »

Telle est la genèse de l'arbuste qui est devant nous.

Entre nous, brave mollah, ton grand Tamerlan devait avoir un estomac aussi petit que son nez tartare, pour se contenter ainsi de la ration d'un becfigue. N'importe! merci de ta naïve histoire; je la replacerai.

Au sortir du Chah-Sindêh, dont la construction remonte à l'année 1392, nous tombons en plein marché de chevaux; car c'est aujourd'hui la foire de Samarkande.

J'avoue ne trouver, parmi les deux mille bêtes de toutes provenances (je parle des chevaux) qui sont devant moi, que peu de sujets dignes d'une mention spéciale. Cette remonte peut, doit même avoir beaucoup de fond, mais manque de races bien définies. Le sang arabe y domine cependant, sauf chez les animaux de petite taille qui sont évidemment d'origine tartare. Quant aux maquignons de tous khalats, de toutes coiffures et de toutes bottes, ils me frappent surtout par leur mollesse et leur indifférence. La vente de leurs chevaux les préoccupe beaucoup moins que les tours de force d'un acrobate, en passe de traverser la place de Bibi-Khanym sur une corde tendue à vingt mètres au-dessus du sol. Cette place est, d'ailleurs, le grand centre d'attraction de la foire.

Tous les types de l'Asie centrale s'y coudoient, à pied, à âne, en arabas, à cheval, à chameau, en un remous très coloré, et très amusant... de loin, par ce soleil aveuglant.

Vue de près, cette population (trois quarts sang touranien), pèche par un grand défaut de caractère, d'espèce, surtout de galbe et d'allure. Je ne sais si c'est antipathie de races, mais tous ces Asiates m'ont l'air faux, lâche, mou, haineux, jaloux; bref, me déplaisent souverainement.

Laissons-les.

Le tombeau des femmes de Tamerlan n'est plus qu'une ruine informe, où apparaissent seulement, de place en place, quelques mosaïques brisées.

Inutile de nous y arrêter longtemps.

En face de ces débris, de l'autre côté de la place où l'équilibriste achève de stupéfier bêtes et gens de Samarkande, se dresse la médressèh de Bibi-Khanym, bâtie par cette princesse, en 1388.

C'est bien le plus gigantesque édifice que l'on puisse voir.

Tout y est colossal : le porche d'entrée, haut, large, énorme, percé d'une ogive qui n'en finit plus; les minarets puissants comme des tours; la médressèh elle-même monumentale, écrasante, portant plus haut que Sainte-Sophie sa coupole bleue à demi-éventrée; la mosquée comprise

dans les mêmes proportions grandioses; enfin, la cour intérieure, immense, une vraie place, isolant ces divers monuments pour les mettre davantage en vigueur. Une sorte de
tribune en marbre blanc, très finement ciselé, occupe le
centre de cette place. C'est un « lutrin » pour le Coran, dû
à la magnificence de la favorite de Tamerlan. Les mosaïques
de la médressêh de Bibi-Khanym sont belles, mais inférieures cependant à celles de Chah-Sindêh. En général, elles
représentent des dessins géométriques indéfiniment variés,
bleus, verts, noirs, rigides comme une broderie sur canevas,
zigzaguant sur un fond jaune.

Souvent, avec ces dessins, alternent des inscriptions en
caractères arabes qui, on le sait, forment de merveilleux
motifs d'ornementation.

Je remarque, entre autres, à la façade de la mosquée,
en guise de couronnement d'ogive, une légende écrite en
lettres de deux mètres de hauteur, extrêmement décoratives,
et d'une proportion parfaite par rapport à l'ensemble.

Malheureusement, ainsi que je l'ai dit, toutes ces splendeurs ne sont plus que des ruines habitées par des corbeaux, des aigles et d'innombrables pigeons qui concourent
à l'œuvre destructive du temps.

Passons au Righistân.

Le Righistân marque, dit-on, le lieu même où Alexandre
tua, pendant une orgie, son ami Clitus.

C'est une place régulière, carrée, dont trois côtés sont
formés chacun par une médressêh.

Ces médressêhs très remarquables, quoique moins grandioses que celle de Bibi-Khanym, ne datent que du commencement du xviiᵉ siècle. Aussi sont-elles en meilleur état
de conservation et fonctionnent-elles encore : — les biens
inaliénables de mainmorte (vakoufs), qui en dépendent,
ayant été reconnus par le gouvernement russe.

Voici les noms de ces trois monuments : Tilla-Kari (Œuvre

18.

d'or), Ouloug-Beg, et Chir-Dar (deux lions ou deux tigres).

Comme ils diffèrent peu les uns des autres, je décrirai seulement Tilla-Kari, qui me paraît supérieur à ses voisins.

D'abord une immense façade percée de seize fausses ogives et flanquée de deux tours-minarets penchées; au centre de cette façade, un porche géant dont l'ogive est liserée d'une torsade extrêmement élégante naissant de deux pilastres; une cour intérieure dallée; trois grands corps de bâtiments, marqués par deux étages d'arcades ogivales, occupant trois des côtés de la cour; enfin une mosquée gardant le quatrième côté.

Façade, porche et tours sont entièrement revêtus de briques vernissées, quelques-unes en camaïeu d'un travail irréprochable; mais la mosquée surtout, toute ruisselante de mosaïques exquises, semble un vrai « galuchat ». J'y vois des colonnettes à fond bleu pâle, avec dessins jaune paille, étoilées de fleurettes blanches d'un goût charmant. L'intérieur de la mosquée n'est qu'un semis de ciselures dorées en relief sur marbre blanc. Ces dorures, aujourd'hui en partie effacées, expliquent le nom d' « OEuvre d'or » donné à cette médressêh.

Celle d'Ouloug-Beg diffère de la première par ses minarets couronnés de chapiteaux en pendentifs et par les encadrements bleus à macarons pistache, arabesqués de jaune et de bleu pâle, qui décorent très originalement la façade de la mosquée.

Enfin la médressêh de Chir-Dar doit son nom aux deux énormes tigres fauves zébrés de noir qui grimacent au chef de son porche, en compagnie d'un soleil plus moderne, mais non moins décoratif.

Une tournée maintenant à travers la ville indigène médiocrement intéressante, et allons nous reposer sur les bancs du Jardin Public, où nous attirent les bruyantes mélodies d'une musique militaire.

Si ma journée a été sagement employée, je n'ose pas en dire autant de ma nuit, que je passe tout entière à lutter impuissant, contre une légion d'aphaniptères affamés au delà de toute expression. C'est une véritable foire aux puces que ma couchette! Aussi, au matin, suis-je plus dévernissé que le tombeau de Tamerlan lui-même.

Verdet m'assure qu'il n'a reçu la visite d'aucune petite bête.

Je le crois sans peine : — elles étaient toutes chez moi.

23 avril.

La réception charmante du général Yéfimovitch m'a vite fait oublier ces petites misères intimes.

Son Excellence voudrait nous garder jusqu'au 27 mai, — jour de l'arrivée de la première locomotive à Samarkande. Son aide de camp, le colonel Poulokow, insiste d'une façon non moins aimable. Mais, avant d'attaquer notre « raid », nous avions décidé qu'en moins de quatre-vingt-huit jours (durée de mon congé) nous l'accomplirions; il nous faut donc suivre notre programme à la lettre et comme « il est écrit » que nous devons quitter Samarkande du 24 au 26 avril, nous partirons demain, — malgré les offres aussi courtoises que tentantes du plus sympathique des gouverneurs.

Je veux ajouter que j'ai déjà fait le même respectueux refus au général Annenkow, qui nous avait très gracieusement invités à nous joindre à MM. le colonel Niox, le commandant Bailloul, le vicomte de Vogüé, le comte de Vauvineux, O'Connor, Ridgway, de Constantin, Napoléon Ney [1] et

1. Mon *ancien* et ami Napoléon Ney a rapporté de son voyage un livre extrêmement intéressant : *En Asie centrale à la vapeur,*

d'Orval (presque tous de mes amis), chargés de représenter la France, au jour mémorable de l'inauguration du transcapien.

A la simple lecture des noms inscrits plus haut, le lecteur comprendra que je sois sans inquiétude sur la façon, on ne peut plus digne, dont nos trois couleurs seront tenues ici le 27 mai, et que je continue ma route, fier d'avance de mes successeurs.

J'occupe cette journée à visiter encore la ville asiate.

Ces ruines grandioses et lumineuses, qui semblent porter comme l'indélébile reflet de toute la gloire dont le sol où elles reposent a été imprégné, me fascinent malgré moi.

Sous leur rayonnement, le *habent sua fata...* du poète me revient impérieusement en mémoire et, seul avec moi-même, je me complais à évoquer l'histoire de cette Asie centrale si pleine d'étranges épopées.

Histoire faite, plus que toutes les autres, de grandeurs et de décadence, de gloire et de néant, de civilisation et de barbarie, de sourires et de hideurs, de souvenirs immortels et d'insondables oublis. Histoire attachante par-dessus toutes les autres, parce qu'elle est celle de l'humanité entière dont cette terre est le berceau [1], mais aussi histoire mystérieuse entre toutes, et au-dessus de laquelle plane comme un voile qui s'épaissit toujours davantage à mesure qu'on s'efforce de le soulever.

Rassurez-vous, cher lecteur, je me garderai d'y porter ma main profane.

Tout est contrastes et caprices dans cette étonnante

que je ne saurais trop recommander au lecteur. Il y verra très en détail l'historique de la conquête du Turkestan par les Russes, la genèse du chemin de fer transcaspien, son achèvement, son inauguration et enfin assistera tout au long, en belle lumière, à la résurrection de la ville morte de Samarkande, dont je viens à grands traits d'esquisser les contours.

1. *Adom* veut dire homme, en langue tartare.

contrée. Ses déserts effroyables sont semés d'oasis d'une fertilité incomparable, ses montagnes étayent « le toit du monde » ; ses cours d'eau se perdent dans les dunes, ou bien roulent puissants comme des mers, ou bien changent à leurs caprices de direction et de lit ; ses froidures sont sibériennes, ses chaleurs tropicales, ses tempêtes aussi redoutables que les cyclones du nouveau monde et ses sables mobiles comme les nomades qui les peuplent.

Aujourd'hui, frappée d'immobilité, sans forces, agonisante ; hier, elle était le « grand chemin des peuples », le « boulevard des nations », la « coulée des héros ! »...

Et ses cités s'appelaient le « Foyer central du Globe », la « Mère des Sciences », la « Reine de l'Univers » !

C'est d'elle qu'est sorti le grand flux aryen primitif qui, après avoir inondé le monde, a voulu remonter à sa source avec Ninus, Sémiramis, Cyrus, Alexandre et Mithridate Ier.

Et c'est elle encore qui a porté le courant touranien conduit par Attila, Gengis-Khan et Tamerlan, — torrent définitivement refoulé par les Slaves d'Alexandre III.

Qu'en adviendra-t-il maintenant ? Le généreux sang russe, dont elle vient d'être arrosée, parviendra-t-il à la régénérer ou bien se gangrénera-t-il lui-même au contact de son cadavre ?

Sans être prophète, j'opine énergiquement pour la première supposition et en hâte ; car voici qu'un orage d'une violence extrême vient très brutalement changer le cours de mes préoccupations.

Rentrons me sécher et surtout préserver de toute humidité la poudre persane, dont j'ai fait provision, — pour les petits gloutons que vous savez.

24 avril.

Brava ! la poudre persane ! Mais quel sternutatoire ! Heureusement que ma tête est bien emmanchée, — du moins jusqu'à nouvel ordre.

A cinq heures du matin nous quittons Samarkande par une pluie battante. Il va sans dire que la route, qui était déjà un marais, ne s'est pas améliorée.

Je passe donc sur les enlisements, effondrements et autres agréments de circonstance.

Près de Tchimbaï, un phaéton nous croise, d'où une voix amie me crie :

— Bonjour, mon capitaine !

— Bonjour, Excellence !

C'est le général Annenkow, qui se rend pour affaires à Samarkande avec son neveu.

— Je ne fais que toucher barre chez Yéfimovitch et je vous rejoins à la pose, après-demain. Bon voyage !

— Bon voyage, Excellence !

Et nous repartons.

Le maître de poste de Katy-Kourgan, où nous arrivons à deux heures, ne peut nous donner ni troïka, ni tarrentas, ni chevaux. Ce n'est plus seitchass, c'est carrément : *niet* (rien).

Mais le bon docteur Heyfelder est par hasard en villégiature ici. Il va, à coup sûr, nous tirer de cette impasse.

En effet, comme il ne retourne à la pose que dans deux jours, il peut nous prêter les chevaux qui l'ont amené.

Maintenant que nous avons un attelage, cherchons un véhicule, car celui du docteur est entré à l'hôpital pour « fracture compliquée de lésions internes ».

Au bout de deux heures de recherches et d'encaissement — sans conviction aucune — de seitchass réitérés, nous sommes en puissance d'une télègue.

Une heure encore, et les trois chevaux sont enfin attelés à la télègue. Ouf ! Le jour où le général Annenkow aura inoculé seulement un millionième de son admirable activité à ses moujiks, il aura fait œuvre plus difficultueuse encore que son transcaspien.

Si le tarrentas est un volant, — et il l'est, je ne sais à quoi comparer la télègue qui est une simple boîte rectangulaire en bois, à parois extrêmement épaisses, posée à même sur deux trains aussi massifs que rapprochés.

Ce tape... toutes choses sert au transport des pierres, lesquelles, assure-t-on, ne résistent pas toujours. Avec cela la boîte est si petite qu'il y a tout juste la place pour deux suppliciés. Joseph David nous rejoindra demain en araba.

On nous cale avec deux bottes de luzerne, — et rien que de penser à la « bâtoude » épileptique que nous avons menée à toute allure, pendant 30 kilomètres, à travers trous, fondrières, ravines, chaussées et talus, je sens de nouveau le *trismus* tétanique convulser mon visage et promener sur mon corps ses atroces frissons.

Il est dix heures du soir, quand, à demi écartelés, nous atteignons la pose. Un repas froid nous fait promptement reprendre pied. Mais tout dort dans le train-caserne. Suivons ce bon exemple : Exagérons-le même, si possible.

— Voilà votre appartement, mon cher capitaine, me dit, en me serrant la main, le colonel Andréïew. Je pense que vous vous y trouverez mieux que dans votre télègue : c'est celui du général Annenkow.

Je suis bien un peu « emprunté » de me trouver ainsi brusquement jeté en si luisante installation ; car j'ai perdu toute habitude de confort, depuis que j'erre en Asie. Néanmoins, l'Athénien reparaît vite en moi, — faisant tort au Spartiate ; et, après un lavabo exquis, je m'endors en rêvant que je suis général et... général-ingénieur !

Quand on vous ouvre en toute confiance une alcôve intime, on ne la saurait trop religieusement respecter. Je ne me permettrai donc pas de faire même la plus superficielle description du home roulant du général Annenkow ; mais je proclame, afin de ne pas mentir aux lois de la reconnaissance, que j'ai magistralement reposé en son cadre d'acajou.

25 avril.

Le valet de chambre du général vient m'éveiller à huit heures.

Je regarde par la fenêtre de mon wagon. Il fait une matinée superbe. A peine quelques petits flocons neigent-ils l'éclatant cobalt du ciel où brille un soleil splendide.

Sur les monts bleutés de Samarkande, ombrés de violet, pose une vapeur opale de plus en plus légère; et à perte de vue s'étend la plaine verte, fleurie de bouquets d'arbres et de grappes d'habitations.

Autour de notre train règne une véritable agitation de ruche.

C'est aujourd'hui dimanche; le travail de la voie est suspendu.

Les soldats en déshabillés les plus variés vont, viennent, sortent de leurs voitures, y rentrent, font leur ménage et leur grande toilette, nettoient leurs vêtements, astiquent leurs armes, — en chantant, comme tout bon Russe, — ou bien courent les cantines en plein vent et les boutiques bokhares installées sous des tentes multicolores, tout au long de la ville ambulante slave.

Par ici, des clairons claironnent; par là, la musique du bataillon répète une marche guerrière; autre part, des officiers donnent des ordres à des cosaques qui partent aussitôt, à l'amble de leurs chevaux trapus et rouleurs; derrière moi deux locomotives hurlent pour la plus grande panique d'une caravane de chameaux; de tous côtés, s'agitent des indigènes apportant, les uns, des provisions de bouche, les autres, des bibelots, des tapis, des étoffes, et parmi ces mercantiles, seuls, des juifs à rouflaquettes en queue de cochon, nous présentent des broderies sur toile réellement belles et quelques armes anciennes.

D'autres Asiates viennent offrir leurs services, d'autres installent de nouvelles boutiques, d'autres, trop curieux sans doute, se font rudoyer par des soldats, d'autres enfin, venus en simples amateurs, regardent toutes choses attentivement, accroupis sur leurs talons, ou bien juchés sur leurs petits chevaux bokhares que le moindre ébrouement des locomotives met en déroute.

Pendant que j'observe ces choses, le colonel Andréïew donne un ordre. Aussitôt, un grand branle-bas se produit, les soldats s'équipent, s'arment et se rallient derrière leurs officiers.

Le colonel passe alors l'inspection de son bataillon, fait exécuter le maniement des armes, puis fait défiler quatre fois en colonne avec distances, musique en tête.

— Ces enfants, me dit-il, sont plutôt des ouvriers que des soldats, mais je veux absolument qu'ils fassent une brillante entrée, dans quelques jours, à Katy-Kourgan. Voilà pourquoi je les tracasse ainsi.

— Votre désir sera certainement accompli, mon colonel; car je vous avoue avoir pris vos enfants pour des soldats de la ligne.

— Bien vrai? bien vrai? Alors... tra la la la... Allons déjeuner!

Dans le « wagon-salle à manger », tous les officiers sont déjà réunis, nous attendant. Beaucoup parlent français. Aussi, tandis que la musique du bataillon nous régale de ses marches les plus enlevées, les joyeux propos ne cessent pas de se croiser, nourris et sonores comme le champagne qui chantonne en nos coupes, et aussi les toasts les plus ardents en l'honneur de la Russie et de la France.

Au dessert, pour remercier les musiciens, je leur fais distribuer de la bière, — la leur offrant au nom des hussards de France, et, à leurs hourras, je réponds en buvant à la santé de Sa Majesté l'empereur de toutes les Russies.

Ai-je besoin d'ajouter que mon toast, — dit en russe et appuyé par l'hymne national, est chaleureusement acclamé? Je veux maintenant, pendant que les officiers vont faire leur sieste, parler un peu du « train-caserne » et de la pose du transcaspien.

Je m'engage à être aussi bref que possible. Mais auparavant je tiens à mentionner un énorme lézard de steppe, jaune avec zébrures et mouchetures grises, long de 70 centimètres et gros en proportion, enfermé dans une cage d'osier appendue à notre wagon. Les officiers m'affirment que ce gaillard est un jeune et qu'il en existe de plus monstrueux encore. Je n'éprouve aucun besoin de m'en assurer. Au train, maintenant.

Le « train-caserne » ou « train de pose », comme son nom l'indique, n'est autre qu'un camp roulant, avançant au fur et à mesure de la pose des rails, et permettant ainsi aux travailleurs de s'abriter, de se nourrir et de se reposer, — dès leur besogne faite, — sur l'emplacement même de leur atelier.

L'idée de ce train-caserne appartient tout entière au général Annenkow, et c'est grâce à sa mise en pratique que le transcaspien a pu être fait.

On ne voit pas, en effet, comment, dans un pays sans eau, sans bois et sans pierre, on aurait pu construire une succession de baraquements tout au long de 1300 kilomètres, en supposant même que les bourrasques et les sables mouvants les eussent respectés.

Le train-caserne se compose d'une quarantaine de wagons : wagon du général ou wagon-chancellerie, wagon-télégraphe, wagon-salle à manger, wagon-cuisine-office, wagon-ambulance, wagon-officier, à deux étages (en bas les officiers, en haut les ordonnances), wagon-dortoir à deux étages, wagon-cantine, wagon-forge, wagon-citerne, etc., etc.

Vous allez me dire que c'est très bien, mais que le transcaspien étant à voie unique, cette énorme queue de wagons doit considérablement gêner l'arrivée des trains de matériel apportant sans cesse les traverses, rails, boulons, éclisses, nécessaires aux travaux. Pas le moins du monde. Suivez plutôt mon raisonnement.

Tout naturellement le train-caserne doit toujours être tenu le plus près possible des travailleurs, c'est-à-dire en tête de ligne. Admettons qu'il y soit présentement. Un train de matériel arrive-t-il (par derrière naturellement), que celui-ci serre au plus près, est immédiatement déchargé sur les côtés de la voie, par une équipe spéciale d'ouvriers asiates et, aussitôt allégé, rétrograde pour aller se charger de nouveau.

A ce moment le train-caserne recule à son tour jusqu'au delà de ce dépôt momentané de matériel. La voie étant ainsi dégagée, ce matériel est promptement transporté en tête de ligne à l'aide de wagonnets et d'un petit chemin de fer Decauville latéral.

Ce transport terminé, le train-caserne reprend sa place près des travailleurs. Et ce chassé-croisé, qui a lieu deux fois par jour, s'opère sans perte de temps, puisqu'il existe toujours en avant une réserve de traverses et de rails pour au moins une demi-journée. Il est entendu que tous les travaux de terrassement sont faits par les ouvriers indigènes, sous la surveillance d'ingénieurs spéciaux, et que les douze cents travailleurs militaires du colonel Andréïew s'occupent exclusivement de la voie, laquelle voie est ensuite reprise en sous-œuvre par une équipe *ad hoc*.

Enfin, pour qu'il n'y ait ni temps d'arrêt ni fatigue exagérée, les hommes du bataillon des chemins de fer sont fractionnés en deux brigades égales, l'une travaillant depuis six heures du matin jusqu'à midi, et la seconde de midi à six heures du soir.

C'est ainsi qu'on a pu construire, un moment, jusqu'à sept kilomètres de voie par jour.

Maintenant, si le lecteur veut approfondir davantage cet intéressant sujet, je lui conseille chaudement de lire le *Voyage à Merv*, de M. E. Boulangier, et il en saura presque autant que le colonel Andréïew lui-même, qui me donne tous ces précieux renseignements, — toujours entre deux refrains de chansons, — selon sa manière enjouée.

Le colonel ajoute que l'orage dont nous avons si durement pâti, il y a quatre jours, a enlevé douze kilomètres de voie, plus je ne sais combien de ponceaux, mais qu'en réalité, ce petit désastre ayant donné la mesure exacte des endiguements et canalisations à faire, il y a profit à sa venue.

.. C'est aussi tout à fait mon humble avis!

Pour ne plus revenir sur le transcaspien, il importe de savoir que son coût, par kilomètre : étude, pose, télégraphe, ouvrages d'art, dépôts, stations et matériel roulant, ne dépasse pas quatre-vingt mille francs.

Je voudrais pouvoir rester au moins un jour encore auprès du très aimable, très gai et très intéressant colonel . Andréïew; mais un train de matériel retourne à Bokhara.

J'ai bien envie d'en profiter, car de gros nuages couleur d'encre, s'avancent vers nous, agités par un vent aussi violent qu'incertain de sa direction. Demain peut-être la voie sera coupée:

C'est dit. Embarquons!

Une fois encore et de tout mon cœur :

— Merci, mon colonel! Et vive le 2ᵉ bataillon des chemins de fer transcaspiens!

Un arrêt prolongé me réveille. Nous sommes arrêtés en pleine steppe par une nuit très sombre et un calme absolu.

Notre locomotive nous ayant quittés, j'ignore pour quelle cause, notre train immobilisé semble aussi mort que le désert qui nous entoure.

Verdet et Joseph David dorment; ne les réveillons pas.

Je descends de mon truc, et je m'assieds, tout seul, dans

le noir, à une vingtaine de mètres de la voie, sur je ne sais quoi de haut, sur un talus d'arik, sans doute.

De là, je ne vois plus rien que les étoiles qui clignotent timidement.

Et bientôt j'éprouve une sensation délicieuse, indéfinissable, à me sentir complètement isolé au milieu de l'immensité tranquille, tiède, silencieuse, assoupie, impénétrable, pleine de senteurs grisantes qui m'enchantent au point que je ne sais si je vis, si je pense ou si je rêve. Et je reste longtemps ainsi perdu dans ce grand vague plein de flottements de parfums inconnus, distrait de toutes choses tangibles, ravi dans une sorte de repos absolu, d'équilibre parfait, presque en extase, et comme plongé dans un bain de néant qui est pour moi une jouissance nouvelle, exquise, où il me semble que si j'avais la force de former un désir, je voudrais rester toujours.

Hélas! un coup de sifflet lointain vient brutalement m'arracher à mon « nirvâna ».

C'est ma locomotive. Voici que son œil clair de plus en plus gros « fait pâlir les étoiles ». Elle frappe un grand coup qui se répercute dans la nuit, tout au long du train invisible. Je me hâte de couper à tâtons une poignée de ces fleurs de steppe dont le parfum suave m'a momentanément immatérialisé, et je reprends ma place. Nous repartons. Verdet et Joseph David dorment plus que jamais. Permettez que je les rattrape.

A dix heures nous arrivons à Karakoul, la station de Bokhara, où nous élisons domicile dans un baraquement en planches, qui y tient lieu d'hôtel. J'y aurais peut-être très bien achevé ma nuit, — si les fourmis n'avaient pas jugé bon de prendre mon corps pour une exposition universelle.

26 avril.

Tout nous sourit aujourd'hui. Le général Annenkow vient d'arriver (retour de Samarkande) et M. de Tcharikow nous attend, ainsi que c'était convenu.

Allons le retrouver au buffet (!) de la gare. Il est justement en train de rendre la justice à des Asiates sujets russes.

Ceux-ci arrivent successivement, se mettent à genoux, et se prosternent, selon l'usage asiatique. Mais M. de Tcharikow les force à se relever et à se tenir simplement debout devant lui.

Il écoute alors attentivement leurs doléances, entend avec bienveillance le pour et le contre de leurs querelles ou de leurs réclamations, et les renvoie généralement satisfaits.

Il est entendu que tout ceci se passe par l'intermédiaire d'un djighite traducteur.

Plus de vingt fois, en moins d'une heure, des plaignants viennent ainsi implorer M. de Tcharikow, et, chaque fois, il les accueille avec le même intérêt, s'appliquant à terminer au mieux leurs différends.

Je savais déjà combien était grande, au Bokhara, l'autorité du résident politique russe ; mais je m'explique maintenant pourquoi il a su conquérir à la fois et en si peu de temps tous les suffrages.

Quand le dernier indigène a été entendu, M. de Tcharikow me demande mon bras, car il marche encore avec beaucoup de difficulté, et nous allons joindre le général Annenkow.

Nous le trouvons entouré de plans, de devis et de graphiques, présidant un conseil d'ingénieurs. Les affaires sérieuses expédiées, nous passons au déjeuner ; puis, en route pour Bokhara.

Le général est venu avec son « train spécial », comprenant son wagon-chancellerie, le wagon-restaurant, un wagon pour officiers, un wagon-écurie et un truc qui porte son phaéton. Celui-ci est déjà attelé. Le général ayant affaire à Bokhara veut bien m'en faire les honneurs.

Verdet monte dans le landau de M. de Tcharikow.

Bien amusant l'attelage à la daumont de ce landau !

Porteurs et sous-verge sont également montés : de cette sorte, il n'y a pas de jaloux.

Et quels drôles de jockeys-postillons ! Des artilleurs bokhares, je crois, en khalats de toutes couleurs et de tous ramages, enfoncés dans de larges culottes à bandes jaunes.

Ceci a besoin d'une explication. Généralement les khalats sont flottants ou simplement serrés à la taille par une ceinture. C'est ainsi, d'ailleurs, que les postillons de l'équipage du ministre résident les portaient, il n'y a qu'un instant, avant d'enfourcher leurs bidets. Mais la selle bokhare consistant en un simple siège en bois sans coussin, il est de toute nécessité de remplacer ce coussin absent par quelque chose d'équivalent.

Voilà pourquoi, dès que les artilleurs ont reçu l'ordre de monter à cheval, ils se sont empressés de lâcher la coulisse de leur pantalon bouffant, et d'y enfourner les jupes de leurs trois khalats, ce qui leur fait un rembourrage aussi excessif que disgracieux.

Vus de dos, au trot, on dirait quatre ballons rouges à demi gonflés qui s'efforceraient en vain de s'envoler.

D'autres artilleurs également ballonnés suivent par derrière : ce sont des piqueurs de renfort. Des officiers (mirakours), chevauchent en avant et sur les côtés de la route, en éclaireurs ; enfin des cosaques de l'Oural ferment la marche.

J'ai dit : piqueurs de renfort. Voici : dès qu'une voiture s'enlise par trop dans quelqu'une des innombrables fondrières du chemin, l'un de ces piqueurs passe au galop en tête des attelages et, jetant adroitement, au passage, une « remorque » à crochet qui se fixe, soit au timon, soit à la volée, tire, sans arrêt, l'équipage de ce mauvais pas.

L'équipage est-il remis en bonne voie, que le piqueur ralentit, ramène sa remorque et passe en serre-file.

J'ai dit également que les jockeys-postillons mettent trois khalats dans leurs hauts-de-chausse. Si nous avions été en hiver, j'aurais pu dire dix ou douze.

Je m'explique encore :

L'Asiate n'a pas d'autre vêtement que le khalat, mais il en met peu ou prou, suivant la température.

S'il fait très chaud, il n'en met qu'un ou deux, si le temps fraîchit, il en ajoute deux autres, et ainsi de suite (je parle bien entendu pour les gens riches). De sorte que le nombre plus ou moins considérable de « pelures » d'un Bokhare de distinction est un sûr indicateur thermométrique. J'ajoute même que l'expression : « Il fait un froid de... tant de khalats » est classique en Asie.

Pendant que je vous conte ces sornettes, défile à mes yeux un pays extraordinairement verdoyant, coupé de marais, de champs d'orge, de blé, de luzerne, de bouquets d'arbres et de rangées de peupliers. Toute cette plaine est admirable de végétation.

Beaucoup de cigognes sur les peupliers, encore plus de cailles dans les champs, et partout des rolliers, des pluviers, des bécassines et des vols de pigeons sauvages.

Nous faisons environ vingt kilomètres ainsi : puis, brusquement, nous atteignons l'une des douze portes de l'enceinte crénelée de Bokhara qui mesure, dit-on, treize kilomètres. Cette porte est semi-monumentale, en ogive, flanquée de deux tours également crénelées.

J'avoue que l'aspect de la capitale de l'antique Transoxiane, de la célèbre « Mère des Sciences », dont Marco

Polo dit qu'elle est la cité « très grande » et « très noble »
me fait une impression médiocre.

J'augurais mieux de cette ville, foyer de la « horde d'Or »,
jadis réputée la première en Asie pour ses collèges, ses
mosquées, ses philosophes et ses architectes.

Tamerlan a si bien promené sur elle son implacable rou-
leau, que, de ses splendeurs d'antan, il reste seulement des
rues étroites et tortueuses, des places engoncées, des maisons mal bâties en briques séchées au soleil, un grand bazar
(amusant toujours) des médressêhs sans grand caractère et
dans un état pitoyable d'entretien, des mosquées tout aussi
mal tenues (quelques-unes modernes un peu mieux attifées
cependant), une haute tour minaret, une inoffensive forteresse, quelques allées de sycomores, et surtout un grand
abus de bassins-réservoirs-cloaques pleins d'une eau ignoble,
un vrai bouillon de viande pourrie, qui servent à la
fois, pour les Bokhariotes, de puits, de lavoirs et de
piscines.

Si Bokhara est une ville peu remarquable en elle-même,
en revanche les cent mille Asiates qui forment sa population
sont d'une étude extrêmement intéressante, autant par la
grande variété de leurs types et de leurs costumes que par la
diversité de leurs physionomies.

Les juifs, très nombreux, coiffés d'un bonnet de fausse
fourrure et vêtus d'une longue robe ouverte, en percale noire
ou grise, nous saluent onctueusement et veulent tout de
suite entrer en affaires; au contraire les Afghans, très haut
enturbanés et en péplum clair, passent ou demeurent indifférents, quelque peu hautains même, nous regardant à
peine; les Ouzbegs, les Tadjicks et les Sarts nous examinent
d'un œil malveillant et moqueur; les Khiviens également,
tandis que les Hindous, marqués au front des stigmates
rouges, blancs ou jaunes de Vichnou, de Çivâ ou de Dourga,
nous font leur plus gracieux sourire, nous montrant avec

complaisance leurs grands yeux d'onyx que je revois avec infiniment de plaisir.

Mais pourquoi ont-ils remplacé ici leurs élégants turbans de mousseline par une sorte de laide barrette en feutre noir ou bleu foncé?

Les femmes se détournent de nous avec affectation, malgré leur épais roubend. Il reste entendu que, dès qu'elles nous ont dépassés elles s'empressent de « risquer » un œil, même deux, et que ce petit manège se répète derrière chaque porte entr'ouverte, — comme par hasard.

Généralement, les enfants nous piaillent des injures à la cantonade, ou nous font des grimaces. Ils rient jaune, donnant ainsi la note exacte de l'effet produit sur leurs parents par la vue d'étrangers, — qu'ils sentent être des maîtres.

Des bohémiennes aussi sales que cuivrées, et des lépreux en loques nous exhibent leurs misères et leurs infirmités afin d'allécher notre pitié; des derviches très dépenaillés nous quêtent avec obstination, d'un air faux; par contre, des mollahs passent près de nous sans même nous regarder. Enfin, le général me fait remarquer un groupe de jeunes gens relativement bien habillés, aux longs cheveux et aux yeux peints. Ce sont des « bâtchi », les bayadères de l'endroit! *Retro, Satanas!*...

Je n'ai aucun mérite à faire ces observations, car, outre que je suis exceptionnellement bien renseigné par mon aimable voisin, depuis notre entrée dans Bokhara, nous avançons seulement de deux mètres par minute, en moyenne.

J'ai donc tout le temps nécessaire pour voir et pour... sentir autour de moi.

La lenteur excessive de notre marche est due à l'étiquette, qui n'admet pas que les équipages des gens de notre condition reculent jamais.

Or, ainsi que je l'ai dit, les rues étant très étroites et très encombrées d'arabas, de caravanes et de cavaliers, nous

devons attendre que notre avant-garde ait fait rétrograder,
à coups de bâton, bêtes et gens jusqu'à une voie trans-
versale, ou bien les ait tassés en quelque cul-de-sac, où ils
s'effacent en grognant. Nous voici enfin à la « résidence »
(jadis le palais d'un ministre de l'émir).

Deux cours, l'une basse, l'autre supérieure entourée
de bâtiments assez ordinaires, réunis par une spacieuse
véranda centrale aux piliers de bois en forme de tulipes, telle
est l'habitation où M. de Tcharikow représente la Russie,
avec son adjoint, M. Klem, sous la seule protection de
vingt cosaques.

Madame Klem veut bien nous en faire les honneurs avec
une grâce charmante, dont je conserve le plus précieux
souvenir.

Nous sommes à peine installés, que Son Excellence Astanakoul, premier ministre de l'émir, vient en gala rendre
visite au général Annenkow.

C'est un superbe gars de vingt-cinq ans, à la figure régulière et aux grands yeux mélancoliques.

Il est vêtu d'un magnifique khalat en drap d'argent orné
de fleurs d'or sur feuillage vert d'eau et bleu pâle. Une
très belle ceinture en argent incrustée de perles fines et un
turban blanc, brodé de chaînes d'or, achève sa tournure
extrêmement décorative.

Il est venu souhaiter la bienvenue au général au nom de
son auguste souverain, etc., je passe.

Ce seigneur est le fils de l'ancien ministre des finances, le
divan-béghi récemment assassiné par un contribuable récal-
citrant. Après avoir ordonné que l'assassin fût livré aux serviteurs du défunt, qui l'ont mis en pièces, l'émir a nommé son
fils, alors beck de Tchardjoui, premier ministre et conseiller
intime (inack), reportant ainsi sur lui toute la confiance
qu'il avait en son père.

Le général Annenkow réitère à cette Excellence asiate ses

condoléances au sujet du malheur qui est venu la frapper, puis il lui remet, au nom de son gouvernement, trois belles photographies de son père.

La vue de ces pieuses images produit sur Astanakoul une vive émotion. Il fond en larmes. Nous-mêmes sommes émus devant cette douleur si profonde et si légitime. Dix minutes se passent ainsi. Enfin, redevenu maître de lui, le premier ministre de Saïd-Abdul-Akkad remercie avec une digne effusion le général, et se retire.

Pendant la première partie de cette entrevue, M. de Tcharikow avait manifesté à Son Excellence Astanakoul le désir que son souverain voulût bien nous recevoir. La réponse ne se fait pas attendre. La voici :

— Sa Hautesse sera heureuse de recevoir des étrangers amis des Russes. Elle fera connaître demain matin, le lieu et l'heure de cette audience et enverra une escorte d'honneur.

A demain donc, non toutefois sans serrer une dernière fois et en toute gratitude la main du général Annenkow, qui nous quitte à l'instant, pour regagner la pose.

27 avril.

Notre matinée se passe à faire des achats d'étoffes, d'armes et de bijoux. Nous nous laissons même tellement tenter et convaincre par les insidieux marchands bokhares, que nous touchons vite le fond de nos bourses.

Certes, nos lettres de crédit sont encore respectables ; mais c'est l'argent monnayé qui nous fait présentement défaut.

Heureusement M. de Tcharikow est là.

— Vous faut-il mille, deux mille roubles ? ma cassette personnelle est à votre disposition. Vous me rembourserez quand vous voudrez, de Bakou, ou de Tiflis, ou de Paris.

Voilà qui est du dernier galant, n'est-ce pas? L'aimable ministre résident insiste si bien que nous lui prenons mille roubles.

N'avais-je pas raison de dire que les Russes font toutes choses grandement?

Mes achats terminés, je vais visiter le jardin de la résidence. C'est un véritable paradou tout enchevêtré de vignes. D'ailleurs, j'ai dit que la végétation était extraordinaire ici; donc je n'insiste pas.

Dans une allée, je croise une cigogne qui déambule si philosophiquement que je crois devoir la saluer. Cela a l'air de la froisser. Elle se détourne, et va conter son cas à deux gazelles du voisinage.

— Cette cigogne n'est qu'une grue!...

Le colonel Polowsky, momentanément détaché ici en mission topographique, me console de cet échec inattendu, en me racontant une foule de choses intéressantes sur l'Asie centrale, qu'il connaît sur le bout du doigt, — comme M. de Tcharikow, ce qui n'est pas peu dire.

Il a la plus grande foi dans l'avenir commercial du transcaspien, dont le transit croît chaque jour dans des proportions considérables. Il pense, d'autre part, qu'il n'est pas impossible de forcer l'Oxus à se déverser de nouveau dans la Caspienne, au lieu de le laisser se perdre dans l'Aral [1]. On ouvrirait ainsi une nouvelle voie directe de communication entre l'Asie russe et la mère patrie, et la fertilisation d'une partie de la steppe kirghize en serait la conséquence.

Il m'apprend qu'outre le coton, la soie, l'astrakan (karakoul) que le Bokhara produit et exporte en grandes quantités, la spécialité du pays est la fabrication d'un stuc très fin, « yantch », avec lequel on fait les arabesques, générale-

---

1. L'Oxus (Djihoun ou Amou-Daria), se jetait avant le IXe siècle, dans la Caspienne.

ment incrustées de miroirs, qui personnifient le style persan.

Puis il me parle des noyers « à loupes » (employés pour la marqueterie), l'une des richesses du Turkestan. Il croit que le gouvernement va se réserver le monopole de cette exploitation.

Il m'expose ensuite très judicieusement de quel bienfait a été pour l'Asie centrale la venue des Russes.

Le brigandage et les guerres d'extermination ont pris fin; l'esclavage a disparu, Sa Majesté l'empereur Alexandre III ayant exigé l'émancipation des esclaves, avant de ratifier l'avènement au trône de l'émir actuel; partout les haines et le fanatisme s'apaisent; les forces vives de la nation asiate se tournent vers l'agriculture; de toutes parts on laboure, on plante, on récolte, on élève des digues, on creuse des canaux; chaque jour, en un mot, on empiète si énergiquement sur la steppe que, d'ici à vingt ans, le désert turcoman sera le vrai grenier de la Russie.

— Notre plus grand ennemi, ajoute le colonel, est le ver de Bokhara (*filaria medinensis*), *richtâ* en langue turcomane. Ce ver fait de grands ravages parmi la population, et il décimait nos troupes, avant que le gouvernement ait rendu obligatoire l'emploi du filtre Pasteur.

— Permettez, mon colonel, que je vous conte ce que le docteur Heyfelder m'a dit, avant-hier, au sujet de ce ver. Si je me trompe vous rectifierez. L'eau est le principal véhicule de la larve du richtâ, qui se développe seulement au bout de neuf, dix, ou onze mois, entre les muscles et la peau. On sent d'abord un petit nœud sous-cutané, puis comme une ficelle. Bientôt le ver pousse sa tête très petite et informe hors de l'épiderme et un abcès très douloureux se forme. Il faut alors l'extraire, opération qui demande infiniment de précautions. Généralement on le cueille avec une épingle et on le dévide doucement en aidant à sa sortie par un massage savant. Quand on sent de la résistance, il faut arrêter et laisser cette sorte de ténia superficiel sur une bobine *ad hoc*. On reprend ensuite le dévidage; quelquefois même le demi-dévidé s'achève lui-même. Ce ver atteint souvent jusqu'à soixante-quinze centimètres de longueur; il est blanc en général, quelquefois rougeâtre. Il se nomme alors *djisak*. Le richtâ s'attaque quelquefois aux animaux. Enfin il jouit de la réputation d'embellir le teint. Ai-je bien retenu la leçon du bon docteur?

— Vous parlez mieux qu'un livre. Mais vous a-t-il donné le secret de la force d'inertie des Asiates? Non. Eh bien, cette force inouïe leur vient tout simplement de la mise en pratique des quatre commandements suivants, dictés par Mahomet : 1° ne jamais se presser; — 2° ne s'étonner de rien; — 3° ne jamais élever la voix : qu'est-ce qui a la parole la plus forte? l'âne; — 4° ne jamais faire un acte quelconque sans y être absolument forcé.

Je passerais une journée entière à écouter le colonel, si je ne craignais pas d'abuser de son temps.

Mais on accourt m'annoncer qu'un mirifique seigneur me fait demander la faveur d'une entrevue. Qu'est ce seigneur? Un envoyé de l'émir.

Je me hâte de rentrer en mon logis, de prévenir Verdet et de... m'asseoir avant de faire entrer ledit émissaire royal. Je m'assieds, dis-je, parce que l'étiquette imposée par la Russie en Asie le veut ainsi, — afin de bien marquer la supériorité des chrétiens sur les musulmans. Je m'explique : Un chrétien qui reçoit un musulman doit être assis; il se lève ensuite et va au-devant du visiteur. Dans le cas contraire, un musulman doit se tenir debout pour recevoir un chrétien.

Donc, dès que nous avons pris le contact d'une chaise, Joseph David introduit un Asiate tout vêtu de velours amarante et ceinturonné d'or. C'est un aide de camp de l'émir.

Il a nom Chigaoul. Je m'empresse de me porter à sa rencontre et de lui présenter mon compagnon de route.

Une fois assis, vient un colloque assez insignifiant, roulant invariablement (selon l'étiquette toujours), sur la santé de Sa Hautesse l'émir.

Comme post-scriptum, cet officier me dit qu'il est venu nous chercher pour nous conduire vers son souverain, et qu'il est à nos ordres.

— A cheval, tout de suite, alors !

Voici l'ordonnance de notre cavalcade : En tête sept officiers de l'émir en khalats de toutes les nuances de l'arc-en-ciel. Derrière eux, Chigaoul. Immédiatement après, Verdet et moi. Verdet, en habit et casquette blanche (son claque étant resté à la bataille), monte un très beau cheval tekké appartenant au colonel Polowsky. Votre serviteur, en uniforme de capitaine de hussards, chevauche un superbe étalon noir de l'écurie de M. de Tcharikow. Ensuite viennent notre interprète et quelques serviteurs de la résidence. Une escorte de cosaques en grande tenue ferme la marche.

Selon la consigne, à nous donnée par M. de Tcharikow, en application du commandement n° 1 : « ne jamais se presser », notre dispositif s'ébranle au pas, — la seule allure qui convienne à des gens de notre qualité.

Suivant le commandement n° 2 : « ne jamais s'étonner de rien », nous paraissons rester indifférents aux saluts du menu peuple qui forme comme une double haie sur notre passage, surtout dans le bazar où notre avant-garde a beaucoup de peine à nous frayer une route à coups de bâton.

Ah ! les deux bons augures que nous faisons avec nos visages impassibles, reflétant — pour la galerie, s'entend — les pensées supérieures qui sont censées nous absorber !

Il est entendu que, — pour plus de sûreté, — nous évitons de nous regarder.

Nous traversons Bokhara dans toute sa longueur ; nous

franchissons ses populeux faubourgs, et, au bout de trois quarts d'heure de marche, après avoir parcouru ainsi pompeusement quatre kilomètres, nous arrivons au palais de Chir-Badan (Repos du Lion).

Un détachement d'infanterie en tunique écarlate, culotté de peau rouge-sang et « papaké » d'astrakan, commandé par des officiers très dorés, nous présente les armes.

Nous mettons pied à terre.

Son Excellence Astanakoul, que nous connaissons déjà, le ministre de la guerre, en longue tunique noire surchargée d'épaisses broderies d'or, ainsi que plusieurs autres importants personnages nous souhaitent la bienvenue : poignées de main, salutations, présentations, etc., et notre cortège se reforme à pied, grossi de cette brillante phalange officielle.

Un maître des cérémonies, portant une haute canne, nous précède à travers le modeste palais de Chir-Badan, puis nous conduit au delà d'une grande cour intérieure, au seuil de l'entrée de la salle de réception de l'émir.

Ici, ministres et suivants nous abandonnent, se retirant à reculons, pliés en deux, et disparaissent sous une voûte.

Chigaoul et notre interprète seuls nous assistent. En avant doucement.

Une grande salle rectangulaire, au plafond en solives et aux murs blancs agrémentés de fleurs et d'arabesques peintes, ouvrant par six portes-fenêtres sur une large terrasse.

Au centre de cette salle, trois fauteuils, dont un en bronze doré, disposés en triangle. Et, devant le fauteuil doré, Sa Hautesse Saïd-Abdul-Akkad (l'Ombre de l'Unique), debout, en khalat de velours à damier bleu de ciel et gris-souris retenu par une large ceinture d'or, le chef enturbané de mousseline immaculée.

Voilà très fidèlement le tableau que j'ai devant les yeux.

Quoique Saïd-Abdul-Akkad soit un Manguit, c'est-à-dire qu'il appartienne à la plus ancienne famille touranienne de

l'Asie centrale (quelque chose comme les Bourbons Ouzbegs),
il représente le type accompli de la beauté aryenne, — ce
qui me dispense de faire son portrait.

Peut-être est-il trop « étoffé » pour son âge ; car il n'a que
vingt-six ans.

Mais comment ne pas engraisser quand l'étiquette vous
oblige à ne faire que huit kilomètres par jour, à cheval, et
vous défend de sortir à pied.

Donc Saïd-Abdul-Akkad est très beau et très gros. J'ajoute
qu'il porte toute la barbe et que ses yeux noirs expriment
une grande tristesse.

L'Ombre de l'Unique n'est plus que l'ombre du tsar. Telle
est la cause de cette impressionnante mélancolie que je veux
respecter.

Nos trois saluts réglementaires correctement exécutés,
l'émir nous tend la main, puis nous fait signe de nous
asseoir ; cela avec beaucoup de dignité.

Chigaoul, courbé en demi-lune, se tient respectueusement
le ventre à trois mètres de l'émir ; à sa gauche, Joseph
David roule des yeux de carlin.

Après une nouvelle inclinaison de tête, j'ouvre le feu.

— Je bénis Allah de nous avoir permis d'atteindre ce jour
fortuné qui nous met face à face avec l'auguste souverain du
Bokhara !

Joseph David traduit en turc ma phrase à Chigaoul, qui
la repasse en bokhare à l'émir.

Une inclinaison de tête de ce dernier m'apprend que mon
compliment est arrivé à destination.

De son côté, l'émir :

« — ... Bénit Allah d'avoir favorisé notre voyage et d'avoir
ainsi permis à son humble serviteur de faire connaissance de
gens d'une noblesse aussi haute que la nôtre. »

Re-flexions de tête de notre part, puis production successive de cinq nouveaux compliments :

1° Sur l'immensité du territoire de Bokhara ;

2° Sur sa fertilité exceptionnelle ;

3° Sur la valeur de l'armée de l'émir ;

4° Sur la sagesse de ce souverain ;

5° Sur son courage.

Je termine en souhaitant que la bénédiction de Dieu s'étende toujours sur Saïd-Abdul-Akkad et sur sa postérité.

Tout cela est assez innocent. Mais j'avais reçu des instructions officieuses me priant de ne pas sortir du terrain de la plus stricte banalité. — Je crois y être resté.

L'émir riposte à chacune de mes congratulations par un coup d'encensoir analogue. Je les résume :

« Notre venue au Bokhara est un honneur pour son règne. »

« Il est extrêmement joyeux (!) de nous voir. Il sait combien nous sommes considérés dans notre pays, et c'est justice. »

« Il sait que nous sommes des guerriers valeureux (modeste pivoine, je rougis !). Il ne doute pas que nous n'exterminions tous nos ennemis. »

« Enfin il prie Allah de nous couvrir de sa protection toujours et partout. »

Cet échange inoffensif de formules laudatives dure environ une demi-heure. Après quoi, l'émir se lève, nous serre de nouveau la main et reste debout, tandis que nous reculons jusqu'à la porte en le resaluant par trois fois.

Dans la cour sont revenus les seigneurs qui nous avaient amenés. Ils se tiennent immobiles, face aux appartements de l'émir et à demi prosternés. Nous les joignons.

Aussitôt notre cortège se remet en marche, mais à reculons : les officiers les plus éloignés « tenant » seulement « des hanches ».

Comme ce mode de progression n'est obligatoire pour les chrétiens que devant l'émir, nous nous en privons.

Arrivés sous la grande porte de la cour, tout le monde se redresse et se retourne. Évidemment, cet huis marque la limite extrême de l'irradiation de la majesté de l'émir...

Nous voilà maintenant installés dans une autre salle assez semblable à celle d'où nous venons, devant une table somptueusement servie. Oh! trente plats, pas davantage! de quoi nourrir mon escadron tout entier, hommes, chevaux et enfants de troupe.

Je passe sur les ineffaçables jouissances gastralgiques de ce « destakhan » d'honneur que préside Son Excellence Astanakoul.

Nous goûtons de tout : c'est entendu.

Et comme nous avons été bien sages, nous allons être récompensés séance tenante.

En effet, nous sommes à peine arrivés au quinzième service que des serviteurs nous présentent cérémonieusement seize khalats de brocart d'or, de velours, de satin, de soie, de cachemire et d'adrass.

En même temps des palefreniers font défiler devant nous deux beaux étalons bokhares [1], l'un bai, l'autre alezan, recouverts de housses en velours amarante, splendidement brodées d'or et d'argent. Les brides sont en cuir rouge rehaussé de palmes et de croix en vermeil, avec incrustation de turquoises et de petits cabochons. Les selles en bois sont rouges.

J'avoue que ce dessert est tout à fait de notre goût, mais, pour ne pas contrevenir aux prescriptions du commandement n° 2, nous nous bornons à jeter sur ces cadeaux un regard indifférent (?)... Toutefois, avant de prendre congé de Son Excellence Astanakoul, « je le prie de transmettre à son souverain nos remerciements pour la réception vraiment royale dont il nous a honorés, et de l'assurer que je procla-

---

1. Le type du cheval bokhare se rapproche beaucoup du cheval barbe. Inutile donc de donner le signalement de nos destriers.

merai sa magnificence de mon mieux et au plus loin de la course du soleil. »

Cela dit, nous remontons à cheval, nous ripostons par un majestueux salut aux honneurs des troupes, et nous reprenons le chemin de Bokhara, dans le même dispositif, mais flanqués de serviteurs portant ou « montant » nos cadeaux.

Arrivés à la résidence, à notre tour, selon l'usage auquel M. de Tcharikow nous initie encore, nous faisons nos largesses aux serviteurs de l'émir; puis, d'accord avec Verdet, et avec l'approbation de M. de Tcharikow, je donne aux cosaques qui nous ont escortés nos deux étalons, — au nom des hussards de France.

Il est entendu que les harnachements de nos chevaux n'étant pas à... l'ordonnance cosaque, nous les gardons pour nous.

Deux heures après, le phaéton du plus aimable des ministres résidents et du plus gracieux des créanciers, conduit en demi-daumont par les porteurs de ballons captifs que vous savez, nous jette à Karakoul.

Ici une contrariante nouvelle nous attend : pas de train pour Tchardjoni avant vingt-quatre heures. Cette surprise désagréable a le talent d'exaspérer mon compagnon de route.

Allons! un bésigue pour patienter, puis dormons, si les fourmis veulent bien le permettre.

On vient nous prévenir à dix heures et demie que, contre toute prévision, le train signalé en détresse vient d'arriver. Merci, mon Dieu!

Cette fois nous avons la bonne fortune de voyager à couvert dans une petite maisonnette en planches, clouée sur un truc; — une vraie boîte à sel sur un plateau.

28 avril.

Vers quatre heures du matin je m'éveille.

Nous glissons en pleines dunes. Une lune blafarde poudre jusqu'à perte de vue les sommets des tumuli. On dirait des cadavres de géants recouverts d'un linceul sans fin. Brrr! brrr! Cette image de l'empire des morts me jette un froid. Fermons notre fenêtre.

Nouveau réveil à six heures. Cette fois nous sommes à Farâb.

Ses hôtes hospitaliers nous offrent le samovar du retour, et nous repartons.

L'Amou-Daria, tout gonflé par les derniers orages, coule à pleins bords, jaune, immense, sans limites apparentes. — Voilà le Fleuve-Mer tel que je l'avais rêvé! Et je le remercie de s'être mis ainsi en gala pour recevoir nos adieux.

Tchardjoui : cinq minutes d'arrêt. Juste le temps de prendre le train de Merv qui siffle; car on ne comptait pas sur nous.

Encore une journée à travers les sables mouvants, et nous arrivons à Merv à neuf heures.

Le colonel Alikhanow a dépêché à la gare M. Guillaume, avec ordre de nous conduire directement chez lui.

Le gouverneur de Merv a retardé à dessein son départ imminent pour la frontière, où des troubles viennent de se produire, afin de pouvoir dîner avec nous.

Nous retrouvons à la table du colonel les mêmes amis, augmentés du baron Schilling, et la même cordialité nous fait accueil.

— C'est dorénavant de notre part, mon colonel, — *à la vie et à la mort !*

Au dessert, on annonce que le tarrentas du gouverneur de Merv est attelé. Je porte un dernier toast au succès certain de son expédition, et, un quart d'heure après, notre illustre ami roule vers la frontière afghane, seul avec son secrétaire, non sans avoir redit encore avec une insistance charmante :

« — Je veux qu'absent ou présent ma demeure soit la vôtre. »

Avouerai-je que je termine cette soirée au café-concert de Merv, avec le prince Gagarine, le comte Mouraview et le baron Schilling?

Oui, puisque c'est la vérité. D'ailleurs, en voyage, il faut, autant que faire se peut, tout voir, même les choses les plus piteuses.

Sur une estrade, cinq Allemandes, laides et aphones, piaillent des valses qu'une matrone mastodontesque accompagne sur un piano rétif.

Deux comiques (!) mâles promènent leur sébile dans l'auditoire, composé de sous-officiers et de marchands indigènes, attablés devant des bouteilles de pivo (bière) et des verres de vodki.

Entre tables, chaises et jambes, deux chiens donnent la chasse à un jeune marcassin qui se rebiffe et chasse à son tour les chiens.

Voilà le spectacle dont nous jouissons à notre entrée dans ce bouge de délices, — qui est pour certains peut-être la vivante image du paradis de Mahomet.

Nous le fuyons bientôt et sans regrets, pour rallier nos pénates.

29 avril.

Dès huit heures du matin, nous allons reconnaître Merv, tout en tiraillant les oiseaux d'eau qui peuplent les étangs de ses faubourgs.

Nous visitons ensuite la coquette installation du baron

Schilling. Enfin le prince Gagarine nous photographie de face, de dos, de profil, couchés, assis avec armes, drapeaux, instruments de musique, etc., une apothéose, quoi !

Merv est une ville absolument moderne, donc sans histoire ; mais son importance, déjà considérable, grandit chaque jour, grâce à l'ouverture du transcaspien, à l'habile administration de son gouverneur et, surtout, grâce à ses intelligents travaux d'endiguement du Mourgâb et de ses canaux dérivés : « la sage possession de l'eau étant ici la source de toute richesse ».

Sur la rive droite du Mourgâb s'étend la ville administrative ; sur la rive gauche est la ville indigène ; entre les deux, un pont de 50 mètres sur chevalets sert à la fois de passage aux piétons, aux voitures et au chemin de fer.

Merv est justement réputée pour ses merveilleux tapis fraise écrasée à reflets nacrés, ses originales bandes de toile avec dessins de velours et... ses melons d'eau.

Le vieux Merv (Stari-Merv) est situé à une trentaine de kilomètres vers le nord.

Je voudrais l'aller voir ; mais le prince Gagarine m'assure qu'après avoir vu les ruines de Samarkande, celles de Stari-Merv seront pour nous une déception complète.

J'y renonce donc, me contentant, étendu sur un excellent sofa, de me repaître des diverses phases de l'histoire de cette « Reine du Monde », si déchue aujourd'hui. Son origine se perd dans la nuit des temps (on sait que la nuit des temps a bon dos). Sous Alexandre le Grand, elle est capitale de province. Antiochus Soter en fait (vers 240 av. J.-C.) le chef-lieu d'une satrapie.

En l'an 53 avant Jésus-Christ, après la défaite de Crassus, Orodes, roi des Parthes, y fait transporter dix mille prisonniers romains.

Au III⁰ siècle, le prêtre syrien Béréchina y introduit le christianisme.

Au ve siècle, elle est le siège d'un archevêché nestorien.

Les Arabes s'en emparent ensuite, puis les Turcs-Sedjoucides, qui en font la capitale de leur royaume du Khoraçan.

Elle devient, sous le règne d'Alep-Arslan, l'un des principaux centres intellectuels et scientifiques de l'Asie, et compte un million d'âmes, disent certains historiens (aujourd'hui l'oasis tout entière possède à peine deux cent cinquante mille habitants).

Le mogol Toulaï, fils de Gengis-Khan, jaloux de sa grandeur, la détruit de fond en comble.

Sous la domination des Ouzbegs, elle redevient florissante; puis Ismaïl-Khan s'en empare. Elle subit le joug persan jusqu'à la fin du xviiie siècle. A cette époque, l'émir du Bokhara, Maasnour, ne pouvant arriver à la réduire par les armes, crève toutes les digues du Mourgâb, et Merv est de nouveau ruinée.

Avec les Saryks elle tente de se relever. Mais sous les Tekkés vainqueurs des Saryks, l'ex « Reine du Monde » reste un repaire de bandits vivant de rapines et d'assassinats jusqu'au jour où ses chefs, effrayés par les victoires de Skobelew sur les Tekkés d'Akhal et éclairés par les sages conseils d'Alikhanow, se soumettent à la Russie, ainsi que je l'ai conté plus haut.

Après une semblable tirade, que nous reste-t-il à faire à Merv ?

A remercier nos amis de leur inoubliable réception. — Cela de tout cœur.

C'est fait. En route, alors !

Le compartiment où nous avons pris place est plus que complet, comme tous les autres, d'ailleurs. Mais nous ne nous plaignons pas, car nous y sommes en la compagnie charmante de madame Din.....s, de sa petite fille aussi ravissamment jolie et gracieuse qu'intelligente, et de mademoiselle F***, avec qui nous avons eu l'honneur de déjeuner, à Samarkande, chez le général Yéfimovitch.

Notre voyage se poursuit donc dans des conditions exceptionnellement heureuses, qui nous font presque oublier l'atroce chaleur qu'une tempête de sable vient brusquement nous apporter.

C'est à nous croire sous une cloche de verre jaune dépoli, tellement l'atmosphère est ensablée. Le soleil nous brûle sans que nous puissions l'apercevoir. Une irradiation plus puissante marque seule sa direction. Déjà la steppe que j'avais tant admirée, il y a quinze jours, est brûlée. Sauf quelques chardons étoilés et quelques grappes de fleurs rouges, tout est roussi : — les géographes avaient raison !

Dans cette désolation, des volées de guêpiers verts et jaunes à reflets cuivrés semblent des bijoux perdus. La nuit vient, encore plus accablante peut-être. Nos voisines étouffent sans se plaindre, souriant quand même.

Verdet et moi, moins résignés, passons une partie de la nuit sur le marchepied de notre wagon.

30 avril.

La tempête a un peu cédé. Le soleil se lève glauque, morne, sans rayons. En face de lui, du côté de l'Afghanistan, la lune descend pâle et morte. Si je ne m'orientais pas, je prendrais l'un pour l'autre et réciproquement.

Enfin, il fait jour. Quelques aouls (villages) apparaissent, puis des tours de refuge, puis des caravanes ; quelques ondulations se montrent à notre gauche ; enfin voici des jardins fortifiés, des arbres et une agglomération de maisons blanches qu'il me semble reconnaître.

Je ne me trompe pas. Nous revoici à Askâbad.

Le temps d'aller, dans un tourbillon de poussière,

chercher notre courrier et de revenir dans le même tourbillon, et les quarante minutes d'arrêt sont écoulées. Nous
repartons.

Maintenant, nous longeons les monts escarpés de la Perse
que nous avons dû traverser pour atteindre la Transcaspienne.

A notre droite, la steppe s'étend toujours plate et infinie,
égayée seulement de loin en loin d'un village, d'une « ma-
nade » de chevaux, d'une caravane et de quelques flaques
vertes qui sont des champs d'orge.

Le jet d'eau [1] de la gare de Besmein semble faire l'admiration des indigènes. Évidemment, ils doivent prendre ce
phénomène pour « l'eau éternelle », — comme ils croyaient
jadis au feu éternel de Bakou.

A partir de cette station, la steppe s'amende tout à fait et
devient très verte. Nous sommes dans l'oasis d'Akhal et
voici la gare de Géok-Tépé [2].

Nous faisons halte à environ 300 mètres de Denghil-Tépé
(la Forteresse Rouge), jadis le boulevard des redoutables
Turcmènes-Tekkés, dont le chute décida du sort de l'Asie
centrale.

Une enceinte de 4300 mètres, formée de remparts en
terre, hauts de cinq mètres, mais en partie effondrés, est
tout ce qui reste du théâtre du dénouement de la glorieuse
campagne de 1881, — qui devait être, hélas! le dernier
triomphe de Skobelew.

Sans m'attarder à raconter la suite des événements qui ont

1. Dans la plupart des gares de cette partie du transcaspien,
le voisinage des monts de Kœpet-Dag a permis d'amener par
des conduits souterrains de l'eau en quantité suffisante pour
en perdre.

2. Géok-Tépé était l'ensemble de tous les villages turcmènes
dont les habitants, au nombre de soixante-dix mille hommes,
femmes et enfants se réfugièrent dans Denghil-Tépé pour tenir
tête à Skobelew.

amené l' « homme aux yeux sanglants » (*Gueuz-Kanly*)
devant le réduit de Géok-Tépé : toutes choses qui trouve-
ront leur place dans le chapitre suivant, je veux donner un
compte rendu sommaire de ce haut fait d'armes.

Comme tous les hommes considérables, Skobelew a eu
de nombreux détracteurs. On lui a reproché d'être peu
ménager du sang de ses soldats, de ne pas assez préparer
ses attaques, de vouloir la gloire quand même, et pour cela
de marcher toujours droit au danger (un beau reproche
en tout cas) : que sais-je encore ?

Certes, je n'ai pas l'audacieuse prétention de défendre
Skobelew, mon autorité est trop infime pour que j'ose cela.

Je vais seulement montrer cette grande figure de soldat
devant Géok-Tépé (puisque l'occasion s'en présente), persuadé d'avance que l'exposé de ses actes militaires, pendant
cette mémorable campagne, fera lui-même hautement justice
des attaques dont il a été l'objet.

Et d'abord : ce que je vais vous dire n'est pas de moi, bien
entendu. Mon auteur est la *Revue militaire de l'étranger*.
Je crois ne pouvoir mieux choisir.

Je commence.

Il s'agit pour Skobelew d'organiser et de diriger une
expédition extrêmement délicate, où il faudra lutter autant
contre le climat, le sol, le manque d'eau, de bois et de
toutes choses, que contre un ennemi valeureux et enhardi
par ses précédents succès sur le général Lomakine.

Je glisse sur son « plan de prévisions » qui comprend
les détails les plus minutieux de dates, de chiffres et de
dépenses, où tout est réglé d'avance, même le nombre des
cordes de campement, de feutres de couchage, d'appareils
distillatoires et héliographiques, de longueur de voie trans-
portable (Decauville), et où il demande qu'aucun *corres-
pondant* ne soit admis à suivre le détachement expédition-
naire.

Mais, pour bien montrer qu'aucune question ne le laisse indifférent, je veux citer quelques extraits d'une longue instruction relative aux chameaux de transport, adressée par lui à tous les commandants d'unité.

L'expérience de toutes les campagnes dans les steppes montre qu'un des gages principaux du succès réside dans la conservation des animaux de transport.

Aussi, est-ce un devoir sacré pour toutes les autorités militaires d'apporter la plus grande attention aux soins à donner aux chameaux [1], et de veiller aux points suivants :

1° Que la ration de farine et de fourrage sec allouée aux animaux soit donnée en totalité;

2° Que le chiffre de 8 pouds (130 kilog.), comme charge maxima, ne soit dépassé sous aucun prétexte;

3° Que les animaux soient traités avec patience : à ce sujet, on se basera sur les habitudes des conducteurs;

4° Que les conducteurs soient répartis entre les unités ne tenant compte de leurs attaches de tribus et de famille, etc.

Skobelew s'occupe minutieusement des moindres choses, parce qu'il veut marcher sûrement à la victoire, et surtout parce qu'il sait quelle responsabilité lui incombe, à lui qui porte la fortune des aigles russes. Écoutez-le :

En examinant attentivement notre situation dans l'Asie centrale depuis les dix dernières années, on ne peut s'empêcher d'être effrayé de l'abîme qui s'ouvre devant nous et qui peut désorganiser tout le système économique et politique de l'empire...

Les Anglais ont réussi à convaincre les Asiatiques qu'ils

1. L'expédition comprenait plus de treize mille chameaux.

nous ont contraints à nous arrêter devant Constantinople, et à abandonner la péninsule des Balkans.

Grâce aux efforts de leurs agents, une idée confuse du traité de Berlin, très désavantageuse pour nous, a été répandue parmi les Asiatiques. Grand Dieu! quels sacrifices d'hommes et d'honneur coûtera cette paix si pénible pour un cœur russe!...

Telles étaient ses patriotiques préoccupations, avant que cette campagne fût décidée.

Le 11 mai 1880, il arrive à Tchikichliar, s'assure que ses ordres ont été exécutés, et s'avance méthodiquement en remontant l'Atrek, qui lui ouvre la voie la plus sûre et la meilleure pour pénétrer au cœur de la Transcaspienne.

Le 22 juin, assuré par ses reconnaissances que l'ennemi se concentre devant Géok-Tépé, il s'établit fortement à Bami, qui sera sa base d'opération.

Pour plus de sûreté encore, il a envoyé d'avance, en Perse, le colonel Grodekow, avec mission d'acheter des approvisionnements et de les rassembler sur la frontière de l'oasis d'Akhal.

En même temps, il s'occupe de faire relier définitivement Mikaïlovsk à Kizil-Arvat par une voie ferrée (colonel Annenkow), et il écrit au général Kaufmann de demander à l'empereur l'autorisation de faire participer à son expédition une partie de ses troupes du Turkestan, afin de « rendre le désert populaire » :

Cela prouvera que le Turkestan et la Transcaspienne ne sont nullement séparés par un désert infranchissable.

En effet, sur l'ordre du tsar, une colonne (2 compagnies, 2 sotnias, 2 canons et 900 chameaux), part de Pétro-Alexandrowosk, sur l'Amou-Daria, le 24 novembre 1880, et rejoint Skobelew devant Géok-Tépé, le 27 décembre, avec un malade et neuf malingres seulement.

Il est vrai que cette colonne était commandée par le colonel Kouropatkine.

En novembre donc, Skobelew se porte vers Géok-Tépé. Il a attendu jusqu'à cette époque, avant de passer à la phase active de ses opérations, afin de permettre aux approvisionnements d'affluer et d'éviter les trop fortes chaleurs.

Il laisse à Bami un détachement qui a charge d'assurer ses communications, et marche avec sept mille sept cent cinquante hommes et trois mille cinq cents chevaux, fractionnés en deux colonnes.

L'une va directement à l'ennemi; l'autre, forte de onze cents hommes et de quatre cents chevaux, la flanque sur sa droite par le Kœpet-Dag.

Voici la mission de cette colonne :

1° Reconnaître et lever le pays parcouru par elle, afin de permettre de résoudre, après l'expédition, l'importante question des frontières de la Perse;

2° Couvrir le mouvement de la colonne principale;

3° Menacer Askàbad;

4° Devenir l'avant-garde du détachement, dans le cas d'évacuation de Géok-Tépé par l'ennemi renonçant à défendre sa citadelle;

5° Dans le cas contraire, couper la ligne de retraite de l'ennemi sur Askàbad, et s'emparer de toutes les ressources en vivres se trouvant dans le voisinage de Bab-Arab;

6° Couvrir les communications des Russes et l'arrivée des approvisionnements préparés dans ce pays.

Assistons maintenant à la prise de Denghil-Tépé.

Le nombre de ses défenseurs est de trente mille, dont dix mille cavaliers. La forteresse contient en outre quarante-cinq mille habitants.

Skobelew a huit mille hommes et cinquante-cinq canons.

Il exécute, les 16, 23 et 24 décembre, une série de reconnaissances pour reconnaître les kalas (ouvrages avancés) de l'ennemi dont il est indispensable de s'emparer.

Le 1er janvier 1881, après la célébration de la messe, Skobelew passe en revue les troupes désignées pour prendre part à ces attaques partielles.

Le même jour, les ouvrages désignés au sud et à l'ouest sont emportés. Le 3, il prend la kala du flanc droit (nord-est) ; le 4, les Tekkés font une vigoureuse sortie qui coûte la vie au général Pétrousévitch, à deux officiers et à deux hommes. Le nombre des blessés est de trente-sept, dont un officier.

Le général, reconnaissant qu'il ne peut tenter l'assaut de la forteresse, ordonne d'ouvrir des parallèles, de construire des redoutes, de dresser des batteries ; en un mot de faire un siège en règle.

Les Tekkés se fortifient mais ne se montrent pas.

Le 9 janvier, quatre mille volontaires tekkés, sous les ordres de Tikma-Serdar, font une sortie de nuit, se jettent avec impétuosité sur le flanc droit des travaux de siège et les débordent.

Les Russes, surpris, cèdent un moment, écrasés par le nombre, perdent plusieurs canons et un drapeau.

Mais bientôt des renforts leur arrivent ; les Tekkés sont refoulés et les canons repris, à l'exception de deux pièces.

Les pertes des Russes sont de cinq officiers et quatre-vingt-onze hommes tués ; d'un officier et de trente hommes blessés.

On peut juger par cette sortie de la valeur de l'ennemi que les Russes avaient devant eux.

Le 10 janvier, Skobelew rapproche son camp des travaux de siège, puis il ordonne au colonel Kouropatkine de prendre de vive force un groupe de trois kalas, formant, au sud-est, la position dite du « Grand-Duc », qui était comme la clef de Denghil-Tépé.

Après avoir donné ses instructions, il écrit au colonel, la veille de l'attaque :

Je vous prie, cher colonel, de bien prendre en considération que, désormais, il ne s'agit plus de pertes plus ou moins considérables, mais de victoires! Remontez le moral aux troupes, coûte que coûte; vous me connaissez assez pour ne pas douter qu'ayant brûlé nos vaisseaux, je saurai faire passer le Rubicon au dernier de nos soldats!

J'entends dire un tas de blagues!...

Faites taire tout le monde. Je ferai fusiller un des bavards s'il le faut, quel que soit son grade.

Les plus grandes batailles ont été perdues pour avoir permis le bavardage dans les rangs.

Je compte sur votre énergie et votre dévouement au drapeau.

La position dite du « Grand-Duc » est, en effet, brillamment emportée, mais elle coûte aux Russes un officier et quatorze hommes tués, plus quatre officiers et trente-quatre hommes blessés.

Le 11, au matin, les assiégés font une nouvelle sortie de nuit, très vigoureuse, qui ne réussit pas.

Pendant ce temps, les travaux d'approche sont menés vigoureusement.

Dans la nuit du 17, douze mille volontaires tekkés attaquent avec une intrépidité telle, que certains d'entre eux parviennent à gravir le parapet des redoutes russes, en saisissant avec leurs mains les baïonnettes des défenseurs. Néanmoins les Tekkés sont rejetés dans leur citadelle, avec de grandes pertes.

Le 18 janvier, Skobelew propose une trêve, afin de permettre aux Tekkés d'enlever leurs nombreux morts.

Les conditions de la trêve ayant été loyalement exécutées, Skobelew fait offrir aux assiégés l'honneur de recommencer le feu les premiers. Ils s'exécutent.

Le 19 janvier, plusieurs brèches se dessinent, mais sont insuffisantes ; les boulets s'enfoncent dans le parapet en terre sans produire de dégâts sérieux.

Le 23, enfin, le commandant du génie informe Skobelew que ses fourneaux de mine seront prêts et chargés dans la nuit.

Skobelew arrête alors définitivement ses dispositions pour l'assaut du lendemain, donnant à chacun des ordres précis. Le commandant du génie mettra le feu à onze heures vingt minutes du matin.

A l'heure fixée, une immense colonne de terre et de fumée s'élève de la face de la forteresse. Lorsqu'elle est dissipée, une brèche de quarante mètres apparaît.

Les Tekkés sont momentanément terrifiés par cette explosion inattendue. Ils croient à un tremblement de terre (ainsi qu'ils l'ont conté plus tard) ; mais la plupart de ces hommes de cœur, préférant mourir que d'abandonner leur forteresse, courent à la brèche.

Comme l'explosion retentit, Skobelew fait déployer les enseignes, battre les tambours, jouer les musiques et commande l'assaut. Le colonel Kouropatkine conduit lui-même l'attaque de la brèche. C'est un combat corps à corps féroce, qui dure deux heures et ne cesse que quand les colonnes commandées par les colonels Kozelkow et Gaïdarow couronnent, au sud et à l'ouest, les remparts de Denghil-Tépé.

Enfin, à deux heures, le drapeau du 2ᵉ bataillon du régiment de *Chirvan* flotte sur le tertre de Denghil-Tépé et les Tekkés, lâchant pied, gagnent la steppe en deux grandes masses compactes.

Skobelew qui, pendant toute l'action, n'a cessé de payer héroïquement de sa personne, se lance avec deux sotnias à la poursuite des vaincus, dans le but de ramener les familles des fugitifs, qui seront plus tard la meilleure garantie de paix.

Les pertes des Russes s'élèvent, pour cette journée, à cinquante-neuf tués, dont cinq officiers; et, à deux cent cinquante-quatre blessés, dont treize officiers. En outre, douze officiers et soixante-treize hommes sont contusionnés.

Les pertes des Tekkés sont évaluées à sept mille hommes.

Skobelew fait immédiatement mettre Denghil-Tépé en état de défense et accorde aux soldats quatre jours de pillage, avec défense expresse de toucher aux cinq mille femmes et enfants tekkés qu'il rassemble sous sa main.

Un mois après ce glorieux fait d'armes, les principaux chefs tekkés avaient fait leur soumission au « général blanc », la pacification de l'oasis d'Akhal était un fait accompli, et, comme couronnement à cette œuvre, en 1883, Merv demande spontanément à devenir la sujette du tsar.

Ne vous semble-t-il pas, lecteur, que tout cela est de la rude et belle besogne, et admirablement menée? Et que son principal ouvrier s'y est montré aussi prévoyant et aussi sage que valeureux? C'est mon avis.

La chute de Denghil-Tépé eut un écho immense. Son fracas retentit tout à la fois à Londres, à Calcutta et à Téhéran. Il y vibre même encore, et il y vibrera toujours : — car les fortifications de Hérat en demeurent ébranlées...

Naturellement, pendant que je cause, notre train a continué sa marche et aussi la tempête de sable qui s'était momentanément calmée. Sa violence atteint une intensité telle que par moments notre locomotive a beaucoup de peine à lui tenir tête.

Nous étouffons littéralement; et rien, rien que des tourbillons de sable dans l'air jaune.

Saluons de confiance Kizil-Arvat et reprenons notre place sur le marchepied du wagon. Voici la nuit.

1ᵉʳ mai.

Le *kara-yel* souffle toujours aussi furieux.

Les dunes du Petit-Balkan, que nous traversons, semblent nous suivre, tellement elles fusent, flambent et tourbillonnent. C'est odieux!

Ah! un village : c'est Mikaïlovsk. J'y remarque l'amorce de l'ancien tronçon Mikaïlovsk-Krasnovodsk. J'y vois aussi des recrues qui font l'exercice sous la pluie de sable :

— *Une, deux! une, deux!* Les braves gens!

Allons boire un peu d'eau distillée à leur santé; car ici, bien entendu, il n'y a pas même d'eau potable.

En route de nouveau, les yeux fermés.

Il me semble qu'il fait plus clair. Regardons. Ai-je bien vu? Une mouette! deux mouettes! dix mouettes! et à ma droite de l'eau! à ma gauche aussi!

Nous roulons sur une longue digue courbe.

En aurions-nous fini avec les sables? Pas le moins du monde. Nous voilà de nouveau dans des dunes qui nous pourchassent de plus belle. On dirait qu'elles sentent que nous allons leur échapper.

Enfin, voici de l'eau pour de vrai, beaucoup d'eau même, et très agitée, avec des vagues et des moutons partout, et au plus près des bateaux qui trinquent à qui mieux mieux. Salut à la Caspienne! Il est huit heures du matin.

Ozoun-Ada! Tout le monde descend : ceux qui ne sont pas cuits, bien entendu.

Un millier d'habitants russes et indigènes, deux cents maisons en bois peint, une gare également en bois, mais en bois mieux découpé, plusieurs docks, plusieurs appontements, une dizaine de grands bateaux; tout cela adossé à une montagne de sable fauve, et trempant plus ou moins dans une mer glauque, et vous voyez Ozoun-Ada aussi bien que moi, — mieux même, ayant certainement moins de sable dans les yeux que votre serviteur.

Un violent lavabo (à l'eau distillée toujours) suivi d'un déjeuner plus calme, et nous nous embarquons sur un petit rien du tout de vapeur, la *Tamara*, qui danse à me donner le mal de mer rien qu'à le regarder. Connaissant par expérience, hélas! les susceptibilités de mon cœur à l'endroit d'Amphitrite, ma première question en titubant à bord, parmi les moujiks et les Asiates qui tapissent le pont, est celle-ci :

— Y a-t-il du champagne?

— Oui.

— Deux bouteilles alors, et vivement!

Le vin dissipe la tristesse... et bien autre chose encore! Cela est si vrai que je me comporte beaucoup mieux que je ne l'espérais; car nous avons démarré en écrasant un ponton, et nous essayons de gagner la haute mer, non sans beaucoup de peine.

L'eau est ici une vraie boue de sable. C'est vous dire qu'elle est jaune comme un Annamite. Elle devient ensuite aigue-marine, puis, sous l'influence d'un nouvel épaississement du plafond siliceux, qui s'effrite sur nous en une pluie impalpable, elle redevient boue.

Et nous voici ensablés, à cinq milles de la côte, à portée de voix d'un *cargo-boat*, prisonnier comme nous d'un banc de sable sous-marin.

La *Tamara* recule, fait force vapeur, avance, recule encore et finalement ne bouge plus.

A cet incident, nous avons gagné au moins un peu de stabilité. J'en profite pour faire concurrence aux dunes, en sablant(!) ferme mon champagne.

D'ailleurs, il est des passagers qui sont prêts à nous tenir tête. Entre autres le colonel du N^mo régiment des cosaques du Caucase.

Il paraît trouver le champagne *fadasse*; c'est à coup de

21

vodka qu'il veut procéder. Ayant appris que je suis officier de cavalerie français, il boit successivement à tous les régiments de hussards (il en omet cependant quelques-uns) ; — puis il passe aux dragons, aux cuirassiers, aux chasseurs, à l'infanterie en bloc, à l'artillerie ; et enfin il vide son verre à la santé de mon colonel, à celles des dames françaises, à la mienne, et il recommence.

Un aimable officier veut bien me traduire tous ces *brindes*, en riant. Il est entendu que je riposte toast pour toast, mais que mes moustaches seules boivent. En un mot, je triche. Comme il y a beaucoup plus de régiments russes que de régiments français, je suis excusable. Et puis, il y a aussi que mon inflammation d'entrailles m'a abandonné depuis hier seulement, et je ne tiens pas du tout à renouer connaissance avec elle.

Cette avalanche de toasts passée, le colonel, parvenu au paroxysme de la belle humeur, veut me sacrer cosaque !

J'ai beau me défendre, protester, en appeler au tribunal de nos gracieuses compagnes de route. Tout est inutile. Me voici donc en colonel de cosaques, avec tcherkesse, bechmet, kindjal, sabre, papak, tout le fourniment ! Et, comme le colonel, de son côté, a chaussé mes vêtements et s'est endormi, je resterai en colonel de cosaques jusqu'à son réveil.

Sur ces entrefaites, après deux heures de lutte contre son banc de sable, la *Tamara* a fini par en triompher et a pris le large, laissant derrière elle la bourrasque.

A trois heures, c'est presque le calme plat. Tout le monde dort ; mon colonel ronfle : je suis seul sur la dunette à l'ombre d'une des voiles de la *Tamara*, en compagnie d'un gentil oiseau [1] mi-partie noir et rose tendre, venu je ne sais d'où. Les côtes ont disparu ; au-dessus de ma tête plane

1. Oiseau de la famille des sansonnets.

l'infini bleu ; autour de moi pose l'infini vert : — Ah ! comme
je rêverais bien si j'en avais le temps !

Oui, mais trouverai-je un instant plus propice, — dans
mon ahanante course, pour parler de la « question afghane »
(la moralité de mon voyage) ? Pour dire ce que j'en sais, ou
mieux ce que je crois en savoir ?

Je ne le pense pas. Aussi vais-je m'exécuter séance
tenante, en m'efforçant, le plus possible, d'être sérieux, —
pendant quelques minutes.

Et si je n'oblige personne à adopter ma thèse, je demande
à mes camarades de l'armée d'applaudir, de tout grand cœur,
à la dédicace que la reconnaissance me fait un devoir de
mettre au chef du chapitre qui vient.

CHAPITRE IX [1]

Aux officiers de la glorieuse armée russe,
Hommage d'un hussard de France.

LA QUESTION AFGHANE

Sa définition. — Sa genèse. — Son historique. — Sa mise au
point par le chemin de fer transcaspien. — Conséquences
extrêmes de la prise de Hérat par les Russes.

La question d'Orient *désorientée*. Telle est, selon moi, la
question afghane.

Donc, résumons tout d'abord la question d'Orient.

Le sultan deviendra-t-il le vassal de la Russie ou celui de
l'Angleterre? Voilà la question d'Orient.

Cette lutte classique de suprématie entre « l'Éléphant »
et « la Baleine », selon la comparaison de M. de Bismarck,
devant fatalement se terminer par un corps à corps, plusieurs
terrains ont été essayés, comme arène, pour le suprême
duel; mais, chaque fois, des intéressés sont intervenus qui
ont arrêté les adversaires et terminé l'engagement par ce
procès-verbal des nations qui a nom traité.

Actuellement l'éléphant a trouvé un endroit propice,
écarté, sans gêneurs européens pour vider son différend. Ce

---

1. Ce chapitre a paru dans la *Nouvelle Revue* (livraison du
1er février 1890) sous la signature : Jean Le Hutin.

champ clos, est l'Asie centrale; l'objectif Hérat; le but : — Priver l'Angleterre de l'Inde, en la rendant aux Hindous.

Une fois débarrassée de cette colonie, qui fait toute sa force, — l'Angleterre disparaît et la question d'Orient est résolue au profit de la Russie.

Pourquoi, me direz-vous, la Russie tient-elle autant à Constantinople? Afin surtout que ses flottes de guerre et marchandes puissent « se donner de l'air » librement, pendant toute l'année, par les Dardanelles : ses ports de la Baltique, et même son port d'Odessa, étant bloqués par les glaces pendant une partie de l'hiver.

Pourquoi l'Angleterre est-elle opposée à la russification du Bosphore?

Parce que l'empire des mers est la « raison sociale » de sa puissance.

La Russie a deux routes pour marcher sur Constantinople :

1° La route du nord par les Balkans.

Cette route a l'inconvénient de déranger plusieurs petites puissances qui ont de gros amis hostiles à la Russie.

2° La route du sud ou de l'Asie mineure, par Kars, Erzéroum, etc...

Celle-ci est préférable : elle a été amorcée en 1877. Mais l'Angleterre, étant à Chypre et à Malte, peut aisément opérer un débarquement et contrecarrer beaucoup la marche des Russes. Aussi nous pensons qu'au jour où, toutes choses bien mûries, la Russie se décidera à marcher définitivement en avant, elle commencera par attaquer Hérat, avec son armée de la Transcaspienne et du Turkestan.

La prise certaine de Hérat par les Russes causera dans l'Inde une émotion formidable, mortelle peut-être pour les Anglais. De toutes manières, ils seront obligés de s'y porter en nombre et démasqueront le Bosphore. Alors, s'il est nécessaire, les Russes, appuyés sur leur flotte de la mer Noire, feront donner leur armée du Caucase par Erzéroum

sur Scoutari-Constantinople, en promettant l'indépendance à
l'Arménie et, simultanément, si besoin est, ils menaceront
les Balkans.

Vous me direz que l'armée turque est une vaillante armée
et que, probablement, l'Angleterre se fera remplacer au
Bosphore par les flottes italienne et allemande. Soit, mais
cela est l'affaire de la Russie et de ses amis politiques qui
interviendront à leur tour.

Puisque, donc, les considérations précédentes marquent
que le boutefeu sera donné aux poudres accumulées depuis
le traité de Berlin, par le canon de Hérat, j'aborde directement la question afghane.

J'ai donné, plus haut, sa définition; je passe à son
historique.

Sans remonter jusqu'au déluge, c'est-à-dire jusqu'à Pierre
le Grand, dont le flair génial avait éventé ce drame politique, nous pensons que son réel « metteur en scène »
est Alexandre II, et son « metteur au point » l'empereur
régnant. En effet, jusqu'à l'avènement d'Alexandre II, les
conquêtes russes en Asie semblent avoir pour unique objet
la pacification des tribus limitrophes de l'empire, dont les
incursions continuelles constituaient un péril pour les frontières aralo-caspiennes.

C'est l'opinion formelle des écrivains russes les plus
accrédités. Écoutons le général-major Kouropatkine, l'un
des héros de Denghil-Tépé :

Les Russes ont été incités à s'avancer vers le centre de
l'Asie, par le voisinage de steppes immenses habitées par
des peuples ennemis, les Kirghizes et les Turcmènes.

En cherchant à protéger les Kirghizes, ils se sont heurtés
à des tribus asiatiques, livrées à l'anarchie, et ils ont été
forcément amenés à les soumettre.

Ainsi, dès le début, l'antagonisme chronique existant entre

l'Angleterre et la Russie, — reste étranger à l'en-avant russe en Asie.

Et même l'épouvantable désastre des Anglais au défilé de Koord-Caboul, en 1842, n'active en rien la marche des opérations en Transcaspienne.

Cet événement a dû évidemment évoquer, chez Nicolas Ier, comme un avant-goût de la conquête de l'Asie centrale et peut-être même de celles des Indes.

Mais cette grave question, qui avait hanté l'esprit de Napoléon, un demi-siècle plus tôt [1], reste à l'état embryonnaire jusqu'en 1854.

A cette époque, éclate la guerre d'Orient. On en connaît les causes, les péripéties, les résultats.

La paix faite et le traité de Paris parafé ; si Alexandre II oublie volontiers ses griefs envers la France, il garde rancune à l'Angleterre de son intervention.

Aussi, en 1856, la Perse étant entrée en lutte contre l'émir d'Afghanistan, le tsar appuie les revendications de celle-ci et lui aide à prendre Hérat.

Puis, en 1857, à la nouvelle de l'insurrection des cipayes de l'Inde, il embrasse d'un coup d'œil le parti immense que son pays peut tirer de cet événement.

« — Faites tout votre possible pour savoir si Samarkande existe », dit-il au comte Ignatiew, en l'envoyant aussitôt en mission dans le Turkestan.

La question afghane était posée.

Depuis cette époque, en effet, l'Asie centrale devient le foyer constant de l'expansion russe qui s'étendra — comme une tache d'huile, vers l'Afghanistan, suivant les trois directions :

Au nord, le Syr-Daria (Jaxartes) ;

Au centre, l'Amou-Daria (Oxus) ;

---

1. Le général Gardanne fut envoyé à Téhéran, en 1807, pour traiter avec Feth-Ali-Chah, d'une alliance contre les Anglais.

Au sud, l'Atrek, les monts Kœpet-Dag et la frontière persane.

Sans narrer par le menu les phases diverses de la conquête slave, je me bornerai à en indiquer les étapes maîtresses.

Ce sont, sur la première directive : la prise de Turkestan, de Tchmkent (1864), et celle Taschkent (1865), par le général Tchernaïew ; celle de Kodjent (1866) par le général Romanovski ; celle de Samarkande (1868) et de Namangade (1873) par le général Kaufmann ; enfin la pacification complète de Kokan, par le général Skobelew, en 1875.

Je signale seulement, sur la deuxième directive, un fait d'armes remarquable : la soumission de Khiva, en 1873, par le général Kaufmann.

On sait que toutes ces étapes ont été marquées par de rudes et glorieux combats ; mais vers la frontière persane la lutte sera plus vive encore et, pour réduire les Turcmènes-Tekkés, les Russes seront obligés de déployer une ténacité et une énergie incomparables.

En effet, depuis 1869, année de la création du fort Krasnovodsk, à l'extrémité de la presqu'île de Mangichlak, et de l'établissement du poste de Mikaïlovsk, au fond du golfe Balkan, pour sauvegarder leurs intérêts commerciaux sur la Caspienne et prêter main-forte aux Youmoutes [1], contre les Tekkés, les Russes, loin de progresser, restent sur la défensive.

Cependant, en 1871, ils s'emparent de Tchikichliar et de l'île persane d'Ashourade qui commandent l'embouchure de l'Atrek. Puis, appuyés sur ces trois points, ils tentent, en 1872, 1873, 1875 et 1877, une série d'opérations contre l'oasis d'Akhal, repaire des redoutables Tehkés.

Le général Lomakine parvient à s'emparer de Kizil-Arvat,

1. Turcmènes tributaires de la Perse.

mais se voit obligé, faute de renforts, de se replier sur Moulla-Kari et Krasnovodsk (juillet 1877).

Donc, en 1878, si la steppe khirghize est tout entière sous la domination russe, la steppe turcmène, depuis Kizil-Arvat jusqu'à l'oasis de Merv et à la frontière afghane, reste encore insoumise.

A cette époque, les graves événements de la guerre turco-russe donnent à la « mervosité » anglaise, selon le mot spirituel du duc d'Argyll, une acuité nouvelle ; aussi, les opérations russes suivent des fluctuations parallèles aux oscillations diplomatiques de cette période.

Après plusieurs tâtonnements, le général Lomakine s'empare de Tchat, sur l'Atrek, au mois de septembre 1878, mais échoue à Géok-Tépé et bat en retraite sur Mikaïlovsk (1879), malgré l'incontestable bravoure de ses troupes.

Deux années plus tard, Skobelew venge superbement l'échec de son prédécesseur ; Denghil-Tépé est prise d'assaut, le 24 janvier 1885, ainsi que je l'ai raconté plus haut, l'oasis d'Akhal tout entière se rend à discrétion ; et, pour couronner l'œuvre du général blanc, en 1883, « comme un fruit mûr », Merv fait spontanément sa soumission.

Voici donc, en 1884, les Russes presque partout en contact avec la frontière afghane, ayant leur flanc droit appuyé à la Perse, virtuellement leur alliée (dans l'impossibilité matérielle où elle est d'être autre chose [1]), et protégés sur leur flanc gauche par l'excentricité même de ce flanc limitrophe de la Chine.

Voyons, du côté opposé, comment les Anglais ont opéré pour parer au danger russe.

Bien que très préoccupé, surtout depuis 1864, des agissements de ses adversaires, le gouvernement anglais avait

---

1. Convention de Téhéran (1881). En cas de succès, le chah reprendrait le pays de Hérat.

prudemment dissimulé ses inquiétudes, comptant susciter à la Russie quelque complication européenne, pour détourner d'elle ce coup droit.

Cependant, en 1878, à la nouvelle que l'émir d'Afghanistan, Shere-Ali, a reçu « à cœur ouvert » l'envoyé du général Komarow, commandant en chef des provinces transcaspiennes, le vice-roi des Indes, lord Lytton, — ordonne au général Chamberlain et au newab Gholan-Hussein-Khan, de se rendre avec une nombreuse suite, à Caboul, auprès de l'émir.

Celui-ci trouve si peu à son goût les propositions anglaises tendantes à le « débarrasser de tous soucis administratifs », qu'une déclaration de guerre est la conséquence de cette pompeuse ambassade.

Les Anglais, instruits par leurs désastres de 1842, préparèrent cette campagne avec la plus grande sagesse, et l'on peut dire que les troupes des généraux Brown et Roberts y firent preuve de remarquables qualités militaires.

En conséquence, les débuts de cette expédition sont marqués par de brillants succès. Néanmoins Shere-Ali ayant déserté chez les Russes, laissant le pouvoir à son fils (jadis son prisonnier) Yacoub-Khan, ce nouveau régime amène de toutes parts des soulèvements partiels, dont les Anglais sont loin de bénéficier.

Leur situation devient même un instant très critique, d'autant qu'à la même époque les Boërs leur infligeaient, au Cap, un retentissant échec.

Aussi s'empressent-ils, après un combat heureux, de signer, en 1879, le traité de Gandamak, par lequel le nouvel émir, désireux de pacifier ses États et d'y rétablir son autorité, leur accorde des conditions relativement avantageuses.

L'émir accepte l'alliance anglaise contre les ennemis du dehors — et contre ceux du dedans; — le major Cavagnari restera à Caboul pour conseiller l'émir — et être assassiné....

De leur côté, les Anglais lui restituent les villes de Kandahar et Jellalabad.

En 1879, l'ère de repos et d'apaisement semble donc venue pour les deux partenaires. Mais tandis que l'un met tous ses soins à organiser administrativement et territorialement ses conquêtes, l'autre soulève la question égyptienne, bombarde Alexandrie, s'empare du Caire : — toujours dans le même but philanthropique de décharger (cette fois-ci) le khédive de tous soucis administratifs.

Le Mahdi, moins civilisé que le vice-roi, paraissant disposé à donner énormément de fil à retordre aux Anglais, le tsar autorise le général Annenkow à mener à fond de train la construction du chemin de fer transcaspien.

Et, du mois de mai 1885 au mois de mai 1886, 670 kilomètres de voie ferrée sortent des sables.

Actuellement l'ordre du tsar est entièrement exécuté : la Caspienne fraternise avec l'Héri-Roud, le Mourgâb, l'Amou-Daria et le Zarafchane; une colossale jante d'acier de 1352 kilomètres enserre pour toujours les conquêtes russes; les avant-postes du général Komarow bordent énergiquement (voir le combat de la Koushka, mai 1885) la frontière afghane; et, si le tsar libérateur n'avait pas été odieusement assassiné, — il serait pleinement rassuré « sur l'existence de Samarkande ».

On nous dira que le premier tronçon du transcaspien a été construit, de 1880 à 1881, pour aider à l'expédition de Skobelew.

Soit, mais cette glorieuse épopée parcourue et la steppe définitivement soumise, pourquoi se hâter vers l'Afghanistan et paver de roubles l'aride désert turcmène?

Est-ce seulement pour monopoliser le commerce des caravanes de l'Asie centrale, ou encore dans le but de commercer directement avec les Indes?

Je ne le pense pas.

Les Russes savent très bien que les Anglais tout-puissants par leurs flottes, ne consentiront jamais à diminuer leur supériorité maritime par un dérivatif « terrien ».

Ils ont déjà prouvé leur répugnance à toute concession de ce genre, en refusant — avec enthousiasme — le projet d'un tunnel sous la Manche.

Or, il est difficile d'admettre qu'ils aient agi ainsi par peur de voir une armée française pousser tout à coup chez eux, comme un plant d'asperges, par le canal de cette sarbacane sous-marine.

Les Anglais sont trop intelligents pour raisonner art militaire d'une manière aussi enfantine.

Mais après avoir pratiqué — sur une échelle auprès de laquelle celle de Jacob est un simple escabeau — la méthode de la mitoyenneté, pour cause d'agrandissement, maintenant repus, ils préconisent le système de l'isolement, par crainte de réciprocité.

On n'est pas insulaire pour rien et l'on ne possède pas, pour aller « à pattes » la plus nombreuse des flottes.

Telle est la raison originelle de leur opposition, tant au chemin de fer de la Manche qu'à celui russo-afghan.

Il est juste de dire, au sujet de ce dernier, que les frais de sa construction seraient énormes, et que les princes indiens (ces banquiers donnés par la conquête), à force d'avoir été « pressés », sont à sec.

Si donc, il est constant que les Anglais se garderont soigneusement de serrer la main que leur tendent les Russes, pourquoi ces derniers ont-ils construit leur réseau trans-caspien?

Dans un but spécialement militaire. Et ils ont pleinement réussi; car, dès maintenant, cette voie ferrée doit être considérée comme un puissant boulevard de stratégie morale et une non moins puissante base d'opérations offensives, en attendant de devenir le « grand collecteur » commercial des caravanes qui sillonnent l'immense étendue de territoire, allant de la Chine au golfe Persique.

Je vais m'expliquer sur cette tirade morale, militaire et commerciale du transcaspien.

Voyons d'abord son but moral.

Aux Indes, les Anglais sont détestés. Leur morgue systématique, leur raideur rancuneuse et leur mépris, vrai ou affecté, pour tout « natif » n'ont fait qu'élargir le fossé sanglant de 1857, qui sépare toujours les vaincus des vainqueurs.

Néanmoins, le calme règne dans l'empire des Indes, grâce à l'énergique vigilance de ses maîtres belluaires et à leur habileté à maintenir divisé de toutes manières l'innombrable troupeau dont ils se sont attribué la garde.

Et, à ce propos, quoi qu'il arrive un jour, je tiens à redire bien haut encore que l'Angleterre aura le droit d'être éternellement fière d'avoir maintenu sous le joug, pendant au moins plus d'un siècle, deux cent millions d'hommes avec une poignée de soldats.

Je disais que l'Inde est tranquille. Mais ce calme n'est qu'apparent. C'est du feu caché sous la cendre; sous beaucoup de cendre, sans doute; toutefois le feu couve toujours.

On n'a qu'à traverser cette contrée pour se rendre compte que, si ses habitants sont muselés, ils ne sont pas apprivoisés.

S'ils baissent le front devant les vainqueurs, c'est *oculo torvo*; s'ils supportent sans se plaindre leur humiliant esclavage, c'est la rage au cœur; et, quoique depuis l'apparition menaçante de l'aigle russe la fierté anglaise se soit légèrement amendée [1], il n'est pas un seul Hindou qui n'aspire après un libérateur, quel qu'il soit et d'où qu'il vienne, dût ce libérateur être un nouveau tyran.

1. Exemple de concession : 1° adjonction du « newab » Gholan-Hussein-Khan au général Chamberlain, dans son ambassade à Caboul; 2° bill de liberté de lord de Ripon.

Le transcaspien est le véhicule de cette idée de libération, et chaque verste conquise vers la frontière afghane la rend plus palpable aux Hindous.

Ruinons le prestige anglais, ont pensé les Russes; sapons leur autorité; démontrons aux peuplades de l'Asie centrale et de l'Hindoustan que l'orgueilleuse Angleterre recule devant nous; prouvons-leur que nous sommes les plus forts, et les Afghans, déjà profondément divisés, se rallieront à nous pour former notre avant-garde.

A la défection de ces Saxons asiatiques répondront d'autres défections; puis, quand les sonores trompettes russes retentiront aux crêtes de l'Hindou-Kouch : alors, de l'Indus au Brahmapoutre, du cap Comorin à l'Himalaya, s'élèvera un cri formidable de vengeance poussé par deux cent millions de poitrines, — et l'Inde anglaise aura vécu peut-être!...

Les Russes ont nettement commencé l'exécution de ce programme, et, au jour de son achèvement, on pourra dire que l'orgueil anglais, après avoir été, pendant des siècles, le levier de leur grandeur, aura été ici la cause de leur chute.

En effet, jusqu'à présent, si, en quelque point du globe quelqu'un s'avisait de toucher, par mégarde, à un grain de sable que l'Angleterre avait daigné honorer d'un regard; à l'instant même tout Albion était en émoi : amiraux par-ci, généraux par-là, plénipotentiaires et révérends de tous côtés, menaient de concert un tapage tellement assourdissant que, par considération pour son tympan et pour celui de ses voisins, le quelqu'un en question préférait céder sans plus de discussion.

Tout aussitôt le grain de sable, avec beaucoup d'autres alentour, était avidement accaparé par le « Pritchard » délégué, et, si l'on arrivait à s'en tirer sans payer en outre une indemnité, — on devait se considérer comme très heureux.

Il en a été ainsi pendant nombre d'années (années des vaches grasses), et l'Angleterre a pu s'attribuer partout, selon son bon plaisir, le bien d'autrui qu'elle trouvait à sa convenance et se moquer du droit des gens, avec une désinvolture non pareille, sans trouver nulle part un mauvais coucheur qui mît un terme à ses accaparements et une sourdine à son arrogance.

Un jour, cependant, un éléphant déjà vainqueur des steppes turcomanes est venu, la trompe haute et laurée, lui marquer, sur la frontière afghane, l'heure de la halte, en attendant de lui sonner celle de la retraite — qui sera celle de la fin.

A la vue de son ennemi, la baleine a fait de grands gestes sur place, cherchant à communiquer son indignation à ses amis(?) mais sans y parvenir, puis elle a « fait la morte ».

Pendant ce temps, l'éléphant a continué sa marche triomphale, donnant des défenses à droite, de la croupe à gauche, et de la trompe un peu partout; s'abreuvant, tantôt au Jaxartes, tantôt à l'Oxus, tantôt au Mourgâb, tantôt même, *infandum*! à l'Héri-Roud.

Puis, il a amené avec lui une nombreuse suite, et il s'est installé confortablement, ainsi qu'il convient à un mammifère de sa condition : — Tout cela, sans se gêner, en vrai enfant terrible, et comme s'il était chez lui.

Un jour même, comme la baleine, de plus en plus « désorientée » lui faisait doucement observer qu'il mettait le pied, et quel pied! dans le plat afghan, la pièce capitale de sa vaisselle intime, l'éléphant a répondu en y mettant les trois autres pieds, — et c'est le plat qui a eu tort.

Laissons de côté cette comparaison légèrement triviale et résumons-nous en disant que les Hindous, dont la subtilité de flair politique est servie par une rapidité extrême d'informations, due à la franc-maçonnerie des castes et à la densité de la population, suivent pas à pas les enjambées russes.

Ils savent que le chemin de fer de l'Ak-Padischah (tsar blanc) est un fait accompli.

Ils savent que l'émir Abdul-Rhàman a maintes fois demandé des secours aux Anglais, en exécution de la fameuse clause du traité de Gandamak, et qu'il a beau crier : « Anne, ma sœur Anne! » il voit peu de chose venir.

Ils savent combien est violente la haine de leurs maîtres contre les Russes, et cependant ils voient ces maîtres, — jadis si fiers, baisser pavillon devant leur adversaire, et opposer à leurs empiétements une douceur et une résignation aussi évangéliques que contraires à leurs habitudes.

Ils en concluent que la puissance anglaise touche à sa fin, que l'heure de la délivrance approche; — que leur devoir est de se tenir prêts.

Chaque jour suffisant à sa peine, le but moral du transcaspien est atteint.

Étudions maintenant cette voie ferrée au point de vue militaire.

Il suffit de jeter un coup d'œil sur son tracé pour se rendre compte de son habile conception, au point de vue stratégique.

Le transcaspien court d'abord perpendiculairement à l'objectif (Hérat), puis se brise à Douchak pour suivre le front de bandière afghan.

Il s'infléchit ensuite légèrement jusqu'à Tchardjoui où il atteint l'Amou-Daria. De là, il suit le Zarafchane jusqu'à Samarkande.

L'ensemble de son front principal, depuis l'oasis d'Akhal jusqu'à l'Amou-Daria, présente la forme d'une « demi-redoute », dont la « face » est marquée centralement par le camp retranché de Merv, et dont les « flancs » sont appuyés, celui de gauche à Tchardjoui, et celui de droite à la frontière persane et au camp retranché d'Askâbad.

En arrière, les communications sont assurées, avec la Caspienne, par une série de points d'appui : Géok-Tépé, Kizil-Arvat, Mikaïlovsk, etc.

Quant à l'extrémité gauche de l'aile russe, depuis Tchardjoui jusqu'au Syr-Daria, elle est tellement excentrique, que, pour l'instant, elle peut être considérée, à partir de Samarkande, comme au dehors de la zone des opérations principales.

D'ailleurs, tous les points importants de cette région sont solidement occupés et communiquent directement, par Taschkent, avec la route Orembourg-Pétersbourg.

Sur l'Amou-Daria moyen, nous avons à signaler un poste russe important : Kerki, qui observe à la fois les grandes routes de Bokhara et de Samarkande à Hérat et à Caboul, par Meimène et Balk.

En avant de la demi-redoute dont nous avons parlé plus haut, les Russes possèdent les ouvrages avancés de Saraks et de Zulfagar, sur l'Héri-Roud, et ceux d'Ak-Tépé et de Penj-Dèh, dans le bassin du Mourg-Ab.

Or, on sait que ces deux cours d'eau ouvrent les deux principales routes de Hérat : 1° Karouan-Aschan; 2° Robati-Sengui.

L'oasis de Penj-Dèh est une merveilleuse « berme » de recueillement, et quand on songe que la ligne Zulfagar-Penj-Dèh n'est guère qu'à 130 kilomètres de Hérat, on comprend que cette épée de Damoclès gène passablement le repos des Anglais, et justifie leur mise en défense de « la clef de l'Afghanistan », d'autant plus qu'elle peut être prise à revers, par la route de Meimène.

Dans le cas d'une marche sur Hérat, les Russes construiraient leur voie ferrée d'attaque, en prenant comme tête de ligne Douchak, ou la station la plus rapprochée du cours du Tedjen.

Sa direction serait : Saraks, rive droite de l'Héri-Roud,

Adam-Youlam, Akar-Tchichmé, Ak-Robat, Gourlem, la passe de Karouan-Aschan (altitude 300 mètres), Hérat.

Il existe également, jusqu'à Adam-Youlam, un meilleur tracé, dit-on, par la rive gauche de l'Héri-Roud, soit : Saraks, Puli-Katoum, Adam-Youlam, etc.[1] ; — mais la voie passerait, de Saraks à Puli-Katoum, sur le territoire du Khoraçan.

La colonne d'extrême droite des Russes, plus ou moins forte (suivant la posture du chah, qui a intérêt quand même à appuyer son formidable voisin), pourrait suivre la route Askâbad, Koutschan, Méched, Turbet-i-Cheik, Kafir-Kalèh, Glorian, Hérat.

Suivant le cas, on atteindrait également Méched de Douchak, par Kardeh.

En même temps, l'oasis de Penj-Dèh fournirait une attaque directe par Robati-Sengui et simultanément, si besoin était, l'armée du Turkestan marcherait sur Caboul par Balk.

Hérat pris, la route du Kandahar est libre, et les chemins de la porte des Indes (Caboul) sont ouverts : — Alexandre le Grand et Tamerlan l'ont péremptoirement prouvé.

Mais j'opine que les Russes arrêteraient là leur marche en avant, et, laissant les Hindous se débrouiller avec leurs gardiens, appuieraient de toutes leurs forces vers le golfe Persique, qui serait pour eux le plus précieux des débouchés.

Il est nécessaire de compléter cette courte étude par un aperçu des forces respectives des deux adversaires.

Mon excellent ami et compagnon de voyage dans l'Inde, le commandant de Beylié, donne tout au long dans sa brochure si intéressante, *l'Inde sera-t-elle anglaise ou russe ?* la

---

1. La majeure partie de ces renseignements est puisée dans les remarquables travaux de M. Gaspodin-Lessar, un ingénieur russe d'une compétence indiscutable.

composition et l'effectif des deux armées. Je ne saurais trouver un meilleur initiateur.

Il est entendu que je considère seulement comme troupes belligérantes, dans le cas particulier du conflit afghan, les troupes faisant partie des armées du Caucase, de la Transcaspienne et du Turkestan, — lesquelles ont toujours, d'ailleurs, des effectifs renforcés.

L'armée du Caucase comprend 108 900 hommes [1]. Les armées du Turkestan et de la Transcaspienne comptent ensemble 38 000 hommes.

L'arrivée des réserves porterait à 185 000 le nombre des combattants.

En outre, les peuplades du Turkestan peuvent fournir près de 20 000 cavaliers.

Donc, sans compter le gros de sa colossale armée, la Russie, qui est chez elle, nous le répétons, jusqu'à 130 kilomètres de Hérat, peut faire affluer sur la frontière afghane ses deux armées frontières, sans que personne s'en doute, ni en Europe, ni dans l'Inde, le transcaspien étant approvisionné de manière à transporter une brigade par jour, en treize trains.

Par la même raison, elle peut très promptement diriger tout ou partie de ses troupes, sur tel ou tel point de sa ligne d'attaque et évacuer ses blessés, en toute sécurité.

Serait-elle battue, que chaque jour de retraite la rapprochant de ses renforts, lui faciliterait la reprise de l'offensive et émietterait les forces des vainqueurs.

Les Russes ont encore un élément de puissance que nous devons faire entrer ici en ligne de compte.

Je veux parler de la sympathie qu'ils ont su inspirer (en

1. Ce chiffre est un minimum.

agissant à l'inverse des Anglais), aux peuplades turcomanes, — dont le dévouement leur est assuré.

Passons du côté opposé.

Les Anglais ont aux Indes 174 000 combattants (dont 60 000 Européens et 114 000 indigènes); à ces chiffres, il convient d'ajouter 9000 volontaires; soit : 183 000 hommes.

On grossit parfois ces totaux en y faisant figurer 150 000 hommes de la police; mais 50 000 seulement sont armés de fusils, et les Anglais avouent eux-mêmes qu'il ne faudrait, à aucun prix, compter sur ces derniers.

Quant aux troupes des princes indépendants, elles ne sauraient être prises au sérieux, sauf... contre les Anglais.

Évidemment l'Angleterre pourra envoyer quelques renforts. Mais arriveront-ils à temps, étant donnée l'énorme distance à parcourir?

Je cite toujours le commandant de Beylié :

Dans le cas d'une guerre anglo-russe, les Anglais pourront diriger sur l'Afghanistan 35 000 hommes au plus, y compris les quatre divisions fractionnées en cinquante-deux postes, qui observent la frontière afghane.

Le reste serait employé à surveiller les grands centres et les pays voisins, sourdement hostiles : Népaul, Boutan, etc... sans parler de la Birmanie.

Les Anglais sont donc dans une situation d'infériorité complète, tant au point de vue des effectifs, qu'au point de vue de l'emploi de ces effectifs et de l'arrivée des renforts; en supposant encore que l'Afghanistan reste absolument passif.

Or, que se passe-t-il dans cet étonnant pays qui possède quarante-cinq mille fantassins, seize mille cavaliers et deux cent cinquante canons?

Je n'ai pas la prétention de faire ici l'historique de l'Afghanistan; cette exposition sortirait du cadre de cette étude, déjà suffisamment élargi; mais on sait que si cette contrée a toujours été divisée par des querelles de *clans*, jamais peut-être le désordre n'a été plus complet que pendant ces dernières années.

Abdul-Rhâman, l'émir actuel, est impopulaire, — peut-être parce qu'il est la créature des Anglais; son autorité est nulle; ses troupes sont journellement tenues en échec par celles des rebelles; et, quoique chaque jour de nouvelles complications se produisent, les Anglais n'osent pas intervenir, par peur de se trouver pris entre l'écorce afghane et l'arbre russe.

Quand le désordre sera à point, une intervention moscovite, — si l'instant paraît propice, — sera déclarée indispensable.

Alors, si les Russes marchent sur Hérat, les Anglais donneront par Quettah sur Kandahar, et par Péchaver sur Caboul [1], ou bien ils s'abstiendront.

S'ils s'abstiennent, c'est l'abdication complète de leur autorité et leur puissance asiatique s'effondrera *ipso facto*.

S'ils interviennent, pourront-ils soutenir une lutte disproportionnée, sur un terrain hérissé de difficultés de toutes sortes, au milieu de tribus aussi belliqueuses qu'hostiles?

L'avenir nous l'apprendra.

Il me reste maintenant à parler du transcaspien au point de vue commercial, puis à formuler ma conclusion.

L'importance commerciale du transcaspien n'atteindra son maximum qu'au jour où il aura été poussé jusqu'à Tasch-

---

1. De Harnaï, station terminus anglaise à Hérat par Kandahar, la distance est de 950 kilomètres; de Péchaver à Caboul, il y a 280 kilomètres.

kend. Néanmoins nous tenons d'ores et déjà pour certain
que ce railway, tel qu'il est, canalisera promptement les
transactions commerciales de la Chine, de l'Afghanistan
et de la Perse, au profit de la Russie, en opérant le drai-
nage de toutes les caravanes qui traversent ces contrées.
En attendant, il est déjà un excellent débouché pour les
produits de l'agriculture locale, qui, sous la sage direction
des nouveaux propriétaires du sol, prend chaque jour un
plus grand développement [1].

Donc, au point de vue commercial, le transcaspien présente
pour la Russie de sérieux avantages qui ne pourront que
s'accroître par la suite des événements.

CONCLUSION

En résumé, je pense que le conflit anglo-russe éclatera
sur le terrain afghano-persan, le jour où la Russie le jugera
opportun (sans doute quand l'horizon politique européen
se sera suffisamment rasséréné), et que ses conséquences,
minimes dans le cas d'un échec des Russes, auront, dans le
cas contraire, une portée telle que la face du monde pourrait
en être changée.

En effet, ainsi qu'il a été dit, si les Russes ont le dessous,
ils se contenteront de rentrer dans leurs limites transcaspiennes, où ils s'organiseront pour une nouvelle attaque,
dans de meilleures conditions.

Les Anglais, de leur côté, seront obligés de dégarnir les
places de l'Inde d'une partie de leurs troupes pour occuper
celles de l'Afghanistan, ce qui est d'un jeu extrêmement

1. Les recettes annuelles du réseau actuellement exploité sont
évaluées à 600 000 roubles.

dangereux ; ou bien, de nouveau ils abandonneront Kandahar, Caboul, Hérat.

Dans cette dernière hypothèse, ils auront fait un grand effort en pure perte, l'échéance de la question afghane sera reculée, mais ne restera pas moins pendante.

Si, au contraire, les Russes sont victorieux, ils pourront rendre le territoire de Hérat à la Perse et obtenir, comme compensation, un vaste débouché dans le golfe Persique [1], ou bien encore confier Hérat à un émir à leur dévotion, et aller eux-mêmes conquérir ce débouché à Téhéran ; puisque, d'après ma thèse, la révolte de l'Inde anglaise et l'effondrement de cet empire seront la conséquence de la prise de Hérat par les Russes.

L'empire des Indes effondré, il est à supposer que les gonds de la Sublime-Porte ne résisteraient pas longtemps à l'*attollite portas* du tsar vainqueur de l'Asie, marchant sur Constantinophe, *via armenica*, au cas où le sultan hésiterait à reconnaître *gracieusement* sa suzeraineté.

Voit-on d'ici la convulsion universelle qui répondrait à cette détermination de la Russie ?

Il serait certainement téméraire d'en préjuger les effets

1. Pour parer à cette éventualité, à plusieurs reprises les Anglais ont cherché à brouiller la Russie avec la cour de Téhéran. Tout dernièrement encore, vers la fin de 1888, Sir Drummond Wolff, ministre d'Angleterre près S. M. le chah, a tenté de donner à la question afghane un « dérivatif persan », en faisant octroyer à toutes les puissances (c'est-à-dire à l'Angleterre), la libre navigation du fleuve Karoun (golfe Persique), qui avait été, jusque-là, concédée à la Russie seule. Après quelques *froissements*, la Russie a ramené son adversaire en garde dans l'ancienne direction, en obtenant à son tour du chah, outre certaines concessions de voies ferrées, l'installation à Méched d'un représentant officiel, M. Wlasow. La même faveur a été accordée à l'Angleterre ; mais son représentant, M. le général Mac-Leane, est isolé, à 1300 kilomètres des troupes anglaises, tandis que M. Wlasow est à peine à 150 kilomètres des forces russes de la Transcaspienne. (*Note du mois de mai 1889.*)

et les résultats; mais, au point où j'en suis, je veux aller jusqu'au bout — et conclure que les colonies anglaises pourraient bien payer les frais de ce cataclysme.

N'est-il pas, en effet, probable que voyant l'Angleterre dans la fâcheuse posture où je l'ai mise, la Birmanie, l'Égypte, la colonie du Cap et autres dépendances britanniques s'efforceraient de reprendre leur autonomie? que l'Australie s'empresserait de briser le fil qui la retient encore à sa belle-mère patrie? que le Canada larguerait son câble? que l'Irlande briserait ses chaînes? et que les plus sombres intentions du principal actionnaire de la triple alliance, — très friand de territoires exotiques, — s'évanouiraient comme par enchantement devant la riante perspective d'obtenir un solide morceau du gâteau colonial anglais?

Alors l'Angleterre, après avoir envahi le monde, tiendrait tout entière dans son île, — comme Napoléon dans Sainte-Hélène!

Tandis que le tsar, maître des trois quarts de l'Europe et de l'Asie, pourrait paisiblement parachever sa grande œuvre de civilisation, et dresser contre la future *descente de la Courtille* chinoise une muraille infranchissable, dont les matériaux lui seront fournis par sa sagesse et son génie colonisateur.

— Parfait! Mais l'Autriche, qu'en faites-vous?

Je lui donne l'Italie, qui a étonné le monde par son ingratitude. Elle en connaît le chemin :

Où le père a passé, passera bien l'enfant.

— Admettons comme réalisable cette bénigne liquidation de la triple alliance, et revenons à votre Russie toute-puissante. Ne craignez-vous pas que ce colosse, après s'être assimilé l'Orient, ne finisse par absorber l'Occident?

Peut-être. C'est même écrit, assure-t-on. Mais, en ce cas, un patriotique égoïsme me force à dire qu'un autre peu sympathique sera mangé avant nous ; cela nous consolera toujours de notre future absorption et nous permettra de nous y préparer.

Puis, s'il faut être mangé, je préfère l'être à la *sauce tartare* qu'à tout autre assaisonnement.

Nous n'en sommes pas là, d'ailleurs. La roche Tarpéienne ne s'est pas sensiblement éloignée du Capitole, depuis César ; — et la roche Tarpéienne des empires trop vastes est leur dislocation.

Aussi, comme ce radical mais très gratuit remaniement du globe m'a mis en veine de générosité, j'acclame, haut le cœur, le tsar « empereur d'Asie », à la condition qu'il nous laisse civiliser l'Afrique en toute liberté, et qu'il nous tende sa puissante et loyale main, — au jour où l'on viendrait nous chercher une querelle d'Allemand.

Si l'on reproche à mon vagabondage supputatif d'avoir dépassé les limites du raisonnable, je répondrai que son unique but est de faire ressortir toute l'importance de la question afghane, par l'exagération même de ses conséquences.

Et si l'on me demande pourquoi je me suis montré si peu tendre pour les Anglais, je dirai que nos voisins d'outre-Manche nous ont joué en Amérique, aux Indes, en Chine, au Mexique, à Madagascar, en Égypte, aux Hébrides, partout, de si vilains tours, que le devoir de tout bon Français est de regarder d'un œil au moins sec l'éventualité de leur décadence.

Néanmoins, malgré ma férocité apparente, je ne suis pas anglophobe : le mot « phobe » n'est pas français ; je désire la conversion du pécheur et non sa mort.

Que donc les Anglais, d'accord avec les Russes, nous donnent des garanties sérieuses et effectives d'une amitié sincère, et je fais litière de mes théories, pour adopter celles du général Annenkow qui préconise, on le sait, l'alliance anglo-franco-russe.

22

Mais, en attendant, je reste exclusivement russophile.

Toutes mes sympathies sont acquises à la Russie :

D'abord parce qu'elle a les mêmes adversaires que ma patrie ;

Ensuite, parce que son tempérament et sa situation géographique la poussant à s'étendre vers l'Orient, tandis que notre directive naturelle d'expansion nous conduit vers l'Afrique, — nous n'avons pas à nous jalouser au point de vue colonial ;

Enfin, par reconnaissance pour les services signalés que ses souverains ont rendus, dans maintes circonstances douloureuses, à mon pays, et aussi parce que je crois à la solidarité forcée, — même sans entente préalable, — des destinées de la France et de la Russie, ces deux *plateaux* de la *balance* européenne dont l'Allemagne est *géographiquement le fléau*.

Ma conviction absolue étant donc que le relèvement complet de ma patrie sera la conséquence du triomphe de la Russie, dans les conflits qui sourdent à ses frontières, allemandes, danubiennes, arméniennes ou afghanes : — Fidèle écho du battement de cœur de la France, — je termine ma conclusion en priant Dieu qu'il nous inspire et qu'il protège le tsar.

CHAPITRE X

2 mai.

J'ai rarement vu une plus belle nuit que celle qui vient
de prendre fin. Un calme admirable, une tiédeur exquise,
une transparence mystérieuse des lointains, due à l'éclat
exagéré du firmament, et, sur l'acier bruni de la mer, la
lune reflétée en une large flaque d'argent, étincelante comme
des étoiles écrasées.

Et je suis resté très tard sur la dunette à regarder ces
choses, dans un abandon absolu, mollement bercé par l'ad-

mirable sérénité de la nature, qui, mieux que le sommeil, me reposait de toutes fatigues et, me pénétrant de quiétude, était pour moi un ineffable délassement.

Le soleil levant met bientôt en vue quelques îles rocheuses. Mon petit oiseau noir et rose, arrivé sans doute à destination, s'envole sans rien me chanter. Ingrat!

Heureusement, voici Bakou. Il est onze heures.

Le temps de remercier M. Péronne de ses excellents égards, de payer à la banque nos dettes de Bokhara, de croquer une douzaine d'écrevisses d'Astrakan, grosses comme de jeunes langoustes, et nous roulons déjà sur Tiflis.

Cette partie de route nous est connue. Je la passe, non sans remarquer qu'un orage, sans doute, a momentanément enjolivé la steppe de fleurs des champs et d'anémones rouges.

Je note aussi que les gardes-barrières, outre une véritable poussinée de moutards, sont presque toutes dans un état intéressant.

« Les nuits sont longues en Russie! » écrivait, en 1812, Napoléon à l'impératrice Marie-Louise.

Il paraît que les moujiks modernes pensent, comme jadis songeait l'empereur...

3 mai.

Le temps se maintient superbe et très chaud.

Pays bien cultivé. Beaucoup de champs de blé piqués de gros coquelicots qui sont des femmes tartares vêtues d'écarlate. Sur les mamelons, des bois de chênes-boule; sous les chênes, des ronciers épais; dans les fonds, des pâturages humides où paissent de nombreux troupeaux; à droite, la chaîne du Caucase s'élève de plus en plus majestueuse. Partout, des oiseaux de proie, des rolliers, des guêpiers.

Aux stations, des indigènes nous offrent des bottes d'as-

perges maigres et des agneaux gras : — les prodromes de la
Pâque russe imminente.

À Askatafa, nous avons laissé la route de Kars.

Enfin, nous arrivons à Tiflis à neuf heures.

L'emploi de notre après-midi n'ayant rien de particulièrement intéressant, je tourne le feuillet.

4 mai.

Ce matin, éprouvant la nécessité d'étoffer nos portefeuilles,
nous nous présentons à la « Banque de Commerce ». Elle
est fermée pour huit jours, — durée habituelle des fêtes de
Pâque.

C'est charmant! et je m'explique l'ahurissement qu'une
telle abondance de jours fériés doit provoquer dans les
transactions commerciales.

Seitchass! Seitchass! dans huit jours! Mais, cher
monsieur, dans huit jours, nous serons à l'extrémité de
l'empire.

Heureusement qu'ici, comme à Bokhara, il est avec le
ciel des accommodements : M. Richard, notre excellent
compatriote, toujours obligeant, nous avancera autant de
roubles qu'il nous est nécessaire et se fera rembourser, à
l'aide d'une de nos lettres de crédit, dans huit, neuf, dix,
onze ou douze jours; car si l'on sait à peu près exactement
quand commencent les fêtes au Caucase, il est beaucoup
plus difficile de préciser le jour où elles prendront fin.

Aussi, de la banque, je me hâte d'aller faire mes emplettes
au bazar, — écartant instinctivement les coudes, dès que
j'entre dans une boutique, par peur qu'on ne la ferme sur
moi, sous prétexte que Pâque est en vue.

Madame Lecomte veut bien diriger mes achats de vieux
bijoux géorgiens. C'est vous dire que je fais des *affaires*

22.

d'or. Je tiens à lui réitérer ici mes remerciements très sincères.

MM. Richard et Eychenne nous pilotent ensuite chez les Arméniens les plus renommés; ce qui nous permet de faire une précieuse moisson de tapis, de tentures et de broderies de toutes sortes.

Enfin, pour terminer cette journée, je visite les principales églises et chapelles de Tiflis. Toutes sont intéressantes, richissimes, pleines de reliques et de dorures, mais leur style roman ou romano-byzantin primitif, rigide, froid, régulier et manquant d'envolée, a le malheur de ne pas me plaire. Je ne peux donc pas en parler.

Néanmoins, je signale la « sainte image » de l'église d'Antchis-Khat, enchâssée dans un splendide triptyque en or massif, merveilleusement repoussé, ciselé et incrusté de pierres précieuses.

Abgare, roi d'Édesse, ayant écrit à Jésus-Christ une lettre (dont j'ai lu la teneur), — d'après l'historien Moïse de Khoren (370-487), reçut en retour cette image. Étant donnée son ancienneté, elle n'est pas trop défraîchie...

5 mai.

Pour ne pas abuser du lecteur, je lui demande la permission de ne pas le reconduire à ma suite dans les bazars, d'autant qu'il fait extrêmement chaud, et aussi de le dispenser des visites officielles et officieuses, auxquelles je consacre la majeure partie de cette journée.

Je veux seulement placer ici deux observations. C'est d'abord la manière typique dont les ivostchiks communiquent leur volonté à leurs chevaux.

La vignette que l'on a devant soi quand on prend place dans un phaéton russe est connue : Un énorme melon, bleu généralement, au-dessus, un petit buste court, et par-dessus encore, un vase intime noir renversé.

A peine est-on assis, que le petit buste agite ses bras dodus, secoue ses interminables guides en fil, fait entendre un petit souffle *sifflé* presque imperceptible, ou bien soulève ostensiblement sa dextre d'où pend un embryon de fouet suivi d'une mince ficelle, qui est la mèche, et déjà les colombes sont parties dévorant l'espace, droit devant elles, tenues à pleines guides par les bras dodus subitement rigidifiés.

Et l'on risquerait d'aller ainsi indéfiniment, si l'on n'était pas prévenu, car jamais un ivostchik de qualité ne s'informe de l'endroit où il doit vous conduire.

Il part directement à fond de train : voilà tout. A vous maintenant de le diriger de votre place, en lui criant ;

— A droite! A gauche! Arrête! touche ici! etc.

Quand on ne connaît pas une ville, et que l'on ne sait pas le russe, c'est extrêmement pratique.

Le manège de l'ivostchik arrêté est non moins amusant. A peine descendu de son siège, il fait le tour de ses chevaux, les flatte, les admire, leur conte des histoires, tâtonne et retâtonne les harnais avec un sérieux étonnant, — et s'ébroue à la moindre velléité de son attelage de se porter en avant.

Cet ébrouement est un clapotement guttural (!) des lèvres, que je note par à peu près : *prrrà! prrrà!*

Et ça calme autant les chevaux que ça m'amuse à ouïr.

Ma dernière remarque, exclusivement militaire, porte sur la marche des sotnias de cosaques.

En colonne de route, par trois ou par six, les cavaliers marchent pressés les uns contre les autres comme un troupeau de moutons, sans aucun intervalle ni aucune distance entre les rangs. C'est absolument l'épaule à croupe rivée, qui a l'immense avantage de diminuer de plus d'un tiers la profondeur des colonnes.

6 mai.

Aujourd'hui, jour de Pâque, tout Tiflis est sur le pont
en grandissime cérémonie. Beaucoup de femmes sont en
blanc, avec plumes, dentelles et rubans mêmement imma-
culés; les jeunes filles aussi. On dirait d'une première
communion générale. Quant aux Géorgiennes, elles ont
coiffé des tambours de basque éperdument décorés.

Je ne vois partout que fonctionnaires en grand uniforme,
militaires en tenue de parade, et gens du peuple endi-
manchés, portant le gâteau traditionnel ou l'agneau symbolique. Quelques moujiks sont déjà dans les vignes du
Seigneur. Ils se sont levés matin, sans doute! A moins
qu'ils ne se soient pas couchés.

Nombre de Géorgiens m'ont l'air également allumé. Allons,
ce soir ça chauffera! Et les coups de kindjal pleuvront dru,
encore autre part que sur les agneaux pascals! On ne
m'avait pas menti.

En attendant, seigneurs et vilains s'embrassent entre eux
avec ostentation, se baisant sur la bouche trois fois, suivant
l'usage, en s'exclamant :

— *Khristoss voss kress!* (Le Christ est ressuscité!)

A quoi l'interpellé répond :

— Il est vraiment ressuscité! *Voïstinno voss kress!*

Ces pieux épanchements indéfiniment multipliés dans les
rues, sur les places, en tramways même, me rapportent
malgré moi aux tendresses non moins cérémonieuses des
Téhéranîs, à l'occasion du jour de l'an.

Loin de moi la pensée de blâmer cet usage gai, fraternel,
patriarcal et plaisant en soi; mais combien se baisent ce
matin à tour de lèvres, qui ce soir s'entre-tailleront le crâne
de main de maître!....

Ce dévergondage de voies de fait entre Caucasiens n'a

rien de surprenant, quand on pense que tout le monde est ici journellement armé comme on l'est, chez nous, un jour de mobilisation. Toutefois, il sera prudent de ne pas traîner inutilement cette nuit dans les quartiers indigènes.

Comme pièce à l'appui, voici qu'au moment même où j'écris ces réflexions, on nous rapporte tout sanglant le valet de chambre géorgien de M. Eychenne. Il est à demi scalpé. Or il n'est que dix heures du matin.

Après un excellent déjeuner chez M. Richard, qui a eu la bonne pensée de réunir, autour d'un somptueux gâteau pascal, les principaux Français de Tiflis, je me rends à la réception solennelle de Son Excellence le général prince Dondoukow-Korsakow, gouverneur du Caucase.

Splendide, cette réception, où tous les personnages européens et indigènes du Caucase se pressent, chamarrés de croix et de dorures, dans un cadre presque aussi éblouissant qu'eux-mêmes!

Des salles superbes, larges, hautes, immenses, ruisselantes de cristaux, celle d'honneur décorée à la persane d'arabesques et de miroirs; un escalier monumental, perdu dans un épanouissement de plantes exotiques, d'où germe une guirlande de cosaques au port d'armes, immobiles comme des statues; enfin, des salles à manger pantagruéliquement approvisionnées et irréprochablement servies.

Au milieu de ces splendeurs, le prince Dondoukow-Korsakow, un glorieux blessé de 1855, accueille ses invités avec une aménité exquise, ayant un mot aimable pour chacun, — même pour un modeste officier français dont l'habit prune, un peu râpé, fait triste figure, je l'avoue, dans ce pompeux miroitement d'icones [1].

Cela est si vrai que, pendant cette cérémonie où le prince

1. Mon uniforme, trop avarié, n'était plus digne de représenter l'armée française.

doit embrasser les uns, se laisser embrasser par les autres, agréer les compliments de ceux-ci, féliciter ceux-là, subir les présentations officielles, en un mot, se multiplier de mille manières, le prince, dis-je, sait trouver le temps de venir, par cinq fois, m'honorer d'un entretien charmant. De tels procédés sont d'un vrai grand seigneur. Je tiens à le dire bien haut ici.

Je veux également remercier le lieutenant-général prince Chérémétiew, le baron Salza, le général Ernst, le lieutenant-général des cosaques Toulomine, M. le gouverneur Roggi et M. Slatkovski, inspecteur général des chemins de fer, de leurs attentions particulièrement délicates à mon égard.

Au sortir de cette réception, pendant que la livrée du prince m'aide à passer mon pardessus, je surprends dans les yeux de ces serviteurs une sorte de stupéfaction parfaitement explicable.

— Qu'est cet homme en habit au milieu de tous ces uniformes? se demandent-ils.

Toujours l'histoire du lancier dans les dragons!...

J'ignore quelle a été leur conclusion; mais je crains fort qu'ils ne m'aient pris pour l'accordeur de pianos.

Une promenade à Mouchtaïd me paraît indiquée maintenant, pour secouer ce léger nuage.

Mouchtaïd est un parc assez bien entretenu, aux allées généralement trop étroites, mais très ombreux, bien dessiné, planté d'essences variées présentement en fleurs, et tout semé de bosquets ravissants, de ronds-points pittoresques et de sous-bois délicieux.

A l'extrémité du parc, dans une vaste clairière sont installés des restaurants, des cafés, des arènes, des bastringues, des chevaux de bois, des baraques de saltimbanques et autres divertissements populaires qui, je vous le jure, ne chôment pas.

La foire de Saint-Cloud, le jour de son ouverture, ne peut

pas donner une idée de l'entrain infernal qui règne ici, car les ivrognes ne se comptent déjà plus, et ce sont eux qui mènent la fête.

Et on s'embrasse furieusement, et on se culbute, et on boit à même des bouteilles qu'on lance ensuite au ciel, et l'on engouffre toutes sortes de mangeailles, et on se querelle, et on se bat, et on hurle, et on danse, et on fait des parties de bras en bas et de jambes en l'air du plus haut goût. C'est à se croire dans un établissement d'hystériques.

D'ailleurs, le parc lui-même est partout jonché de fêtards pascals civils ou militaires, cuvant leur trop-plein, ou s'épuisant en témoignages de tendresses réciproques, — entre hommes, — ce qui n'est que plus déplaisant. J'ai déjà dit que les femmes opéraient de leur côté, — entre elles, — généralement à domicile.

Toutefois, j'ai le regret de constater que les quelques spécimens, qui représentent le beau sexe géorgien, sont tout à fait à la hauteur des circonstances.

Assez d'orgies. Rentrons à l'hôtel, terminons nos paquets, puis essayons de dormir tranquilles notre dernière nuit dans la capitale du Caucase, si les amateurs de kakhétie nous le permettent.

7 mai

Un soleil radieux nous réveille à six heures. Bravo ! En réalité, il fait une chaleur étouffante ; mais le temps est clair, et c'était là notre desideratum, afin de ne rien perdre des beautés que la traversée du Caucase [1] nous réserve.

Tout est prêt. La Compagnie Paquet fera parvenir à

---

1. La seule route du Caucase (route militaire du Kasbek) est longue de 200 verstes (214 kilomètres).

Marseille, directement et en excellent état, selon son habitude, nos nombreux colis; nos adieux sont faits; notre podorodjnaïa est en règle; réglée aussi est notre lourde note; nos petites malles sont solidement amarrées derrière une calèche au timon de laquelle piaffent quatre beaux karabâhs [1] aux harnais étincelants; notre courrier sonne éperdument de sa trompette; notre fidèle Chaldéen, très ému de nous quitter, est pâle; notre yamstchik est gris, le ciel est bleu, la route est belle... Roule, cocher! et gare devant!

Quelle exquise satisfaction, après les dures étapes subies, de se sentir ainsi confortablement emporté, à pleine allure, à travers une vallée verdoyante, vers cette prodigieuse muraille de granit et de neige qu'on nomme le Caucase! Plus de tracas! plus de fatigues! plus de préoccupations de gîte, de relais, de nourriture... de lendemain!

Notre courrier se charge de tout. Nous, nous n'avons qu'à nous laisser porter, à voir, à admirer ou à rêver. Ah! comme nous avons bien fait de garder le Caucase pour la bonne bouche!

Ce que nous voyons est déjà ravissant. Ce sont, — autour de nous, dévalant en désordre, — des coteaux et des mamelons d'un vert éclatant, où tous les troupeaux de la Géorgie semblent s'être donné rendez-vous; puis une vallée tortueuse encore plus verte, au fond de laquelle se tord la Koura, comme un gros serpent jaune; de nouveau des coteaux qui se hissent de tous côtés, se chevauchant les uns les autres; plus haut encore, brusquement séparés de ces verdures, les gigantesques contreforts cérulés du Caucase, s'étalant jusqu'à l'infini; et enfin au-dessus des

---

1. Les chevaux de race karabâh (versant méridional du Caucase et région septentrionale de l'Arménie) sont évidemment d'origine arabe. Ils sont cependant plus osseux, moins élégants, plus longs de reins que leurs ancêtres. Leur robe est généralement foncée.

dernières crêtes, la tête de neige du Kasbek montant dans l'azur comme une nuée d'argent.

Après avoir traversé la Koura sur un assez beau pont de pierre, nous atteignons le confluent très mouvementé de la Koura et de l'Aragva, puis nous arrivons à Mtzkhet.

Ici, notre courrier doit payer deux roubles pour qu'une barrière très historiée se relève au-dessus de nos têtes, et nous livre passage. Ce droit de péage est exigé à trois reprises : la monnaie, sans doute, des anciennes « Portes caucasiennes » de Pline !

Mtzkhet était jadis la capitale de l'Ibérie (Géorgie). Ce n'est plus qu'un modeste village originalement acoquiné à une église romane moderne. Lui faisant pendant, sur les hauteurs escarpées de la rive gauche de l'Aragva, se dresse une très vieille chapelle, également romane, d'un beau dessin et d'une patine irréprochable.   .

Au delà de Mtzkhet, la route grimpe de plus en plus, serpentant toujours à travers des mamelons boisés où j'entrevois, parmi les arbres fruitiers et les acacias enguirlandés de pampres, des maisons rustiques entourées de haies vives et des villages pseudo-bibliques.

A Tzilkany, tandis que nous réparons nos forces, quatre jeunes gens entrent dans notre salle, en riant aux éclats — en français. — Ce sont des compatriotes.

Nous nous présentons mutuellement.

MM. Desvouges, A. et M. Reguédat et de la Boisserie viennent du haut Nil et vont présentement à la station balnéaire de Pjatigorsk, près de Vladikavkaz. Ils comptent ensuite remonter le Volga.

Et dire qu'on reproche aux Français d'être casaniers !

Ces messieurs sont de gais compagnons. Aussi avons-nous vite lié connaissance. Comme, jusqu'à Pjatigorsk, leur itinéraire est identique au nôtre, nous décidons de voyager de conserve : — ce qui doublera le charme de notre route.

Au sortir de Tzilkany, le terrain se découvre. Nous laissons à notre gauche, dans un col, le lac de Limasse, formé par un tremblement de terre, à notre droite, le village de Douchet, bien campé sur la hanche d'un mouvement de terrain isolé, et nous pénétrons dans une vallée extrêmement boisée, formée par une boucle de l'Aragva.

Une forteresse aux tours coniques, bâtie par les anciens rois de Géorgie, en garde l'entrée.

Encore deux tournants rapides et nous sommes en plein défilé. Rien de plus pittoresque que cette sorte d'étrange couloir tortueux, tantôt s'élargissant pour nous laisser voir des habitations entourées d'arbres fruitiers en fleur ou de chênes séculaires, et tantôt se serrant à étouffer contre les flancs puissants de hautes montagnes à pic, vêtues de noisetiers, d'ormeaux et d'éclatants buissons d'azalées jaunes au parfum pénétrant [1].

A Ananour (Sainte-Mère), la gorge s'ouvre en triangle.

Bien curieux ce pauvre village dominé par un rocher énorme. Sur ce rocher, une antique forteresse à demi démantelée, mais d'une allure superbe; à ses pieds, deux églises, l'une moderne, l'autre datant du ive siècle; enfin une haute terrasse crénelée soutenant églises, village et rocher. Tout cela a très grand caractère.

Seuls, les habitants de cette région, quoi qu'on en ait écrit, me paraissent inférieurs à leur réputation. Ils ont pu être féroces et peuvent l'être encore, mais je ne les trouve pas beaux.

Passananour (l'Ascension sacrée) est un joli village abrité d'arbres et entouré de jardins. A noter une église tout à fait moderne romano-russo-byzantine.

Passananour dépassé, le pittoresque gracieux disparaît pour faire place au pittoresque sauvage, farouche, désolé.

---

1. Le parfum de l'azalée du Caucase rappelle beaucoup celui du gardénia.

C'est, de toutes parts, un enserrement sinistre de hautes montagnes dénudées et abruptes, étayant d'autres montagnes plus hautes et plus abruptes encore, coiffées de neige qui nous apporte une grande froidure subite. Les arbres ont disparu. Dans les fonds seulement quelques broussailles épaisses, parmi les éboulis, les chaos et les crevasses; aux arêtes des grands rocs, de misérables villages caillouteux; sur les pitons aigus, de vieux châteaux démantelés; et dans l'air gris, des vols de corbeaux : *Miserere!*...

Un instant, la route, qui suit une rampe très raide, passe près d'un mouvement de terrain semé de larges pierres brutes groupées, comme à dessein, autour d'un grossier dolmen. Au milieu de ces pierres, une centaine d'hommes et de femmes, vêtus de tcherkesses ou de robes de bure, et coiffés de calottes de feutre, de papaks ou de voiles noirs et rouges, sont agenouillés, hurlant des prières désordonnées dans la direction de l'Orient.

Plusieurs fois de suite, tandis que nous passons, ils s'inclinent, se relèvent, font de grands gestes, s'exclament et se relèvent, pour recommencer plus loin.

Un autre groupe voisin, non moins démonstratif, fait bouillir je ne sais quoi dans une marmite supportée par un haut trépied. On prétend que les Ossètes (car ce sont des Ossètes) sont des sectateurs du diable. C'est peut-être beaucoup dire. Mais, évidemment, leur façon de faire leurs dévotions pascales n'a rien de très orthodoxe. Je vous accorde même, qu'étant donné le décor, ça sent bien un peu le soufre.

Voici d'ailleurs ce que conte, sur cette peuplade, M. J. Mourier, dans son excellent *Guide au Caucase* :

Les Ossétiens (Ossètes) se nomment eux-mêmes *Irs* ou *Irons* : les Tartares les appellent *Oss*; les Géorgiens *Ossis*; les Russes Ossétiens.

Ils habitent le centre des montagnes du Caucase. Au nord,

ils sont au nombre de quarante-cinq mille, au sud, au nombre de vingt mille. Ils se divisent en quatre tribus principales. Ce sont des chasseurs intrépides, robustes, gravissant les montagnes avec une agilité étonnante. La plupart sont très bornés.

Les Ossétiens Tagaours occupent la rive gauche du Térek. Ils se croient les descendants de Tagaour, héritier du trône d'Arménie, et se donnent le nom d'aristocrates.

La religion des Ossétiens offre un mélange de christianisme, de mahométisme et de paganisme.

Ils prétendent être venus de l'Asie en traversant l'Oural.

L'aoul (village) ossétien est composé de quelques cabanes faites de cailloux, avec des toits plats et une tour au milieu, qui leur donne l'air d'un château moyen âge.

La misère les a rendus voleurs et assassins. Un de leurs proverbes dit : « Tout ce que nous trouvons sur la grand'route, nous est envoyé par la Providence. »

En parlant Ossètes, nous sommes arrivés à Mlet. Comme il est tard et que nous tenons à ne rien perdre des beautés de cette route étrange, nous coucherons ici.

Une tournée dans le village bâti en cailloux avec des toitures plates et une tour au milieu, ainsi que le dit très bien M. Mourier; une visite à l'église moderne, puis aux belles écuries planchéiées de la station, contenant quatre-vingts kabardâhs [1] luisants et bien en chair, et nous attaquons un repas, sinon copieux du moins exceptionnellement gai.

L'hôtelier est un jeune Tcherkesse très décoratif qui bredouille quelques mots de français. Il abuse même de ce

---

1. Les chevaux de race kabardâh ou kabardine (versant septentrional du Caucase) sont bien membrés, bien musclés, forts de rein, près de terre, ont beaucoup de poitrine et de cerceau; mais manquent un peu d'encolure. Ils sont généralement alezan brûlé ou bai. Ce sont d'excellents postiers.

talent contestable pour m'expliquer, d'une façon inintelligible d'ailleurs, comment il a acquis cette érudition supérieure, dont il est extraordinairement bouffi.

Afin de lui échapper, je vais faire un croquis, au clair de lune, du panorama de Mlet. Mais il me rejoint vite, pour essayer encore de me persuader que lui-même dessine — beaucoup mieux que Raphaël, sans doute ! — Quel fâcheux !

J'ai déjà dit que la caractéristique du Caucasien était l'orgueil. Voici, ce me semble, qui corrobore mon affirmation.

Après l'énumération de ses aptitudes variées, le Tcherkesse en question me parle de ses ancêtres. C'est complet ! Car je ne sais rien de plus odieux qu'un déclassé venant se targuer d'une longue série d'aïeux.

Je lui servirais bien volontiers la boutade classique :

« Je connais mes ancêtres et je m'en moque. Jugez un peu de ce que je me f...iche des vôtres ! »

Mais, outre que cela serait irrévérencieux et injuste pour mes ascendants, il s'adjugerait à coup sûr cette phrase pour un compliment. J'aime mieux me taire.

D'ailleurs, il fait froid. Allons nous coucher.

8 mai.

Dès cinq heures du matin nous avons attaqué l'audacieuse rampe de Goudaour. C'est le point psychologique de la route, et, disent les ingénieurs, un chef-d'œuvre de dénivellation.

En effet, de Mlet à Goudaour, base et sommet de l'énorme bloc granitique qui garde le col de Krestovaïa, la distance à vol d'oiseau n'est que de six kilomètres, alors que la différence de niveau est de mille mètres.

On conçoit par quels lacets, plis, replis et contorsions, les ingénieurs du prince Bariatinsky ont dû ployer cette route pour lui permettre d'atteindre à une telle hauteur, sans pente exagérée.

Pendant seize kilomètres (distance effective de cette rampe), nous ne faisons que tournoyer sur nous-mêmes, nous recoupant sans cesse à travers mille précipices, selon les hélices les plus savantes, par une route constamment belle, et gardée aux endroits réellement dangereux à l'aide de solides palissades.

A mesure que nous nous élevons, de nouvelles montagnes se dressent de plus en plus majestueuses, sous leur éblouissante hermine; tandis qu'à nos pieds, se creuse, insondable, la vallée de l'Aragva toute brumeuse, d'où monte, comme une gigantesque stalagmite, un étrange rocher roux couronné de verdure.

Au-dessus de ce grand vide, quelques aigles planent presque immobiles.

Malgré le froid, le soleil est si brillant que de gentils oiseaux inconnus, au plumage bleu, jaune, rouge et noir, chantent encore dans les ronciers des crevasses. Ils nous abandonnent bientôt, fuyant la neige qui, au delà de Goudaour, nous enserre étroitement.

Nous voici maintenant au centre même d'un grandiose amphithéâtre formé des plus hauts sommets du Caucase.

Partout, jusqu'à perte de vue, un immense linceul de neige largement plissé, et sur ce linceul, les ombres des nuages promenant des miroitures. C'est féerique!

La route elle-même est taillée à pic, entre deux murailles de neige de cinq mètres de hauteur, qui parfois nous surplombent en demi-voûtes.

Plusieurs éboulements se sont produits; mais des équipes d'ossètes remettent activement à peu près tout en ordre. Nous passons, et eux de rentrer, en suivant un étroit boyau, dans leur habitation qu'une colonne de fumée nous signale, derrière un grand tumulus de neige.

Vis-à-vis du mont Krestovaïa, une croix marque le point culminant du col. Nous sommes à 2300 mètres au-dessus du niveau de la mer.

Tandis que notre équipage souffle, le petit sauvage qui était sur le siège, aux pieds du cocher, saute à terre, dételle deux de nos quatre chevaux, et retourne pour son compte dans la direction de Goudaour.

Qu'est-ce à dire? Nous avons droit à un quadrige ; nous voulons un quadrige! notre courrier nous explique, par gestes qu'à la descente, *ça va tout seul.*

Et nous en avons vite la preuve. C'est désormais une vraie course folle. Aux tournants, notre calèche, veuve de mécanique, ne porte que sur deux roues. Cela donne le vertige et la chair de poule; mais c'est exquis quand même.

A une pareille allure, nous en avons bientôt fini avec l'empire des neiges. Néanmoins, les montagnes dressées en murailles fantastiques, nous menacent plus que jamais. Nous devons même traverser, sous un faux tunnel, un endroit où les avalanches sont presque continuellement à redouter.

Je recommande ces passages voûtés. C'est tout à fait ingénieux : — avalanches et voyageurs peuvent ainsi poursuivre simultanément leur route, sans qu'il y ait conflit.

Vers Goby, les montagnes, toujours rouilleuses et dentelées s'écartent en un carrefour quadrangulaire, donnant naissance à quatre vallées. Ici, des bergers à l'air farouche, armés de pied en cap, gardent de nombreux moutons et de grands bœufs fauves, au milieu des cascades et des sources ferrugineuses qui pleuvent de tous côtés.

Nous abandonnons bientôt ce gracieux endroit pour un nouveau couloir tortueux, orienté sud-nord, au fond duquel roulent en grondant les eaux glauques du Térek.

A la station de Kasbek, il nous est donné de pouvoir contempler à notre aise, grâce au beau soleil, l'éblouissante cime bicéphale du Kasbek (déjà vue de Tiflis) superbement dressée au-dessus d'un grand fouillis de crêtes granitiques, qui lui servent de merveilleux piédestal.

Ce géant, de plus de 5000 mètres, est majestueux à faire rêver, — même après le Demavend et l'Himalaya!

Mais voici qu'un nuage vient le baiser au front. En route vers le défilé du Darial.

Ce célèbre défilé est le site le plus étrangement sauvage qu'on puisse imaginer. Des falaises monstrueuses indéfiniment ment hautes et tourmentées, faites de basaltes à cannelures bizarres, parfois régulières comme des tuyaux d'orgues, de granits prodigieusement éclatés, répandus en chaos, et de failles étranges, striées, rayées, froissées en mille plissés plats. Tantôt à pic, tantôt surplombantes, ces falaises semblent vouloir se refermer au point qu'on a hâte de les fuir. Sur les crêtes, quelques sapins perdus montent la garde; aux lèvres des crevasses, des cascades écument, et en bas, au fond du gouffre, à travers les éboulis, le Térek bondit en rugissant comme un furieux. Ce passage est réellement ment grandiose et saisissant à un point extrême, maintenant surtout qu'un épais nuage noir, que le vent vient d'y engouffrer, promène sur les rochers mille ombres fantastiques.

Darial veut dire « porte » en langue persane. Jadis ce défilé était fermé, dit Pline, par des portes de fer. Aujourd'hui une simple forteresse carrée le défend pour la forme.

Non loin de ce fortin, trône, sur un piton, le château de la reine Tamara, dont le nom est resté légendaire au Caucase. Cette reine, aussi méchante que belle, séduisait les voyageurs par ses charmes, les attirait dans son castel et les précipitait ensuite dans les flots du Térek.

C'est la Marguerite de Bourgogne géorgienne, tout simplement.

Dès la sortie du Darial, les montagnes s'écartent, s'affaissant insensiblement. La végétation reprend très vigoureuse; le Térek s'élargit et s'ombrage.

A Balta c'est déjà la plaine, plaine verdoyante à l'excès, partout semée de massifs d'azalées jaunes, et coupée de bouquets de grands arbres abritant des kiosques élégants et de coquettes maisons, où l'on mène grand train de chants et de beuveries : toujours en l'honneur des fêtes de Pâque.

Je ne sais pas si la morale s'accommode parfaitement de tous les lutinages que je surprends entre soldats, moujiks et bobonnes russes; mais j'affirme que cela fait très bien dans le paysage, surtout les femmes russes en robes voyantes et tabliers blancs brodés de fleurs.

Mais pourquoi cet affreux fichu en soie, noué sous le menton en guise de coiffure?

Et pourquoi aussi massacrer sans pitié azalées et muguets, sous le prétexte non justifié d'en faire des parures?

C'est ici le « Robinson » de Vladikavkaz, à ce qu'on m'explique. — Je l'avais deviné.

A quatre heures, nous sommes à Vladikavkaz, jolie ville très proprette, anciennement point stratégique important, puisqu'il commandait l'unique route du Caucase.

Depuis la pacification de cette contrée, Vladikavkaz se contente d'en centraliser le commerce.

Elle est la capitale de la province du Térek et tête de ligne du chemin de fer, en attendant mieux; car il est, dit-on, question de la réunir à Tiflis par une voie ferrée.

Des rues bien droites, des boulevards bien alignés, une promenade gracieuse « Mon-Plaisir », sur les bords du Térek, deux églises modernes, un théâtre, et nombre de belles maisons, le tout peuplé de vingt mille âmes : telle est Vladikavkaz.

En parlant de l'hôtel de France où nous sommes descendus, M. Cotteau écrit : « Il est ainsi dénommé par antiphrase, sans doute, car on n'y dit pas un mot de français. »

Cela est toujours rigoureusement vrai.

23.

9 mai.

A sept heures du matin, nous avons quitté l'embarcadère de Vladikavkaz, tout enguirlandé de glycines et de vignes de Virginie, pour courir à travers une steppe uniformément plate et verte : la steppe du Térek ; un coin de l'antique Scythie !

De loin en loin, au milieu des cultures sans fin, apparaissent des villages cosaques aux maisonnettes en pisé coiffées de chaume, de lourdes maisons mieux bâties qui sont des « colonies » d'anciens émigrés allemands, et des paddocks primitifs où errent de nombreux kabardins. Je vois aussi des troupeaux de mérinos gardés par de jeunes cosaques. Tout cela prouve que depuis que ces enfants terribles de la steppe, venus on ne sait d'où et dont le nom signifie « soldat libre » ou « voleur », ont compris que « la propriété n'était pas exclusivement le vol » ; ils se sont mis, comme les autres, à la besogne honnête des travailleurs.

Néanmoins ce sont des résignés et non encore des satisfaits, et ils semblent regretter toujours leur vie de guerre et de pillage, qui était simplement chez eux une exagération brutale de l'amour du foyer, en même temps que la consécration de leur indépendance.

Ces regrets se lisent sur leurs visages empreints d'une mélancolie saisissante.

Et voici un chant populaire, plein de sentiment, qui exprime bien la douloureuse résignation de ce peuple. Je le cueille dans un livre extrêmement attachant : *Voyages et Littérature*, de M. Xavier Marmier (de l'Académie française), un grand voyageur s'il en fut et un conteur exquis.

Dans l'ombre est le platane tristement incliné ; dans le cœur du cosaque est le chagrin qui le ronge.

Ne tombe pas, petit platane, tu es encore vert et florissant ; ne t'afflige pas, jeune cosaque, tu es encore jeune et vigoureux.

L'arbre voudrait résister, mais l'eau le déracine ; le cosaque voudrait se raviver, mais la douleur l'oppresse.

Il est parti avec sa lance, son vêtement de guerre et son fier cheval à la crinière noire, il est parti pour une lointaine contrée.

Dans cette contrée, il est resté pour y mourir ; il ne reverra jamais son cher pays, jamais son toit ni ses parents.

Prêt à rendre le dernier soupir, il murmure ces paroles :

« Creusez-moi dans la terre une large fosse ; sur cette fosse plantez des arbustes qui porteront des fruits. »

Les petits oiseaux de la steppe viendront becqueter ces fruits et m'apporteront de douces nouvelles de ceux que j'aime!

Minérolnyja-wody! cinq minutes d'arrêt. C'est la station de Pjatigorsk. Ici nos amis nous abandonnent.

Je ne veux pas revenir sur les beautés du Caucase, qui se déroule à notre gauche plus imposant que jamais. Il pleut, d'ailleurs, et c'est à peine si nous l'entrevoyons. Je signalerai seulement une série de grands mornes isolés, semés au milieu de la steppe comme un archipel.

Ces mornes-bornes, d'origine volcanique, abondent en sources minérales de toutes sortes, par suite en stations balnéaires très estimées : dont Pjatigorsk, où se rendent M. de la Boisserie et ses compagnons.

Après Minérolnyja-wody, notre route se poursuit mêmement monotone à travers la steppe indéfiniment verte.

10 mai.

Hier, il pleuvait, ce matin il a gelé blanc.

La steppe, toute ruisselante de cristaux irisés, étincelle aux premiers rayons du soleil comme une nappe de diamants.

Si la steppe s'est ainsi parée pour me raccommoder avec elle, elle a parfaitement réussi, d'autant plus que, tout au bout du monde, vers le sud, touchant les nues, son éternel gardien, l'Elbrouz [1], daigne un instant me montrer son front superbe baigné de vapeurs cuivrées!

A mesure que nous avançons dans la steppe du Kouban, les villages apparaissent de plus en plus nombreux; et aussi les grands bourgs aux maisons polychromes en bois gentiment découpé, mirant les croix d'or de leurs clochers piriformes dans les miroirs bleus des rivières et des étangs, où, sous les saules argentés, des cosaques abreuvent leurs chevaux.

Et c'est ainsi jusqu'à Rostov.

Quoique sans grand caractère, cette ville est d'un assez bel effet, étalée très en longeur sur les hauteurs de la rive droite du Don, actuellement débordé et large de plus de deux kilomètres. Nous devons même le passer avec quelques précautions, car sa digue est, en quelques points, mordue. Beaucoup de bateaux, beaucoup de pêcheurs et encore plus de poissons. On se croirait au temps de la pêche miraculeuse.

Le cas échéant, je recommande au lecteur le buffet de Rostov; non pas parce qu'il est tenu par un Français, mais parce que ce Français est un maître-queux de tout premier ordre.

Le prince Gagarine m'en avait fait le plus grand éloge, à Merv : — Prince, vous aviez raison!

Après Rostov, la voie ferrée longe la rive droite du Don jusqu'à son embouchure.

A travers les saules, les peupliers, les iris jaunes et les roseaux, quelques villages; sur les hauteurs, beaucoup de moulins à vent; ensuite l'estuaire du Don, la mer d'Azov et enfin les innombrables dômes, oignons, poires, raves, culs de roses et autres bulbes dorés de la ville de Taganrog.

---

1. Le sommet de l'Elbrouz est à l'altitude de 5646 mètres.

Une heure d'arrêt dans cette coquette ville, et nous attaquons, vers le nord, la steppe du Donetz.

Très bien compris les fauteuils à bascule des wagons-salons russes. Très pratiques également leurs plates-formes extérieures.

Que ces petits balcons sont donc commodes pour flirter! N'est-ce pas, Verdet?

Voire pour faire de doux échanges de muguets et de roses. Mais... soyons discrets.

A Lusovaïa, où nous arrivons pendant la nuit, nous abandonnons la direction de Kharkov, pour nous rabattre directement vers le Sud.

Ici un long temps d'arrêt dont nous profiterons pour nous recueillir.

11 mai.

Rien que des arbres émergeant d'une immense nappe d'eau gris argenté. Tel est le spectacle qui nous surprend au réveil.

Il paraît que le Dnieper a fait des siennes, imitant en cela son compère le Don, le dépassant même.

Ainsi débordé, le Dnieper est majestueux mais extrêmement triste. Après ces inondations, la steppe reprend, toujours vêtue de champs de blé et de prairies.

Le long de la voie, des haies empêtrées de chèvrefeuille et de fleurs; dans les jardins des gardes-barrières, de grands iris blancs; et aux stations, des moujiks en blouse de velours ou en chemise blanche brodée, des Tartares coiffés de peaux de mouton, des cosaques en tcherkesse brune, des femmes russes très blondes peignées à la chien, et des femmes tartares enturbanées de rouge. Au milieu de cette agitation très colorée mais encore plus odorante, des gendarmes bleu de ciel, en papak à aigrette blanche symbolisent, — impassibles comme partout, — la philosophie du devoir.

Une digue construite sur une série d'îlots éparpillés à l'est de l'isthme de Pérékop [1] nous jette en Crimée.

A droite, à gauche, des lagunes; vers l'est, très au loin, le port de Génitchesk; puis, de nouveau la steppe semée de fermes modèles. Enfin à cinq heures, les monts de Crimée (Yaïla) font leur apparition.

Une heure après, nous sommes à Simféropol.

La maîtresse du Grand-Hôtel a beau être charmante et son logis proprement tenu, nous ne nous éterniserons pas longtemps dans la capitale de la Crimée, qui n'a rien pour nous retenir.

Notre but est de voir tout au long, la « Corniche » dont le vicomte de Vogüé a ciselé une si exquise description dans ses *Souvenirs et Visions*, et d'atteindre ainsi Sébastopol par ce chemin enchanté des écoliers.

Notre itinéraire est Yoursouf, Yalta, Orianda, Livadia, Aloupka, Baïdar, Sébastopol : soit 190 kilomètres environ.

Donc, ce qui nous importe, c'est d'avoir une solide calèche, de bons chevaux et des relais assurés. Nous aurons tout cela demain dès huit heures. Nous pouvons dormir en paix.

---

1. Il ne fait pas bon d'être isthme, par les temps présents. Bien qu'il en est qui se défendent, on leur fait une guerre à outrance. Ainsi une compagnie s'est formée pour mener à mal celui de Pérékop. — Le canal de Pérékop ira de Pérékop à Génitchesk (111 verstes). Les travaux sont dirigés par le général-major Jilinoky et par les ingénieurs français Essaut et Carrouzot.

CHAPITRE XI

12 mai.

Raconter la Crimée, après M. de Vogüé, serait courir à un échec certain, dont je ne pense pas qu'on puisse se tirer même avec les honneurs de la guerre.

Et ceci n'est pas une courtisanerie; c'est l'expression de ma pensée intime : foi de soldat!

Au lieu donc de tenter l'impossible, je vais simplement abuser de l'amitié que veut bien m'accorder cet éminent auteur [1], pour me parer de quelques-unes de ses brillantes plumes qu'on ne se lasse jamais d'admirer.

Écoutons le charmeur :

Quand on développe une carte de Russie, il semble qu'on voit pendre au bas de l'immense empire un petit médaillon à peine rattaché par un fil : fragment des monts d'Asie mineure, soudé par une fantaisie de la nature à la steppe russe, et qu'il sied bien à celle-ci de porter comme un bijou; c'en est un ciselé à ravir, tout doré de soleil, enfermé dans son écrin de mer bleue.

Cela n'est-il pas exquisement peint?

C'est à peine si je tiens ce bijou et déjà je suis féru d'enthousiasme pour lui.

Partout des prairies émaillées de berceaux d'églantiers et de touffes de fleurs; des vallons ombreux où serpentent de frais ruisseaux; des châteaux et des villas gardés par de hauts sycomores; des chaumières enrubannées de pampres et, sur les fiers rochers, des minarets perdus.

Dans l'épaisseur des prairies, des ortolans aux yeux cerclés d'or; sur les églantiers des pinsons; dans l'air bleu, d'innombrables merles siffleurs; et, sous les figuiers séculaires, des jeunes filles tartares à peine entrevues : les houris de cet Éden! traînant d'un pied nonchalant leurs babouches dorées.

Des forêts maintenant, où toutes les essences se coudoient en un fouillis d'un pittoresque incomparable. Des chênes rouges, verts, roses, des hêtres aux troncs blancs charbonnés de mousses et de lichens, des ormeaux majestueux, des charmes pleureurs aux feuilles tuyautées et luisantes, des peupliers élancés, des trembles délicats, des frênes aux élégantes palmes, des saules langoureux, des pins noirs aux

---

1. Depuis que ces lignes ont été écrites, le vicomte de Vogüé a été élu membre de l'Académie française.

corps rougeâtres, des bouleaux d'argent, et pêle-mêle, des arbres fruitiers surchargés de fleurs couleur de chair.

Et quels sous-bois épais, mystérieux, attachants, seulement éclairés par le rayonnement des boutons d'or, balançant leurs corolles vermeilles parmi les capillaires, au-dessus des pois de senteur, des pervenches et des violettes !

Mais voici l'apothéose : une déchirure colossale entre deux pans de montagnes, et à nos pieds, la mer aussi bleue que le ciel.

Courons-y à fond de train, à travers monts et vaux drapés de vignes. Mais arrêtons un instant à Yoursouf, pour écouter M. de Vogüé :

Yoursouf est blotti au fond d'une petite baie circulaire, abritée par un grand rocher où les indigènes veulent retrouver la figure d'un ours. De là le nom turc de cette localité.

Un large tapis de vigne tombe des montagnes environnantes.

Quand, il y a un demi-siècle, le comte Voronzof, le Noé de la Russie, procéda aux premières plantations, il fit venir des plants de vigne de toutes les parties du monde ; de Hongrie, de Turquie, de France, de Sicile, d'Espagne.

Et les espèces se sont conservées avec leurs qualités et leur nom d'origine, ces derniers un peu déformés seulement dans la bouche des Tartares.

Et voilà pourquoi nous venons d'arroser, à l'instant même, un excellent déjeuner d'yquem et de corton... de Crimée, — ne rappelant d'ailleurs que de très loin leurs saveurs originelles.

Maintenant que nous avons nos crus de France au cœur :
— A nous la Corniche !

Plus de vignobles, plus de cultures, très peu de jardins : une puissante forêt de chênes accrochée aux arêtes du Yaïla, déroulée sans interruption, avec des plis de draperie d'une beauté sculpturale, jusqu'aux premières vagues de la mer; déchirée çà et là par d'énormes saillies de rochers, par des pans de montagne écroulés, qui profilent sur les eaux leurs attitudes d'une hardiesse menaçante. Tout est contraste entre des impressions que l'œil n'a pas coutume d'associer. Dans le ciel et sur l'horizon marin, une lumière d'Afrique, sous les voûtes d'arbres et de rochers, de fraîches ténèbres, les accidents et les végétations d'une vallée des Alpes. Sur le rivage un sol convulsé de colère, les membres de ces grands squelettes culbutés pêle-mêle; à leurs pieds, sans même un cordon de plage qui fasse transition, la nappe d'azur endormie, cette mer d'une sérénité immuable, comme le fond de certaines âmes et le bleu de certains yeux.

Jusqu'à Yalta, la route est une série ininterrompue de semblables enchantements. Et à force d'admirer, à la longue, malgré moi, une grande lassitude d'esprit m'étreint, qui me fait accueillir, avec reconnaissance, le repos légitime, que la nuit avec ses ombres répand sur toutes choses.

Nous arrivons à Yalta comme le jour prend fin.

Yalta est une sorte de petite Cannes où l'on trouve abondamment les multiples ressources constituant une station balnéaire à la mode : casinos, cercles, villas, bons hôtels, bonne cuisine, bonnes caves et le reste.

Nous en profitons sans vergogne.

13 mai.

Au delà d'Yalta, la Corniche devient plus merveilleuse encore.

Pendant une heure, les cytises en fleurs forment sur nos têtes de véritables arceaux d'or, où crèvent, de toutes parts, sous un enlacement parfumé de chèvrefeuille et de pois de senteur, les grappes carminées des arbres de Judée, emmê-

lées de lilas, de roses et de jasmins d'Espagne. Et sous les
noyers épais, aux crevasses rocheuses des vallons, toujours
des cascades bondissent joyeusement parmi les figuiers et
les clématites, pendant qu'aux balcons ouvragés des maisonnettes tartares, des femmes étranges parent de sequins leurs
cheveux noirs.

Après Orianda et Livadia, résidences féeriques du grand-
duc Constantin et de Leurs Majestés Impériales, d'où sortent
et où rentrent, à plein galop, de beaux courriers tartares
tout brodés d'or, une éclaircie du réseau de verdure nous
annonce Aloupka, « que le comte Voronzof avait choisie
pour en faire la capitale de son petit État de Crimée ».

Qu'on se représente la scène légèrement inclinée d'un
théâtre dont la cuvette de mer serait le parterre et la muraille du Yaïla la toile du fond.

Cette muraille atteint ici sa plus grande hauteur sur un
plan rigoureusement vertical...

Si vertical même que deux énormes rochers, récemment
détachés, ferment la route.

Elle sert de piédestal à la dent de l'Aï-Pétri, le point
culminant de la chaîne ; ce bloc brillant découpe ses déchirures sur le ciel, égal et sombre comme une table de lapis.
La paroi de roche polie réverbère la clarté que lui envoie le
miroir des eaux. En ce fond de tableau surgit un palais
arabe, bâti en marbre gris bleu de Gaspara. Au centre de
la façade qui regarde la mer, la grande porte de l'Alhambra
de Grenade, reproduite avec les dimensions et toute l'ornementation de l'original ; colonnettes et caissons de stuc
blanc, inscriptions koufiques en faïence verte. De ce proche
monument, où s'encadre l'horizon de la mer Noire, un
escalier descend vers la grève ; des lions en marbre de
Carrare gardent les extrémités des degrés. L'autre jour, en
passant au large, nous distinguions de fort loin ces grands

animaux blancs, qui semblaient une avenue de sphinx
d'Égypte. Devant les ailes du palais, règnent des terrasses
disposées en jardin d'hiver ou couvertes de berceaux de
vignes; les énormes sarments sortent d'un massif de fleurs
odorantes, et, par-dessus les parapets de ces terrasses, on
entrevoit le scintillement des vagues à travers un épais
réseau de caroubiers, de figuiers, de myrtes et de tamaris.

Je voudrais tout citer, mais nous voici à la porte de
Baïdar, à la fenêtre plutôt. Car c'est bien une fenêtre que ce
grand pylône rigide en granit gris, haut perché sur l'arête
d'un col sauvage et boisé, qui brusquement, ferme, à l'ouest,
l'admirable terrasse Taurique. Après Baïdar vient une gorge
profonde et étroite, et au delà, une sorte de plaine inculte,
rase, morne, toute bosselée de mamelons rocailleux et de
monticules informes, qui me met au cœur une grande tristesse en même temps qu'une grande fierté.

C'est que ce plateau aride est une terre sacrée entre
toutes : sacrée par les souvenirs héroïques et douloureux
qu'elle évoque, sacrée par les glorieux exemples qu'elle
rappelle, sacrée par le généreux sang dont elle est saturée.
C'est que cette terre a été le théâtre d'une des plus terribles épopées de l'âge moderne; c'est qu'elle est l'ossuaire fraternel de plus de deux cent mille Français et
Russes; c'est qu'elle a nom Chersonèse — et qu'elle porte
Sébastopol.

Très loin, à gauche de la route, au sommet d'un mouvement
de terrain, un groupe d'arbres : c'est le cimetière français.
Encore plus loin à droite, une pyramide : c'est le cimetière
italien. Puis, plus rien, que des mamelons, des ravins, des
bosselures et, subitement, dans un fond : Sébastopol.

Depuis trois ans, Sébastopol est en pleine renaissance :
partout on rebâtit.

C'est une grande fièvre; et il faut beaucoup chercher

pour trouver, derrière ses coquettes maisons blanches, quelques vestiges du terrible bombardement de 1854-55.

Une seule grande ruine reste encore debout, attestant le
passé.

Au-dessus des chantiers de Karabelnaïa, sur un vaste
terre-plein, une masse imposante arrête le regard ; le soir
aux clartés de la lune, elle fait songer au Colisée de Rome.
C'était un corps de casernes, bombé en hémicycle sur
le port ; il couvrait d'un seul tenant tout le plateau et pouvait loger une armée. De ces bâtiments, il n'est demeuré
qu'une muraille circulaire, trouée de milliers d'ouvertures
qui fait écran sur le ciel. Adossé à cette gigantesque ruine,
au sommet d'un socle fort élevé, la statue de bronze de
l'amiral Lazarew commande toutes les eaux des rades ; c'est
d'un grand effet.

Je ne puis mieux comparer la rade de Sébastopol qu'à une
main effilée dirigée vers l'est, le pouce très détaché ouvre le
port Sud, les autres doigts marquent les différentes baies ; la
plus éloignée est l'embouchure même de la Tchernaïa.
A l'ouest du pouce, sur une succession de croupes et de
terrasses, la ville étage ses églises byzantines et ses maisons
qu'enserre l'élégant fer à cheval du boulevard de la Marine.
Et au chef même de ce fer à cheval, un square en rotonde,
orné d'un beau kiosque, fait balcon sur le port d'une façon
charmante.
Au sud et à l'est du pouce, sont la gare, les chantiers de la
Marine et, sur la hauteur qui les domine, la tour de Malakoff.
Enfin, au nord-est, de l'autre côté du port, la blanche
pyramide des « tombeaux fraternels » se dresse au centre
d'une couronne de cyprès.
Il est entendu qu'au sud comme au nord du goulet marquant l'entrée de la rade, de sérieux forts rasants dissi-
mulent leurs canons derrière leurs jeunes glacis.

En dehors de la patriotique activité qui règne autour des quartiers en construction, Sébastopol est très calme, très terne, recueilli, presque mort. On sent qu'il vient à peine de quitter sa livrée de deuil.

Les quais eux-mêmes, sauf peut-être ceux du port marchand, ne présentent pas l'habituelle agitation de leurs similaires de toutes nations. On y fait de la besogne, mais sans grand effort : — comme en sourdine.

Deux cuirassés seulement sont en chantier. Près d'eux quelques torpilleurs semblent regarder, de leurs gros yeux stupéfaits, un énorme bateau à forme de turbot environné d'hélices. Ce singulier flotteur est le yacht *Livadia*. Comme stationnaire il n'a pas de rival, à ce qu'il paraît, mais comme marcheur, une tortue boiteuse lui rendrait des points. Il est d'ailleurs désarmé depuis de nombreuses années.

Désarmons nous-mêmes pour aujourd'hui, et allons à l'hôtel Wentzel prendre un repos bien gagné.

14 mai.

J'ai consacré toute cette journée à parcourir, accompagné d'un guide français, les divers champs de bataille de 1854 et de 1855. J'y promènerai rapidement le lecteur : le cadre de ce livre étant trop étroit pour contenir le récit, même écourté, d'un semblable drame.

Le terrain de la folle charge de la cavalerie anglaise est une sorte de col, situé presque à la croisée actuelle de la route Voronzof et de la route Inkermann-Balaclava. Je m'explique parfaitement sa non-réussite dans un terrain aussi mouvementé.

Non loin de ce lieu, où s'est illustré lord Cardigan, est le cimetière anglais, très religieusement entretenu : On dirait d'un parterre.

On verra plus loin qu'il n'en est pas de même, hélas ! du cimetière français.

Le champ de bataille d'Inkermann est beaucoup plus intéressant que celui de la charge de lord Cardigan. C'est un large vallon actuellement couvert de taillis, confinant, à l'est, au profond ravin d'Inkermann et dominé, au nord, par un mamelon (dit le mont Sapoun) compris entre la Tchernaïa et le ravin du Carénage.

Le 5 novembre 1854, par suite d'une erreur, trente mille Russes s'étaient entassés sur ce mamelon, large au plus de 1000 mètres carrés, au lieu de se déployer à la fois des deux côtés du ravin d'Inkermann. De là ils se ruèrent pêle-mêle sur les Anglais avec une extrême bravoure. Ceux-ci, très inférieurs en nombre, allaient être écrasés, malgré leur héroïque effort, quand Bosquet, arrivant à leur secours, mit les Russes en retraite.

Une pyramide élevée par les Anglais à la mémoire de leurs morts, marque le centre même du théâtre de cette sanglante bataille, qui coûta la vie à quinze mille Russes, Anglais et Français.

La curieuse église d'Inkermann, creusée, comme une demeure troglodyte, à même d'une haute falaise de tuf dont les pieds baignent dans la Tchernaïa, atteste encore, par les nombreux trous de balles qui la criblent, de l'opiniâtre résistance des troupes russes. En remontant la Tchernaïa, on trouve le pont de « Traktir » (cabaret) commandé, à l'ouest, par le mont Fédiouchine, d'où le général Herbillon repoussa les intrépides attaques des généraux Liprandi et Read.

Le « Mamelon Vert » se distingue à peine des autres mamelons qui le flanquent. — Les Russes y avaient élevé un ouvrage avancé. On sait que c'est le général Bosquet qui eut la gloire de s'en emparer, le 7 juin 1855.

Enfin « Malakoff » était bien la clef de Sébastopol, ainsi que le maréchal Niel l'avait signalé. — Du haut des assises

de la tour qui restent encore debout, comme une sorte de
socle — attendant peut-être la statue de Totleben, — on
commande une partie du plateau de Chersonèse et l'on jouit
d'une vue absolue sur la ville et sur le port.

De là, je revois comme en un panorama tous les lieux que
j'ai visités, et je puis reconstituer tout en entier la dernière
phase du drame héroïque, où « les Russes et les Français
apprirent à s'aimer en se combattant ».

Dans les casemates de la tour, je lis sur des dalles de
pierre les noms des amiraux Istomine, Kornilow et Nakhimow,
morts en la défendant.

Je vois enfin, à ma droite, au sud de la ville, sur une
croupe caillouteuse faisant suite à un mouvement de terrain
plus rapproché où était le « Grand Redan », deux rangées
d'arbres chétifs.

Voilà tout ce qui reste du fameux « IVᵉ bastion » resté
pour l'imagination des Russes le lieu sacré entre tous, et en
l'honneur duquel Tolstoï, qui fut un de ses défenseurs, a
écrit la poignante page suivante :

Soudain un bruit assourdissant fait tressaillir de la tête
aux pieds.

La décharge siffle en s'éloignant, pendant que la fumée
enveloppe la plate-forme et les figures noires des matelots
qui s'y meuvent.

L'ennemi riposte, un boulet s'enfonce dans le sol, on est
couvert de terre et de pierres. La sentinelle crie alternati-
vement « canon » ou « mortier ».

La bombe arrive comme un globe noir, puis éclate avec
un crépitement métallique, les éclats volent en l'air en
grinçant. A ces sons divers on éprouve un étrange mélange
de jouissance et de terreur. Au moment où le projectile
arrive sur vous, il vous vient infailliblement la pensée qu'il
vous tuera ; mais l'amour-propre vous soutient et personne
ne remarque le poignard qui vous laboure le cœur. Aussi,

lorsqu'il a passé sans vous effleurer, vous renaissez pour un instant, une sensation d'une douceur inappréciable s'empare de vous, au point que vous trouvez un charme particulier au danger, au jeu de la vie et de la mort; vous voudriez même que le boulet ou l'obus tombât plus près, tout près de vous. Mais voilà la sentinelle qui annonce de sa voix forte et pleine : « Un mortier! » répétition du sifflement, du coup, de l'explosion, accompagnée cette fois d'un gémissement humain. Vous vous approchez du blessé en même temps que les brancardiers; gisant dans la boue mêlée de sang, il a un aspect étrange; une partie de la poitrine est arrachée. Au premier instant, son visage maculé de boue n'exprime que l'effarement et la sensation prématurée de la douleur, sensation familière à l'homme dans cette situation, mais lorsqu'on lui apporte le brancard, qu'il s'y couche lui-même sur le côté indemne, une expression exaltée, une pensée élevée et contenue, éclairent ses traits; les yeux brillants, les dents serrées, il relève la tête avec effort, et au moment où les brancardiers s'ébranlent, il les arrête, et, s'adressant à ses camarades d'une voix tremblante : « Adieu, pardon, mes frères! » dit-il. Il voudrait parler encore, on voit qu'il cherche à leur dire quelque chose de touchant, mais il se borne à répéter :

« Adieu, mes frères! »

A l'expression terrifiée de notre figure :

— C'est tous les jours ainsi, de sept à huit hommes, dit l'officier en bâillant et roulant entre ses doigts sa cigarette de papier jaune[1].

Mais il me semble que des balles sifflent vraiment à mes oreilles, avec un crépitement contenu.

Suis-je le jouet d'une hallucination? ou bien le drame de 1855 va-t-il reprendre?...

Non! On tire simplement à la cible de mon côté.

1. Comte L. Tolstoï, *Scènes du Siège*.

Trop absorbé par mon sujet, je n'ai pas vu les signaux, ni entendu les sonneries de clairon.

« J'y suis, j'y reste! » ai-je envie de crier à un sous-officier qui vient impérieusement m'intimer l'ordre de me retirer.

Obéissons militairement plutôt, non sans remarquer toutefois que les cibles représentent des soldats prussiens!

Dieu! en quel voisinage étais-je?

Je ne m'éloignerai cependant pas sans avoir trouvé ce que je cherche, tenacement, avidement, pieusement, depuis tantôt une heure.

Ce que je cherche, c'est l'endroit où est tombé, sans peur et sans reproche, un des miens [1], mort glorieusement comme on savait mourir : — comme on saura mourir encore...

Ce que je veux trouver, c'est le lieu même arrosé du sang généreux de ce héros chrétien dont le poète a dit :

> Soldats et généraux, tes chers compagnons d'armes,
> A l'aspect de ta mort, tous ont versé des larmes,
> Toi seul à son approche, es resté souriant ;
> Calme, tu l'as reçue en vrai fils de ta race,
> En fils de ces croisés dont tu cherchais la trace
>   Aux régions de l'Orient [2].

Et quand je crois avoir trouvé cet endroit cher et douloureux à la fois, je me découvre, et, un genou en terre, j'évoque dans une prière la voix du sang. Une grande sérénité d'outre-tombe monte alors à mon cœur, — étouffant en moi tout ressentiment humain; en même temps une voix intérieure bien douce semble me dire : Toi qui es de ma race et qui

1. Le général comte E. de Pontevès (oncle et parrain de l'auteur) commandant les grenadiers et les chasseurs à pied de la garde impériale, blessé mortellement, le 8 septembre 1855, à l'assaut et prise de Sébastopol, mort le lendemain, à l'âge de cinquante ans.

2. Strophe VIII de l'ode *A la mémoire du général de Pontevès*, par F. Autran (de l'Académie française).

portes mon nom, oublie le sang répandu, et, par amour pour la France, — aime la Russie. . . . .

. . . .

Et, avant de me relever, je cueille à mes genoux une petite fleur sauvage, humble comme lui, et très rouge — de son sang peut-être ! Et je la mets sur mon cœur, dans un médaillon que je veux porter toujours, comme une relique sacrée, qui me soutiendra quand viendra le grand jour, et m'aidera, s'il le faut, à mourir comme lui, en chrétien et en soldat !

15 mai.

Ce matin, à ma visite au cimetière français [1], une douloureuse surprise m'attend. La grille est fermée. Le gardien est absent ; et je dois faire sauter le cadenas pour pénétrer à l'intérieur.

Là règne un abandon navrant. Les arbres décapités paraissent sans vie ; les massifs méconnaissables sont envahis par les ronces et les herbes folles ; les allées sans entretien disparaissent sous les orties ; de grandes lézardes ouvrent les murailles des dix-huit caveaux ; des plaques de marbre brisées jonchent le sol, et il me faut beaucoup chercher pour retrouver, au milieu de ce délabrement, les noms glorieux des Bizot, Brunet, Mayrand, Breton, Le Normand, de Lourmel, de Marolles, de Pequeult, de Lavarande, de Pontevès, Rivet, de Saint-Pol, Liron d'Airolles, Cassaigne, Delaville, Magnan, etc.

---

1. Ce cimetière est situé au sud de Sébastopol, entre l'ancien Grand Quartier Général français et la baie de Kamiesch. Son entretien est à la charge du gouvernement français. Déjà S. E. le maréchal Canrobert, le marquis de La Ferronnays et le vicomte de Vogüé avaient signalé, en 1887, l'état déplorable d'abandon où étaient laissés nos morts de Crimée.

Voilà comment est respectée la dernière demeure de plus
de soixante mille officiers, sous-officiers et soldats français
qui reposent ici, — après avoir fait tout leur devoir!

Mon tribut de respectueuse piété apporté à ces vaillants,
sous la forme d'une couronne de fleurs, j'ai quitté cet
ossuaire, le cœur bourrelé d'indignation, et j'ai écrit une
lettre sévère, dont une voix plus autorisée a fait connaître la
teneur.

Depuis, d'autres ont mieux parlé encore : le Parlement
s'est ému, le gouvernement a ordonné; et maintenant nos
glorieux morts peuvent dormir dignement leur suprème
sommeil. — C'est bien.

On sait que ce fut le 15 juillet 988, que le grand Vladimir
se fit baptiser et adopta, au nom de tous les Russes, la religion grecque schismatique, aux lieu et place du culte de la
lune, du soleil, des étoiles et d'autres dieux de formes plus
tangibles, qui avaient eu, jusqu'alors, la confiance de ce
peuple païen.

Ce baptême a eu lieu à la Chersonèse, où je suis présentement.

C'est sur un promontoire rocheux situé à l'ouest de Sébastopol, une église byzantine, très belle quoique non encore
terminée, bâtie sur l'emplacement de l'ancien temple, dont
les débris sont précieusement conservés.

Les popes chevelus qui me content cela, me font voir
également l'authentique piscine baptismale, et m'expliquent
que Leurs Majestés viendront inaugurer cette église, dans
deux mois, jour pour jour, — à l'occasion du centenaire de
la conversion de saint Vladimir [1].

La perspective de voir bientôt couler en leurs profondes

---

1. Les fêtes du Centenaire ont eu lieu, en effet, avec une
grande solennité, mais à Kiew.

poches le pactole impérial, n'empêche pas ces ciceroni ecclé-
siastiques de solliciter de nous quelques roubles. C'est peut-
être, après tout, pour leur église.

Je reviens de ce lieu de dévotion par le chemin des
cimetières de la ville. Là, je surprends une scène de la vie
criméenne qui me laissera longtemps rêveur. Je veux parler
de la « fête des Morts » et je vous assure que le mot fête
n'est pas exagéré. Voici la chose.

Depuis la ville jusqu'à l'entrée du cimetière, deux
rangées de baraques de saltimbanques, de débits de vin, de
carrousels, de tourniquets, de montagnes russes et autres
bastringues ; contre les murs intérieurs, des étals de
bouchers, de charcutiers, de marchands de bière et de
volailles ; et, parmi ces boutiques, une foule compacte, très
gaie, très en train, se payant outre mesure à manger et à
boire et ne se refusant aucune distraction profane, tout en
donnant beaucoup de fil à retordre à une escouade de
gardavoï, qui s'efforcent en vain de mettre un peu d'ordre
dans ce milieu d'agités.

A la porte de l'entrée même du cimetière, sur six rangs
pressés, se tiennent tous les gueux des environs, tendant la main et ouvrant une bouche démesurée à tous les
passants.

Je comprends les mains ; mais pourquoi les becs grands
ouverts ?

Une très respectable dame qui s'avance, va se charger de
nous en donner l'explication.

Derrière elle, un suivant porte un panier recouvert d'une
serviette.

Arrivée à la hauteur des premières files de gueux, la
dame relève la serviette et exhibe un épais plat de riz, farci
de pruneaux et de raisins secs.

La vue de cette pâture produit sur la triple rangée de
quinquets chassieux, l'effet d'une pile électrique.

24.

Suit un grand flux de convoitise, et une sextuple rangée
de gueules édentées apparaît bestialement ouvertes.

Lors, la dame plonge dans son pilau une énorme cuiller
de bois, et en garnit successivement tous les cratères béants,
— absolument comme un maçon bouche avec du mortier les
trous d'une muraille.

A cette dame, succède une autre dame, puis une autre encore, puis un sous-officier, puis une série sans cesse renou-
velée ; et sans cesse les mêmes bouches bâillent, engouffrent
et rebâillent de nouveau, pour engouffrer toujours. — C'est
à croire que ces gens n'ont pas de fond !

Si l'on pénètre dans le cimetière, le spectacle est plus
stupéfiant encore. Sur chaque tombe est une nappe *servie*,
autour de laquelle des gens mangent en famille, boivent
causent, s'amusent, se délassent avec un laisser-aller complet,
sur le ventre du défunt et comme à sa barbe, — invitant
parfois les voisins, les gardavoï, les passants même.

Et au travers de ces groupes de fêteurs de morts,
circulent des popes qui encouragent l'enthousiasme et
l'appétit, bénissant de-ci de-là les plats qu'on leur présente,
ou bien les enfournant dans de grands sacs de toile qu'un
enfant porte derrière eux.

Pendant que je me tâte pour m'assurer que je ne rêve
pas, un petit enfant vient me tirer par mon pantalon, pour
me conduire, sans doute, festoyer avec ses parents. Je me
dérobe aux menottes de cet innocent, pour tomber entre les
pattes d'un matelot, très enluminé, qui me présente (les
matelots ne doutent jamais de rien) sa cuiller pleine de
riz. Du coup, je prends mes jambes à mon cou et je cours
encore.

Évidemment, les Russes de Crimée ont au cœur la même
pieuse dévotion que nous envers leurs morts ; mais, ils ont
une façon orientale, différente de la nôtre, de la leur mani-
fester. Voilà tout.

Quand on est à Sébastopol, une visite à Baktchi-Séraï (capitale tartare de la Crimée) s'impose naturellement ; d'autant que le chemin de fer de Simféropol vous y conduit, en moins d'une heure, par une route d'une originalité charmante, avec ses fonds montagneux et ses premiers plans fourrés de verdure.

Baktchi-Séraï (Palais des Fleurs ou des Jardins) est exactement une longue rue côtoyant les sinuosités du Djourouk-Sou, qui s'est ouvert, entre deux montagnes à pic, une gorge aussi étroite que pittoresque.

De chaque côté de cette rue, se presse un très intéressant désordre de maisonnettes de toutes patines, à toitures, moucharabiés et balcons sculptés de toutes manières, alignées plus fantaisistement qu'un régiment de gardes nationaux et non moins disparates. A ces balcons quelques beaux yeux arméniens interrogateurs.

Baktchi-Séraï est peuplé de vingt mille Tartares, Arméniens, Juifs-Karaïtes, Bohémiens et Grecs, qui y mènent, à leur guise [1] et sans bruit, l'insipide vie orientale que l'on sait, faite de mouton grillé, de crasse et de souvenirs aussi tenaces que confus.

Entre parenthèses : exquis le mouton grillé de Baktchi-Séraï.

La curiosité de cette localité étrange est le palais des khans Guiréi, dont la porte tartaro-moresque en bois découpé, portant à son chef deux lézards verts enlacés surmontés d'un croissant d'or, ouvre sur une place grande comme un mouchoir de poche : la place principale de Baktchi-Séraï. La cour intérieure de ce palais est absolument une merveille d'originalité.

Impossible de définir sa forme : C'est une sorte de long

---

1. Baktchi-Séraï a été maintenu dans les privilèges musulmans par Catherine II.

tapis-vert trapézoïdal, avec un peu partout des bouquets de marronniers, des massifs de fleurs, des fontaines; et, tout autour, une grande exposition incohérente et heurtée de kiosques, de tours, de pavillons, de portiques, de vérandas, de péristyles, de galeries, d'escaliers, de balcons, de moucharabiés, d'arcades, de balustres, de loggias, de clochetons et de minarets, courant les uns après les autres, comme à cache-cache, sous un enchevêtrement inouï de lierres, de glycines, de vignes de Virginie et de rosiers grimpants ruisselants de roses.

En certains endroits, les draperies de verdure et de fleurs croulent des toits et des balcons jusqu'au sol, où elles s'étalent en lourds tapis. Et pas un seul de ces bâtiments, bizarrement peints de mille couleurs sur fond rouge faux, ne se présente ni sous le même angle, ni au même plan, ni à la même hauteur.

Évidemment, ceci n'est pas de l'Orient « carte d'or ». Il n'y a là rien de sérieux, rien de monumental, rien de somptueux. Je conviens que c'est mièvre, naïf, enfantin, rococo. En un mot, c'est une « turquerie »; mais je déclare n'avoir jamais rien vu de plus amusant et de plus délicieux, en pays d'Orient, que ce palais tartare qui fut, dit la légende, la prison de Marie Potocka [1].

D'ailleurs, par sympathie sans doute pour la belle esclave polonaise, toute chose de ce palais me semble respirer un charme dont je ne me lasse pas.

Et c'est au point que je ne sais ce qui me captive le plus, ou bien ses appartements historiques, tendus d'or et de soie rose, avec leurs étranges fresques et leurs incroyables

---

1. « Ramenée d'une razzia en Pologne, Marie Potocka gagna le cœur d'un des Guiréï; il fit disposer pour elle les appartements qu'on voit encore; quand elle périt victime de la jalousie de ses rivales, l'inconsolable sultan éleva à cette place une fontaine de marbre, l'élégante Selsebil. » (Vicomte de Vogüé.)

cheminées pour braséro en forme de poivrières, ou bien ses terrasses aériennes qu'effleurent mollement les cimes des grands arbres, ou bien encore les sombres jardins du harem, pleins de parfums, de souvenirs et de bruissements d'oiseaux, où, dans les vasques moussues, les fontaines de cristal redisent sans cesse, en leurs pleurs, les incomparables mérites de la belle Potocka.

16 mai.

Pendant que le *Général Kotzebue* nous emporte vers Eupatoria, en longeant les côtes rougeâtres de la Crimée, je veux conter au lecteur son historique, sûr d'avance d'être bien accueilli, car c'est M. de Vogüé qui va parler encore :

Sa configuration géographique explique bien le rôle capital qu'elle a joué dans l'histoire du monde.

Tous les peuples en mouvement se sont posés un instant sur ce rocher, comme les oiseaux émigrants sur l'écueil marin où ils choisissent leur route. La Crimée fut pour les navigateurs de l'ancien Orient ce qu'étaient les Antilles pour les explorateurs des Indes occidentales, le perron d'un monde inconnu. Ils s'établissaient sur cette côte charmante, remontaient peu à peu dans les vallées de l'intérieur, sur les plateaux du sommet, et découvraient de là l'obscure Russie. Durant de longs siècles, tandis que la région fabuleuse des Scythes reste enveloppée dans une brume impénétrable, la Tauride est le seul point lumineux qui émerge au clair soleil et témoigne de la vitalité du continent qu'elle annonce.

C'est là qu'Hérodote et ses contemporains bornent leurs connaissances positives, qu'ils viennent recueillir des notions douteuses sur l'au delà du septentrion. Plus tard, Marco

Polo aura un comptoir à Soldaïa, d'où il communiquera avec toute l'Asie.

Rubruquis abordera en Crimée pour s'y renseigner sur la Tartarie; il trouvera, dans les montagnes, des tribus de Goths qui comprendront encore son langage flamand. On aurait peine à citer une race qui n'ait pas traversé ce caravanséraï, en y laissant quelques vestiges. Le sol porte des couches d'histoire superposées comme les stratifications de cette muraille de rochers. De la Grèce, qui posséda longtemps ce rivage, il reste des joyaux enfouis et des syllabes harmonieuses dans l'air; les noms de ces bourgades qui défilent devant nous, Parthénis, Siméis, Orienda, Choréis... Ce doux écho, demeuré d'une lyre détruite, me remet en mémoire le beau vers d'Apouchtine sur un poète mort :

La corde s'est brisée et le son vibre encore...

Après les Grecs, les Génois, maîtres de la Crimée au moyen âge; sur presque tous les caps et aux débouchés des vallées, voici les forteresses en ruine de ces marchands militaires. A côté d'eux, subsistaient des tribus barbares, éparses, oubliées sur ce grand chemin : des Goths, des Alains, des Celtes, et ces Juifs de la secte karaïte, établis là peut-être depuis la dispersion d'Israël. A partir du XIIIe siècle, le flot de l'invasion mongole noie et amalgame tous ces débris. Les Tartares Nogaïs, détachés de la Horde d'Or, maintiennent longtemps en Tauride le dernier fragment de l'empire de Gengis-Khan. Tour à tour vassaux de la Porte et de la Russie, c'est chez eux que s'engage d'abord ce grand duel qui est toute l'histoire de l'Orient depuis deux siècles. Tant que la Crimée fut disputée, les chances demeurèrent égales entre les deux adversaires. Le jour où Catherine la réunit à son empire, comme un gage en avancement d'hoirie, la Turquie dut s'avouer que son démembrement commençait.

Nous avons vu ce que la Crimée est devenue entre les mains des Russes : soyons donc sans inquiétude sur la suite de ce démembrement.

M. de Vogüé dit, dans son exposition, que « pour bien visiter la Crimée, il faut porter deux guides qui ne se ressemblent guère : les *Poëmes* de Pouchkine et le *Rapport* du maréchal Niel sur les opérations du siège de Sébastopol ». Et moi, j'affirme qu'un troisième guide s'impose au voyageur en Crimée, — guide-diamant par excellence : — *Souvenirs et Visions.* Je crois l'avoir prouvé.

Dans un affaissement de la falaise criméenne, je viens de deviner, plutôt que je ne l'ai vue, l'embouchure de l'Alma, de glorieuse mémoire ; puis nous avons gagné le large.

A la nuit, nous jetons l'ancre en rade d'Eupatoria. C'est sur cette côte basse que nos troupes débarquèrent en 1854.

Rien à dire ni pour ni contre Eupatoria : une petite ville insignifiante, à demi-turque, avec autant de mosquées que d'églises.

17 mai.

Au contraire, Odessa [1] où nous débarquons à dix heures du matin, par un temps superbe, est une belle cité, imposante presque, avec ses boulevards rigides, vastes comme des places, et ses rues larges comme des boulevards.

Partout des squares, des allées d'acacias et des perspectives bordées de grands beaux hôtels. Très somptueux également le théâtre ; trop somptueux même pour ses dimensions : Il est tout en relief.

---

1. La population d'Odessa est évaluée à deux cent vingt-cinq mille âmes.

Ainsi ornementé, il pourrait être deux fois plus grand.

Beaucoup d'animation dans le port, digne de toutes façons de la ville qui se hausse en espalier au-dessus de lui.

Et aussi beaucoup de mouvement et de couleur sur la promenade publique : l'esplanade Nicolas, je crois, formant terrasse intermédiaire entre la ville et le port.

Au centre de cette esplanade, sur un maigre socle, se dresse la statue étique du fondateur d'Odessa, un Français, un émigré, le duc de Richelieu, qui, plus tard, devait être ministre de Louis XVIII.

Vêtu d'un court peignoir, le noble duc tend ses longs bras vers les passants, semblant leur dire :

— Ayez pitié de ma ridicule nudité. En été, ça va encore ; mais en hiver ce n'est pas tenable ! Je méritais mieux, n'est-ce pas ?

— Oui, certainement, monseigneur !

Respectueux avis à la municipalité d'Odessa de la juste requête du duc de Richelieu.

Naturellement, ma première visite a été, ici comme partout, pour un établissement de bains.

A l'entrée, on me demande trois roubles, autant qu'il m'en souvient.

— Diable ! fais-je ; c'est cher.

Mais on m'introduit dans un appartement de deux pièces entièrement tapissées (murailles et plafond) de glaces, avec sofas, fauteuils, estrade, bref, tout l'ameublement d'une maison qui se respecte, ou mieux, qui ne se respecte pas.

Puis, au lieu de se retirer, le garçon me demande :

— Une belle madame ?...

Alors... trois roubles... ce n'est pas cher !

18 mai.

Assez monotones les steppes de Podolie, néanmoins beaucoup mieux cultivées que je ne le pensais, d'après ce que j'en avais lu.

Aux gares, des cochers campagnards attendent leurs maîtres en blouse de velours et chapeaux de paille, — couronnés de roses.

C'est l'usage : il date sans doute des Romains.

A Voloczyska : cérémonie de l'examen des passeports. On sait que pour quitter le territoire russe, il faut une autorisation spéciale. Nous sommes en règle.

A Podwoloczyska — frontière : nouvelle cérémonie policière. C'est le tour des bagages. Ils sont en règle également.

Nous changeons de train et nous repartons.

Une petite rivière serpentant dans une prairie; sur chaque rive, un village, et, sous les arbres, des douaniers russes et autrichiens à l'affût. Nous sommes en Autriche.

19 mai.

Aux longues redingotes vertes et aux casquettes blanches, ont succédé les vareuses gros bleu, les courtes tuniques-dolmans à collet jaune, les culottes collantes, les képis rigides et les petits sabres d'acier.

Tous les officiers que je vois à Lemberg, Jérosla, Tarnow et autres lieux, sont irréprochablement tenus et d'une distinction parfaite.

Il n'est pas possible que ces gens-là soient sérieusement nos ennemis!

A Cracovie, l'archiduc Charles-Louis [1] frère de l'empereur, en petite tenue de général de division, monte dans le wagon voisin du nôtre. Un seul officier d'ordonnance l'accompagne. C'est un officier de uhlans, en tunique bleu de ciel et czapska à cimier jaune.

L'Altesse Impériale a très grand air.

Elle vient, dit-on, d'inspecter les nouveaux travaux de défense de Cracovie, qui paraissent être vertement poussés. On semble croire à la guerre partout ici ; cependant comme les journaux sont particulièrement pessimistes, j'en conclus qu'il n'y aura rien.

D'ailleurs, mon voyage est fini : — peu m'importe ! ma cantine est parée.

Si la guerre ne me paraît pas imminente, je considère que d'ici à peu de temps la *juivification* de l'Autriche sera un fait accompli.

A toutes les gares, depuis que j'ai quitté la Russie, je ne vois que des juifs, et de vilains juifs, à rouflaquettes poisseuses, à casquettes luisantes, à lévites effilochées, à riflards déteints et à lunettes raccommodées. Et ceux-là sont moins dangereux encore que ceux que je ne vois pas, mais que je devine. Certainement, les juifs sont aussi nombreux en Autriche, qu'en Algérie les criquets, dont ils ont un peu l'allure et les habitudes, — soit dit sans blesser ces messieurs de Judée ; car, malgré la ténacité de mes préjugés ataviques, je déclare tout d'abord n'être pas antisémite.

Par principe, je ne suis anti... rien du tout : parce que chrétien.

Je crois que si notre ciel (celui de Provence) est assez grand pour contenir toutes les étoiles, la terre doit être assez vaste pour porter tous les hommes, — les juifs comme les chrétiens, et au même titre laïque.

1. Depuis le drame de Meyerling, le fils de l'archiduc Charles-Louis est devenu kronprinz d'Autriche.

Oui, mais, dites-moi, ils s'infiltrent partout, ils accaparent tout, ils dévorent tout...

A qui la faute? A vous, chrétiens mes frères, qui, au lieu de *travailler* et *de prendre de la peine* selon la loi de nature, continuez à vous complaire dans un prétentieux, lâche et immoral désœuvrement *très bien porté*, dont l'unique occupation sociale est de *faire la noce*, en déblatérant contre les sémites entre deux *culottes*, et qui finalement, à bout de ressources, radoubez vos portefeuilles, voire vos aïeux, avec la chemise tissue d'or de la première venue des filles d'Israël.

Vous prétendez que les juifs sont montés. C'est faux : C'est vous, c'est nous, qui sommes descendus.

Dans la lutte pour la vie, tandis que les juifs imitaient la fourmi, — exagérant ses procédés rapaces, nous, chrétiens, nous avons préféré prendre pour modèle la cigale qui nous a semblé plus *snob*. Comme elle, nous avons chanté à tue-tête pendant de nombreux étés. L'hiver arrive maintenant. Préparons nos violons : l'Autriche va nous donner le *la*...

Certes, les chefs des différents partis qui aspirent à gouverner la France ont affiché de fort beaux programmes politiques et économiques: mais, sur aucun je n'ai vu encore inscrit à l'ordre du jour :

Projet de loi sur le travail obligatoire, avec impôt sur les inutiles (les célibataires y compris). J'attends.

Voilà bien une lourde digression à propos de sémites! Je ne puis cependant avoir la prétention de vous apprendre que le Danube bleu est jaune, et que Vienne, où j'ai à peine passé cinq heures, est une ravissante capitale, propre, bien tenue, élégante, — blonde dirait un impressionniste, peuplée de beaux monuments et de très jolies femmes.

Quelques observations seulement, notées au courant de mon localis.

La police est très bien faite à Vienne. Un agent à cheval

se tient en permanence à chaque carrefour ou croisée de rues, pour obliger les voitures, qui vont en général vite, à y passer au pas.

C'est agaçant, quand on est pressé comme je le suis toujours, mais je reconnais que c'est une excellente mesure.

Le Prater, avec ses marronniers présentement en fleur, ses musiques, ses équipages et ses cavaliers, est une promenade parfaitement digne de sa réputation. Il gagnerait néanmoins à prendre plus d'*aisance des coudes* et surtout à masquer, par un arc de triomphe quelconque, la voie ferrée qui guillotine par trop démocratiquement son entrée.

Ne voulant pas marcher sur les plates-bandes de M. Baedeker, je passe sur les remarquables monuments de la Ringstrasse, y compris celui tout récemment élevé à la mémoire de Marie-Thérèse.

A propos de ce monument, un journal de Vienne assure que l'on a chanté la *Wacht am Rhein* au jour de son inauguration. Quelle ignominie, si le fait est exact!

La cathédrale est tellement merveilleuse que j'y ai pris un torticolis d'admiration.

Seul, au milieu de toutes ces élégances, le palais impérial se dresse froid, sévère, rigide, imposant comme le noble et digne empereur que ses épaisses murailles abritent, et que gardent de magnifiques suisses emplumassés de noir.

Pauvre empereur! quelles tristesses n'a-t-il pas connues! Quels malheurs n'a-t-il pas subis, toujours noblement supportés!

Et en face du Burg, faisant un retour sur nous-mêmes, nous qui avons été vaincus par le même ennemi, j'estime n'avoir pas le droit de nous plaindre.

Certes, nos propres malheurs ont été grands! Nous avons payé cher notre défaite, très cher, effroyablement cher : — de deux provinces! sans compter les flots de sang et d'or!

Mais, au moins, jusqu'au jour où notre adversaire rede-

viendra notre ennemi; nous ne nous voyons plus; nous ne
nous saluons plus; nous ne nous connaissons plus; nos mains
ne pressent plus ses mains; et si, depuis 1870, Français et
Allemands se baisent au visage, — ce n'est que *dans les vers
du tombeau...* .

J'écris « un Raid en Asie » et non une promenade en
Europe. Le lecteur me permettra donc de ne pas m'étendre
sur les admirables beautés du Tyrol, que je feuillette à toute
vapeur; sur Innsbrück sa capitale (patrie de mon ami Gasteiger-Khan de Méched); sur l'Arlberg, ses glaciers éblouissants, ses cascades fumantes, ses granits clairs, ses basaltes
noirs et ses forêts de sapins, de mélèzes, de charmes et de
hêtres, qui tapissent de leurs épais velours les flancs de ses
pittoresques vallées.

20 mai.

Non moins attachante, quoique un peu plus posée, m'apparaît la Suisse en sa belle tenue d'été.

Le lac de Zurich surtout est d'un grand effet, ainsi vu au
soleil couchant, étalant, sous la sévère protection des loin-
taines montagnes violettes, son large miroir aigue-marine,
dans un écrin de coteaux touffus.

Nous avons déjà subi quatre visites douanières : une
première, asiatique, à Batoum, une deuxième, russe, à Pod-
wloczyska, une troisième, autrichienne, à Vienne, une
quatrième, suisse, à Bâle, et, en attendant celle de Paris, il
nous faut endurer la plus pénible : la douane allemande,
nous sommes à Petit-Croix.

C'en est une grande pour nous! toutefois nous passons
sans encombre sous les fourches caudines germaines, qui se
montrent exceptionnellement courtoises.

Ensuite, le cœur serré, nous pénétrons en pays annexé.

Et puisque j'ai le douloureux honneur de fouler votre sol

sacré, nobles provinces perdues, laissez-moi vous dire que l'armée française vous aime, vous regrette et pense à vous toujours; mais que son amour, ses regrets et ses espérances, comme les grandes, comme les vraies passions, sont muets.

Notre patriotisme, sans cesse vibrant vers vous, méprise le vain tapage; nous ne provoquons pas d'émotions stériles ni d'inconvenants désordres, sous le couvert des plus saintes revendications; nous n'entassons pas couronnes sur couronnes au socle de vos statues : c'est trop facile! nous ne nous parons pas irrévérencieusement de vos emblèmes; nous ne faisons pas de réclames avec vos noms vénérés; nous n'agitons pas vos nobles couleurs à tous les vents des ambitions, et nous honnissons au même titre les patriotes qui croient vous glorifier en sifflant les chefs-d'œuvre d'un Wagner, et les cabaretiers, soi-disant chauvins, qui affichent les couleurs nationales au-dessus de leurs boutiques de boissons frelatées, pour mieux y attirer les clients.

Notre patriotisme, à nous soldats, n'est pas une étiquette de clinquant. Comme notre honneur, comme l'espoir de la revanche, il est gravé au for même de nos moelles; et quant à sa virilité, nous la prouvons en pétrissant chaque année, pour la Patrie, une nouvelle génération de défenseurs, et en attendant, impassibles, au milieu des tempêtes de toutes sortes qui viennent, impuissantes, battre à nos éperons, le front haut, le cœur fort, — l'heure de la France pour marcher à vous.

21 mai.

Voici Paris à l'horizon.

— Allons Verdet! faisons notre dernier bézigue et réglons nos dettes de trois mois. Je vous dois 23 000 points : Voilà!

Mais j'ai gagné à tout jamais votre amitié ; dites-vous ! C'est donc moi qui suis encore le gagnant.

Et maintenant, pour clore ce trop long récit de voyage, je cède la parole à Martial :

*Sunt bona, sunt quædam mediocria, sunt mala **plura**,*
Quæ legis hic : aliter non fit, avite, liber.

Que je traduis à la houzarde :

— Comme la plupart des livres, le mien est plein d'imperfections ; mais s'il vous a plu, aimable lectrice, je le tiens pour bien fait.

Marseille, 15 juin 1888 — Buissonrond, 10 juillet 1889.

FIN

TABLE

CHAPITRE PREMIER

CHAPITRE II

CHAPITRE III

CHAPITRE VI

CHAPITRE VII

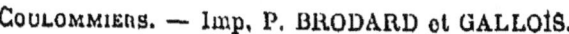

COULOMMIERS. — Imp. P. BRODARD et GALLOIS.

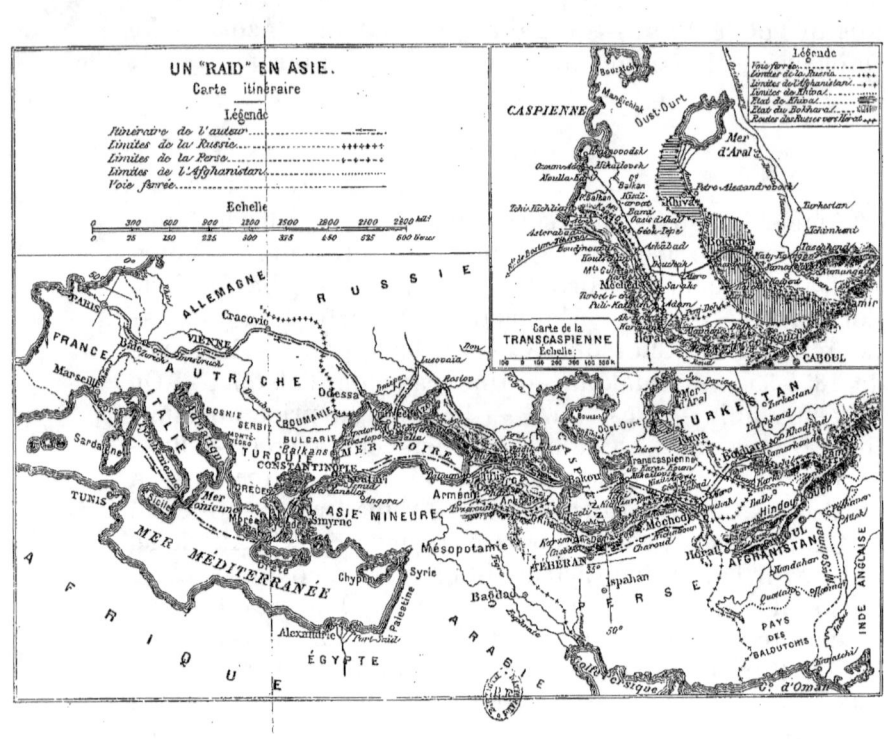

UN "RAID" EN ASIE.
Carte itinéraire

Légende
Itinéraire de l'auteur.............
Limites de la Russie............+++++++
Limites de la Perse.............+—+—+—+
Limites de l'Afghanistan.......
Voie ferrée.....................

Échelle

DERNIÈRES PUBLICATIONS

Format grand in-18 à 3 fr. 50 le volume

Paris. — Imprimerie J. CATHY, 3, rue Auber.